知音动漫图书·漫客小说绘
ZHI YIN COMIC BOOK 以梦想之名 点燃阅读

颜凉雨 ◎ 著

中国致公出版社　　知音动漫

知音动漫图书 · 漫客小说绘出品

害怕失去，你就要好好抓着，这一次抓不住，下一次就要握得更紧。

目录
CONTENTS

第一章 / 地下城

第二章 / 夜游怪

第三章 / 世界树

第四章 / 永恒之枪

165 / 第五章 / 文具树

205 / 第六章 / 午夜场

247 / 第七章 / 赌约

287 / 第八章 / 恐惧

第一章　地下城

DI XIA CHENG

1

生锈吊索运转的"吱呀"声响,完全不流通的憋闷空气,连转身都困难的逼仄,以及纠缠不休的失重感……

一个集齐以上所有的糟糕环境里,竟然还有人要抽烟!

郑落竹抬手敲了一下紧贴在自己胸前的背包,提醒道:"公共场合,注意素质。"

背包的主人艰难回头,是个中年男人,个头不高,但精壮,皮肤黝黑。他的烟卷还没来得及点,随意叼在嘴里,目光越过郑落竹的肩膀,瞥了眼站在电梯更深处的男人,调侃郑落竹:"你老板都没发话,你急什么?"

真等老板发话,他就该月底看着工资账户哭了。

"张权。"郑落竹的声音沉了几分,不算真生气,但蕴含警告。他二十八岁,修长的身体蓄满力量,配上简单利落的寸头,就很像老板旁边生机勃勃的打手。

张权没准备在这种濒临超载的电梯里和谁起冲突,但下行路漫漫,找点儿乐子不为过。单手从烟盒里又磕出半支烟,他干脆伸出胳膊越过郑落竹,直接递到那个高大的男人面前:"范老板,来一支?"

郑落竹没想到对方真这么无聊,动作慢了一拍,等到想阻止,自家老板已经把那磕出的半支烟连同烟盒一起接过去了:"谢谢。"

范佩阳比郑落竹还高出半个头,一张棱角分明的脸,英气逼人,却过于冷峻。自三分钟前进入电梯，一袭黑色大衣的他就站在轿厢深处，沉默却带着不容置疑的气势，就像一座坚不可摧又随时可能伸出幽暗枪口的堡垒，以一己之力把轿厢内的压迫感抬升到了峰值。

现在，堡垒说了谢谢，并没收香烟。

张权看着对方坦然将一整盒烟揣进大衣口袋，被这操作惊呆了。关键是范佩阳太自然，自然得让他有一种自己也是给对方打工的错觉。

郑落竹对此习以为常，他老板就是有这种浑然天成的领导气质，能随时随地营造出"普天之下皆我员工"的迷幻氛围。

轿厢毫无预警地停顿了一下，像是吊索被什么卡住了，挤得密不透风的众人仿佛一体成型的罐头，猛地往同一方向晃。

这突发的变故让所有人心中一凛，绷紧神经。

可是什么都没发生。

几秒钟后，吊索继续"吱呀"运行。

众人又观察了十几秒，直到摇晃的轿厢渐渐平稳，才纷纷松了口气。

轿厢嘈杂起来，每个人都在动，或整理衣服，或调整背包，唯独范佩阳，第一时间转头看向身旁。

同他一起站在轿厢深处的还有一个男人，和郑落竹身高相仿，但人很清瘦，是个窄腰长腿的轻盈身量。同样穿着大衣，一身黑色大衣的范佩阳伟岸挺拔，而一身浅驼色大衣的他则更高挑飘逸。

他没注意范佩阳在看他，甚至刚刚突发的晃动都没能让他分神。自始至终，他就低着头，全神贯注地研究自己手臂上的猫头鹰图案。

范佩阳不着痕迹地收回目光，眼底微微的波澜归于平静。

电梯继续下行，却比卡顿之前多了些轻微的震颤，那丝丝震颤经轿厢地板传到脚底，再延续到四肢百骸，跟通了电流似的，让人烦不胜烦。

"这电梯到底行不行啊？！"

和郑落竹肩并肩挤着的一个三十七八岁的壮汉难耐地动了动肌肉虬结的魁梧身躯，像个被闷在低矮笼子里的大型野兽，焦灼，烦躁。

他这一动，牵一发而动全电梯。首当其冲的就是郑落竹，被蹭得拧了肩膀，胳膊酸得像平白无故挨了一板砖。接着遭殃的就是站在壮汉前面的小年轻，他的背包抵在壮汉身前，壮汉一动，刮着他的背包跟着动，背包一动，就带着他也跟着往旁边偏。

不同于郑落竹的忍忍算了，小年轻直接回头吐槽："老葛，你扭什么，自己多大影响力不知道？"

他一身潮牌卫衣，带着点儿坏坏的痞劲儿。

郑落竹简直想隔空和他击个掌。

葛沙平身材魁梧，膀大腰圆，要高度有高度，要宽度有宽度，往电梯中间一站跟座山似的。山一动，正经电梯都要跟着晃一晃，何况现在这部不正经的。

但葛沙平皮糙肉厚，对吐槽无差别防御，甚至还挺高兴终于有人和他搭话了，连忙打蛇上棍："小郁，小李，你们有什么发现没？"

郁飞，也就是着潮牌卫衣的小年轻，掂量了一下彼此的重量级差，忍住暴力纠正昵称的冲动，扯了扯嘴角："没有。"

站在他右边的李展回头，补充说明："我们挨个试了，没有一个楼层按键有反应。"

两个人都是二十四五岁，但不同于郁飞的张扬，李展白净斯文，像还在读书的大学生。

郁飞和李展并排站在轿厢门的右侧，从电梯开始动，就在研究面前那几排楼层按键，可惜没什么成果。

葛沙平有点儿失望，紧接着，那失望又加重了心里的没底——一部不需要按楼层键就自动下行的电梯，实在让人没有安全感，而这部电梯已经下行了四分多钟还没有停的迹象，就越发不妙。

短暂交流结束，电梯里再没人说话。

空气似乎更闷了，不安在静默的压抑中滋长，犹如藤蔓，将本就拥挤不堪的轿厢缠得更透不过气。

葛沙平实在受不了了，他现在就像被活埋，前后左右都受限制，只剩脖子以上还能动动。将就着动了两下，他的目光不经意落到楼层键上方的显示屏上，和他们刚进电梯时一样，冰冷的屏幕上只有一个猫头鹰图案，与他们手臂上那个画风同宗，一脉相承。

"哟，这次的人不少嘛。"

妈呀，猫头鹰说话了！

突如其来的戏谑电子音挑断了电梯内七个人的神经，饶是听过许多次，冷不丁来个偷袭，也很要命。

离声源最近的李展浑身一震，郁飞直接骂出了声，葛沙平、郑落竹不约而同摆出了防御姿态。

而范佩阳和身旁的清瘦男人则同时抬头，锁定了显示屏。不同的是，前者不动声色眯起眼，沉着中透着危险；后者却是饶有兴味挑起眉，带着全然的期待与好奇。

张权的反应和同电梯的六人都不同，既快，也狠——电光石火间，他手里已经握了一把匕首。电梯冷白色的灯光打在刀刃上，寒意骇人。

本就凝滞的空气彻底冻结，猫头鹰也闭了嘴，整个轿厢里死一般寂静，只剩吊索的运转声和厢体嗡嗡的震颤。

不知过了多久，久到之前的诡异电子音就像一个群体幻觉。

郁飞偏过头，要笑不笑地瞥着张权，打破静谧："啧，动作够快的。"称赞完，他的下巴往显示屏那边轻轻一扬，继续问，"就是不知道这匕首是给它准备的，还是给我们准备的啊。"

张权不惧他，只是有点儿尴尬。他的身体略有松弛，紧绷的神经随着时间的流逝在缓解，可姿势没变，仍握着匕首，随时可以战斗。

郁飞的眉头渐渐皱起，眼里多云转阴。

葛沙平可不想这边活埋着那边还内斗，费劲巴拉地把胳膊抬起来，一个大巴掌呼上张权的背包，洪亮爽朗的嗓音里带着打圆场的笑意："老张，你也太紧张了，这里又不真死人，你就把它当成一个游戏，放轻松。"

"是不死人，但伤一下也够受的。"张权像是回忆起了什么，心有余悸地撇撇嘴，不过也意识到自己小题大做了，备战的架势缓缓收起，只是刀还在，显然手里有样东西能让他安心点儿。

但有人不喜欢。

郁飞本就不多的耐心已经消耗殆尽，他不想再说废话，可刚要动手，电梯深处传来一道温和的声音——

"把刀收回去。"范佩阳的声音淡，目光也淡，乍听就像是在好好规劝。

葛沙平和郑落竹一样站在电梯中部，成为后方范佩阳和前方张权间的自然屏障，但现在，他决定往旁边挤一挤——好好规劝个头，但凡不是傻子，都能听出那语气里的危险。

张权一怔，没料到范佩阳会发话。

不同于郁飞年轻气盛的挑衅，范佩阳带来的是那种无形的压迫力，他可以从容应对前者，却在面对后者时不自觉严阵以待。但内心的波动并没有在张权脸上显露半分。他能来到这里，也不是泛泛之辈，况且先前香烟的事他还憋着一口气。

思及此，张权原本垂下的胳膊再度抬起，手腕一抖，匕首在掌心戏耍似的转了个圈，重新握住。

他朝范佩阳挑眉，出言讥诮："怎么着，你把自己也当成我老板了？"

范佩阳静静地看着他，眼底没一丝波动："你还不够格当我的员工。"

张权咬牙。就是这个态度，他最难以忍受的就是对方这蔑视一切的态度，拉仇恨的效果简直比郁飞高出一个太阳系！

不知是不是错觉，吊索运行的嘈杂声变小了，震颤也在减弱，电梯的平稳度似乎和轿厢内的气氛有着某种此消彼长的隐秘关系——越不稳，越融洽；越平顺，越紧张。

两个人一前一后隔空对峙，说对峙也不恰当，更像是张权单方面亮出獠牙利爪，而范佩阳依然风平浪静。

没人多管闲事，连郁飞都好整以暇看起了热闹。

郑落竹想捶死张权："赶紧收了，就这电梯里的人口密度，你一个失手能捅一串。"他的语气里有种天生的自来熟，让人听着不像警告，更像朋友间的调侃。

张权舒服了些，有点儿想收刀，又发现骑虎难下——收了，等于向范佩阳认怂；不收，僵持下去场面也未必好看。

"我要是你，就老老实实听话哟！"

装死了半天的罪魁祸首又开腔了，明明只是一个平面图案，偏偏要脑袋一歪一歪地在屏幕上卖萌："张权，智力D，体力B，攻击力B，防御力A，综合危险等级B。"

没有任何人提问，它自顾自就开始了数据大公布："郑落竹，智力B，体力A，攻击力C，防御力A，综合危险等级B+。张权，你单挑他没有胜算哟。"

信息量来得太多太快，众人一时应接不暇。什么等级？怎么评定的？依据是什么？又为什么要在这里公布？是关卡需要还是阴谋圈套……

一个又一个疑问接连涌出，两个当事人却想不了那么多。

张权微张着嘴，神情受伤，没胜算还是其次，主要是那个"智力D"对他打击太大。

郑落竹也高兴不起来，"攻击力C"怎么来的，他需要一个说法。

猫头鹰没那么善解人意，依然在自己的思路上扑啦啦飞："新关卡很危险，所以对于自己的战斗力要有正确的认识。我好人做到底，来帮你们逐一评估……咕咕……"

电梯还在下降，仿佛永远抵达不到终点。不过电梯内的乘客们已经暂时从憋闷烦躁里抽离出来，连张权都收了刀，注意力全放在了显示屏上。战斗力数据大揭秘就像一缕八卦的风，吹得人心浮动。

"葛沙平……"

被点到名字的老大哥立刻挺直腰背，态度特端正，好像这样就能给裁判加点儿印象分。

"智力C，体力A，攻击力A，防御力D，综合危险等级B。"

然而并没有什么用……

"李展，智力A，体力B，攻击力C，防御力B，综合危险等级B。"

第一个智力A出现了。

虽然整体评级不出挑，但看看前面三位的智力，就知道这个A有多珍贵了。

李展不好意思地摸摸鼻子，带着学霸的谦虚与羞涩。

郁飞一胳膊将他勾过来，胡乱揉他脑袋："兄弟，你可以啊。"

"郁飞，智力B，体力A，攻击力A，防御力B，综合危险等级A-。"

第一个综合等级A也出现了。

郑落竹不由得多看了郁飞两眼，后者却一脸不满意："才A-？"

"范佩阳……"

轮到自己老板了，郑落竹竖起耳朵，生怕错过。

其他人也或多或少有点儿好奇。

"智力A，体力S，攻击力A，防御力B，综合危险等级A。"

郑落竹、张权、葛沙平、郁飞、李展："……"

原来评判等级还有S。

十道目光悉数落在范总身上，从上到下，从下到上，一遍遍探寻，S级体力是有多健硕……

范佩阳静默片刻，拢了拢大衣，思索几秒，又扣了两颗扣子。

"咦，这次有个特别的朋友呢。"戏谑的电子音忽然上挑，带上了不确定的疑惑，"唐凛，智力未知，体力未知，攻击力未知，防御力未知，综合危险等级未知……奇怪，找不到你的关卡数据……"

猫头鹰卡了壳。

范佩阳神色未动，郑落竹听到这里，基本明白等级评定的依据了。可葛沙平、张权、郁飞、李展却同时去看那个高挑的男人，目光中带着探究和疑惑。

电梯里的人或多或少都彼此认识，唯独唐凛，今天之前谁也没见过。他从头到尾都很安静，和范佩阳一起站在电梯最深处，同款长腿，同款大衣，不知道的还以为他俩来走秀的。不过和范佩阳的冷峻截然相反，唐凛有一张眉目清雅的脸，是那种会让人觉得舒服的好看，即便不笑时，也带着岁月静好的温柔。

没理会周遭目光，唐凛微微抬头，问小猫头鹰："一定要数据吗，不能直接评？"

猫头鹰圆滚滚的脑袋歪来歪去，纠结得要命，最后索性在屏幕上打滚，滚过来，滚过去，滚过去，又滚过来，企图以此滚出点儿思路。

唐凛耐心等着，眼眸里不自觉流露出期待。

众人莫名觉得被问住的小猫头鹰可怜巴巴的。

就在这时，吊索又一次卡住了，卡得比前一次还严重，轿厢"咣"地一顿，继而猛烈摇晃。即便众人有了前次经验，还是对突如其来的惯性措手不及。

葛沙平直接向前失去平衡，带得旁边的郑落竹差点儿也摔倒，等郑落竹撑住侧面轿厢壁好不容易站稳时，前者已重重压到张权身上，压得张权一张脸紧贴轿厢门，几乎变形。

"葛沙平——"张权又狼狈又恼。

轿厢还在晃，葛沙平的身子半天没直起来，也怒："这破电梯到底多少年头了！"中气十足的咆哮在狭小的密闭空间里惊雷似的，震得轿厢壁都在抖，回声嗡嗡的。

众人被晃得七荤八素，又遭遇了耳膜摧残，正苦不堪言，电梯里的灯突然灭了。

顶灯、楼层按键灯、显示屏的冷光一齐灭掉，逼仄的空间像被突然浸了墨，彻底地暗下来。轿厢也突然晃得更厉害，就像有只大手抓着吊索用力摇。

黑暗和摇晃将电梯内搅得一团乱。

"什么情况——"

"谁撞我——"

"谁压在我身上呢——"

"葛沙平，把你的铁臂给老子拿开——"

"啊——"

"等等……你们闻到什么味道没？"

李展带着一丝轻颤的声音终结了混乱和嘈杂。漆黑中的众人一个接一个安静下来，冥冥中似乎有什么在配合他们，连轿厢都不晃了。

"好像……是血……"

无边静默的幽暗之中，浓烈的血腥味扑面而来。

冷白色的灯光忽地亮起，光明重临。

所有人都在刚刚的混乱中挪动了位置，强烈的光线刺得人睁不开眼，可电梯里的空间实在太小了，哪怕视野还未清晰，也足以看见那团血雾——葛沙平扑倒在轿厢门上，后脖颈一个血洞，应该是被什么利器从后面直接贯穿，但凶器已经被拔走，动脉破裂喷溅出的血染红了半扇轿厢门和唐凛的浅驼色大衣。

他离葛沙平最近，大衣几乎已经成了红色，可他的脸还很干净，只有一个极小的血点溅到了眼下，衬着过分白的肤色，像一颗血红泪痣。

他手上没有凶器。

谁的手上都没有凶器。

然而葛沙平的确是死了。

所有人倒吸一口凉气，震惊、错愕、不可置信，还有随之而来的恐惧。

李展直接腿一软，靠着轿厢壁瘫坐下来，声音颤抖："不可能的……怎么会死人……"

"到底谁干的？！"张权突然掏出匕首，冲所有人挥舞咆哮，目眦欲裂。

周围人一下子闪开，郁飞咬牙切齿地吼回去："你贼喊捉贼！"

"别想冤枉我，我的刀根本就没用过！"张权声嘶力竭，几乎破音。

李展勉强站起来，呼吸不稳，腿肚子转筋，却还是颤巍巍拉了郁飞一把。

郁飞一怔，看清了张权的匕首，光洁如新，刀身锃亮，更重要的是刃口扁平，而葛沙平的后脖颈处是圆形血洞——血迹可以擦，伤口形状作不了假。

"呀，死人了？恭喜你们，竞争对手又少了一个哟。"小猫头鹰欢快补刀，毫不掩饰地幸灾乐祸。

张权猛然一震，刀尖一下子转向唐凛："是你？你离老葛最近，只有你能……"

能什么？不知道。因为下一秒范佩阳已经卸了他的刀，并将人狠狠推了出去。张权压根儿来不及反应，就结结实实撞到轿厢壁上，"咣当"一声，极重，整个人完全蒙了。

谁也没看见范佩阳是什么时候动手的，等尘埃落定，他已挡在唐凛身前，目光依次掠过每一个人，缓慢而危险。

郁飞冷笑："这是撕破脸了呗？"

唐凛拍了一下范佩阳的肩膀，从他身后走出来。直面尸体带来的冲击仍在，他轻轻深呼吸一下，用拇指抹掉眼下的血滴："我不是凶手。"

"你说不是就不是？"张权梗着脖子，"我们凭什么相信你？！"

"我也不用你相信。"唐凛完全没自证清白的意思，只环顾电梯，笃定道，"总之，凶手要么在我们之中，要么……"他缓缓转头，直视上方显示屏，"是你。"

"我才不会杀人！"小猫头鹰气愤反驳，下一秒又语气突变，咕咕怪笑起来，"不过我知道凶手是谁哟……"

还没"哟"完，灯再次熄灭了，电梯晃得比先前还厉害。

唐凛一个踉跄，后背不知撞到了谁的肩膀，磕得生疼。

某个方向炸开张权惊恐的声音："谁都别过来——"

紧接着另一方向传来范佩阳的声音："唐凛，过来。"

唐凛刚要循声而动，忽然察觉一丝冷风，就在这黑暗混乱里，就在他的周围，却又无法准确捕捉。他呼吸一滞，身体本能进入高度戒备状态。

一点儿极小的凉意碰到他的后颈，唐凛几乎是瞬间反应，整个人毫不犹豫往前扑去。

"咣"一声闷响，他也不知道将谁扑倒了，被扑者却反手抱住了他："唐凛？"

是范佩阳。

唐凛顾不上回应，抬头提醒黑暗中的所有人："大家小心，凶手动了。"

话音才落，灯光大亮，渐渐停止的摇晃里，新的血腥气弥散开来。

唐凛的视野渐渐清晰，他先看见了身下的范佩阳，接着是脸色严峻的郑落竹、惊魂未定的张权……

"李展——"郁飞一声喊，撕心裂肺。

唐凛转头，只见那个白净的青年靠坐在楼层按键下，双目大睁，咽喉的血洞正汩汩往外冒血。

红了眼的郁飞冲过去，不顾一切地帮他按伤口，可根本无济于事，李展已经没有了呼吸。

"哎，又死一个……"小猫头鹰假模假式地叹气。

郁飞停住，静默良久，轻轻帮李展合上眼。然后他慢慢站起，满手鲜血，就像地狱来的恶鬼。

"谁是凶手？"他问显示屏，一字一句。

"这个嘛，要不要告诉你呢……"圆滚滚的小猫头鹰歪头看他，拿腔拿调的。

"砰——"一把军用突击刀直接插进屏幕，显示屏碎裂，小猫头鹰扭曲闪烁两下，再没了影。

郁飞把刀拔出来，一言不发地看向剩下的人——张权、范佩阳、郑落竹、唐凛，谁是凶手已经不重要了，总归跑不出这四个。他眼里的杀机太盛，几乎没半点儿隐藏的意思。

郑落竹往范佩阳和唐凛这边靠了靠。郁飞带着军刀，却直到此刻才亮，足以说明他的沉稳，可沉稳的人一旦疯狂，比冲动者更可怕。

"竹子。"唐凛忽然在背后说话，"你能制住他吗？"

郑落竹一怔："制谁？"

唐凛："郁飞。"

郑落竹："……"目标对象听着呢，老板也看着呢，他就是哭着也得能。

不必再给什么保证的废话，郑落竹拎起脚边一个旅行袋，直接朝郁飞砸过去。郁飞往旁边一闪，郑落竹已抱着另外一个双肩包上前，包身狠狠按向郁飞持刀的手臂，速度之快，动作之勇猛，愣是把双肩包使出了炸药包的气势。

二人纠缠成一团，把张权看愣了。

范佩阳忽然接收到唐凛的眼神，视线对上，唐凛又瞥一下张权的方向。他心领神会，趁机上前拧住张权的胳膊，直接把人按到了轿厢壁上。

"哎哎，你弄我干什么？"张权毫无防备，疼得龇牙咧嘴。

唐凛走过来，没耽误时间，直接抓起他的两只手仔细地看。

那边的郑落竹终于把郁飞锁住，气喘吁吁："你小子劲儿挺大啊。"

不过锁得不太优雅，两人扭成一团滚在地上，你缠我胳膊，我别你腿，麻花似的。但终归是拿下了，郑落竹刚想邀功，就听见唐凛说："竹子，你把他放开吧。"

郑落竹："……"打工可太艰难了。

"凶手是他。"唐凛指着张权，目光却看向郁飞，像在给对方一个交代。

轿厢内忽然静下来。有那么几秒，世界仿佛只剩冷白色的光和带着余温的血。

郑落竹在郁飞的挣扎里后知后觉松了劲儿。郁飞甩开他站起来，半信半疑地盯着唐凛，目光依然凶狠。

张权也回过神，立刻恼羞成怒，在范佩阳的钳制下不甘地叫嚣："你凭什么说我是凶手？！"

唐凛："因为凶器在你身上。"

张权："我的刀和凶器根本不符！"

"不是刀，"唐凛的目光自上而下，落到他的手上，"你刚才想杀我的时候，我就感觉出来了，是手指。"

张权僵住。

"唐凛，"郁飞忽然出声，嗓子哑得厉害，"你说什么，他想杀谁？"

"我。"唐凛脱下大衣，走过去轻轻盖住李展，"本来被杀的，应该是我。"

大衣覆上李展的身体，也掩去了刺目的红，只留下浅浅一片驼色，安静，温柔。郁飞怔怔望着，像失了魂。

唐凛走到张权面前，问："还不想说实话吗？"

张权任由范佩阳按着，似已看清彼此间的力量差距，但脸上的冷笑却没一点儿认命的意思："就算凶手用手指杀人，凭什么一定是我？大家都有手，郁飞手上还都是血呢！"

"人家那是按伤口按的，"郑落竹隔空怼一句，"你别混淆视听。"

他和郁飞打了一架，反而越看那小子越顺眼，再瞅张权，就怎么都不像好人了。

"呵，"张权阴阳怪气，"说不定他就是为掩饰手指上的血迹，才那么急着去按伤口。"

郁飞缓缓转过头，目光如刀，几乎能把张权活剐："你再说一遍。"

张权咽了口唾沫。

唐凛摇头："张权，我不用看郁飞。一共五个人，我们三个不可能杀人，凶手要么是你，要么是郁飞，看你们其中一个人的手就够了。"

张权不屑地嗤笑一声："我的手上可没血。"

"你的确把手指擦得很干净……"唐凛上前握住张权的右手腕，等范佩阳适时松劲儿，便将那只手抓起，亮给所有人看，"但你忘了清理指甲缝。"

张权一丝血迹未染的右手的食指指甲缝里却有淡淡的几丝红。那是行凶时必然残留的组织碎肉，正牢牢嵌在指甲缝里。

"你要真像郁飞那样满手血，倒不好办了，"唐凛把他的腕子又送回范佩阳手里，后退半步，声音冷下来，"幸亏你多此一举。手上沾血不可疑，沾了却要擦干净才做贼心虚。"

张权不说话了，脸上的不甘和愤恨也消失了，有种奇异的平静。

郑落竹惊讶于唐凛的冷静和敏锐，不过更让他想不通的是张权。为什么要杀人？他和他们明明是一样的闯关者……

"OK，筛选完成。"张权惬意的声音打断了郑落竹的思绪。

郑落竹猛地抬头："什么筛选？"

张权没理他，反而轻松自如地对唐凛调侃："没想到你们效率还挺高，我以为至少要死三四个人。"明明还被按在轿厢壁上，他的气场却和先前判若两人，连声音都有了微妙变化。

唐凛蹙眉，刚要开口，却有人比他更快。

"为什么要杀人……"郁飞攥紧军刀，太用力，关节咔咔作响，"为什么要杀李展？！"

后半句，他的声音陡然提高，怒火冲破理智，人已经扑了过去——他其实不要答案，他只想让张权偿命！

郁飞的速度太快，根本不给任何人反应机会，就到了张权面前。

"当啷——"军刀毫无预兆地掉到地上，郁飞整个人被一株从轿厢底部生出的绿色藤蔓紧紧缠绕，动弹不得。

"张权——"他声嘶力竭地吼。

始作俑者却突然一闪，竟从范佩阳的桎梏中逃脱，灵活跳开。

范佩阳有一瞬的错愕，手掌传来的剧烈疼痛显示着张权脱身时的绝对力量，再加上此刻束缚着郁飞的藤蔓……他转头看向张权，心中已了然："你有文具。"

"他怎么可能有文具？"郑落竹惊讶道，"进电梯之前，我们所有人的文具都被清空了啊。"

"刚刚已经说过了，我是来筛选你们的。"张权的声音正经起来，连带着他的脸都有了变化。短短几秒，那张脸就成了另外一个陌生男人，三十五岁左右，脸颊消瘦，下巴点点胡茬儿。

这场景诡异得让人汗毛直竖，郑落竹脱口而出："张权呢？你把他杀了？"

"不，和我可没关系。"陌生男人撇清，"我只负责你们几个，张权坐的是上一部电梯，早死了。"

郑落竹沉默片刻："这就是这一关的考验？"

男人摇头："你可真够天真的。"

郑落竹："什么意思？"

男人："真正的关卡还没到呢。我说第三遍了，这只是关前筛选。"

郑落竹彻底沉默了。

范佩阳和唐凛的脸色也凝重起来。

郁飞早已失去理智，根本听不见男人说什么，只拼命想从藤蔓里挣脱。

事已至此，再明了不过。没有张权，自始至终和他们共处一部电梯的都是这个人。也没有什么通关不通关，他们根本连关卡的入口都还没摸到。

唐凛盯着胡茬男半晌，竖起右手食指："这也是文具？"

"藤蔓和变身是，手指嘛，"胡茬男耸耸肩，"是能力强化。"

唐凛："能力强化？"

胡茬男挑起眉毛："许愿屋里的愿望啊。别告诉我你在许愿屋里要了钱，那你以后可有得哭了。"

他有问必答，配合得有些过分，范佩阳不免生疑："为什么要告诉我们这些？"

胡茬男轻蔑一笑："因为你们对我构不成任何威胁。"

"咕咕——"已经没了影像的显示屏，敬业地发出最后一声猫头鹰叫。

电梯稳稳停住，尘埃落定。

"是时候说再见了。别恨我，我也只是完成任务。"胡茬男退到电梯深处，"不过如果真想报仇，也可以来上面找我，只要你们还有命。"

轿厢门缓缓打开，一股潮湿闷热的空气迎面而来，隐约还夹着发霉腐烂的腥臭。

"欢迎来到地下城。"胡茬男张开双臂，朝着四人猛力一推。

捆着郁飞的藤蔓同时松开，四人猝不及防，跟跄着摔出电梯。

郁飞摔出去后第一个蹿起，又疯狂往回跑，可轿厢门关得太快了，他拼命砸门，想抢回伙伴的遗体，然而电梯已缓缓上行。

范佩阳、唐凛、郑落竹随后站起，怔怔望着前方的景象——

一座地下城镇，没有阳光，只有昏暗的灯，随意搭建的房屋简陋残破，有些已成废墟，街道歪歪斜斜，狭窄脏乱，看不清深处。很多人坐在路边，衣衫褴褛，面黄肌瘦，也有些人穿街过巷，行色匆匆。

压抑，拥挤，破败。

巨大的机器轰鸣声从远处传来，带着令人窒息的热风。但更令人窒息的是，那些坐在路边的人，那些看起来好像已经活不下去的人，但凡露着手臂，便能看见上面的猫头鹰图案。

和范佩阳、唐凛、郑落竹手臂上的图案一模一样。

"对不起。"范佩阳转头看唐凛。逆着昏暗的光，他的情绪藏在阴影里，辨不真切。

唐凛愣住："怎么了？"

"我不应该把你拉进来。"

2

一个月前，北京，某私立医院。

唐凛坐在病床上削苹果，削得认真，苹果皮一直没断。

他最近又瘦了，病号服有些空荡。

单云松坐在床边安静地看着，待到唐凛削完最后一下，伸手接过了刀和果盘。

"范总最近在忙什么？"唐凛啃了一口苹果，貌似随意地问。

单云松摇头："不太清楚。"

唐凛无奈提醒："单特助，你是他的助理。"

单云松恭敬更正："唐总，我现在是您的助理。"

所以才更可疑。

单云松是公司成立之初就跟着他和范佩阳的老人，也是这些年范佩阳最得力的助手，除非范总闲得能去海岛度假，否则单云松绝对没有这么长时间待在医院陪他的道理，范佩阳不是公私不分的人。

"单特助，"唐凛放下苹果，温和笑笑，"医生说我最多还能活三年。"

单云松一怔，有些不知道怎么接话。

唐凛只静静看着他。

单云松从那双清亮的眼睛里，读出了"欺骗病人可耻"的控诉。

"唐总……"两边都是老大，单云松真的头疼。

阳光照进病房，却驱不散冷清和消毒水的味道。

脑瘤长的位置不好，无法手术，从命运下判决书的那一刻，唐凛已经坦然了。接受现实没那么难，又或者说，清楚无力回天便只能佛系了。可他佛了，范佩阳没佛，每次来探病，他都能感觉到对方的状态越来越差。那双冷淡的眼睛以前还偶尔会笑，现在只剩一片荒原。

唐凛认命，可范佩阳应该好好活着。

"范总最近几个月的确经常不在公司，"单云松投降，终究还是站到了唐总队伍里，"但具体忙什么，我真的不知道。"

"你可以问嘛。"唐凛笑眯眯地怂恿。

单云松讨饶："唐总，范总一个眼神就能把我冻在那儿。"

唐凛煞有介事地挑眉："你怕他，就不怕我？"

他的模样一点儿不凶，可单云松立刻苦笑。

唐凛眨了眨眼，看了单云松一会儿，眉宇间有了淡淡疑惑："你最近……好像还真的挺怕我。"他自认在公司人缘不错，逢人三分笑，尤其和范佩阳一对比，更显得温暖如春，普通员工都没几个怕他的，何况单云松。

对视片刻，单云松就知道想搪塞没戏，唐凛太敏锐了。

深深叹口气，他决定实话实说，反正都站到唐总这边了，也不差最后这点儿交心："我以前一直认为您爱笑、脾气好，和范总一冷一热，正好互补……我还奇怪过，为什么范总和您一个名字听起来暖洋洋的，人却冷得要命，一个名字冷的，人反而很温暖……"

"但是？"唐凛越发好奇后面的转折了。

单云松莞尔："但是最近在您身边待的时间长了，我才觉出来，您也是个冷性子……"他脸上的笑意淡去，眼里有认真，更有敬佩，"一个公司的老总不能都是生人勿近的样子，范总我行我素，您就只能让自己暖起来，一冷一热，一张一弛，才收得住下面的心。"

病房安静下来，之后的很长一段时间里，唐凛都没说话。

直到一朵云飘过窗外，遮住了阳光，单云松听见唐凛说："我们溜出去看个午夜场吧。"

午夜，2：40。

单云松做贼似的左顾右盼，确认没值班护士，才迅速推着唐凛的轮椅溜回病房。

一场电影两个小时，可这一来一回，单云松比打了场仗还累，果然特工不是谁都能做的。

唐凛已经困得不行，哈欠连连。单云松将他抱回病床，也不忍心教育午夜场如何如何影响休息了。看都看完了，他还是帮凶，况且连范总都劝不住，早就对此睁一只眼闭一只眼了。

唐凛累极了，几乎睁不开眼。他知道单云松帮他盖好了被子，也听见了对方离去的脚步声，可能是不放心，想找护士过来看看，也可能是去做别的事……唐凛想不了更多了，他的意识昏昏沉沉，像块浮木，在海中随波逐流。

"咕咕——"遥远的不知名处传来奇怪的叫声，诡异，又带着一丝荒凉。

唐凛忽然感觉到一股巨大的吸力将他整个人卷进了漩涡，痛苦的失重感猛烈地冲击着他的身体，他拼尽全身力气挣扎，想要逃开这梦魇，却更快更深地扎进漩涡深处。

终于，失重感慢慢减轻，唐凛努力想要睁开眼，却只看见一片模糊。

蒙眬里，他好像看见了……范佩阳？

午夜，2:15，许愿屋。

一扇湖蓝色的大门静静伫立，没有风，没有声音，在这里好像连时间都消失了。

范佩阳、郑落竹、滕子晏、万锋芒、张潜五个人站在门前，不约而同抬头打量。

"不愧是许愿屋，这大门还挺漂亮。"张潜客观评价。

"漂亮？"滕子晏扯扯嘴角，"那你留在这儿继续闯关？"

"可算了吧，别说一个愿望，就是十个愿望，哥们儿都不留。"张潜斩钉截铁吐出四个字，"我，要，回，家！"

他们莫名其妙被选中，莫名其妙每天晚上都要进入这里闯关，今晚闯不过，明晚继续闯，今晚闯过了，明晚还有下一关，关卡一个比一个难，还非得将全部二十三个关卡都闯完才能彻底结束这一噩梦，简直让人绝望。

唯一的安慰是他们遇上了范佩阳。

范老板花钱雇人组队闯关，以提高通关效率，他们呢，反正愿意不愿意都要闯，顺便还能赚外快，皆大欢喜。组队之后他们也的确一路披荆斩棘，还被其他闯关者起了个"五黑党"的诨名——单从字面看就知道他们不好惹。

不过谁也没料到，才闯了几关，范佩阳就花一百万收来一条情报。根据情报内容，他们会在闯过第十三关后进入一个名为"许愿屋"的地方，届时不许愿，按照情报所示的方法操作，就可以提前离开这里，不必再闯后十关。

当然要走。生活被这见鬼的闯关搅得一团糟，什么愿望能比得上重归正常生活？

他们坚定认为所有人都该是这个态度，没承想范老板竟然要留下来。

张潜和滕子晏不约而同瞄了范佩阳一眼，直到现在，他们也不懂老板到底在想什么。

他俩只是心中嘀咕，万锋芒则已经大咧咧靠过去，不死心地又问了最后一遍："老板，你真不走？"

范佩阳摇头："队伍就此解散，你们去吧。"

万锋芒、张潜、滕子晏对视一眼，末了张潜抬手，推开了许愿屋的大门。

三人鱼贯而入，走在最后的滕子晏已经迈进一条腿，忽然发现少个人，回头一看，郑落竹还站在原地。

他诧异地问："竹子，你不走？"

郑落竹笑笑："不了。"

滕子晏蒙了，这比范佩阳不走带给他的冲击还要大，毕竟老板向来深不可测，可郑落竹……

两个伙伴催促的声音打断了滕子晏的思绪。他茫然地看了郑落竹最后一眼，再没时间多想，转身进入许愿屋。

大门缓缓合上，世界重新安静。

范佩阳转头看郑落竹，难得起了一丝好奇："为什么不走？"

郑落竹朝他嬉皮笑脸："我还想跟着老板你啊。"

范佩阳微微挑眉，显然没信，但也不再多问。

五分钟过后，门内传来震动，又过了会儿，归于平静。不出意外，三个伙伴应该已顺利离开。

郑落竹不耽误时间，直接对范佩阳道："老板，我先进去许愿？"

范佩阳点一下头。

郑落竹打开门，闪身而入。门扇缓缓关闭，将大门内外隔成两个世界。

不走的，便是要留下许愿的，而愿望这种事情，大多不适合分享。

十分钟后，郑落竹许愿结束，被传送回来。

范佩阳拍拍他的肩膀，最后一个进入许愿屋。

郑落竹目送范佩阳的身影消失，这才走远一些，坐到地上。他抬头望着高耸的湖蓝色大门，前所未有的安静。

老板买情报的时候肯定是想离开的，可当知道会遇见许愿屋，又改了主意。郑落竹清楚，范佩阳的愿望一定和唐凛有关。这世上心有余而力不足的事情很多，有些不值一提，有些却能让人不计代价，哪怕用唾手可得的解脱去换。

范佩阳换了。

他也换了。

鸮："欢迎来到许愿屋。"

门扇在背后刚刚合上，范佩阳耳内就响起了提示音。屋里美如星空，人立于其中，就像飘浮在浩渺宇宙。

鸮："作为进入后十关的奖励，我可以满足你一个限定条件的愿望。宝贝儿，说出你的愿望吧。"

范佩阳垂下眼睑，缓缓开口："我有一个朋友，叫唐凛……"

背景说明刚起了个头，就被打断。

鸮："你的所有事情我都知道，请说愿望……"

范佩阳顿住，下一秒毫不犹豫："让唐凛痊愈。"

鸮："不符合限定条件。"

范佩阳："让唐凛长命百岁。"

鸮："不符合限定条件。"

范佩阳控制不住，心底泛起焦躁："让唐凛进入鸮总可以吧？"

鸮："这个可以，但你确定想清楚了？后十关险恶异常，友情建议，最好选择可以增加自身战斗力的愿望。"

范佩阳深吸口气，态度坚决："我就要他进来。"

半空中忽然出现一团紫色星云，像宇宙撕开了一个口子。很快，一个平躺着的身影落到许愿屋的地面。唐凛在沉睡，但睡得不大安稳，眉头皱得紧紧的，额上一层薄汗。

范佩阳走到他身边，步子放得很轻，站定，抬手，点击手臂上的猫头鹰图案，进入"文具盒"。历尽千辛万苦搜集来的数十个文具，整整齐齐排列在"文具盒"里，随时等待着被使用。

文具是闯关时的重要辅助，可以经由通关、刷新通关记录、无尽海等渠道获得，不同的文具有不同的属性，有的可以攻击，有的可以防御，有的可以治疗。此刻，范佩阳的目光就锁定在一个治疗文具上——〈幻〉完好如初。

自从得知许愿屋存在，他就在等这一天。文具是没有说明书的，一个文具会造成什么样的效果，全凭文具属性和文具名称去推断。给唐凛用哪一个文具才能万无一失，范佩阳在心里模拟试验了无数遍，最终才选定这一个。

如今万事俱备，范佩阳的神情很平静，指尖也已经悬在了"〈幻〉完好如初"的上方，可就是迟迟不落下。

鸮："你还在等什么？"

耳内突来的声音让范佩阳浑身一震，他猛地抬头："再等一下。"

半空中并没有人，他这话更像是说给自己听。

范佩阳怔了怔，又去看唐凛，目光落在对方的身上、脸上、眼眉间。他想起他们相遇的时光、奋斗的时光，那么多的时光才组成现在的他和唐凛……

范佩阳站着一动不动，可他的心脏已经开始狂跳，如擂鼓，如重锤，一下下击打着胸腔，理智被打散，冷静被粉碎，被压在最深处的胆怯趁乱出逃，肆意侵袭。

纵然模拟了无数次，原来临到关头，他还是会害怕。他害怕文具没有效，害怕唐凛的身体根本承受不了文具，害怕自己的一意孤行带来更灾难的结果……

可在这些害怕底下，又是不可抑制的期待。唐凛已经成功进到了这里，那被医生宣判死刑的病症在不讲理的文具面前，根本不值一惧。没有道理无效果，没有道理不成功，从在关卡中获得第一个文具的那天起，他就在想，如果能把文具用在唐凛身上该有多好！

他静静凝望着唐凛，脸上无波无澜，只有看进他的眼里，才能发现冰雪在消融，荒原在复苏，一切美好的、活泼的、富有生命力的都在破土。然而它们又是那样小心、那样不安，拼命忍耐着躁动，压抑着喜悦，害怕这温暖稍纵即逝，害怕这希望黄粱一梦。

鸮："宝贝儿，你在许愿屋里可以停留的时间，还剩十秒哟。十，九，八，七……"

电子音毫不迟疑地开始读秒。

范佩阳深呼吸一下，定了定心神。

鸮："六，五，四，三，二……"

"一。"范佩阳在心里默念，同时点击文具。

鸮："有人对你使用了＜幻＞完好如初哟。"

这提示音是给唐凛的，可意识混沌中的他根本听不见。

二人被一起送回许愿屋的大门前。

郑落竹支着胳膊撑着头，心想老板也该出来了，下一秒，就见范佩阳被传送回来，只是地上还多躺了一个人。

郑落竹胳膊一滑，脑袋连同上半身一起猛闪一下，错愕地张大嘴，半晌不知道该说什么。他料到范佩阳的愿望和唐凛有关，但死也想不到老板直接把人带进来了，这思路会不会太生猛？

范佩阳压根儿没看他，全部注意力都放在唐凛身上。

唐凛的皮肤本来就白，生病后晒太阳少，如今更是白得过分。可现在，他的气色似乎恢复了一些，不算红润，是桃花一样淡淡的粉。范佩阳看得出神，竟一时辨不出是真的还是错觉。

无声的安静里，唐凛睫毛轻颤，缓缓睁开眼。

范佩阳立刻伸手，扶着他慢慢坐起。

唐凛还有些恍惚，眼神茫然地四下看看，看见有过几面之缘的郑落竹，也看见了湖蓝色的奇怪大门。最终，他还是选择直接问范佩阳："这是哪里？"

范佩阳沉吟一下，说："医院。"紧接着又关切地问唐凛，"有没有觉得身体好一点儿？"

唐凛蹙眉看他，用刚苏醒还略带沙哑的声音说："范总，你想骗我，也搭个好一点儿的景。"

范佩阳沉默下来。良久，他抬手擦掉唐凛额头的汗："我们回家。"

同一时间，所有人耳内都听见了戏谑的电子音。

鸦:"恭喜许愿完成！距离新关卡开启还有一个月，请回去认真准备哟。"

提示音一结束，郑落竹、范佩阳、唐凛就被弹回了现实。

许愿屋对应的现实坐标点是新疆，后半夜寒意逼人。先一步出来的张潜、万锋芒、滕子晏没走，本想着再和老板吃个散伙饭，没想到老板还多带了一个人出来。

范佩阳一刻没耽搁，直接带唐凛去了机场。三人满腹疑问，只能揪住郑落竹。

好在郑落竹没打算这么快落跑。四个并肩闯关了几个月的伙伴就近寻了个地方，既是小酌，也是散伙。

"老板许的愿望就是把人带进来？"听郑落竹讲完，三个人整齐划一地瞪目结舌。

"我只能说，老板一个人进去，两个人出来，至于在许愿屋里发生了什么，你们可以自由脑补。"郑落竹严守一个围观者的本分，只传播，不渲染。

三人大眼瞪小眼，也没瞪出什么眉目，最终放弃高深莫测的前老板，一致把目光对准了郑落竹："竹子，你为什么还要继续？"

郑落竹放下酒杯，犹豫了一会儿，小心翼翼地问："我要说是为了钱，你们会不会骂我俗？"

滕子晏无语："喊。"

张潜鄙视："俗。"

万锋芒唏嘘："俗不可耐。"

郑落竹眯起眼："你们什么时候开始视金钱如粪土……"

话还没说完，三张再也按捺不住兴奋的脸就凑了过来："快说，你到底跟许愿屋要了多少钱？"

郑落竹："……"他就知道，谈钱最有利于培养感情。

一顿散伙酒喝到天亮，张潜喝高了，一直抓着万锋芒问"真结束了""再也不用进那鬼地方了"，问得万锋芒想再给他塞回去。

其实谁也不能保证，事实上直到这时，三人对于彻底结束噩梦这事儿也没什么真实感，连带着都不敢太喜悦，就怕峰回路转，来个空欢喜。

郑落竹叫来两辆出租车，一辆送三人回宾馆，一辆送自己去机场。

"这就走？"滕子晏有些意外，"折腾一夜了，多少休息休息吧，你不是说新关卡一个月后才开吗？"

"没事儿，飞机上睡呗。"郑落竹打个哈欠，还不忘叮嘱，"倒是你们，不急着回的话就多待几天，当旅游了。"

滕子晏没好气地拍他后背一掌："范总真该给你评个优秀员工。"

新疆的天亮得比北京晚，郑落竹到机场的时候日上三竿，去北京的早班机已经起飞很久了。当然这和他关系不大，因为他暂时还不打算回北京，所以如果自家老板像滕子晏说的那样颁个优秀员工奖，他还真不好意思领。

引擎的轰鸣声里，飞机急速攀升。郑落竹看着窗外，地面越来越远，建筑越来越小，最终只剩白茫茫的云。他咽了下口水，因气压而堵住的耳朵忽然通畅，原本隔了一层似的飞机轰鸣、机舱嘈杂霎时清晰真切。

一同真切的，还有他的心跳。

自许愿屋出来后的所有轻松、调笑、云淡风轻，都在这一刻坍塌剥落，他站在假象的废墟里，呼吸不稳，手心发热，露出了最真实的自我。

"先生？"甜美的声音传来。

郑落竹愣愣转头："嗯？"

推着饮料车的空姐微笑："先生，您要喝点儿什么？"

"水。"郑落竹条件反射地回答，过了半秒，又回过神似的礼貌笑一下，"麻烦加冰块。"

下午时分，飞机降落在一个北方的城市。郑落竹给出租车司机报了个地址，四十多分钟后，司机准确将他送到目的地。

这是一栋老国企的家属楼，有些年头了，周围好多类似的楼已经拆迁，盖起了新的小区，只有它还立在那儿，一如那个年代的工人们，淳朴、倔强。

楼虽旧，却有暖融融的人情味，不时有住户从楼里出来，多是上了年纪的，楼上若有人趴窗台望天，还会和下面的人打个招呼。

郑落竹在离它不远的花坛边坐下来，从下午坐到黄昏，终于看见一对老夫妇相携出来遛弯。他安静地目送他们走远。

天色将暗未暗，老夫妇又一同归来。他悄悄地望着他们回家。

夜幕彻底降临，一扇扇窗亮起温暖的灯火。路灯也亮了，驱散树荫的黑暗，照亮了树下人的侧脸和那双眸子里的决心。

郑落竹拿手机订了回北京的票，起身前往机场。

3

三小时前，北京，某私立医院。

"脑瘤已经完全消失，身体各项指标也正常，这根本不可能……"医生很想保持自己理性权威的专业姿态，但检查报告带来的冲击，生生将他的知识体系推到了崩塌边缘。

"确定真的没问题了？"范佩阳只关心这个。

医生极快地平复了情绪，心中的震荡仍存，但镜片后的目光却渐渐变得审视和怀疑："你到底对他做了什么？"他愿意相信医学奇迹，但并不代表他能接受天方夜谭，尤其这还是自己的病人，唐凛什么身体情况，他太清楚了。

范佩阳神色未动，连眼睛都没眨一下，仿佛全然没听见医生犀利的质疑，只认真地问："后续护理还有什么要注意的吗？"

"没有后续，不用护理，他现在就是一个完全健康的人。"医生揉揉疼痛的太阳穴，知道问不出什么了，毕竟这位油盐不进的病人家属他也不是第一天认识。

"谢谢，"范佩阳起身，"我的人等下过来办出院手续。"

离开医生办公室，范佩阳没急着回病房，而是站在走廊敞开的窗前静静看外面。

这是个晴朗的下午，北京难得一见的湛蓝色的天，碧空如洗，万里无云。范佩阳扶着窗台望了许久，久到指关节有些泛白，才缓缓地长长地舒出一口气。

不再耽搁，范佩阳转身回了病房，一推门，就见唐凛坐在床上，还穿着做检查时的病号服，但脸上已不见丝毫病容，白里透粉，元气好看。

范佩阳情不自禁地嘴角上扬，语气里是他自己都没察觉的迫不及待："收拾东西，我们出院。"

唐凛茫然地看着他，眼里没了平日佛系的笑意，就显得有些冷。但他不是故意的，他只是没办法和范佩阳一样，全身心地去感受康复的喜悦。从在那个奇怪的地方苏醒开始，他就被巨大的疑惑包围，随后回北京，做检查，他几乎要被这些疑惑吞没了——前一秒还被脑瘤折磨得痛苦不堪，后一秒就能跑能跳一身清爽？

"范佩阳，"唐凛努力让自己的声音听起来冷静，"到底发生了什……"

声音戛然而止。

范佩阳单手捧住他半边脸，拇指温柔地压到他的唇上："我们换个地方说。"

范佩阳的别墅离他的公司不远，但闹中取静，环境极清幽。

已近黄昏，夕阳映得客厅暖意盎然。唐凛坐在沙发里，望着茶几上的水杯出神，一下子接收了大量信息，他需要时间捋捋。

范佩阳静静地等着。

"所以，你的意思是……"唐凛终于开口，"你拉我进了一个闯关世界，用那里的道具让我康复，代价是从今以后我会和你一样每天晚上闯关，凌晨返回现实？"

范佩阳点头："总结基本正确，不过不是道具，是文具。"

唐凛："有时效吗？"

范佩阳："治疗性文具的效果可以永久保留。"

唐凛："我以后都不会再生病了？"

范佩阳："……据我了解，它只是一次性治疗文具，不带终生保险。"

唐凛："闯关会死人吗？"

范佩阳："不会，一旦判定受到致命伤害，就会被强制弹回现实，最多受一些轻伤，但会在弹出那一刻感受到死亡的痛苦。"

唐凛："我是从头开始闯，还是和你一样只需要闯剩下十关？"

范佩阳："目前还不清楚。如果分开，我会想办法和你会合。"

客厅重新静下来，余晖洒在绿植上，叶影斑驳。

事情远没有唐凛想得那样严重，治愈绝症这种近乎起死回生的愿望，他以为会像很多传说或者名著里那样，要拿灵魂和魔鬼交换，再不济也得来个倾家荡产，或者夺走什么最重要的东西。结果都没有。他不过是和范佩阳到了同一个地方，要做同一件事情。

关卡？闯就好了。

深吸口气，又慢慢呼出，直至此刻，唐凛才真真正正感受到生命重新回流的热度。

那个带给他这一切的人，范佩阳，就坐在他对面的沙发上。唐凛站起来走到他面前，俯身毫不犹豫给了对方一个结结实实的拥抱。

"你救了我的命。"

没有花哨的词汇，没有堆叠的感谢，简简单单的事实陈述，却字字千斤。

范佩阳不再克制，猛地回抱住他。

唐凛给的拥抱已经很用力了，可范佩阳回应得还要用力百倍，对方的力道压迫得他甚至开始呼吸困难。唐凛有一瞬的茫然。重获新生的是自己，范佩阳替他高兴很正常，但激动到这种程度就实在太奇怪了。

首先，他们只是共同创业的合作伙伴，并没有什么生死之交或者桃园结义的深厚情谊。再者，共事多年，自己还从来没见过有什么人或者什么事能真正牵扯到范佩阳的情绪，更别说让他像此刻这样激动得连力道都失了控。

茫然之后，就是更多的疑惑。唐凛艰难抬起头，视线越过范佩阳的肩膀，环顾客厅。

这是范佩阳的别墅，他知道，但作为合作伙伴的私人生活领地，他仅仅在装修时给过一点儿意见，并在完工之后来此参观兼乔迁贺喜。然后，就没有然后了，他们仍然上班在公司并肩作战，下班在车库分道扬镳。唐凛没有探究合伙人私生活的意愿，范佩阳也没有我家大门常打开接纳几个朋友进来的兴趣。

可现在，范佩阳把在医院检查完毕的他接回了这里，且接得十分自然，连问都不问他一句，仿佛他本来就应该回到这里。

察觉到唐凛的僵硬，范佩阳终于松开手臂，将彼此拉开一点儿距离，但视线仍锁定在唐凛脸上，目不转睛，好像生怕一眨眼人就消失了。

唐凛看见他的眼睛，极黑，极亮，带着灼热的光。

"今天就先早点儿休息吧，"将唐凛的反应解读为仍需要时间来消化这一切，范佩阳转身走向浴室，准备去给浴缸放水，"你好好洗个澡，其他的我们明天再说。"

唐凛彻底迷惑了，终于在对方背影即将消失在客厅尽头的最后一秒，找回了自己的声音："范佩阳，你到底在干什么？"

那声音里带着的不解和抗拒，让范佩阳脚下一顿，定住了。

唐凛的尾音在客厅里消散，或许只一两秒时间，可对于定在那里的范佩阳来说，却漫长得恍若过了一个世纪。

唐凛的反应不对。

被叫住的一瞬间，无数猜测、推断就一齐涌进了范佩阳的大脑，又或者说，它们原本就蛰伏在那里，只等一个契机，这些理性的、非理性的，科学的、荒唐的，严谨的、疯狂的种种曾被范佩阳预设过的灾难后果，便倾巢而出。为了按住这些，范佩阳几乎倾尽全力。

终于，他静默着转过身来。先前那些藏也藏不住的喜悦、兴奋、期待、热切，都从他眼底退去，只剩唐凛的身影，孤零零映在那双漆黑眼眸里。

"你不知道我在干什么？"他反问唐凛，心里的翻天覆地没在声音里泄露一丝。

四目相对，唐凛忽然慌了一下。有那么短暂一刹，他觉得自己好像做错了。可最终，他还是对范佩阳摇了头："我真的不明白。"

范佩阳微微低头，眯起眼睛，这是他在审视和思考时的习惯动作。他想找出唐凛的变化，想用这个唐凛和从前的唐凛做对比，来锁定究竟哪里出了问题。

不是性格。

在许愿屋外苏醒时，明明茫然疑惑却还不忘调侃他拙劣的谎言，是唐凛。

得知他用一个愿望换了他的健康，真诚给予自己拥抱和道谢，是唐凛。

人前笑眯眯，只有面对自己时才露出冷然的真性情，还是唐凛。

但从前的唐凛不会连一个拥抱都僵硬以对。

如果文具没有让他的性格发生任何变化，唯一的可能就只有——记忆。

"你准备在那里站到天亮吗？"唐凛和他对视得太久，眼睛都酸了。

范佩阳总算迈步，朝他走来。唐凛下意识往后缩了缩，他大病初愈，禁不住三番两次体验窒息拥抱。

意外的是，范佩阳临到跟前脚下一转，坐回了对面。

"我问，你答。"

唐凛正襟危坐："好。"

范佩阳："你记得这里吗？"

唐凛："当然，这里是你的别墅，而你买这里，只是因为它离我们公司近。"

"我们公司？"范佩阳语调微微上扬，抓住重点。

"你我合伙创业的，不然该怎么叫？还是说……"唐凛故意打量他，"趁我生病，你把资产转移了？"

范佩阳没理会玩笑，只片刻不放松地盯着他："的确是我们一起组建的公司，所以你也是总裁。"

"我都不知道，原来自己升职了。"唐凛蹙眉，语气冷淡下来，"范佩阳，你如果再继续这种挖坑式提问，我不玩了。"

"你都记得？"

"我当然都记得，"唐凛不知道范佩阳究竟想证明什么，"我是脑袋里长了东西，但我人没傻，你现在问我两年前的财务报表，我一样能倒背如流。"

范佩阳："你是最好的财务总监。"

唐凛："客观事实。"

范佩阳："我的财务总监。"

唐凛："……"这话在逻辑上没问题，可让范佩阳一说，就哪里怪怪的。

夜色深了，月光照不进来，因为灯光太亮，亮得有些晃眼，有些昏眩。范佩阳沉静的脸上看不出任何情绪，没人知道他的心里正在高速运转分析，从被唐凛叫住开始到现在，一刻未停。

唐凛记得公司，记得职位，记得生病，甚至记得他们是一起创业过来的。所以没失忆？可如果都记得，为什么……

"你记得这里吗？"他忽然再度开口。

唐凛莫名其妙："你问过这个问题了。"

"我是说，"范佩阳顿了下，"这里的装修。"

唐凛眼底极快地闪过一丝情绪："你确定要聊这个？"

范佩阳不动如山，再明显不过的坚持姿态。

"好的。"唐凛从善如流，环顾客厅一周，视线像个没感情的杀手，"不管说过多少次，我都很愿意再说一遍，你的品位糟糕透了……"

范佩阳："当年装修，我问过你意见。"

唐凛："是的，然后你在我给了你复古欧式、美式乡村、新中式、地中海等无数风格建议之后，选了极简性冷淡风。"

明明被揶揄，范佩阳却一扫阴霾，连声音里都有了不易察觉的波动："之后呢？别墅装修好之后，你是第一个来参观的，你当时和我说了什么？"

唐凛仔细回忆了半天，也没想起任何印象深刻的："抱歉，这个真忘了。"

范佩阳怔住，刚刚的期待才冒头，就落空得猝不及防。

当时的唐凛说："范佩阳，你成功打消了我对合住的向往。"

他没刻意记都记住了，唐凛那样细心的人却忘了。

"但我记得那个，"察觉到了范佩阳的低落，唐凛下意识想弥补，抬起头，就看见了不远处的绿植，"那个是我送的，送的时候还没开花。"

那是一盆鹤望兰，立在落地窗前，已长得高大繁茂，簇拥着的叶片上方，三朵姿态奇异的花，明亮的橙色带一点儿紫，像三只振翅欲飞的小鸟儿。

"你把它养得不错。"思来想去，唐凛又补了一句干巴巴的表扬。

范佩阳："你送它过来的时候，也说过话。"

唐凛："……"

范佩阳："忘了？"

唐凛："我从来不知道，你记忆力这么好。"

范佩阳："是你的记忆力变差了。"

当时的唐凛说："范总，它可比我娇气多了，你千万别把它养死。"

他问："如果死了呢？"

得到的回答是："那我们俩这合作就得散伙了。"

他没给唐凛散伙的机会，鹤望兰开得越来越好，可是送花的人都忘了。

不用再做什么可笑的问答游戏，事情已经再明显不过。唐凛记得一切，独独忘了他们除了冷冰冰的创业伙伴关系，还有一个屋檐下同住的挚友情谊。

范佩阳从不与任何人分享自己的私人领域，除了唐凛。可这个唯一特殊的人，却忘了。

范佩阳想不通。

他手里的治愈性文具，还有"〈幻〉大病初愈""〈幻〉华佗再世"，可他不要初愈，他要痊愈，又不能百分百相信华佗，因为神医也有治不好的疾症，所以他才最终选了"〈幻〉完好如初"。任何文具都可能产生预料外的效果，这心理准备他有，甚至是唐凛的所有记忆都退回到生病之前，他都觉得可以解释得通，可那个文具就像一把手术刀，只精准划掉了所有与他和唐凛友情关联的细节碎片，为什么？

"如果你没问题了……"唐凛淡淡出声，"能换我问一个吗？"

范佩阳回过神，对上唐凛冷清的眼："你想问你的记忆是不是出现了问题？"

唐凛："你不会无缘无故问我那些。"

范佩阳笑一下，笑意还没到眼睛，就散了："不算大问题，你只是忘了我们之间的关系。"

唐凛："什么关系？"

范佩阳："能让我刚刚一系列行为合理化的关系。"

唐凛的眉头深深锁起。他很少这样，通常再不高兴或者再困扰的事情，也只会让他轻轻蹙眉，可现在，他控制不住了。

范佩阳表现得就好像他们之间有着过命的交情，甚至已经亲密到可以同吃同住，这太匪夷所思了。现在哪怕随便换另外一个人过来说"唐凛，我和你不仅仅是合作伙伴，还是多年挚友"，即便大脑一片空白，唐凛也愿意先选择相信，再慢慢回忆。但这人可是范佩阳啊，一个眼神就能冻得万物结冰，从头到脚散发着"生人勿近"，哪怕是合作对象、商业伙伴都别想在他这里建立任何私人交情，永远公事公办杀伐果断的范佩阳啊！

事实上，范佩阳愿意拉他进那个什么闯关世界，为他创造痊愈机会，就已经够让唐凛受宠若惊的了。毕竟在自己因病退出公司经营后，公司仍在良性、健康地运转，对于在意成本与收益的范总来说，"治疗一个可替代的前财务总监"绝对是一笔不划算的买卖。

"证据，"唐凛深呼吸，努力让自己保持冷静，"你说我们是这样的关系，证据呢？"

范佩阳不假思索起身，走出客厅。再回来，他的手上已经多了些东西——西装、衬衫、睡衣、拖鞋、洗漱用品等等。衣服是唐凛的尺码，拖鞋是唐凛最爱的设计师原创，洗漱用品看不出归属，但都一式两份。

可唐凛实在不甘心认领："都是我的？"

范佩阳看着明显比自己身形小一圈的睡衣："难道是我的？"

唐凛抿紧嘴唇，良久，摇头："这些只能证明这里的确有一名常住或者随时会来住宿的人口，但非说这个人是我，证据力度不够。"

范佩阳紧紧盯着他，目光里带着夺人的压迫力，几乎一个字一个字地问了："那你想要什么证据？"

唐凛毫不迟疑地迎上那目光："日常合照，聊天记录……"他其实还想说"租房合同"，但看见范佩阳眼里的郑重，下意识就顿住了，总觉得这样过于公式化口吻的词会伤人，虽然他也说不清为什么，"……如果是同住关系，总该有些痕迹留下吧？"

范佩阳沉默下来。

"都没有？"唐凛怀疑地眯起眼睛，"就算我们忙得没时间合影留念，连个能证明同住关系的聊天记录都不存在？"

范佩阳："我们通常不用手机聊天，有事只打电话。"

唐凛："显然你并没有电话录音的习惯。"

落地钟发出一声轻轻的"咔哒"，是时针、分针、秒针完全重合的细小机械声。

午夜，十二点了。

唐凛生生陪着范佩阳在客厅里坐了半晚上，没坐出任何突破性成果。

"我去睡了，客房在哪儿？"他不想在重获健康的第一天就熬通宵，而且客厅里的压抑已经让人待不住了。

范佩阳一言不发地站起来，送唐凛去了那个他本该轻车熟路的客房。

推开门，屋里的陈设丝毫未变。可那个原本住在这里的人，只和他礼貌地道了声"晚安"。

"砰——"实木门严丝合缝地关上，范佩阳站在门外，说不清自己的心情。

唐凛的痊愈有多令人狂喜，唐凛的记忆缺失就有多让人始料不及。刚刚得知有许愿屋的时候，范佩阳以为这辈子最大的幸运来了。原来，幸运是有代价的。

一门之隔，唐凛躺在床上，这个晚上第一次摸出手机。

为什么不在客厅里看？或许潜意识里，他也有些害怕。

从那个奇怪的地方回来之后，他就忙于回北京、检查、出院，几乎没碰过手机。如果他真像范佩阳说的丢掉了某些记忆，那么或许他现在对于自己手机的认知，也是缺失的——范佩阳的手机里没有任何交情深厚的证据，自己的会有吗？

关掉顶灯，打开床头灯，房间柔和下来。唐凛解锁手机，从聊天软件翻起，然后是短信、电话、备忘录、记事本。

还真的什么都没有，唯一能确定的是他的确常和范佩阳通话。但合伙人之间通话频繁太正常了，尤其是范佩阳这种讲究效率、任何事情都必须及时沟通、最讨厌文字联络的人。

相册，被唐凛放到了最后。他轻轻点开，最近的照片都是在医院拍的，医生、护士、绿地、花坛，还有单云松和他自己。

生病也不忘自拍，唐凛还挺骄傲自己的心态。

往前翻，还是医院，他都没意识到自己竟然拍了这么多，就像要把生命最后的每一分每一秒都记录下来。

再往前，终于是还没生病的时候了，照片数量开始骤减，有时两个月也不拍一张。

时间轴一下子快起来，往上划没两下就到了四年前。

唐凛滑动的手指忽地停住，那是一张自拍——范佩阳就坐在他刚刚坐过的沙发里，应该是睡着了，手机主人勾起嘴角，厚颜无耻地偷了张合影。

四年前的九月，照片显示时间23:15。

4

新关卡开启当天。

郑落竹准时来自家老板公司报到。然后，他就坐在范佩阳办公室的会客沙发里，看着老板签文件、签文件、签文件……

半小时后，范总终于让助理进来拿走了最后一份文件，这才放下钢笔，抬头："都准备好了？"

郑落竹一拍脚旁沉甸甸的旅行包："放心，老板，能带的都带了，我还放了几把刀进去。"

新关卡是否允许携带武器，谁也说不准，不过带上总比不带强，如果不让，顶多是被吸进关卡的时候武器依然留在现实，但万一让带呢，那就可以防身了。

范佩阳点点头，视线在他身上转了一圈："气色不错。"

郑落竹立刻精神抖擞，腰板倍直："我这一个月什么都没干，就可劲儿吃，管够睡，把前面闯关熬的夜都补……"

四目相对，郑落竹渐渐没了声。眼下明显一片疲惫泛青的老板，好像并不是真心想称赞他的气色……

微风从半开的窗扇溜进来，吹得案头一本书翻开了页，窸窣作响。范佩阳循声望去，视线却在半路落到了不知名处，像突然陷入了冥想和沉思。

郑落竹没敢打扰，经验告诉他，料理完公司事宜的老板已经急速切换回闯关模式，作为雇员，他等着听吩咐就行。

果然，片刻之后，范佩阳放在桌案上的手指开始轻叩，一下，一下。

"为什么……这次要给我们一个月的准备时间……新关卡的坐标……在哪里……"

郑落竹不太确定地搭话："老板，你是在问我吗？"

范佩阳的目光移到他脸上："你有什么看法？"

郑落竹："没有。"

范佩阳："好的。"

郑落竹："……"他好像，不，他绝对是被嫌弃了！

毫无预警，办公室的门再次打开，来人省略了敲门环节，很自然就推门进来了。

郑落竹条件反射地站起，和唐凛的视线撞了个正着，连忙礼貌打招呼："唐总。"

他和唐凛有过两面之缘，但真正说上话，这是第一次。意识到唐凛可能还不知道他的名字，郑落竹又立刻补充："我是郑落竹，您喊我竹子就行。"

唐凛朝他笑一下，淡淡的礼貌，淡淡的疏离："叫我唐凛就行。"

余光里，自家老板正密切关注这边，郑落竹用力点头："好的，唐总。"

唐凛微微颔首，没再纠结称呼，转而走到范佩阳的桌案对面，拉出椅子坐下来。

郑落竹有些困惑地看着他的侧影，总觉得对方好像不一样了。前两次见都是在医院，唐凛给他的感觉就是心态特别好，人很乐观，也很温和，可现在的唐凛，似乎有一点点冷。

三人在这间办公室里一直待到深夜。

其间范佩阳又和唐凛叮嘱了一些关卡内的事情，唐凛一一记下。

那晚之后，两个人都没有再提过记忆缺失的事。

午夜，00:00。

"咕咕——"

唐凛第二次听见这个声音，这回他听清了，的确和范佩阳说的一样，是猫头鹰叫。

天花板上出现一个紫色漩涡，将三人吸了进去。

一阵天旋地转，他们跌落在一个狭窄的楼道电梯前。楼道很旧，亮着一块块五颜六色的广告和招牌，电梯很破，门前还一层横拉式的铁栏栅，颇有些20世纪香港九龙城的味道。

只是，三个人落地，却有七下声响。众人面面相觑，都很意外。

"五黑党？"

"张权？"

"老葛？"

"小郁？小李？"

一人一句，基本就彼此认全了，都在闯关里见过的，有些甚至还交过手。

"我说怎么让我等二十天，原来是为了凑人数。"葛沙平一副恍然大悟的样子。

"二十天？那你亏了。"郁飞噶瑟道，"我们足足休息了一个半月。"

郑落竹一听这话基本就明白了，新关卡开启的日期是固定的，但每个队伍抵达许愿屋的时间是不一样的，自然各队的休假长度都不同。

问题是，为什么新关卡开启的时间设定得这么晚？真像许愿屋里听见的那样，为了让他们有时间做更充足的准备，还是像葛沙平说的那样，是为了多凑一些人……

"能在这里遇见也是缘分，"葛沙平用他独有的大嗓门爽朗调侃，"看来咱们都是有宏愿的人啊。"

没人接茬，大家面上嘻哈，一笑而过。

上一关必须要全队五人一起闯过才能进入许愿屋，可现在七人，没一支全须全尾的五人队，显然各队都买到了能够彻底离开这里的情报，并有队友成功离开。最后剩下他们，用留下换了愿望。不过这个话题没人喜欢拿来社交。

"叮——"

"叮——"

两声提示音前后响起，第一声是电梯抵达，第二声则来自每个人的手臂。

唐凛将大衣袖子推上去，第一次见到了那个被范佩阳科普了许久的重要标志，一个猫头鹰头，点击图案，便能查看收到的提示——

小抄纸："*文具已全部清空，请闯关者进入电梯。*"

唐凛本就没有文具，对此毫无感觉。其他人的脸色却不大好看，年轻气盛如郁飞，国骂都出来了。

电梯门和铁栏栅一齐打开，露出空荡荡的轿厢。

张权放下手臂，招呼众人："既来之则安之，走吧。"

唐凛第一个走进电梯，站到最深处。

而后电梯渐渐塞满，随着郁飞、李展最后进入，轿厢门缓缓关闭，电梯开始下行。

郑落竹暗自去摸旅行袋，刀还在，不错。

那个时候，所有人都没意识到，他们自以为熟悉的关卡规则已经悄悄改变。

地下城。

"叮——"

清脆的提示音响起，不大，却能穿透沉闷的机器轰鸣。

站在原地的唐凛、范佩阳、郑落竹同时抬手看，不远处的郁飞愣了几秒，才后知后觉反应过来。

点开猫头鹰图案，原本应该显现在手臂上的界面弹到了眼前的半空中，不过每个人都只能看见自己的，就像有个私密的专属投屏。新的界面与从前比发生了一些变化，确切地说，是简化，选项卡只剩两个——"小抄纸"和"文具盒"。

"小抄纸"的作用是显示关卡内的一切提示信息，目前来看还是老样子，不过里面多了一条新信息——文具树已生成，满足相应条件即可解锁相应永久性文具。

"文具盒"的作用是存放文具，但现在，在已经被清空的一排排文具格的左边又多了一棵"文具树"。从树根到树干，再到树枝，每一个阶段都挂着一个永久文具格，里面写着解锁该文具的条件，越往上要求越高。

以郑落竹的文具树为例，树根处的文具格已经解开了，是"铁板一块"，并没有像普通文具那样带着"攻""防""幻"的前缀，就是清清爽爽的文具名。再往上，则依次是"？/100/1关""？/500/2关""？/1000/3关""？/2000/4关""？/？/？"……

真正明确解锁条件的只有四个，再往上，就是问号问号问号了。

郑落竹现在也一脑袋问号。

1关、2关这些倒容易理解，应该就是从现在开始算新起点，比如他们所在的这里就是第一关，想解锁永久性文具，需要闯过相应的关卡。但100、500、1000这些都是什么意思？钱？分数？经验？搜集某种物品？搞不明白，从前的关卡里根本没出现过这个。

不过从前的关卡里也没永久性文具，所有文具都是一次性的，用完就没了。从这点上说，来一棵文具树还是挺不错的，虽然"铁板一块"怎么看都是纯防御性质的，且朴实得毫不拉风，但一直随身带着也挺有安全感。

"老板，你的第一个永久文具是什么？"看完了自己的树根，郑落竹就开始好奇别人的。

范佩阳静静望着半空，久久不语。

郑落竹："……"老板好像不想聊这个问题。

"竹子，"唐凛忽然看过来，"你的文具树解锁了？"

郑落竹点头："对啊，最底下那个直接开了。"

唐凛蹙眉，又抬头看半空。

郑落竹回过味儿来："你的没开？"

唐凛："一个都没有，全锁着。"

两人再次对视，而后一起看范佩阳。

"我也解锁了一个。"范佩阳收回目光，半空中的界面随之消失。

郑落竹担忧起来，他和范佩阳的都解锁了，偏偏是最没经验的唐凛……

范佩阳："有我在，你不需要用文具。"

唐凛："……"

郑落竹："……"老板就是牛。

不远处走来一群人，不，是两拨人，各有六七个，一伙一水的白衬衫小鲜肉，一伙全是壮硕肌肉男，稀稀拉拉走在一起，斩钉截铁毫不融合。

白衬衫为首的是个戴眼镜的男人，精英范十足。壮汉为首的是个大花臂光头男，杵那儿就能吓哭小孩儿。两个人并排走在前头，嫌弃得毫不掩饰，闲聊得热热闹闹。

白衬衫："动作挺快。"

大花臂："你们也不慢。"

白衬衫："我要是你，不必跑这趟，那四个一看就是我们白组的。"

大花臂："你可歇菜吧，长眼睛的都能看出来你们组没好货。"

白衬衫："如果没记错，你们步步高升有半年没增加过新成员了吧？"

大花臂："那是他们没眼光。步步高升，我们这名字多大气，寓意多好，一关一关往上闯，一关一关往上升，都不识货。"

白衬衫："我很庆幸他们有一个健康的审美。"

大花臂："真想弄死你。"

白衬衫："新人看着呢。"

大花臂："你又多活一天。"

聊天结束，二人也来到了范佩阳他们面前，后面跟着的兄弟立刻站直，一分为二，小鲜肉归白衬衫，壮汉们归大花臂。

阵势挺吓人，但真正和四人对接的，是两张热情洋溢的脸。

"你们好。"大花臂先伸出了友谊的手，也不管四人乐意不乐意，挨个握了一遍，郁飞离得有点儿远，他干脆走过去和他握，完后再回来，"叫我鲨鱼就行。你们刚刚经历过电梯筛选，肯定也发现了，这里和前面的关卡都不一样，死是真死，难是真难，别说闯关，就是想在这里活下来，你们也得找个集体。我们步步高升就是这么一个温暖的大家庭……"

花臂，肌肉，平均一米九以上的身高……郑落竹默默观望，嗯，的确很有安全感。

"说完了吗？说完请换我来。"白衬衫推了推眼镜，语气很客气，抢发言权却一点儿没手软，"你们好，我叫吕爵，不需要可笑的外号，我们白组都是实名制……"

先被打断，再被讽刺，这都是常规操作了，但鲨鱼还是要紧紧环抱粗臂才能忍住不一膀子将吕爵抡飞。

郑落竹偷偷去看范佩阳，希望能从老板的眼神中找出一些态度倾向。然而没有，老板好像完全没在听。

难闻的空气，灼热的风，诡异的地下城，奇怪的组织……所有这些，都好像离郁飞很远。

他只知道，李展死了。

那个和他一同闯过了前面所有关卡的兄弟就这么没了。昨天晚上吃夜宵的时候，他还在和他吹牛……

"李展，我绝对会以最快速度挑翻后面所有关卡，你就跟着哥飞吧。"

"哈哈，那我可得把你翅膀抓紧了。"

"话说回来，我留下是迫不得已，你干吗也不走啊？"

"好奇。"

"啊？"

"为什么会有这个闯关世界，又为什么会选中我们？"

"……"

"郁飞，你信我，任何事物都不可能凭空出现，背后一定有原因。"

"你个神经病，能闯过关卡就阿弥陀佛了，你还想着搞研究？！"

"你是在表扬我吗？"

"不，我在膜拜学神。"

李展笑笑，不说话了。他总是这样，不争辩，不反驳，只默默努力，然后用事实教你做人。

"这就是地下城了，你倒是调查啊，你说话不算话……"郁飞放在地上的手死死握拳，关节泛白，他克制不住地颤抖，眼泪落进土里，溅起细细的沙。

"想报仇吗？"旁边忽然传来声音，低低的，但挺清澈。

郁飞猛地转头，是个戴着黑色口罩的男人，他身体防备性绷紧："你是谁？"

"和你一样，在电梯里失去了伙伴的人。"

"你怎么知道……"

"如果不是，你现在就应该和那几个人站在一起，看着前方，而不是回头去砸电梯门。"男人蹲下来，和他平视，"但是回不去了，你能做的除了接受，就只有复仇。"

"要怎么做？"郁飞的声音沉下来。

"搞清楚这个鬼地方，然后毁掉它。"男人只露一双眼睛，眼里闪着坚定的光。

5

吕爵还在侃侃而谈，相比鲨鱼笼统画大饼的风格，他细致务实多了："基本住宿、食物配给、日常应用、简单医疗，这些都是白组能给到的保障。当然更重要的是闯关，个人闯关和有组织的闯关，安全性和成功率的差别不用我多说吧……"

不用多说，因为就没人听。

范佩阳、唐凛、郑落竹此刻一起转头，看着郁飞和一个奇怪的口罩男渐行渐远。

鲨鱼也看见了，不爽地朝那边扯开嗓子吼："每回都偷偷摸摸，敢不敢光明正大地抢人——"

话肯定是传过去了，不过口罩男完全没有搭理的意思，带着郁飞一转，就消失在了某条巷子里。

"不用管他们，"吕爵拉回三人注意力，"一群科学怪人，专忽悠那些心态崩了的，咱们继续……"

话还没说完，范佩阳和唐凛就一起抬手，做了个标准的"不用"手势。

范佩阳："我不习惯被领导。"

唐凛："我不习惯被领导。"

声音比动作更整齐。

吕爵："……"

鲨鱼："……"

交谈被画上了不容置疑的句号。

郑落竹忽然有点儿心疼替组织招新的两位员工。

"我们也走吧。"撂下这么一句，范总干净利落地转身。

唐凛连话都没撂，走得比他还潇洒。

郑落竹忙不迭跟上。

鲨鱼静静望着，真心实意道："我想揍他俩。"

"不用你，"吕爵看着某个方向，嘴角一勾，"早有人蠢蠢欲动了。"

鲨鱼顺着他的目光去看，就在那三人刚刚走过的巷口，几个黑影正盯着他们背后，伺机而动。

"唉，直接选我们步步高升多好，"鲨鱼叹息，"保证一路稳稳当当。"

吕爵似笑非笑："人总要吃了苦头，才知道自己几斤几两。"

路越往深处走，灯光越昏暗，两边还时不时有潦倒的闯关者，眼神涣散得你也分不清他们是不是盯着你。

郑落竹浑身不适，甚至觉得空气都越发黏腻了。他一个用力把旅行包扛到肩上，挨着范佩阳身边走："老板，我们接下来去哪儿？"

范佩阳："先找个落脚的地方。"

唐凛看着路两旁破败的房屋，要么房门紧锁，明显的拒绝意味就差直接挂"请勿打扰"的牌子了；要么连房门都不存在，一眼看到底，甚至能透过墙上破洞直接看到后街，住人实在勉强。

范佩阳的手臂忽然横过来，不让他再继续往前。

唐凛脚下一顿，就见范佩阳转身向后："出来。"

巷口转角阴影里藏着三个男人，一个穿着破 T 恤，一个穿着老头衫，还有一个胖乎乎的光着膀子。三人本想偷袭，没料到范佩阳这么敏锐。

"等会儿一切听我的。"破T恤低头对下面两个脑袋叮嘱。

老头衫和胖乎乎一齐点头:"放心吧,大哥。"

说完话,破T恤带着俩小弟大摇大摆走出巷子,暴露在昏暗的灯光之下。

"我们只要东西,不伤性命,"破T恤在距离三人四五米处站定,颇有道义地表明立场,"旅行包放下,人走。"

范佩阳、唐凛、郑落竹人手一个旅行包,还都塞得满满的。

老头衫和胖乎乎盯着那几个包眼睛都放光了。

"不可能。"范佩阳的拒绝没留任何余地。

老板言简意赅,郑落竹不行,必须义正词严:"你们哪儿冒出来的三头烂蒜,连件像样的衣服都没有,还学人打劫?"

也不知道哪个词扎了心,三人一瞬间变了脸。

破T恤冷笑:"既然不想走,那就别走了。"他给了胖乎乎一个眼色,"老三,弄他们!"

胖乎乎得令,立刻集中精神,紧紧盯着他们。

郑落竹心里一凛,不好,这是要用文具!可已经来不及了,脚下的地面急速生出荆棘丛,将他们的脚踝牢牢锁住,稍微一动,荆棘刺就扎得肉疼。

旁边的唐凛直接蹲了下去。郑落竹以为他是疼的,一转头却发现第二次见到文具的唐总正蹲那儿低头认真观察呢,满眼学术研究的专注,紧接着自家老板也蹲下去了,单人研究立刻变成双人研究。

"这个文具好像没有张权在电梯里用的那个强,"唐凛沉吟着,"好解决吗……"

范佩阳伸手捏了捏荆棘藤:"用刀应该就可以割断。"

唐凛:"割断了会再生?"

范佩阳:"会。想一劳永逸,只能解决文具使用者。"

唐凛:"你说过,可以用攻击让使用者分散注意力,不能再持续操控文具。"

范佩阳:"或者直接让他受伤,精神力一旦薄弱,也会失去对文具的驾驭。"

唐凛:"门道还挺多。"

范佩阳:"慢慢摸索就好了。"

郑落竹:"……"

胖乎乎:"……"

老头衫:"……"

"你俩现场教学呢?!"破T恤要疯,"老二,把他们手也给我弄住!"

老头衫一个激灵,总算从文具使用小课堂回神,屏息凝气,浓眉一锁。

凌空飞来一根黑绳，将三人手腕牢牢绑到一起。

郑落竹快憋屈死了，如果不是文具盒被清空，他们何至于这么被动挨打。而且以前闯关的时候，对方对你使用了什么文具，耳内是会有提示的，但到了地下城，这种提示就消失了，他连对方用在他们身上的究竟是什么文具都不清楚，遑论反击。

见他们脚下、手上都被制住，抢劫三人组终于上前。

破T恤就看范佩阳不顺眼，硬生生将旅行包从他手里抢了过来，剩下老头衫抢唐凛，胖乎乎抢郑落竹，眨眼工夫，三个旅行包就易了主。

破T恤得意地掂一掂："嚯，还挺沉。"

"记住，下回别那么嚣张。"随意地拍拍范佩阳，破T恤拎着旅行包，转身逍遥离去，T恤随着他走路来回晃荡，不时露出腰间匕首。

范佩阳不动声色，紧盯着那匕首。刚刚被攻击的时候他就发现了，不管是老头衫还是胖乎乎，使用文具的时候都没有点手臂的动作，那就意味着他们可以直接用意念发动文具。如果他们可以，自己肯定也可以。

破T恤已经走出很远，但腰间的匕首纹丝不动。

范佩阳额角开始出汗，他果断改变目标，去盯破T恤手中的旅行包。很快，旅行包的拉链头有了轻微晃动。范佩阳再接再厉，几乎将全部注意力都集中到那里。拉链头开始移动，慢慢地神不知鬼不觉地拉开了旅行包的拉链！

老头衫和胖乎乎要保持荆棘和黑绳的文具效果，只能正对着范佩阳他们一点点后退，速度自然就慢。

破T恤走出很远才想到要停下等等小弟，无意中低头，却发现旅行包的拉链半开着。他有些纳闷儿，没记得刚才抢包的时候拉链是开着的啊。

正疑惑，一个绿皮罐头忽然顺着打开的拉链飞出，直冲破T恤而来。破T恤根本来不及躲，但罐头也没砸到他，而是顺着他脸边飞了出去。两三秒后，罐头又飞回来，这次终于砸中了破T恤的脑门儿——那沉甸甸的罐头跟小钢炮似的，砸脑袋上就是挨板砖的效果。

破T恤愣了半天，终于反应过来，捂着额头向后转。

范佩阳定定地看着他，神情沉静。

破T恤咬牙切齿："低估你了，文具树操作得挺熟练啊……"

随着他的尾音，半空中忽然浮现出无数利器，有匕首，有短剑，刃尖全部对准范佩阳三人。

郑落竹呼吸一滞，想去点手臂，可手被捆着呢，急得要发狂时，脑中忽然浮现出自己文具树上唯一的永久性文具"铁板一块"。他怔住，再联想破T恤三人从无点手臂的动作，一下子明了。

半空中的利器开始微微颤动。

郑落竹屏息凝神,集中全部注意力!

利刃齐发,如雨般俯冲而下。

一块铁板及时出现,挡在了三人头顶上。

"当啷——当啷——当啷——"

"噗噗噗噗噗噗——"

刀剑倾泻而下,但扎着铁板的是少数,大部分都偏到了十万八千里,戳到了地上。饶是如此,铁板还是被扎出一些凹坑,还有一把匕首直接将铁板扎透了,露出一点儿刃尖。

郑落竹抬头看着铁板,目光凝重。不够,作为一个防御性文具,这样的效果远远不够!但这并不全是文具的问题,更多的是操控力的问题,就算"铁板一块"并不是多强大的防御性文具,他也依然没能发挥出其100%的威力,他能明显感觉到意念操控的生涩和力不从心,这个恐怕需要练。

范佩阳没给对方发动第二次攻击的机会。就在郑落竹思索的时候,他已经眼底一沉,先前那个罐头再度飞起,速度和力道比之前都强了一点儿,绕着破T恤、老头衫和胖乎乎就是一阵无差别攻击,不过精准度还是很低,撞十下能中两三下,但足够撞得他们脑袋嗡嗡的了。

三人想去抓罐头,根本抓不住,被这么接二连三地砸,没多久就彻底蒙圈了。他们一蒙圈,再也驾驭不住文具,"荆棘""刀剑""黑绳"接连消失。

而罐头还没有停下来的意思。

三人抱头躲闪,哀号此起彼伏。

"大哥,你是大哥——"

"我们不要包了还不行吗——"

"你这是什么文具啊!啊啊啊——"

"老板……"劫匪叫得太惨,郑落竹有点儿不忍心。

范佩阳停了文具操控,轻舒口气。

唐凛看见了他鼻尖的汗,微微一怔,用只有彼此能听见的声音问:"操纵文具树很难?"

范佩阳低声道:"比普通文具难控制,想发挥出百分百效果,还得练。"

终于从罐头噩梦里解脱出来,三人坐地上喘粗气。

郑落竹迅速把自家旅行包都收回来。

唐凛来到破T恤面前:"为什么抢东西?"

破T恤捂着脑袋站起来,发现还矮人一截,郁闷至极:"饿啊!都两天没吃东西了,要不是饿疯了,谁干这个!"

唐凛:"我看你们干得挺熟练。"

破T恤:"我们、我们那是提前彩排,准备充分!"

唐凛:"是挺充分,杀人抢劫一条龙。"

破T恤冤声道:"谁想杀你们了,刚才那些刀啊剑的就是吓唬吓唬你们,没看都戳地上了吗!"

唐凛:"有几个扎着铁板了。"

破T恤欲哭无泪:"你试试饿了两天再用文具,你扎你也偏。"

唐凛沉吟片刻:"吃的,我们可以分你们一点儿。"

"你说真的?"破T恤不敢相信地瞪大小眼睛,第一次认真看唐凛,发现这人才是三人里最帅的,既不会像那个用罐头的冷峻得让人有压迫感,又不会像那个用铁板的带着痞气,就是云淡风轻的舒服、温柔优雅的好看。

"真的。"唐凛点头,"你们住哪里?"

破T恤一时没反应过来:"啊?"

唐凛没急着解释,反而先回头去看范佩阳。

范佩阳一直在看他,视线直接对上。

唐凛的目光里带着询问,范佩阳会意,朝他点了一下头。

郑落竹慢一拍,但也懂了,立刻加入,点头如捣蒜。

唐凛被他的反应逗笑了,脸上不明显,但笑意清晰从眼角划过。

郑落竹愣愣地眨下眼,忽然觉得唐凛应该多笑,不是病房里曾见过的那种和煦温柔的笑容,而是这种有点儿淡、有点儿凉,但真心的笑,很漂亮。

"你们住哪里?"重新看向破T恤,唐凛又问了一遍。

破T恤犹豫不言。

唐凛循循善诱:"吃东西,当然要找个舒服的地方。"

破T恤忙摇头:"不用不用,在这里给我们吃的就行。"

唐凛有些为难,声音莫名柔和下来:"可是这里没有开罐头的东西。"

"……"破T恤发誓,他被威胁了。

"就这么说定了。"唐凛拍一下他的肩膀,"我们管你们饱,你们管我们住。"

范佩阳把他的手从破T恤肩上拿下来,转头朝傻了的胖乎乎和老头衫道:"带路。"

机器的轰鸣声停了下来,这意味着地下城的时间也到了晚上。

纳新失败的白组和步步高升两拨人还在原地，远远观战了全程，直至目送六人身影消失在窄巷深处。

"我怎么觉得那伙劫匪更像被打劫了？"鲨鱼揉揉耳朵，好像还能听见罐头下的哀号。

吕爵望着他们离开的方向，脸上再不复先前的热情："如果他们执意单干，恐怕会成为很难缠的对手。"

鲨鱼斜眼瞥他："你们不是又要来那套吧，得不到就毁掉？"

吕爵推了推眼镜，微笑："幼苗不拔，长成树，砍起来就费力了。"

鲨鱼搓着粗壮花臂，一阵恶寒："你们白组果然都是坏蛋。"

第二章　**夜游怪**

YE YOU GUAI

1

幽暗的管道冰凉潮湿，爬到尽头，一块金属网挡住了路。

破 T 恤上前鼓捣一番，金属网像门一样侧开，几个人爬出管道，落进了劫匪三人组的"家"。

郑落竹站在暗淡的灯光底下，莫名心酸："你们还能混得再惨点儿不，都沦落到地下城了，还要住地下井？"

这是地下城的地下排水系统，三个方向的排水道在此交会，形成了一个可栖身的空间，纵向约三米高，横向有七八米宽，由密密麻麻的青黑色石砖砌成，管道嵌在每一面砖墙里。三块生锈的金属网分别挡住了三个管道的截口，将这里封成了一个简陋却不失安全的地方。

一张折叠的单人床，一把木头椅，就是这里仅有的家具。日用杂物都堆在一边墙根，另一边墙下则铺着几卷铺盖。乱是乱了点儿，但不太脏，见不到生活垃圾，看得出有打扫痕迹。

"这涂的什么啊？"郑落竹来到放杂物的那面墙前，弧形砖壁上有一块涂鸦，乱七八糟，但色彩缤纷。

"不知道，我们来的时候就有。"破 T 恤让胖乎乎和老头衫把地上的铺盖卷起来，清理出更大的地面空间。

虽然看不懂，但郑落竹还是欣赏了半天。在这灰溜溜的地下道里能看见点儿彩色，还是让人心情愉悦的。

"意思是你们来之前就已经有人住过这里了？"唐凛在清理干净的地面坐下来，打开旅行包，拿出几个罐头。

"肯定啊，上面找不到房子，就得往这里钻呗。"回答他的是老头衫，话是和唐凛说的，眼睛却直勾勾盯着罐头，口水都快流出来了。

"没出息。"破T恤拍了小弟脑袋一下，然后一屁股坐到唐凛对面，乖巧等待。

唐凛没吊他们胃口，直接把罐头分了。

三人狼吞虎咽，知道的是饿极了，不知道的还以为是要报刚刚的一罐之仇。

范佩阳在"屋"里查看了一圈，才脱了大衣，坐到唐凛旁边。

唐凛终于找到机会问他："我们什么时候开始真正闯关？"

范佩阳轻轻摇头："还不清楚。"

"小抄纸"里的最后一条信息，依然是刚进入地下城时的"文具树已生成……"，那之后，再没任何新提示。这一关的任务是什么，要怎么才算通关，所有信息都是空白。

当然，获得信息的渠道除了"小抄纸"，还有别的，比如眼前的劫匪三人组。

范佩阳才把视线放到对面三人身上，还没开口，倒让听见他和唐凛说话的破T恤抢了先："你们就别想着闯关了，关卡的开放时间没个准儿，上次开都是两个月前的事儿了。"

范佩阳怔住，眉头不易察觉地皱了下："两个月前？"

"对。"破T恤说，"不是天天都能闯关的，必须得是闯关口开启了才能进去。"

"开放时间没有规律？"

"完全随机。可能隔两个月，可能隔三个月，还可能就隔一个礼拜。不过……"

"嗯？"

"每回闯关口要开启的时候，'小抄纸'都会提前七天给提示。"

范佩阳静默片刻，问："闯关口在哪里？"

破T恤刚把一大口罐头肉塞进嘴里，含混不清道："城中心的地铁口。"

不知哪里来的风顺着管道吹过来，吹得金属网哐哐作响。

郑落竹倚着墙，一颗心往下沉。难道他们也要在这里等两个月？不，看路边那些闯关者，还有眼前这三个人的状态，或许还不止两个月……

"在这里，多久能回一次现实？"范佩阳再度开口。

破T恤正埋头苦吃，胖乎乎就替大哥答了："回？梦里回吧。"

老头衫也抬起头："我在这里待一年了，都没回去。"

范佩阳盯住他俩："说具体点儿。"

胖乎乎叹口气："具体点儿就是只要进了这里就不可能回去了，既来之，则死心之吧。"

"话也不是这么绝对，"老头衫追加补充，"据说闯到上面就有机会回去了，不过也都是据说，反正我没见过。"

"上面？"范佩阳第二次听见这个词了，第一次是在假张权嘴里。

"就是下一关。"老头衫说，"闯过这关，才能到上面去闯下一关。"

"你们也别想着回了，想想怎么在这里活下来才是正经的。"胖乎乎彻底吃完，舒坦地摸着肚子，"每天发的食物基本都被各个帮派瓜分了，你们如果不加入帮派，要么虎口夺食，要么坐地等死。"

每天，食物，帮派。范佩阳很快圈出重点，指尖在膝盖上轻叩："每天食物谁发？发放数量和发放方式是怎样？各帮派养那么多人，目的是什么？"

胖乎乎只听清了第一个问题，然后就跟不上思路了，而范佩阳等待的目光又让他莫名羞愧，总觉得答不上这些问题白拿了一份工资……呃，等一下，这又不是公司例会，他心虚什么？

"地下城东北角有一个上面通下来的巨大管道，"破T恤也吃完了，总算能愉快聊天了，"每天固定一次，有食物从管道里滑下来。别问我谁给的、从哪里给的，没人知道，反正就是上面，也别想着进管子往上爬，这么干的都死了……"

"客观说呢，食物给的不少，面包、牛奶、香肠、水果都有，时不时还会给一些蔬菜和肉，但地下城这么多人，就供不应求了，所以各帮派都会派人在管道那里守着，食物一下来，就先被他们分了……"

破T恤歇口气："现在你知道为什么会有帮派了吧。"

——"基本住宿、食物配给、日常应用、简单医疗，这些都是白组能给到的保障。"

唐凛想起吕爵的话，结合破T恤给的信息，前因后果就完整了。帮派形成规模才能占有资源，而资源又成为继续扩大规模的砝码。

不过既然有水果，就意味着有果核、果籽……

"为什么不试试种地？"唐凛出声询问，单纯好奇。

"当然种了，你所有能想到的都有人试过了。"破T恤一脸生无可恋，"不管种什么，不管种地里、种水里，有土栽、无土栽，怎么种都没用，根本不长。"

管道深处有水流过，传来断断续续的声响。"屋"里安静下来，范佩阳陷入沉思，郑落竹靠着涂鸦墙，神情严峻。上面究竟是什么，谁给的食物，这些疑问都要往后排，单是不能回现实和食物短缺就够要命的。

唐凛也知道情况不妙，却还是按捺不住探索的心。这个世界的死亡危险让他恐惧，这个世界的未知又让他好奇。

趁着没人说话,他俯身悄悄凑近破T恤三人,低声问:"之前打架,你们用的什么文具?"

吃人嘴软,三人如实相告。

胖乎乎:"荆棘丛生。"

老头衫:"束手就擒。"

"刀剑无眼。"破T恤说完又补充,"不过都是文具树,我们哪儿有一次性文具。"

荆棘,黑绳,刀剑雨。唐凛回忆起战斗过程,一一对上了。

"你的文具树是什么?"破T恤也好奇起来,毕竟这位一直没出手,实在神秘。

唐凛想起自己尚未解锁的文具树,沉默。他也想知道。

破T恤没等来唐凛的回答,倒看见范佩阳瞥过来了,立刻抓住新目标:"你那罐头是什么文具招式?"

范佩阳看他,一直看他。

破T恤:"……嗯,我不问了。"

有人退缩,有人执着。唐凛一眨不眨地望范佩阳,眼神里写满了好奇。

无声对视良久,范佩阳沉着脸挽起袖子,点开"文具盒",将手臂递过去。唐凛立刻低头查看,只见范总文具树的树根处,解锁的永久性文具是——懒人的福音。

"……"唐凛默默帮他把袖子放下来,又拍了拍,抚平褶皱。

郑落竹好奇死了,也没敢偷看,越发心酸。别人怎么问都藏着掖着,唐凛一个眼神,老板就递胳膊,大型双标现场啊。

吃饱喝足,破T恤他们就哈欠连天,要睡觉了。

他们一打哈欠,传染得唐凛也困倦起来。

屋里就一张床,破T恤非要让给唐凛。唐凛知道这一觉睡下去又是几个罐头,还在考虑划不划算,范佩阳就替他拍了板。

唐凛很想和范佩阳说别总拿他当病人,可对上那双藏了太多情绪的眼睛,到了嘴边的话又咽了回去。

躺下没多久,唐凛就睡着了——先喊困的破T恤、胖乎乎、老头衫还在弄地铺,不声不响的他倒安然入眠。

范佩阳把黑色大衣盖到他身上,拉过椅子坐到床边,静静望着那张脸。被卷入闯关世界之前,他曾在唐凛的病房里度过了许多个这样的夜晚,什么都不做,就这么守着、看着,一晃神,一夜就过去了。

那时的唐凛总带着笑,医生护士都说他心态好,只有范佩阳知道,这个人会在睡着之后皱眉，抱紧被子，露出所有的不安和害怕。

唐凛自己都不知道。

所以足够了，范佩阳想，一个健康的唐凛，足够了。

那些危险的、致命的，他来挡。

那些缺失的、遗忘的，他去找。

"叮——"

六个提示音在地下道里一起响起，效果堪比魔鬼闹钟。众人从睡梦中惊醒，唯一没睡的范佩阳则直接查看手臂——

小抄纸："1/10 闯关口将在七天后开启，请闯关者做好准备。"

很快，所有人都查看完提示信息，不过反应却分成两种。范佩阳、唐凛、郑落竹均是精神一振，毕竟几小时前还以为要熬过漫长等待，如今只需要七天。

破 T 恤三人则没什么大反应，淡定得就像在看广告短信。

"两个月了，也该开了……"破 T 恤伸了个懒腰。

唐凛歪头看了一会儿他们仨的状态："你们是不想闯吗？"

破 T 恤哼一声："我们是不想死。"

唐凛："关卡很难？"

"难。"破 T 恤毫不犹豫，"但更难对付的，是闯关的人。"

范佩阳拍一下唐凛："你和竹子留在这里，我去外面看看环境，顺便搜集一下情报。"

唐凛也想出去，但考虑到自己那只散叶不结果的文具树，容易拉低范佩阳的战斗力，还是放弃："行。"

范佩阳又去看郑落竹。后者似乎在想什么，有些出神，过了好一会儿才和范佩阳的视线对上，连忙点头："放心吧，我守着唐总。"

"你们懂不懂什么叫听人劝吃饱饭？"破 T 恤心累，"我见过太多你们这样的了，初来乍到，以为自己厉害得不行，最后怎么死的都不知道。"

范佩阳点点头，表示自己听见了，然后起身去开金属网。

破 T 恤无语："记得天黑前回来。"

范佩阳回头："地下城有天黑？"如果他没记错，这里只有灯光，没有天。

破 T 恤："只要你听不见那个轰隆轰隆的声音了，就是天黑了。"他说的是一直萦绕在地下城的机器轰鸣。

范佩阳："天黑又怎样？"

破 T 恤："夜游怪会出来。"

地下城某条偏僻的小巷尽头，一个井盖被顶起移到旁边，而后钻出一个伟岸身影。但因为这样的出场方式，伟岸感就打了折。所幸没人看见。

范佩阳把井盖挪回去，不动声色地拍拍衬衫，又是一个体面的老板。

走出小巷，街道熙熙攘攘起来，除了潦倒者和赶路者，又多了不少在街面上晃荡的人，三五成群，寒暄攀谈——闯关口即将开启的消息，似乎激活了这座地下城。

范佩阳避开人群，先去了城东北角。

果然如破T恤所言，有一个巨大的管道从上面通下来。眼下管道并没有传送食物，但周围还是有几伙人牢牢把守，从站位和风格气质上，大致能分出来七八个阵营。其中有穿白衬衫的，不过站位并不算好，如果站位等于帮派地位，那白组恐怕还算不上地下城的第一梯队。

没停留太久，范佩阳又根据"小抄纸"给的坐标找到了地铁口。

地铁口建在城中心的圆形广场上，范佩阳一路走来，这是唯一的开阔地。广场直径五十米左右，分散摆着许多看不出用途的机械装置，地铁口就在广场正中心，旁边立着一座高大的钟表。表盘上许多齿轮错落复杂，但都在咬合运转，外围刻着一圈代表时间的罗马数字。

此时，古铜色的表针指向7:18。

为了战斗方便，范佩阳进入关卡从不戴手表，而他的手机上，显示着北京时间7:18。

手机在这个世界里不能联网，但只要有电量，时钟就会根据程序尽职尽责地走，基本不会出错。所以这里和现实的时间流速是同步的？

范佩阳压下疑问，走近地铁口，又观察了一会儿。过来研究地铁口的人不少，他站在其中也不突兀。

地铁口被一扇金属门严格密封，无数铆钉在门上组成一个大大的"1/10"。

1/10，全部十关的第一关。

离开广场，范佩阳想去地下城的西面看看，刚走两步，就见吕爵正从对面走来。他不想再和对方打交道，趁吕爵发现之前，转身拐进了旁边一条暗巷，不料刚拐进小巷就见到两个人在打架，确切地说，是一个人在打另外一个人。打人者五大三粗，被打者瘦小羸弱，都没用文具树，估计打人者觉得没必要，被打者已经没力气用了。

"早这么老实不就完了。"五大三粗没看见范佩阳，骑在被打者身上，一边呼哧呼哧喘粗气，一边在他身上乱摸，没一会儿就摸出个面包。面包很小，已经在打斗中变得皱皱巴巴了。

五大三粗刚要起来，手腕忽然又被身下人扯住："你……还我……"

"滚！"五大三粗一把扯出手，站起来抬脚就要往他脑袋上踹。

这一脚踹下去，人就悬了。

一个罐头突然凌空飞来，"咣"一声狠狠砸上五大三粗的脑门。五大三粗猛地一晃，踹出去的脚踩偏，蹬到了地上。

"你谁？！"五大三粗看见了范佩阳，恼羞成怒地吼。

范佩阳没搭理，盯住落在地上的罐头，屏息凝神，而后猛地一抬眼。罐头随之而起，又"咣"地砸到了五大三粗的后脑勺上。

两次操控，两次都击中了，虽然位置不是百分百精准，但范佩阳已经满意了。

之前趁着所有人睡觉的时候，他一直在悄悄练习，主要是用罐头，还试了破T恤他们堆在墙边的一些杂物，现在已基本能做到大方向准确，不过熟练度、速度、力量都还差得远，能操控的也只是一些小物体，罐头、手机这样的就是极限了，而利器还是完全操控不了，哪怕是比罐头还轻的匕首。

"砰——"

被打倒在地的瘦弱青年不知道什么时候跳了起来，趁着五大三粗因罐头分神，用身体当炮弹直接狠狠撞了过去。五大三粗没防备，跟跄着失去平衡，撞到墙上。

瘦弱青年一把抢回面包，又迅速捡起地上的罐头，撒丫子就跑，疯兔似的。

五大三粗吐了一口唾沫，给范佩阳撂下一句"你给我等着"，拔腿就追。他跑起来没声，就像脚下有气流托着，速度也比一般人快许多。

范佩阳扬起眉毛，看明白了。这就是对方一直不用文具反击的理由，因为他的文具树是速度加成这种辅助型的，打架没用。

不过相比这个，范佩阳更在意另外一件事——自己刚用顺手的武器，好像被人绑架了。

死巷，废墟，污水横流。

羸弱青年缩在墙根下，上气不接下气地吞咽罐头，不时噎着。三五秒的风卷残云，罐头就见了底，他用手指去抠剩下的罐头渣，头顶忽然暗下来。青年怔怔抬起头，整个人已完全笼在阴影里。

范佩阳居高临下看着他，逆光的脸上看不出情绪："吃饱了？"

青年飞快挖出最后的肉渣放进嘴里，然后特别恭敬地双手把空罐头盒举过头顶："哥，还你。"

罐头被吃得像刷过一样干净，怎么看都回天乏术了。

"你自己留着吧。"范总第一次开始认真反省，武器的选择可能太草率了。

见对方没生气，青年胆子大起来，咕哝道："你的文具树是隔空移物？那你用石头啊，用罐头你那不叫打架，叫勾引。"

范佩阳："……"

"哎，我怎么好像没见过你？你是新来的？"青年像发现了新大陆。

范佩阳挑眉不语。

青年嘿嘿一乐，被揍的眼睛已经肿起来了，也不耽误他那点儿小自豪："你不承认也没用。不是我吹，这个地下城里，有多少人，有多少组织，哪间房子谁住，哪个铺子最黑，我门儿清，你别看我……"

"铺子？"范佩阳忽然打断他。

青年："就做买卖的铺子啊。"

"什么买卖？"

"但凡能倒买倒卖的都有人做，吃的、用的、武器、文具……"

"带我去。"

2

范佩阳随着青年穿过一条又一条暗巷，七拐八拐，拐得要迷了路，终于见到了那位被青年誉为"地下城的良心"的中间商。"良心"不生产食物、文具，他只是这些东西的搬运工，顺带赚个差价。

领完路，青年就拿着良心给的介绍费——两个小面包——撤了。

良心关好门窗，又把范佩阳引到阁楼上，才开门见山问："你准备怎么付款？"

范佩阳觉得有趣："你连我想买什么都不知道。"

"请坐。"良心在一张方桌旁边坐下来，示意范佩阳坐到对面。

范佩阳从善如流，和他隔桌对视。

良心微胖，面相憨厚，眼里却闪着精明："你想买文具。"

范佩阳不意外，能把生意做得风生水起的人，这点儿眼力该有的。

"付款方式直接决定你的购买力。"良心从抽屉里拿出来一张纸，递给他，"这是文具目录。拿武器换，你只能在前一半里面选；拿食物换，所有文具你都可以选，不过也要看武器、食物的数量和质量。"

武器、食物，地下城的硬通货，不过因为文具的存在，武器其实没那么重要，购买力自然要比食物低，但是——

<防>我看透你了：库存充足

<防>快乐一刻飘浮术：库存1

<防>金钟罩：库存2

<防>五里雾中：库存1

"一共四款文具，其实不用列目录。"范佩阳真心道。

良心叹口气，语重心长："你现在还年轻，待久了就知道了，在这里，文具是最稀有的宝贝，有的人不多，肯卖的更少，我是费了顶天的力气才收来这些。"

范佩阳："还都是防御性文具。"

良心胖乎乎的肉手往目录上一拍，面露不悦："这么挑肥拣瘦，可不像诚心买。"

范佩阳气定神闲。来这里的路上，他看到了自动提款机。其他关卡里也曾出现过，他还使用过几次，就和在现实中使用一样，银行卡收支都会实时变动，这几乎是这个闯关世界唯一能和现实连接的点了。

"武器和食物我都没有，"他看向良心，"钱行吗？"

良心陡然坐直，容光焕发，连声音都悠扬了："您要聊这个，我可来精神了。"

"你"变成了"您"。范老板正式升级为贵宾待遇。

称呼升级只是前奏，真正的贵宾享受还在后面——贵宾待遇1：商品信息全透明。

"这个'我看透你了'，其实就是一款查看性文具，用在任一闯关者身上，对方的智力、体力、攻击力、防御力、综合危险等级就一目了然了。唯一的缺点就是用得快，一个文具只能查看一次。'快乐一刻飘浮术'多用于高速坠落时的缓冲，可以让人短暂悬浮在半空中，文具效果大约能持续十五秒。我知道这很短，但是没办法，地下城只是第一关，很多文具效果都是初级的。'金钟罩'就不用我多说了，基本的物理性防御，效果持续五分钟左右，一般的利器攻击都能挡掉，但对于威力特别大的攻击或者非常规攻击，很难防御。'五里雾中'可以在极短时间内制造出小范围的浓雾，干扰视线。它本身并不具备防御力，不过战斗中能干扰到对手，也算一种防御了。另外友情提示，逃跑时很好用。"

贵宾待遇2：购买组合随心搭——

"老板，您要是常规战斗，就选'我看透你了'和'金钟罩'；要是想出奇制胜，我推荐'飘浮术'和'五里雾中'；当然单选也没问题，主要还是结合您现有的文具和战斗习惯……"

贵宾待遇3：优厚赠品带回家——

"前两个文具，买一个，我送您墨镜一副；买两个，我送您手持高频小风扇一台。后两个文具，买一个，我送您多功能小刀一把加小面包三个；买两个，我送您多功能小刀一把加小面包五个再加牛奶一罐。"

良心说得口干舌燥，自己都想惠顾自己了，却发现对面的人好像没什么波动。他把待客的水杯往范佩阳面前推了推："老板？"

范佩阳双手搭在桌面，指尖微微交叉："你的文具就这些？"

良心笑了："您不先问问价格？"

范佩阳看着目录纸："说来听听。"

良心不再卖关子："我看透你了，五千；快乐一刻飘浮术，一万五；金钟罩，三万；五里雾中，三万……"他顿了顿，又追加一句，"良心买卖，谢绝还价。"

范佩阳不言语，若有所思。

良心叹口气："老板，我知道您在想什么，一个文具几万块，用一下就没了，烧钱速度都没这么快。但您换个角度想，关键时刻，一个防具就是一条命，您还觉得我卖得贵吗？"

范佩阳抬起眼，终于开口："你的文具就这些？"

良心："……"

"唰——"又一页纸被送到范老板面前，上面龙飞凤舞就写着一个文具名——〈幻〉镇痛止疼。

范佩阳眼底一闪，视线锁定在那四个字上，不动了。

良心前所未有的诚恳："老板，这就是我压箱底儿的宝贝了。我不诓您，在这里，防具最好得，其次是武具，最难获得的就是幻具，而治疗幻具又是所有幻具里最稀少的，可遇不可求……这个都不是我收上来的，是我那天倒霉碰上夜游怪，逃命的时候打出来的。您别嫌它初级，觉得光止疼不疗伤，真受伤的时候您就知道了，疼也能要人命的。我把话放这儿，您今天错过了，明天再想买，就是拿座金山，您都买不到了……"

"开个价吧。"范佩阳淡淡打断。

良心眼睛一亮："您要这个了？"

范佩阳把两张纸放到一起递给他："全要。"

〈防〉我看透你了：11个 ×5000 = 55000

〈防〉快乐一刻飘浮术：1个 × 15000 = 15000

〈防〉金钟罩：2个 × 30000 = 60000

〈防〉五里雾中：1个 × 30000 = 30000

〈幻〉镇痛止疼：1个 ×70000 = 70000

总计：23万元

以上，是范总的购物清单。

随着自动提款机内部的读卡声响，货款悉数转入良心账户。

等待转账的间隙，范佩阳突然生出一丝好奇，便问良心："给家里人？"地下城用不到钱，良心却很愿意收钱，他只能想到这个原因。

良心盯着提款机屏幕，苦涩一笑："人已经回不去了，至少赚点儿钱给他们。"

范佩阳："他们不知道你在哪里，却一直收到钱，会更担心。"

"不会，"谈起家人，良心的声音少了市侩，多了柔软，"就说我在国外打工呗。"

范佩阳淡淡看他："谁去说？"

"上面的人有机会回去的，隔段时间，我就会让他们帮我去家里看看，替我报个平安。"

"上面的闯关者？"

"对。"

转账结束，良心帮范佩阳按了退卡，而后将银行卡还给金主："您是不是还想问我和上面的人怎么联系？"

范佩阳没急着将银行卡放回口袋："要付情报费？"

"……"良心真希望全世界都是这样的老板，"行了，知道您不差钱了，不过为了咱们的长期合作，今天我情报大派送……闯到上面的关卡，不仅有机会回现实，还有机会再来到这里。当然，停留的时间不能太长，也不能再重闯这一关，更像是短时旅行吧，时间一到就自动返回上面，所以一般都是帮派要传递消息的时候才会派人下来……"

范佩阳沉吟："就是说，一个有规模的帮派，通常每一关都有人？"

良心："而且越往上，越是精英。"

"最后一个问题，"范佩阳又想起地铁口旁边的钟，"这里和现实的时间流速一样吗？"

良心静默片刻，才缓缓摇头："这里一年，现实半年。"

重新回到阁楼，良心点击手臂图标，在半空中投射出的界面里打开"文具盒"，选择赠予。

范佩阳同样点开自己的"文具盒"，选择接受赠予。

半空中，两个原本并不能互相看见的界面慢慢贴到一起，变成两个人都能看见的共享界面。良心的确就这些文具，做完范佩阳这笔买卖，直接清仓。

不过范佩阳更想知道在此之前他怎么保证商品安全的："带着这么多文具，不怕被打劫？"

"怕啊，"良心大方承认，"所以我月月交保护费，好几个帮派护着我呢。"

范佩阳微微挑眉，地下城这条生态链还挺完整。

"话说回来，"换良心好奇了，"您还没拿到文具，直接先给我转账了，就不怕我反悔？"

范佩阳无所谓道："损失点儿钱而已，小问题。"

"……"良心决定还是不聊天了，专心转移文具。

几分钟后,最后一个"<防>五里雾中"也落进范佩阳的"文具盒"。银货两讫,皆大欢喜。

"这是赠品,您拿好。"良心将一个鼓鼓囊囊的手提袋递给范老板。

范佩阳接过,并不查看,只道:"七天之内,再收到新的文具,联系我,如果是治愈性文具,我会在你的定价基础上给双倍。"他相信良心总有办法找到他,只要他还在地下城里。

良心对这个要求不意外,刚刚拿出"<幻>镇痛止疼"的时候,他就发现范佩阳对治愈幻具的在意了。但他从不打探客户的需求原因,只关心客户的需求条件:"治愈性文具也有很多种,如果您有重点关注的方向可以和我说,我会专门去找。"

范佩阳欣赏他的贴心:"最好是和记忆有关的,能找回失去的记忆最好,修复也可以,修复记忆或者修复上一次文具造成的不良效果,但绝对不能将上一次文具的治愈效果清除,这个必须保证。"

良心静静凝望客户。

范佩阳平静里透着无辜:"嗯?"

良心:"老板,这是文具,不是私人订制……"有钱也不能为所欲为啊!

离开良心的铺子,地下城的机器轰鸣声似乎有些减弱。

范佩阳拿出手机看一眼时间,17:40,算是傍晚了。

拎着手提袋,范佩阳正想回忆一下来时的路,旁边忽然凑过来一个人:"老板,我这里有更好的文具,看一看?"

这人衣衫褴褛,蓬头垢面,脸颊凹陷得像没吃过一顿饱饭。但他显然不是突然冒出来的,至少他知道自己刚和良心做完交易。

通常这种像卖盗版盘一样的兜售方式,要么真是盗版盘,要么就是绝世秘籍。范佩阳不介意一观:"可以看看。"

蓬头垢面点开黑黢黢的手臂,"文具盒"里就一格有东西,但数量喜人——<特>我是VIP×5。

3

地下井,18:00。

唐凛不时看一下时间,范佩阳还没回来。

破T恤和两个兄弟分食一罐八宝粥,现在正拿水填肚子里剩下的空虚。

"都说了晚上会有夜游怪……"他正想数落,对上唐凛淡淡瞥来的目光,闭嘴了。

郑落竹递一盒饼干给唐凛:"吃点儿东西吧。"

唐凛接过饼干，但没动，反而转向破T恤，问："夜游怪真的那么难对付？"

"真的。"破T恤抱着水瓶，恨不能给他们放段科普录像，"它们每七天夜游一次，但是在收到闯关口开放提示的这天一定会出来。就像我早上和你们说的，它不是实体，而是一团黑雾，飘来飘去鬼似的，你怎么打？而且它们还喜欢成群结队出来，一打就是群攻……"

"可是你也说过，如果能成功伤到它们，不仅会获得经验值，还有机会获得文具。"唐凛提醒。

经验值，就是文具树上他们一直没弄明白的那些数字。比如[？/100/1关]，就表示解锁这个永久性文具需要100经验值，以及过第一关。

早上讲到夜游怪，他们才从破T恤处得知这些，而打夜游怪，就是获得经验值的途径之一。

唐凛："如果像你说的，夜游怪完全没有实体，就是一团雾，要怎么伤到它们？"

破T恤无奈道："是，它们的确会在特定情况下变成实体，那就是它们攻击的时候。"

唐凛安静下来，手指无意识摩挲着饼干外包装，发出轻微声响。郑落竹则有些担忧地望着涂鸦墙。只有攻击的时候才会变成实体，那就意味着，一旦遭遇夜游怪，要么跑，要么就得硬着头皮迎下它的攻击，才有还手机会。

"其实天黑以后的危险不光是夜游怪，"胖乎乎小心翼翼地出声，"还有很多奇怪的动物，有大有小，牛不牛羊不羊猫不猫狗不狗的，全都特诡异，特凶……"

"嘶——"

胖乎乎回头鄙视郑落竹："我还没讲到真正可怕的地方呢，你现在就倒吸冷气了，等会儿咋办？"

郑落竹比六月飞雪还冤："我什么时候倒吸冷气了！"

"嘶——"

破T恤、胖乎乎、老头衫："……"

郑落竹："……"

唐凛猛地站起来，看向正前方的金属网外，那里一片光滑幽暗，仿佛没有尽头地向前延伸。

"嘶——嘶——"

若隐若现的水流声里，诡异的嘶叫越来越近。

地下井中的五人肩并肩凑到一起，紧盯着正传来声响的金属网，防御性地往后退，直至退到墙边。

网外的管道里，不速之客终于露出真身——一条碗口粗的怪蛇，通体紫色鳞片，吐着信子，慢慢沿着管道向金属网逼近。

"你们不是说这里绝对安全吗？"郑落竹就知道劫匪不可信。

破T恤心塞："我发誓，我住地下井这么久了，别说蛇，连只老鼠都没见过……"

怪蛇的头已经抵达金属网前，一双蛇眼像黑夜里的黄宝石，瞳孔收缩成幽暗竖线。

"它应该……过不来吧……"郑落竹看着明显比蛇身直径小的金属网眼，不太有底气地问。

"应、应该……"破T恤比他更没底气。

"嘶——"蛇头抵上金属网眼，吐着信子的嘴巴慢慢穿过，到了头中部，卡住了。

郑落竹刚要松口气，却发现怪蛇并没有停止，而是继续往前蹭。金属网眼在它前进的力道下开始慢慢变形，延展。五人眼睁睁看着它整个头穿过来，然后是身体……

"啪！"网眼处的金属丝竟被它的鳞片刮得生生断裂。

唐凛冷着脸，抬手摸上后腰，那里别着范佩阳留给他的用来防身的匕首。

"哎，死就死吧——"破T恤突然一声大叫，像是下了什么不得了的决心。

转瞬，金属网上方的半空中，出现无数短刀短剑——是破T恤的"刀剑无眼"。

怪蛇沿着墙壁往下爬，只剩一点点尾巴还在金属网外了。破T恤死盯着它，全神贯注。刀剑凌厉而下，有三分之二被坚硬的鳞片挡住了，但还有三分之一，或浅或深地扎进了怪蛇身体。怪蛇疯狂扭动，尾巴将金属网带得噼啪作响。

郑落竹迅速使用"铁板一块"，挡在大家面前，然而他目前的操控力只能弄出三人宽的铁板。

铁板后的众人往一起靠得更紧，破T恤调整呼吸，再次用意念驱动文具。第二场刀剑雨呼啸而下，比前次数量更多，力道更猛。

怪蛇被彻底扎成刺猬，有几把刀直接扎透它的身体，刀尖嵌进了砖墙，便也将怪蛇牢牢钉在了墙上。怪蛇的扭动渐渐微弱，终于不动了。

破T恤一屁股坐到地上，浑身被汗水湿透。老头衫和胖乎乎立刻围过去，欢欣雀跃得像闯过了关卡——

"大哥，你太厉害了！"

"大哥，我就知道你行！"

"大哥，回头你再教教我怎么操控呗，我弄荆棘的时候，那藤啊蔓的一多，肯定就乱……"

郑落竹解除铁板效果，走过去扒拉开拍马屁二人组，没好气地蹲到破T恤面前："你怎么不早点儿出手？"不是他吹毛求疵，前面破T恤吓成那样，他还以为这位根本没辙呢，谁知道后面就显英雄本色了，那一开始是什么节奏？欲扬先抑？自己给自己烘托气氛呢？

"我也得琢磨琢磨啊，"破T恤擦把汗，"我又没打过这种蛇，谁知道它能力深浅，万一文具杀不死，回头遭殃的就是我。"

郑落竹想一白眼给他翻天上去："你不出手，它就能放过你了？"

"不是，"破T恤盘起腿，无力叹口气，真想给这些新手写一本《地下城入门指南》，"这些动物和夜游怪一样，没受伤的时候，逮着谁攻击谁，一旦受伤，那就不管别人了，只对伤它的人疯狂打击报复，懂了吧？"

"哦——"郑落竹拖长尾音，歉意地拍拍破T恤的肩膀。难怪破T恤出手时慷慨得跟英勇就义似的。

破T恤热血回落，才觉出后怕来，如果"刀剑无眼"真治不住那条蛇，他恐怕就凶多吉少了。

郑落竹拍完他肩膀，不经意间，就看见唐凛已经站在金属网前，正近距离观察蛇尸。他一个激灵，刚想出声让对方离远点儿，唐凛已经先一步退回安全距离，转过头来问破T恤："你说这里从来没出现过蛇？"

"不光是蛇，"破T恤强调，"是一切危险生物都没出现过。"

老头衫和胖乎乎猛点头。

"这里绝对安全。"

"要不我们也不能住这么久。"

唐凛回过身，重新去看蛇尸："可是我们一住进来，就不安全了。"

郑落竹听出了话外音："唐总，你怀疑……"

破T恤也不傻，秒懂，但不信："你们是不是想多了？也许偏偏就是凑巧，你们一来，就有蛇误入下水井……"

老头衫后知后觉，也跟着附和："对啊，你们才来地下城多久，连文具树都没用熟练呢，谁会故意害你们。"

五个人都对着蛇尸的方向在说话，谁也没注意到涂鸦墙这边的金属网，最底层网格正悄无声息溜进来袅袅黑雾。黑雾顺墙而下，飘到地面上，路径和刚刚的怪蛇很像，只不过金属网之于它等同无物。短短几秒，黑雾已完全落地，薄薄一层贴着地面，不仔细看，几乎和地砖融为一体。

它如鬼魅般徐徐前行，很快找上了距离最近的胖乎乎。胖乎乎正着急插不上话参与讨论，忽然一股凉意从脚下蹿起。他本能低头，就见双脚已隐没在黑雾之中。胖乎乎"嗷"一嗓子，圆润身躯蹿起三尺高，强烈的求生欲让他展现出了前所未有的灵活。黑雾也在这一刹那凝聚成实体，缥缈的雾变成了黑影，猛地蹿起朝胖乎乎扑去。

狼！

所有人都看得清清楚楚，黑雾凝成的影子，是一头狼。

"是夜游怪！"破T恤和老头衫同时变了脸色。

胖乎乎被黑影咬住右脚脚踝，摔倒在地，疼痛号叫和落地闷响交织，一片惨烈。

"老三——"

"刀剑无眼"和"束手就擒"同时发动，全冲狼影而去。

狼影霎时散成黑雾。刀剑刺空落地，黑绳失去目标。

但至少胖乎乎得救了。

趁着夜游怪还没重新聚起，破T恤飞快冲过去拉金属网："我现在信你们了，背后肯定有人在玩阴的！"

胖乎乎右脚的裤口已经被咬烂了，露出一片血肉模糊的脚踝，狼牙造成的伤口极深。

老头衫过去扶自家兄弟，唐凛迅速从床单上撕下来一条，给他包扎止血。

郑落竹用铁板挡在他们身前。

散开的黑雾重新聚拢，像一团松散的、缥缈的云。唐凛头也不抬，只最大限度加快手上的包扎速度。郑落竹、胖乎乎、老头衫则严阵以待，心快跳出嗓子眼了。

黑雾飘摇而至，闪电般幻化成狼影，扑向四人！

郑落竹操控铁板迎面抵挡。

"砰——"狼影重重撞在铁板上，直接将铁板撞出一个狼形凹陷，同时巨大的冲击力将铁板后的郑落竹、唐凛、胖乎乎、老头衫一起推飞。所幸唐凛在被撞前的最后一秒包扎完毕。

而那边，破T恤终于打开金属网："快点儿过来——"

他第一个钻进管道，郑落竹和老头衫架起胖乎乎，帮他第二个进去，然后是老头衫、唐凛，郑落竹殿后。

黑洞洞的管道狭窄潮湿，五人以最快速度往前爬。

郑落竹一边频繁地观察身后，一边焦急地问："还有多久到地面？"

"地面？"前方传来破T恤的声音，"地面上夜游怪更多！"

郑落竹："那我们这是要去哪儿？"

破T恤："没有终点，就在这地下道里钻吧，什么时候甩开夜游怪，什么时候算完。"

郑落竹："……"这根本看不到一点儿胜利曙光。

前面又到了一个管道与管道衔接的空间，五人一个接一个从管道口跳下去，空间比他们住的地方小一些，连接的也只有两方管道。

总算能直直腰，舒展舒展四肢，但谁也不敢耽搁，破T恤几乎是一跳下去就走到了另外一个管道口前，开始往里爬。

老头衫正想帮胖乎乎上去，破T恤突然又退了回来。

"怎么了？"唐凛直觉不好。

破T恤根本来不及说话，那个他刚退出的管道内便传来野兽嚎叫，虽然还有些距离，但绝对是朝着这里来的。

"不是吧……"老头衫和胖乎乎满脸绝望。前有怪兽，后有夜游怪，这是真不打算让他们活了。

嚎叫声还在逼近，而黑雾，已从他们刚来的管道里慢慢飘出。

郑落竹迅速唤出铁板，挡在众人身前。唐凛从后腰拿出匕首握紧。

黑雾从管道内彻底飘出。不过这次它们没再聚拢成一团，而是成一条雾带，缓缓绕在五人周围，悠悠地浮着。

唐凛屏住呼吸，目光一刻不离地锁定雾带，判断着它究竟会选择从哪个方向聚成实体攻击。

飘飘摇摇的雾带突然停住。

唐凛眼底一闪。

雾带霎时聚成狼影。

唐凛没等它扑，而是比它更快地刺出匕首。

狼影倏地散开，又变成黑雾。

唐凛一颗心往下沉，的确像破T恤说的，根本没法打，他们的文具树伤不到夜游怪，他们也没有更好的一次性文具去战斗。

空气凝固，只有另一端管道内的野兽嚎叫在慢慢逼近。

不对！

不是攻击者不对，是仨"战友"安静得过分了，明明先前还各种聒噪。

唐凛不动声色，只用余光去看他们。破T恤在偷偷摸摸瞄手臂，似乎犹豫着什么。胖乎乎和老头衫没那么懂得伪装，投射到自家老大手臂上的目光就差写着"老大还有后手"了。

"如果有撒手锏，就赶紧用，"唐凛凉凉提醒，"别等到尸骨无存，再跑到阎王殿去哭。"

破T恤一惊，不知道他怎么看出来的，但对于"尸骨无存""阎王殿"什么的，真的扛不住："你能不能说点儿吉利的……"

"你最多还有十秒考虑时间。"唐凛望着流动越来越缓慢的黑色雾带，思绪飞快运转，"如果是珍稀文具，舍不得用，卖我，价格随你开，食物、钱都可以。"

破 T 恤脸色发白，冷汗直流。他一度想豁出去，可临到关头就退缩，反反复复快把他折磨疯了。的确是珍稀文具，但性命攸关，珍不珍稀都不重要了，重要的是——

"这个文具我根本不确定效果，万一伤了夜游怪，又收不住它，之后直接冲我来，我就真必死无疑了！"

"给我，我来。"唐凛眼里透着坚定。

"叮——"

小抄纸："接受赠予＜特＞暗夜驯兽师。"

破 T 恤赠予的文具点亮了唐凛空荡"文具盒"的第一格。

黑色雾带几乎在提示音响起的同时彻底停住。

唐凛果断点击文具，图标霎时消失。一股巨大的难以描绘的力量冲进他的大脑，冲击着他的视线和思绪，周围的一切都看不见、听不清了，整个世界只剩下文具在他脑内炸开的那团星云。

就在这一刻，雾带"咻"地在唐凛背后凝聚，狼影一跃蹿起，如闪电般扑来。

"小心——"郑落竹眼疾手快，带着铁板一个转身，挡在唐凛身后。

"砰——"狼影重重扑上铁板，竟直接将郑落竹连人带板扑倒了，锋利的前爪甚至将铁板穿透。

铁板带倒了唐凛，郑落竹则和破 T 恤三人成了多米诺骨牌，先后倒塌。胖乎乎被压在最底下，转头就朝旁边的唐凛怒喊："你到底在干吗——"文具已经用了，效果呢？！

狼影从铁板中拔出爪子，舔了舔，居高临下俯视五人，下一秒忽然散成雾，又在众人尚未反应过来时再度聚成狼影。这一散一聚的电光石火间，它已蹿到唐凛身边！

唐凛一动未动地望着它，有那么一瞬间，他觉得自己看见了狼的眼。

世界霎时清明。他感觉到了"＜特＞暗夜驯兽师"的脉动，感觉到了自己和文具之间奇异的羁绊，那样若即若离，又那样亲密无间。

狼影露出獠牙。这样近的距离，这样摔倒在地的姿势，无法反击，避无可避。然而他的手心突然出现一道闪电，毫不留情击中狼影，就像驯兽师的鞭子。

地下井一刹那亮如白昼。

狼影攻击骤停，颓然倒地，发出一声嚎叫："嗷呜——"

回音未散，狼影已散。

唐凛迅速起身，锐利的目光却寸步不离地锁定黑雾。

其余人也一股脑爬起。

破 T 恤："我去，还以为死定了——"

老头衫："这文具太牛了吧！"

胖乎乎："特殊文具，你以为开玩笑的？"

郑落竹没出声，气喘吁吁擦了一把额头，想召唤出新的铁板，但试了几次，力不从心。他看一眼唐凛，后者除了脸色更白看不出其他，可他清楚，第一次使用文具的唐凛，心力的消耗一定更大。

黑雾流动的速度明显加快了，而且就围绕着唐凛，被伤害的黑暗野兽牢牢记住了仇人的味道。唐凛的目光随着它动，脑中的意念重新积聚，这几乎耗光了他全部精力，心脏狂跳得濒临失控。

闪电再次从他的手心发出，但这次不是一道，而是数道。唐凛屏住呼吸，用尽全力，数道闪电交织成一张网，网住黑雾。黑雾拼命想要散得更开，却反而被闪电网束缚着一点点收拢，最终居然重又聚成狼影！

"嗷呜——"狼影发出更加凄厉痛苦的哀号，重重摔落在地，疯狂挣扎，却无法挣脱闪电枷锁。

唐凛果断蹲下，右手的匕首眼看就要刺出……

"嗷呜呜——"嗥叫变成了呜咽，狼影似乎预感到了死亡，不再挣扎，只瑟缩着，微微发抖。

唐凛动作一顿，没来由地怔住，脑中突如其来地掠过一些影像碎片，像失落在海底的宝藏突然被暗流卷起。在那些碎片里有一只大狗，那身形逆着光也跟狼似的，可一开口，就"嗷呜呜"地尿得不行——

它在草地里跑，扑蝴蝶，扑蜜蜂，假装自己天真烂漫。

它在家里疯，拆沙发，拆壁纸，还以为自己是个乖宝宝。

它爱往人身上拱，爱在人腿边蹭，求亲亲，求抱抱，求举高高……

唐凛想看更多，却再也抓不住剩下的碎片了。因为心底最深处忽然涌出难以承受的酸楚和苦涩，压得他喘不过气，逼得他眼底发热。

"嗷呜呜……"狼影呜咽得更可怜。

那声音竟像极了碎片里的大狗。唐凛恍惚起来，情不自禁伸出左手，想去摸狼影的头。手指刚碰到狼耳朵尖，那边就传来胖乎乎的大喊："你等什么呢，捅啊——"

唐凛猛地清醒，过电似的收回手，然而毛茸茸的柔软触感却留在了指尖。

闪电的"驯服"效果开始明显减弱，文具的时效要到了！一旁的郑落竹和破T恤已经冲过来了，人手一把刀，毫不留情地往狼影身上刺，却还是晚了一步。

闪电悄然消失，狼影一下子散成漫天黑雾。"当当"两声，刀尖全戳到了地面上。

黑雾没理会他们，直奔唐凛而去，转瞬就将他紧紧包围，浓密而幽黑的雾气裹得唐凛几乎不见踪影。

　　唐凛只觉得眼前一黑，世界瞬间暗下来。他条件反射地绷紧身体，进入防御状态，心里却突然一暖，似乎流进来了某种善意的、友好的东西。这和刚刚同文具建立联系的感觉很像，但又不完全一样——此时流进他心田的那种感应更微妙，更小心翼翼，带着渴望，又带着试探。

　　"唐总——"郑落竹呼吸一滞，想伸手去黑雾里面找唐凛，耳边却突然爆发出一声野兽的怒吼。不是狼嚎，是兽叫！他猛地转头，先前在另一端管道里只闻其声的怪兽，就在刚刚，已经跳下了管道口。

　　破 T 恤三人快疯了。

　　"还让不让人活了——"

　　那像是两头鬣狗，但又不只是鬣狗，个头更大，兽毛更长，头上生着牛的角，兽眼猩红，锋利的齿间滴着涎液。它们朝着破 T 恤三人逼近。三人节节后退，脸上豆大的汗珠代表他们正拼命集中精神，想召唤文具树。

　　裹着唐凛的黑雾突然聚成狼影，扑向其中一只怪物。怪物根本来不及反应，就让狼影狠狠咬住脖子。

　　另外一只怪物见状没支援同伴，转头就跳上管道，逃之夭夭了。

　　被咬住的那只则死命挣扎，却难逃狼口。终于，它一蹬腿，不动了。

　　破 T 恤瞠目结舌："什、什么情况……"

　　胖乎乎挠头："它们不应该是一伙的吗……"

　　老头衫："人为财死，鸟为食亡，它们为了咱们争得你死我活，也正常。"

　　破 T 恤、胖乎乎："……想当食物你自己当！"

　　狼影吐掉尸体，又成黑雾，扑向唐凛。但这次它没再把唐凛包围，而是在抵达唐凛面前后重新聚回狼影，贴着唐凛的腿一个劲儿蹭。

　　嗯，蹭。

　　"……"破 T 恤、胖乎乎、老头衫彻底傻眼了。

　　郑落竹盯着判若两狼的夜游怪，分析道："可能是不杀之恩，以身相许……"

　　唐凛让狼影蹭得痒痒的，神情不自觉放松，蹲下来抬手就摸上了它的耳朵，果然，毛茸茸软乎乎的。

　　撸狼也是会上瘾的，唐凛顺着耳朵就摸到了脑袋、后背、肚子、爪爪。狼影似乎被摸得很舒服，趴唐凛脚边就不动了，偶尔发出销魂的"嗷呜呜"，一听就是舒坦得不行。

郑落竹、破T恤、胖乎乎、老头衫:"……"太谄媚了,你夜游怪的尊严呢!

唐凛摸得正开心,手臂上的猫头鹰图案忽地闪了一下。他想起破T恤说的,伤到夜游怪是有经验值的,幸运的还可能获得文具,连忙点开查看。

文具盒:空。

经验值:0。

文具树:

[?]

[?/100/1关]

[?/500/2关]……

连别人都有技能的树根也依旧没解锁。

唐凛退出"文具盒",又定定地看了手臂一会儿。图标不再闪烁了,之前那一下,就像错觉。

4

暗巷。

机器轰鸣声彻底停了,范佩阳靠在一处废弃房屋的墙下,甄别着刚刚接收的信息,同时审视着眼前的"卖家"——的确衣衫褴褛,但身形却并不孱弱,黝黑的手臂,肌肉形状清晰;的确脸颊凹陷,蓬头垢面,但不像饿的,更像风餐露宿,风吹日晒,风尘苦旅,折腾的;更重要的是他的眼神,坚韧,刚毅。

这不是一个穷困潦倒者,相反,这是个战士。

"你确定没有夸大文具效果?"范佩阳终于开口,语气很轻,让人听不出态度。

黑黢黢笑,露出白牙:"当然。"

范佩阳:"空口无凭。"

黑黢黢摊手:"那没办法了,你只能选择信或者不信。信呢,双赢;不信呢,我们也别浪费彼此时间。"

范佩阳倒挺欣赏他的痛快:"我都要了,开价吧。"

黑黢黢伸出三个指头:"三十万。"

范佩阳点头:"可以。"

"别急,"黑黢黢的三个指头收起俩,"三十万,一个。"

范佩阳淡淡抬眼:"我知道。"

黑黢黢："……"

自动提款机的读卡声再次响起，又再次结束。范佩阳将退出的卡放回口袋。

黑黢黢现在看着他的动作，都觉得带着英姿飒爽的风。

五个"<特>我是VIP"悉数落入范佩阳的"文具盒"，交易完成。

"老板，回见。"朝范佩阳挥挥手，黑黢黢转身离开，走没多远，一拐，就消失在了街角。

范佩阳要回的是反方向。他看一眼时间，已经到了破T恤说的夜游怪出没时刻。

微微皱眉，范佩阳加快脚步，刚走到一个路口，就见前面飘来一大团黑雾，黑雾后面影影绰绰还有几个人，看不清模样，却听得清声音——

"前面那个，不想死就赶快闪开！"

空无一人的街道，席卷而来的黑雾，不时响起的打斗声……这样的环境，就是对方不喊，范佩阳也会自觉让出舞台。

拎好赠品，他麻利地闪进旁边的一个巷口，从巷口可以看到街面全貌，又不必担心被战火波及，俨然暗中观察的最佳站位。破T恤说过，夜游怪出没之日，总有些不要命的疯子上街游猎，以获得经验和可能掉落的文具。范佩阳对夜游怪和疯子同样好奇。

他这边刚进巷口，黑雾就已经过来了，不过追它的游猎者只有一人，是个穿着连帽卫衣的青年，卫衣胸前印着个卡通熊。范佩阳疑惑，之前他的确看见了几个人影。

"嘿，我在这儿呢——"连帽卫衣身手敏捷，竟一下子绕到了黑雾前，故意挑衅。

这声音范佩阳太熟悉了，就是先前让他闪开那位。

黑雾一瞬间聚成黑影，扑向连帽卫衣，速度快到根本看不清黑影形状。但连帽卫衣不闪不躲，在被黑影扑上的一刹那，竟像烟一样散了。

幻象文具？

范佩阳眯起眼睛，这才看清黑影的轮廓，是狼。

"老王，柴也——"距离黑影还有一段距离的某条巷口转角传出呼喊声。

范佩阳循声而望，发现真正的连帽卫衣潜伏在那里。

狼影因为扑空而迟疑，听见呼喊又本能抬头望去，这一迟疑就分了神，完全没注意斜后方巷子里出来的两个人。

幻象，呼喊，连帽卫衣轻而易举对夜游怪实施了连续牵制。

范佩阳的目光转移到偷袭者身上。两人一个一身黑，一个穿着中规中矩的蓝色户外运动服，都拿着刀，悄无声息从背后靠近夜游怪。

一身黑的速度比蓝衣服更快，眼看就到偷袭距离，狼影敏锐察觉，猛然转过身来。一身黑出刀，狼影散成黑雾。

刀没刺中要害，但还是划伤了夜游怪，因为狼影变成黑雾的一刹那发出嚎叫，而一身黑的手臂也传来"叮"一声提示——是经验值。

　　"这都能失手？"连帽卫衣跑过来，没看蓝衣服，集中火力喷一身黑。显然，伤到夜游怪远没达到他们的战斗目的。

　　一身黑抬起眼皮，声音和气质一样冷酷："因为某些人的牵制力实在不堪一击。"

　　"哎哟，"连帽卫衣转头找蓝衣服，"老王，你来说，是我不行还是他不行？"

　　蓝衣服一脸无奈，语气宽厚："你俩都行，我不行好吧？"

　　牵制，偷袭，一气呵成。不是疯子，而是三个真正有战术有实力的闯关者。

　　范佩阳抬手点掉一个"〈防〉我看透你了"。正想试验新文具就来了志愿者，他很满意。

　　锁定看起来攻击力最强的一身黑，范佩阳集中精神，没几秒，脑中就浮现出对方的等级数据——智力Ａ，体力Ａ，攻击力Ａ，防御力Ａ，综合危险等级Ａ。

　　果然不低。

　　范佩阳这边查看数据，那边的三人已经重新散开。

　　"柴也，从现在开始你跟在我身边。桃子，你去那边潜伏，随时准备策应——"蓝衣服指挥连帽卫衣潜入巷口，自己则和一身黑背靠背，留在街面，抬头看着飘在上空的黑雾。

　　黑雾突然急速聚拢，狼影如利剑一样扑向一身黑。

　　范佩阳恍然，一身黑伤了夜游怪，夜游怪势必锁定他，而蓝衣服让一身黑别离开自己，那就只有一个原因……

　　"咔——"

　　一块类似钢化玻璃的透明板出现在蓝衣服抬起的手臂上，就像一块玻璃盾牌，扑来的狼影结结实实撞到上面，直接将透明板撞出了裂纹。

　　和范佩阳想的一样，蓝衣服负责防御。

　　连帽卫衣：牵制迷惑。

　　蓝衣服：防御。

　　一身黑：攻击。

　　——范佩阳对这支游猎小队的配置有了基本评估。

　　狼影带来的巨大冲击力撞倒了蓝衣服，一身黑却一个侧身敏捷闪开，趁着狼还踩在透明板上，回手就是一刀。狼影"咻"地散成雾，在一身黑收刀之际忽地又聚成狼影，照着一身黑持刀的手腕狠狠咬下去！一身黑身体一僵，却愣是忍住了没出声。

　　"柴也——"蓝衣服解除透明板，一刀就刺了过去。

　　另一个方向，连帽卫衣也赶到了，同样带着刀。

范佩阳惊讶于连帽卫衣的速度，他根本没注意到这人什么时候过来的。

两把刀一起下去，狼影松开嘴敏捷跳开，突然仰天长啸："嗷呜——"而后化作黑雾，将三人完全包围。

同一时间，范佩阳发现不远处正飘来一团新的黑雾，速度很快，就像黑色疾风。然而被原本那个夜游怪包围着的三人视线受阻，根本没发现。

刚刚狼影的仰天长啸，是在召唤同伴！

意识到这点的范佩阳，从口袋里摸出罐头……防身武器这么重要的东西，他当然不会只带一个出门。

新的黑雾已到三人背后，霎时聚成狼影，凶狠朝前扑。

包围着三人的黑雾一下散开，三人敏锐察觉到背后有风，极快回身，但狼影的利爪已到眼前……

"砰——"一个奇怪的罐头凌空飞来，狠狠击中狼爪。狼影"嗷呜"一声，爪子被打得偏了方向，抓了空。

三人同时反应过来，回手就是一人一刀。新的狼影被划伤，"啾"地散成雾。

三人这才看见巷口阴影里的男人——一米九以上的身高，宽肩，长腿，衬衫板正有型，目光深沉不可测。

八目相对，三人开口。

连帽卫衣："你还没走？你刚才用的什么文具？哎，我没在地下城见过你。"

范佩阳："不客气。"

蓝衣服："多谢帮忙。"

连帽卫衣："……"

蓝衣服："……"

总觉得对话顺序哪里怪怪的。

一身黑扯下衣袖对手腕进行简单包扎。连帽卫衣皱眉看一眼他的伤口："用个文具给你治治？"

"没必要，"一身黑咬住袖子一端，扯紧打结，"留着闯关用。"

街面上毫无预警起了风，三人左右一看，两边远处都有大量黑雾在往这里飘。

"啧，附近的夜游怪全过来了。"连帽卫衣说着左右各揽住蓝衣服和一身黑的肩膀，往范佩阳所在的巷子里推，眼神还不忘顾着范佩阳，"还看什么，撤吧。"

窄巷，狂奔，致命黑雾。

范佩阳在队尾，罐头则在他身后来回飞舞，极速，高频。他不时回头，用意念加深对罐头的操控，以一己之力构建出一道最牢靠的保护屏障。

黑雾的速度追他们绰绰有余，但每次追上变成狼影，要么被罐头击中，要么难得运气好躲开了罐头，又被其杀个回马枪。罐头不能像刀一样真正伤到狼影，但也弄得它们很难进行有效攻击。

"夜游怪越聚越多，这么下去不行，"蓝衣服判断着局势，"得找个地方暂避。"

范佩阳发现这街道越来越熟悉，虽然离破T恤住的地方还有一定距离，但离潜入地下道的井口，可不远了。

"加快速度，"他当机立断，"先和夜游怪拉开距离。"

三人没多问，直接提速。

范佩阳带着三人拐进前面一条新巷子，果然见到了熟悉的井盖，他立刻打开："进这里。"

四人悉数跳入，范佩阳挪回井盖，一身黑捡了落进来的罐头，研究得很专注。

时间一分一秒过去，上面慢慢没了动静，夜游怪应该已经飘远了。

"互相认识一下，"蓝衣服伸出友善的手，"王争鸣。"

范佩阳礼貌回握："范佩阳。"

连帽卫衣随意些，直接道："陶文雨。"

一身黑仍旧没感情："柴也。"

范佩阳看着蓝衣服敦厚的眉眼，再看看连帽卫衣胸前头顶恶魔角手拿小钢叉的卡通熊，最后上下打量一身黑，用特征对应法，轻而易举就把人记住了。

王争鸣，老实人。

陶文雨，魔鬼熊。

柴也，一黑党。

"你是新来的？"陶文雨直截了当地问。

范佩阳对自己顶着一张新人脸的事已经坦然了："昨天刚到。"

"看操控文具可不像，"陶文雨挑眉，"你刚刚那个罐头飞的，有够快，而且是越来越快。"

范佩阳回忆了一下先前的操控感觉，实话实说："熟练度在上升。"

陶文雨："熟练度上升，但体力也在消耗。"

范佩阳："还可以。"

陶文雨："哟，体力这么好？"

范佩阳："你没必要知道。"

陶文雨："……"

他怀疑对方在炫耀，但他没证据。

"朋友，要不要加入夜影？"王争鸣真心发出邀请，"我们不弄那些乱七八糟的，就是专注闯关。"

"你别看我们还在1/10，就觉得夜影不行，"陶文雨抬胳膊搭上王争鸣的肩膀，加入游说行列，"我们是为了组到更优秀的伙伴，组不到，那就等，宁缺毋滥。"

范佩阳看了他俩片刻，问："你们这次要闯关？"

"阵容齐整了，当然要闯……哎，不对，"陶文雨顿住，"听这意思，你也要闯？"

范佩阳默认。

陶文雨看着他一脸理所当然，简直操碎了心："哥们儿，你醒一醒，昨天才来，一个礼拜之后就要闯关，你是不是嫌命太长？就算你加入夜影，都不可能让你立即闯关。"

柴也研究完了罐头，单手奉还。

范佩阳接过，放回口袋。

陶文雨翻个白眼，对王争鸣摇头："没救了，这是个疯子。"

王争鸣看向范佩阳："所以，加入夜影也没戏？"

范佩阳想了下，真诚许诺："如果闯关的时候遇见夜影，我会手下留情。"

"……"陶文雨现在就想赶紧顶开井盖走得远远的，否则容易把这位当夜游怪打。

柴也倒颇有兴趣地看过来。

王争鸣乐了："行，那我先代表夜影谢谢了。"这不是个会听劝的人，更不是个甘心居于人下的人。

陶文雨掀开井盖，第一个跳出去，随后是柴也、王争鸣。

"你不上来？"见范佩阳迟迟不动，三人奇怪地问。

范佩阳轻轻摇了下头："你们先走吧，我在这里想点儿事情。"

三人不解，但也没多问。从相遇开始，这就是个谜一样的男人，文具树是谜，用罐头是谜，体力是谜，连一直拎在手里不放的鼓鼓囊囊的手提袋都是个谜。

不想深交，那就不必了解。

"闯关口见。"王争鸣留下最后一句话，合上井盖。

范佩阳听着他们离去的脚步渐行渐远，重新挽了挽袖子，俯身爬进回"家"的管道。

二十分钟后，透着光的金属网出现在前方。范佩阳心里一紧，金属网上明显有被破坏的痕迹。

他一路都压着担心，不断告诉自己，破T恤说过地下井是安全的，他们住这么久了，经验不会出错，可还是不时会有狼影蹿进他脑海，蹿进那个有唐凛待着的"房间"。

不要狼影。不要狼影。范佩阳不断默念着这四个字，从看见金属网到抵达网前这短短十几秒，他的心越悬越高……

金属网内的情景终于清晰，范佩阳呆愣在网后——狼影还是出现了，但乖巧地趴在唐凛脚边，一屋子其乐融融。

唐凛是第一个听见金属网动静的，他几乎是瞬间抬头，就看见范佩阳平安归来的身影。他长舒口气，身体不由自主地松弛下来，刚想说话，腿边忽然一凉——狼影散了。

黑雾飘向另一边金属网——怪蛇的尸体已被清理，墙壁上还残留着血迹——沿着网孔飘出，很快消失在黑暗的管道尽头。

破T恤看见范佩阳，立刻起来帮他开金属网："大哥，你怎么才回来啊，我们还以为你遇上夜游怪了。"

"是遇上了，不过有惊无险。"范佩阳从管道里跳下来，很自然地把手提袋递给破T恤。

破T恤更自然地接过来，然后站在那儿就有点儿蒙，他为什么要帮这位提重物？

"老板，"郑落竹站起来，第一时间汇报情况，"我们也遇上夜游怪了。"

范佩阳看向坐在床边的唐凛，微微皱眉："就是刚才紧贴着你的那个？"

唐凛眨一下眼："是你一回来就吓跑的那个。"

范佩阳眉头展开，变成淡淡疑惑："你好像……心情不错？"

唐凛没急着答，而是拍拍床边："过来。"

范佩阳走过去，很配合地坐下。

唐凛和他说："就在刚才，我第一次用文具，还是一个特殊文具，我现在能理解你说的操控文具那种感觉了……"

郑落竹心安理得坐回椅子，显然，老板不再需要他的情况汇报了。

破T恤拎着手提袋坐回铺盖卷，看着正在交谈的两人，犹豫着要不要向唐凛抗议，你一晚上说的话还不如现在和范佩阳一分钟说的多；又或者提醒范佩阳，刚才唐凛让夜游怪趴到脚边，也是这么一拍，说"过来"。

之后的很长一段时间，地下井里只有唐凛和范佩阳的交谈声——一个不再高冷甚至有些活泼的唐凛和一个耐心聆听不时给些反馈意见的范佩阳。

头顶昏黄的光像一个罩子，将他们同外界隔开来，地下井的潮湿、阴暗，被这光悉数驱散。

郑落竹静静望着涂鸦墙，像在想些什么。

胖乎乎和老头衫悄悄凑到破T恤身边，盯着手提袋问："老大，这里面是什么啊？"

破T恤光注意那边两个人说话了，让小弟一问，也好奇起来，索性打开手提袋一睹为快。

他这边刚打开，就听见范佩阳在那边和唐凛说："我给你买了东西。"

三人更好奇了，立刻低头往手提袋里看——六副墨镜、三台手持高频小风扇、两把多功能小刀、八个小面包、一罐牛奶。

　　破T恤、老头衫、胖乎乎："……"买的会不会太杂了？！

　　"叮——"

　　"叮——"

　　"叮——"

　　接二连三的提示音在唐凛手臂响起——<防>我看透你了×4，<防>快乐一刻飘浮术×1，<防>金钟罩×2，<防>五里雾中×1，<幻>镇痛止疼×1。

　　唐凛诧异："都给我？"他以为范佩阳所谓的赠予就是把买的文具分他几个，结果可好，接收起来没完了。

　　"没都给你。"范佩阳给自己和郑落竹各留了三个"<防>我看透你了"，至于"<特>我是VIP"，效果待验证。

　　唐凛低头看自己陡然富裕的"文具盒"，除了"镇痛止疼"，一水的防具。他静默半晌，道："好吧，闯关的时候我会保护你们的。"

　　范佩阳陪他一起看了会儿"文具盒"，伸手指了指"金钟罩"和"五里雾中"："这两个还我。"

　　保护人这件事，范总还是想亲自来。

　　"大哥……"破T恤其实不太想打扰那两位融洽的气氛，但实在是太好奇了，"你买的东西是文具？"

　　范佩阳看过来，目光似在问"有问题"。

　　破T恤茫然地举起一台手持高频小风扇："那这些……是啥？"

　　范佩阳："哦，赠品。"

　　破T恤："……"

　　虽然墨镜、小风扇什么的都是废品，但小面包和牛奶是实打实的地下城高档货，这得是花了多少钱，卖家才能把食物当赠品啊。

　　"对了，"范佩阳想起什么似的，"你那个特殊文具，开个价。"

　　破T恤无语，这是买文具买顺手了，还是钱多得没处花？客观讲，刚才那种情况，唐凛用"<特>暗夜驯兽师"其实是拿自己冒险救了他们所有人，虽然一个特殊文具的确价值连城，但他怎么好意思……

　　范佩阳："嗯？"

　　破T恤："小面包和牛奶都给我吧。"

临睡之前，范佩阳才想起说时间流速的情况。

"这里一天外面半天？"唐凛想了下，"那还好。"他最怕的是像古代神话故事那样，这里一天，外面百年。

不过一说时间，倒提醒他了："公司怎么办？"

范佩阳淡定道："放心，之前闯关的时候我就总不在公司，单云松知道怎么做。"

唐凛感慨："单特助还真是为你操碎了心。"

范佩阳瞥他："是我们。"

唐凛怔了怔，避开范佩阳的目光，换了话题，聊自己的怀疑——破T恤三人住地下井这么久都没事，结果他们一来，蛇也好，夜游怪也好，就扎堆来了。

"你有怀疑对象吗？"范佩阳问。

唐凛慵懒地撑着头，淡淡道："从昨天到现在，我们一共才遇见几个人。"

范佩阳抬眼，地下井满铺的石砖在他眸子里映出一片暗色："要么鲨鱼，要么吕爵。"

是谁其实不重要，他们还没有能和一个组织对抗的硬实力。眼下最重要的是闯关，知道有人在背后暗算，打起十二分精神就对了。

"不过换个角度想，"唐凛浅浅勾起嘴角，"他们这么做，说明我们的实力让他们忌惮了。"

范佩阳起身把挂在床头的大衣丢给他："才成功用了一个文具，别骄傲自满。"

唐凛以衣当被，盖得心安理得："晚安，范总。"

翌日起床，破T恤三人还在啃小面包呢，郑落竹就过来和范佩阳请假，说是想出去一趟，顺便还打听了下良心铺子。

范佩阳直接把良心的位置给了他，才问："你要买文具？"

"嗯，"郑落竹答得顺溜，"一个夜游怪就差点儿灭了我，谁知道关卡里还有多少凶险，我那'铁板一块'实在不太可靠。"

范佩阳提醒："他的文具都让我收了。"

郑落竹愣了下，又恢复灿烂笑脸："那就问问情报。"

范佩阳若有所思地看他。

郑落竹摸摸自己的寸头，大大方方让老板看。

"去吧，"范佩阳没多说什么，"注意安全。"

郑落竹当即立正："谢谢老板。"

啃小面包三人组围观全程，满腹狐疑，但没敢打听，毕竟是人家内部事务。

郑落竹动作矫健，钻进管道没多久，身影就融入黑暗，一直到下午都没回来。

范佩阳对郑落竹的应变能力有信心，倒不怎么担忧，结果一抬眼，就发现唐凛坐在椅子上,好整以暇地看着他。不过唐凛这个坐姿很不老实,身体向后,直接让椅子前面翘起,晃啊晃地维持着微妙平衡。

范佩阳二话不说走过去,刚要伸手按,唐凛自己就把椅子落地了,仰头问他:"竹子为什么要继续闯关?"

范佩阳有一说一:"他说想继续跟着我这个老板。"

唐凛仔细回忆了一下范佩阳在公司的风范——如果他这部分记忆没出错的话——走路自带低压,看人自带威慑,说话永远冰碴……末了,他一声叹息:"这真是我听过的最不走心的谎话。"

同一时间,良心铺子的阁楼。

郑落竹坐在不久前范佩阳坐过的地方,神情沉静,再不见吊儿郎当。

"地下城消息最灵通的几个人都在这儿了,"良心把一张写了若干姓名和地址的字条递给郑落竹,"如果他们都不知道,那就没办法了。"

郑落竹接过字条,感激道:"谢谢。"

良心摇头:"别这么说,我都没帮上忙。"

"这个,"郑落竹扬了一下字条,"已经帮我大忙了。"将字条小心翼翼收好,顺带取出银行卡,"多少钱?"

良心苦笑:"没卖东西,不收钱。"

郑落竹定定地看他。

良心起身越过桌面拍拍他肩膀,似祝福,似叹息:"希望你能得到好消息。"

郑落竹傍晚才回,范佩阳和唐凛都没多问。

之后的五天,三人基本都在地下井里练习文具操控,范佩阳和郑落竹练习文具树,唐凛不能拿范佩阳好不容易买来的文具练,大多数时候就是观摩学习。其间范佩阳只出去过一次,带着破T恤三人,一是采购食物,二是看看地下城的情况。

随着闯关时间临近,地下城的气氛明显有了变化。最直观的就是各帮派在街面上走动得频繁了,彼此间虽还像往日那样寒暄,但已暗流涌动。

5

闯关当日,早上7:00。

唐凛、范佩阳、郑落竹休整完毕,轻装上阵。

由于昨天收到新的"小抄纸"提示,闯关不允许携带背包、旅行袋一类,三人只随身带了一些小物件，剩下的都留在了破T恤这里。

"打劫你们真是我做过的最正确的决定。"破T恤看着墙角的一堆食物，又看看即将离开的三人，明明开着玩笑，却鼻子发酸，"千万小心，不行就撤。"

范佩阳和唐凛点头。

郑落竹简洁应了一声："嗯。"

破T恤、胖乎乎、老头衫目送三人离去，好久了，还站在那儿发愣。

真不行的时候，其实没人撤得回来。可这话劝得了懦夫，却吓不住坚强者。他们眼里有光，有前方，那是这座地下城里最可贵的东西。

唐凛一路都在想破T恤提供的信息——

"闯关口会在00:00开启，时间以地铁口旁边那个钟为准，不过白天就会有很多人在那里占位了，你们必须得早点儿过去……

"为什么占位？不是说闯关口一开就谁都能进去的，进入闯关口的人是有数量限制的，就两百个名额，先进先得，数量一到，闯关口自动关闭……

"通关人数当然也有限制，两百人进去闯，通关名额就二十个，也是拼速度……

"记得我和你们说过的吗，闯关时最危险的不是关卡，而是闯关的人……两百个人抢二十个名额，不是每个人都想和你公平竞争的，甚至有些人会无所不用其极……

"关卡内容没那么复杂，就是闯地铁车厢，但具体怎么闯，每次的设置都在变……"

不知不觉，三人已到地铁口所在的广场。

唐凛预估过这里的严峻形势，等到真看见，还是觉得乐观了。

整个广场已经基本被占满，到处都有闯关者，小规模的就三五成群，多在广场外围，大规模的就浩浩荡荡，全盘踞在广场里面，而地铁口周边更是被"重兵把守"，目测至少五六派人，将之里三层外三层围得水泄不通，守得如铜墙铁壁。

地铁口门上的"1/10"仍然醒目，但更醒目的是地铁口上方亮起的"0/200"。

距离关卡开启，还剩十六个小时。

三人刚一靠近广场外围，甚至还没踩上广场的石子地面，就被聚在附近的小团伙驱赶，挥手斥一句"走开"算客气的，大多数都是硬邦邦来句"滚蛋""一边儿去"，还有个别觉得他们面生的，直接鄙视一句"哪儿来的愣头青"。

三人绕着广场外围走了一整圈，愣是没有能进去的缝隙，最后只能爬到广场旁一处废宅的屋顶，至少落个"坐得高看得远"，眺望过去，整个广场一览无余。

破落屋顶长满杂草，郑落竹憋了一肚子气，坐那儿还是不甘心，一根根揪旁边的无辜小草："老板，你刚才就应该让我动手……"虽说胜负难料，但至少气势出来了，现在倒好，让人挥挥手就走，斥一句就撤，简直不能再窝囊了。

小草都快被薅秃了，还没等来回应，郑落竹一抬头，好嘛，老板压根儿没听，正望着广场那边，目光审视，思考专注。郑落竹捂胸口，一腔热血付东流。

唐凛把他的心酸尽收眼底，蓦地就想起公司刚成立那会儿，手下一个个也是这样，每回和范佩阳交流完都跟心被扎了似的，周身流动着"老子立刻就辞职"的气场，弄得他只好换上笑脸，温暖每一个凉透的灵魂。

唐凛清楚，郑落竹能给范佩阳打工这么久，肯定已经具备了某种自我调节能力，但遇到这情形，他还是条件反射地解释一句："广场的情况还不明朗，贸然引起注意没必要。"

郑落竹没料到唐凛会解释，更没料到还语气这么和缓、态度这么温柔，当下就觉得自己刚才实在是太粗鲁了，简直应该扣奖金："嗯，对对，冲动是魔鬼。"他忙不迭点头，立刻松开揪着小草的手，还安抚地摸了仅剩的几根两下。

唐凛不再说话，也开始观察人头攒动的广场。

郑落竹看着他的侧脸，发现刚才的温柔感已经淡了，安静下来的唐凛又恢复了冷峻，可即便是冷峻，也只是淡淡的距离感，完全不会像自家老板那样，让人分分钟恨不能掀桌而起。打夜游怪的时候，唐总问破T恤要多少文具那个口气，也绝对是不差钱的主，不知道唐总要不要手下……郑落竹摸着下巴，认真思考。

闷热的风吹过屋顶，拂动了某位员工跳槽的心。

唐凛望了半天广场，基本看清了形势。

广场中心，也就是围守在地铁口附近的，应该是五方势力，从位置看彼此没有明显的高低之分，一股脑全堵在地铁口。

广场中心到广场外围之间算第二势力圈，大大小小的团队能分出来十几个，吕爵和鲨鱼都在，不过没凑到一起，从人数和站位上也能看出白组还是比步步高升的实力要更胜一筹。

似乎察觉到了不太友善的视线，吕爵忽然抬头看过来。唐凛不躲不闪，甚至故意迎上他的目光。这是一个有些微妙的对视，距离远到不必生起防备，又近到足够看清彼此。

吕爵一怔，有微微的惊讶，虽然他很快掩饰，但还是没逃过唐凛的眼睛。

引夜游怪到地下井的是吕爵还是鲨鱼？答案水落石出。

唐凛扬起嘴角，朝对方轻轻颔首。

这是一个客套而不失礼貌的微笑。

可吕爵只看见了对方眼底的凉意，像一层化不开的浓霜，寒风凛冽。

唐凛先敛下眸子，断了对视。

吕爵后知后觉，发现自己竟然松了口气。

夜游怪的事情暴露了？不，这个都不重要了，就算暴露，他们难道还能以三人之力挑战整个白组？除非活腻了。

真正让吕爵在意的是唐凛的变化。在电梯口招新人时，他就看出了他们的潜力，但那时候的唐凛只是冷，绝对没有现在这样的危险性。

才七天，他们远比他想的还要成长神速。

唐凛压根儿没把吕爵这个插曲放心上，君子报仇，十年不晚，眼下最重要的是闯关，如果闯过去了，那还在这一层的吕爵更不值得他费心了。

偏过头，见范佩阳在看手臂上的"文具盒"，陷入思索，唐凛都不用想就知道他肯定又在琢磨那五个"<特>我是VIP"。这个文具范佩阳简单给他讲了讲，他的想法和范佩阳一样，如果效果真和卖家说的一样，那这钱花得绝对值。然而现在的问题就是不知道它是不是真有效，他们又不能贸然浪费一个去试。这不像"<防>我看透你了"，打夜游怪就有大概率出，用了也不心疼。

范佩阳关掉"文具盒"，抬头想放空一下，目光却忽然定在某个方向，不动了。

唐凛好奇地问："看什么呢？"

范佩阳轻抬下巴："那三个，就是夜影。"

唐凛来了兴趣，立刻在那个大方向的人群里搜寻。

郑落竹听见"夜影"两个字，也凑过来，和唐凛一起找。

遇见夜游怪有惊无险的事，范佩阳简单给他们讲了，当然也就提到了夜影的三个人，不过就范佩阳那种极简性叙事法，夜影三人在唐凛和郑落竹脑海里的形象，就是三个简笔画火柴人。这回总算能看看正主了。

"哪三个？"人海茫茫，唐凛实在锁定不准。

"就那里，"范佩阳用目光引领，外带特征描述，"魔鬼熊，一黑党，老实人。"

唐凛点点头："哦，他仨。"

郑落竹："……"不是，这么抽象的特征也能秒速对上号？

"哟，你还真来啦——"陶文雨眼尖，第一个发现屋顶上的熟人，挥着胳膊就穿过人山人海，硬是横跨半个小广场挤到废屋底下，"等得我快无聊死了，幸亏看见你！"

唐凛和郑落竹一起看向范佩阳，这位……很有聊？

当事人范总面上仍然沉稳，但眼底也透出对这份热情的茫然。

"我说你怎么不来夜影，原来自己有队伍啊。"陶文雨不用人请，直接翻身上了屋顶，自来熟地坐到郑落竹身边，和他、唐凛挨个打招呼，"叫我桃子就行。"

郑落竹立刻礼尚往来："叫我竹子就行。"

两个"子"很真挚地握了握手。

聊没两句，唐凛就看明白了，这人还真就是过来和他们聊天的，估计挤在广场里憋半天了，同伴又都不能很好地达到他的对聊标准，这才热情洋溢扑他们来了，并且一发现范佩阳不好聊，就果断转向郑落竹。

再看一眼广场那边，一黑党躺在地上，双手枕在脑后，闭目养神，似乎已经屏蔽了周遭一切纷扰；老实人在四下观察，紧锁的眉宇间满是认真，显然正倾尽所能分析着各方竞争对手。的确没一个能像自己家竹子这样，交谈热络，宾主尽欢——

竹子："真的假的？"

桃子："我骗你干吗。五大势力，随便你加入哪个，就等于拿了半张通关票。"

竹子："剩下半张呢？"

桃子："当然就要看我们这些精英愿不愿意让了。"

竹子："你们就三个人，这么自信？"

桃子："不是自信，是实力。"

竹子："我欣赏你，咱们理念一样。"

桃子："喂，我们仨和你们仨，实力不一样吧……"

竹子："你别谦虚，虽然我老板一个顶六个，但你们毕竟比我们有经验。"

桃子："……"

竹子："嗯？"

桃子："我给你讲讲这五大势力吧……"

竹子："嗯！"

唐凛同情地看着陶文雨，优哉游哉地当个听众，眼底漫上笑意。半生不熟就这点儿不好，再心塞，也得继续客气。

范佩阳原本对夜影和陶文雨都无感，但在看见唐凛听得兴致盎然之后，在心里把这一组织从"潜在对手但可以手下留情"调整成了"潜在对手但要手下留情"。

陶文雨完全不知道自己已经帮组织在范总那里提升了位置，还认真给郑落竹讲课呢："看见没，就离地铁口最近那一堆人，坐得最整齐那一块就是'铁血营'。他左边是'孔明灯'，右边是'十社'……挨着十社那一撮看着不起眼的是'还乡团'，你可别小瞧他们……"

唐凛依次看过去，的确每个帮派都有自己的气质。

铁血营最明显，坐得整整齐齐像行军方阵，为首的那个正襟危坐，抱臂环胸，目视前方，神情严肃。孔明灯和十社与之相比就显得悠闲多了，一左一右随意或坐或躺，都像来团建度假的。还乡团的确特征不明显，比铁血营少了几分硬朗，但又比孔明灯和十社多了几分认真，如果不说他们是五大势力之一，看起来和外围普通的闯关者没区别。

"铁血营、孔明灯、十社、还乡团……"郑落竹疑惑地看看陶文雨，"不是五大势力吗，还差一个呢？"

"他们人少，我这一眼没瞄到，就不见了。"陶文雨抻长脖子眺望，还是没找到"活体标本"。

郑落竹："叫什么名总知道吧？"五个差一个，要急死他。

"名字的话……"陶文雨谨慎搜索记忆，生怕出错，"等我想想口味……"

郑落竹愣住："口味？"

"啊对，"陶文雨终于确认了，"草莓甜甜圈。"

郑落竹："……"

唐凛："……"

范佩阳："……"

"我光记住甜甜圈了，"陶文雨还认真解释呢，"这玩意儿口味太多。"

这是口味的问题吗！

郑落竹："你不觉得这个画风和前面四个差太多？"

"那你得问他们去啊，"陶文雨摊手，"又不是我们叫柠檬草莓夜之影。"

郑落竹："我怎么感觉这个名字在你心里盘旋很久了……"

"桃子。"唐凛忽然出声。

陶文雨看着他那张白净、淡然的脸，不自觉就放轻了声音："嗯？"

唐凛指指那边，提醒的意思。

陶文雨看过去，原来是王争鸣站起来了，正往广场中心挤。

"没事，"陶文雨给了唐凛一个安心微笑，"老王就长一张人畜无害的脸，自带隐形功能，往哪儿挤都不会有太大问题。"

"查探消息？"唐凛大概猜到了王争鸣的意图。

"嗯，"陶文雨说，"估计等下就能清楚到底有多少人闯关了。"

这满坑满谷的人，目测快一千了，除了闯关的，肯定也有各组织来陪同壮声势的，摸清真正的闯关者数量，至少可以对等会儿的竞争局面有所预估。

这边聊得融洽，那边气氛微妙。

郑落竹是直接皱眉，和自己聊就张牙舞爪，和唐总聊就轻言细语，什么意思！

范佩阳云淡风轻，只是在心里把刚提升完的夜影定位恢复出厂设置。

"聊这么半天差点儿忘了，你们叫什么啊？"陶文雨兴致勃勃地问。

唐凛还真被问住了。

陶文雨见他不答，还以为没听懂，又解释一下："有伙伴就要有名号，有名号才有凝聚力，要没有就赶紧起一个。"

"其实我们有。"郑落竹看了范佩阳一眼。

范佩阳点头。

得到老板授权，郑落竹立刻继续："我们叫五黑……"

"VIP，"唐凛及时打断，实在不想刚闯第一关就树立古惑仔的队伍形象，情急之下想起了那个特殊文具，"叫'VIP'。"

陶文雨愣愣地眨下眼："这个名字特别哎。"

唐凛淡淡扬眉："要不要加入我们VIP？"

陶文雨："……"明知道对方不是认真挖墙脚，却仍然有一种拒绝了会损失很多福利的遗憾，这队名起得太心机了！

陶文雨在屋顶上待了一个多小时，实在没话题了，才依依不舍挥别，一头扎回广场，去找新的乐子。三人无事可做，索性在屋顶躺平，闭目小憩。

白天就这么过去，广场上发生了几次小摩擦，但引起的骚动都不大。其间王争鸣过来一次，共享了打探来的消息，算是还范佩阳的罐头人情——广场上大概一千人，真正要闯关的有六百，而这六百人里，五大势力占了近四百，还有两百人是其他小社团，像VIP和夜影这样只有三个人组队闯关的算极少数，一两个人的就更少了。

王争鸣的到来证明两件事：一、闯关口的通过率在三分之一，不算太惨烈，但被抱团垄断的可能性很大；二、VIP这队名算是坐实了。

地铁口旁的时钟又到了一个整点，21:00，距离关卡开启还剩三小时。

机器轰鸣声早在傍晚就停了，随着夜深疲乏，说话声也慢慢小了。广场突然安静下来，偶尔有那么一瞬，甚至能听见时钟秒针的声响。

唐凛半睡半醒，隐隐约约好像要梦见甜甜圈，突然被一阵巨大的骚动吵醒。

"我是不是眼花了——"

"哎哟我去，有生之年啊！"

"真的假的，我竟然能在地下城里看见美女？！"

"妈呀，这不会是关卡新增的考验吧……"

"神啊，如果这是梦，千万别让我醒，可怜可怜单身狗吧——"

唐凛迷迷糊糊坐起来，好半天视野才清晰，然后就看见了正朝广场走来的那抹身影。

那是一个二十七八岁的女人，身材高挑，目测身高在一米七七左右，长发乌黑如瀑，走路带风，利落飒爽，烈火一样明艳漂亮。

闯关世界里有姑娘？

唐凛狐疑地看范佩阳："你不是说这里没女人吗？"

范佩阳皱眉："以我的闯关经验来讲，的确没有。"

"那这是……NPC？"唐凛转头再去看，漂亮姑娘没往广场里面挤，而是在外围附近的一个机械装置旁边坐下来。装置由铁片和齿轮构成，造型类似一台机车，女人背靠装置，就像枪炮与玫瑰。

郑落竹转过半个身子，正对着女人的方向，盘腿观察："NPC的话应该一来就发布任务吧，坐那儿不动几个意思？"

其实人家漂亮姑娘没不动，至少坐下之后还抬胳膊查看过一次。

唐凛眯起眼："NPC手臂上也有猫头鹰吗？"

范佩阳和郑落竹一同沉默——没有。

手臂上的猫头鹰图案是闯关者最基本的标志，也是唯一烙印。

广场上的骚动没有任何平息趋势，反而愈演愈烈。

每个人的目光都不可避免地被女人吸引——"有女人"这件事本身，就像大晴天闪电、暴雨夜出月光，太稀奇了，何况她还身材婀娜，美丽漂亮。有像唐凛三人这样观察思索的，有交谈讨论的，也有隔空撩妹调戏的，说话声、玩笑声、口哨声……一片闹哄哄。

女人倒淡定，应该早就预见了广场众人的反应，做过心理准备，故而神情一片坦然。她不时抬头看地铁口旁边的钟，偶尔也扫视广场，像每一个等待零点的闯关者一样。可她的眼里又没有其他闯关者的忐忑或者期待，或者说，她把它们藏得太深了，藏在风平浪静后，藏在潋滟秋水里。

广场上的人们诧异归诧异，好奇归好奇，即便撩妹吹口哨的，最后也一个没动，老老实实坐在原地。道理很简单，美女是全场焦点，谁在这时候过去，一举一动都受全民关注，没必要。

就这样过了一个小时，随着时间来到22:00，女人身上的注意力渐渐淡了，大家的焦点又纷纷转向闯关口，毕竟这才是接下来生死存亡的战场。

广场又恢复了适度的吵闹，并开始有外围的人想往里挤，不时就有小伙人打成一团。

就在这时，两个男人鬼鬼祟祟地靠近了女人所在的装置。

郑落竹整整一个小时都在纠结"女人"这件事，视线就没从女人那边挪开——他怀疑自己有强迫症，五大势力只知道四个名字，不行；女人突然出现原因不明，闹心——第一时间就发现了不对。他一个激灵直接从房顶上站起来，大声吼："你们耍流氓啊！"

这声音还没传到那边，就被广场上空的嘈杂吞没了。但唐凛和范佩阳可被震得耳膜嗡嗡的。

抬眼望过去，只见女人不知道被什么文具给束缚住了，靠在装置那里动弹不得，两个男人一个压着她的肩膀防止她挣脱，另一个正要去抓她的手臂……

等等，好像不是耍流氓。郑落竹歪头又看两秒，眼里火苗快蹿出来了："他们在抢文具！"

他是最先发现的，却是最慢反应过来的——唐凛和范佩阳看第一眼就明白了。

一个女人能单枪匹马来到这里，手上必然有大量的文具加持，否则她没这个本事，也没这个胆子——这会是广场里许多男人想当然的心理。而在这些人中，出一两个歪门邪道、动手打劫的，太可能了。

"不行，老板，我得过去，"郑落竹忍不了了，"有能耐抢老爷们儿，抢女人算什么本事！"

"竹子，"唐凛冷静道，"再看看。"

郑落竹着急："都这样了还看什么啊！"

范佩阳气定神闲："她比你沉稳多了。"

郑落竹领会半天，才弄懂这个"她"是谁，再看过去，还真是，女人虽然被文具困住，但没剧烈挣扎，此刻袖子已经被粗鲁地推上去了，仍不见她反抗。这样的情况只有两种解释，要么死心认命，要么……

女人忽然抬起眼，目光和她的人一样，炽烈如火。

明明隔着很远，明明女人看的不是他，郑落竹还是被这气势镇住了。

"能闯到地下城的女人，可不是娇花。"

这是郑落竹听见的最后一句话，来自唐凛，声音清凉凉的。

在那之后，远处的女人深吸口气，开始尖叫，持久的、极具杀伤力的、令人崩溃的尖叫，像铁勺划玻璃，像指甲刮黑板，像刚被拔出土的曼德拉草。

尖叫持续了二十几秒，俩劫匪就不说了，早狼狈而逃，连原本坐在附近的人群都鸟兽散，生生以齿轮铁片装置为圆心清出一块方圆十米的空地。

女人收声，将搭在肩前的头发撩到后面，活动一下颈椎，就像刚刚做完瑜伽。

整个广场一片安静，有些人开始默默揉纸团塞进耳朵，以防再被伤害。

郑落竹离得远，虽不用捂耳朵，但也身心受创："不会再喊了吧？"

唐凛莞尔："应该不会了。"

郑落竹心情复杂："她这是文具还是天生技能啊……"如果每个女人尖叫起来都有这种毁灭性，他真心觉得闯关这种事还是男伙伴们一起玩吧。

"文具。"开口的是范佩阳,没有"应该、可能、或许",语气笃定。

唐凛同意:"普通的尖叫可以吓人一跳,但绝不会让两个打定主意抢劫的人落荒而逃。"

他们逃,是因为精神上承受不住,换句话说,尖叫对他们有攻击性。

郑落竹一思索就明白过来了。这是一个攻击性文具,甚至很可能就是女人的文具树。

经过这个插曲,没人再敢过去招惹,女人那边清静了,广场这边也消停下来,所有人都开始最后的等待。

23:15,距离闯关还剩四十五分钟。

越临近零点,时间好像越慢,广场依旧安静,可这安静底下是渐渐汹涌的暗流。就像拔河比赛时,两方都拿起绳子准备,裁判还没吹哨开始,理论上两边都不应该用力,可绳子已握在手中,便不可避免地被蓄力的双方绷直。

没人再假寐,大家都坐起来,或看时钟,或看地铁口,或彼此望着,好像不经意,其实都暗藏心思,盘算势力,盘算竞争者,盘算等下的抢位……

毫无预警,唐凛手臂上的猫头鹰又闪了。他飞快点开,然而"小抄纸"也好,"文具盒"也好,都没任何变化。

范佩阳发现他的异样:"怎么?"

唐凛愣愣盯着手臂:"上次也是这样。"

"上次?"范佩阳不明所以。

唐凛:"就是夜游怪进地下井那天,这个猫头鹰图案也闪了,但我点开,什么都没有。"

范佩阳:"刚才又闪了?"

唐凛:"嗯。"

范佩阳:"确定?"

唐凛:"上次我以为是错觉,但总不会错觉两次。"

范佩阳陷入沉思,良久,道:"或许和你一直没解锁的文具树有……"话没说完,突然停了。

唐凛奇怪抬头,发现范佩阳眉头紧锁,神色不对。他刚想问,旁边原本躺着的郑落竹一个鲤鱼打挺,表情像见了鬼似的,喃喃自语:"什么玩意儿……"

紧接着,广场里陆续有人站起来,要么四下看,要么和郑落竹一样,嘴里嘟嘟囔囔。平静霎时被打破,广场上至少有三分之一的人开始不安稳。

"到底怎么回事?"唐凛抓住范佩阳的手腕。

范佩阳回过神,沉下声音:"什么动物,早晨四条腿走路,中午两条腿走路,晚上三条腿走路,腿最多的时候最无能?"

"人。"唐凛想都不用想。

这是"斯芬克斯之谜"，很多人都知道的典故，范佩阳不可能还要问他答案，而且突然问这个也太奇怪了。

"唐总，你听不见吗？"郑落竹没头没脑地问。

唐凛愣了："听见什么？"

郑落竹语气急促："有一个声音在我心里，问的就是老板刚说的那个问题，要求两分钟之内讲出答案，答不出来或者答错就会被斯芬克斯吃掉。"

唐凛看看郑落竹，再看看范佩阳，终于相信没人和他开玩笑。

斯芬克斯，希腊神话中的邪恶之物，代表神的惩罚。它会坐在忒拜城附近的悬崖上，拦住过路的人出一道谜语："什么动物，早晨四条腿……腿最多的时候最无能？"答不上的人会被他吃掉。最终，俄狄浦斯猜中谜底——人。婴儿时只会爬，所以四条腿；成年后走路，两条腿；老年要拄拐杖，三条腿。斯芬克斯因此羞愧，跳崖而死。

这道谜语，就被称为"斯芬克斯之谜"。

"人。"虽然不可理喻，可范佩阳还是低声说出答案。

郑落竹连忙照做："人。"

唐凛听不见，事实上那道声音在提出问题之后，便开始在他俩的心中倒计时。尽管"被吃掉"听起来很荒诞，郑落竹也不想冒险。

但不是所有人都这样配合。

两分钟到，广场上接二连三爆出哀号，随后就是"扑通""扑通"的身体倒地声。

一瞬间，广场风云突变。

那些听见问题并且答对的人错愕呆愣，而那些还不知道发生了什么的人轰地一下就乱起来，有人抱着倒地伙伴摇晃，有人茫然四顾不知道发生了什么，还有人怒不可遏大叫着"到底是谁""快滚出来"……

遭遇攻击了！

唐凛刹那间了然，距离闯关只剩半个多小时，有人提前下手清理竞争者了。

废屋底下也有人遭殃。唐凛迅速跳下去查看，只见倒地的人脸色煞白，嘴唇发青，没有任何呼吸和意识，身体冰凉僵硬，就像已经死了很久。他不可置信地怔在那儿。究竟是什么文具，竟然能造成这样大范围的杀伤，还是以答题这样特殊的形式……

唐凛起身，想和屋顶上的伙伴交流，一抬头，却发现范佩阳和郑落竹都神情凝重，安静得有些不正常。他心里"咯噔"一下，立刻去看广场。果然，先前答题的那部分人，此时的状态都和屋顶两人一样——答题还没完。

并且每个人听见的问题开始变得不同了，允许回答的时间也缩短了。

范佩阳听见的是——把唐凛带进这里，你后悔吗？请在一分钟内说出答案，答不出或者答错会被斯芬克斯吃掉。

郑落竹听见的是——你恨你的父母吗？请在一分钟内说出答案，答不出或者答错会被斯芬克斯吃掉。

"呵，这也有标准答案吗……"郑落竹扯出一个嘲讽的笑。

不想那声音竟然回应了："有的。答案就在你心里，我也在你心里，所以我知道，但你就不一定了。倒计时继续，49，48，47……"

你恨你的父母吗？郑落竹从来没认真想过这个问题。因为他清楚，一旦开始想，就停不下来了，这个问题会像永不见底的沼泽，将他的人连同整个灵魂一并吞没。

"10，9，8，7……"

倒计时所剩无几。

视野开始模糊，心跳骤然加速，郑落竹嘴唇微动，用只有自己才能听清的气音缓缓吐出了一个字。

唐凛站在屋下，看见郑落竹的口型，确认他说了一个单音节，但具体说的是什么无从分辨。

旁边范佩阳的回答倒低沉清晰："不后悔。"

唐凛不知道新的问题是什么，只能密切观察，几秒后，见郑落竹和范佩阳都安然无恙，才短暂松口气，可是更大的疑惑随之而来。

斯芬克斯只是序幕，真正的致命问答才刚刚开始，而第二道题，很明显郑落竹和范佩阳都答对了。但问题也就出现在这里，他俩一个说了单音节，一个说了三个字，而且他能确认竹子说的绝对不是闭口音，怎么可能是同一答案？

不同答案却都正确，只有一种解释——每个人听见的问题开始变得不同了。

广场上又陆续有闯关者倒下，那些还在答题的面色越来越凝重，而那些没听见问题的，无一例外都神情严峻，如临大敌。

混乱仍在继续，但茫然已经没了，再迟钝的人都明白过来，一场极度凶残的攻击正在降临，现在没中招，不代表以后不会。

"如果你手边有一个按钮，按下去，你的父母就会死而复生。他们或许还和从前一样，又或许会哭着求你原谅，一切都是未知数，而求证这个未知的机会在你手上，你按吗……请在五十五秒内说出答案，答不出或者答错会被斯芬克斯吃掉。"

呵，这见鬼的问题。郑落竹抬头望着地下城的天花板，忽然突发奇想，如果就这么一头撞上去，是不是能破开个大洞，直接蹿到第二关。不答题就会死，答题了则要面对更要命的下一题，喊。

"竹子……"

似乎有人在叫自己的名字？郑落竹茫然四顾，好半天才和废屋下唐凛的视线对上。

"嗯？"他给了个含糊的鼻音，甚至不确定唐凛有没有叫过他。

"什么样的问题？"唐凛不浪费时间，直接问重点，实在是范佩阳那边根本叫不动，专注答题的状态根本屏蔽了外界的一切，而竹子这边神情恍惚，看着还有突破口。

什么样的问题？郑落竹苦笑："就是你最不想面对、更不想回答的那种。"

"明白了，"唐凛简短道，"你只管答题，剩下的交给我。"

郑落竹一怔："你要做什么？"

"想办法让文具使用者停下，"唐凛环顾广场，渐渐沉下的眼底风雪欲来，"如果它真是文具的话。"

直面内心的隐秘和恐惧，这场攻击所依托的就在此。

人往往最难看清的就是自己，很多时候连心都有选择性的伪装和遗忘，只有潜意识才忠于那些最真实的情感和念头。但又有多少人能准确捕捉，坚定判断？

不能抱任何幻想，一旦开始答题，就只有两种结果，要么答错丧命，要么精神崩溃。这文具几乎是无敌的。但真有这样的文具吗？能准确窥探人的隐秘情感，并提取出来做标准答案？而且还一次性攻击这么多不同的人？

短短十几秒，唐凛已经把所有能分析的都考虑过一遍了。

如果不是文具，所有努力都徒劳。如果是，哪怕只有极小的概率是，都要想办法阻止。然而攻击者无从找起，因为广场上没有任何一个地方是平静的，斯芬克斯的提问就像一张精密计算过的网，均匀罩住了这里三分之一的人。那么他唯一能做的，就是利用某种方法，迫使对方停下攻击。

方法……唐凛垂下眼，飞快思考。一个不需要知道特定目标，也可以阻止攻击的方法……

"有能耐你出来，别躲在背后放冷箭！"

一声吼在旁边的人群中炸响，有脾气火爆压不住的了，直接用了群体性攻击文具。霎时间，废屋附近飞沙走石。

唐凛背过风向，以免眯眼，却在转过身的一刹那醍醐灌顶。

沙尘暴很快过去。怒吼的壮汉气喘吁吁，看起来短时间内酝酿不出第二场了。但这样小范围的风沙并没有干扰到幕后黑手。屋顶上的范佩阳和郑落竹还在被迫集中精神，全力答题。

唐凛立刻动身，以极快的速度从外围绕了广场小半圈，而后径直走向齿轮铁片装置。

女人站在装置前，显然是没遭遇斯芬克斯的那三分之二，看着他走近，出声提醒："如果你也想听一场尖叫音乐会，就继续往前。"她浅浅一笑，似有若无的妩媚，声音婉转悦耳，和尖叫的曼德拉草简直像两个灵魂发出的，真真正正一霎天堂一念地狱。

唐凛开门见山："帮个忙。"

女人好奇："帮什么？"

"如果尖叫是你的永久性文具，"唐凛说，"帮忙阻止这场攻击。"

女人意外："你觉得我可以？"

唐凛："你的尖叫可以对文具操控者的'精神集中力'造成毁灭性干扰。"

女人："你希望用我的尖叫打断幕后攻击者对文具的操控？"

唐凛点头。

女人不觉得乐观："你连他躲在哪里都不知道，而我的尖叫没办法摧毁全广场。"

唐凛早想过这个问题："这里只有一千多人，分区域，分方位，经过尖叫考核的站定不动，用不了几个批次，就能把所有人过完。"

女人将信将疑："你真认为这个方法有效？也许这根本不是文具攻击，而是进关卡前的最后筛选。"

"有万分之一的可能，我都要试。"唐凛语气淡然，却不容置疑。

女人不解："你又没被攻击。"

唐凛定定地看她："我还有朋友。"他的声音冷得像冰，可那薄薄的冰面下，是岩浆。

女人敏锐地察觉到了，却还是不轻易松口："你的朋友，我为什么要去救？"

不料唐凛直接摇头："没有理由，你完全可以拒绝，但请快点儿给我答复，时间有限，我还要去找第二方案。"

女人无语，好半天才头疼地叹息："你还真是一点儿都不会哄女人。"

唐凛："谢谢，唐凛。"

女人："不客气，南歌。"

第三章 世界树

SHI JIE SHU

1

广场中心，地铁口，时间23:30。

"还是不行？"代晓亮问刚跑过来的手下。

手下苦着脸："试了好几个文具，没用。"

代晓亮重重叹口气，方正的国字脸上满是忧虑。他是"还乡团—地下城分部"的负责人，今天的任务就是带领团员闯过第一关，这可好，关卡还没开，已经损兵折将。

"不知道攻击者的具体位置，用什么文具都白搭。"周云徽蹲在一旁搭腔，看似吊儿郎当，身边却恭恭敬敬站着好几个人——他是五大势力之一的孔明灯在地下城的组长。

铁血营的何律也在，笔直地站在地铁口前，魁梧而挺拔，像大漠里的胡杨树。他不苟言笑，说起话来也是严肃认真："这样的杀伤范围不像文具。事已至此，我们只能冷静，最大限度避免减员。"

"保持冷静？"十社的负责人崔战倚着地铁口的铁门抽烟，闻言弹一下烟灰，似笑非笑道，"那换你过来答题试试。"

戏谑的调侃并不需要回应，或者说，他也没时间等何律回应，又吸一口烟，他敛下眸子，对刚听到的新问题呢喃奉上回答："想过。"

井水不犯河水的五大势力其四的负责人们，因为这场攻击被迫聚到一起，组成"临时应急委员会"——没敌人的时候是竞争者，有外敌了，当然强强联手最佳。

没有永远的敌人，只有永远的利益，在哪里都适用。

"还没找到甜甜圈吗？"何律问周云徽，后者的手下负责联络第五方势力。

周云徽一言难尽地看着那张古板的脸："这三个字从你嘴里说出来，都不萌了。"

"如果还没找到，他的嫌疑就大了。"代晓亮脸色渐沉。

"我觉得不像。"周云徽歪脑袋往上看两位"友团"负责人，"他们一贯神出鬼没，要在这个时候现身，那倒真可疑了。"

"哎，你们俩干什么的——"

不远处传来小骚动，周云徽站起来，和另外三个组长一起往那边看，只见一男一女正简单粗暴地挤开人群，往地铁口这边靠近，眼下已到了四大势力的范围，自然遭遇组员不满。

见这边注意到了动静，那女人直接隔空喊话："我们有办法阻止攻击！"

这声音极具穿透力，让四位组长想起先前被曼德拉草式尖叫支配的恐惧。

彼此交换下眼神，四人达成一致。何律代其他组长开了口："让他们过来。"

组员们不明所以，但还是听令执行，很快就闪出一条道。一男一女来到四人面前，女人不用说，就是广场那位，男人则是生面孔，身材颀长，皮肤偏白，俊逸的眼眉透着淡淡冷峻。

崔战才看清来人样貌就不得不投入新的答题，而新问题简直让他的心情糟糕到了极点，控制不住地狠踹一脚地铁口铁门。

唐凛走过来听见的第一声，就是这个。

来这里之前，他先去找了夜影，把四大势力的负责人对上了号，此刻踹门这位，就是王争鸣口中地下城的最强战斗力。问答进行到现在，还能分神看他这个不速之客，还有炽盛的怒火踢门，这个最强战斗力，唐凛又信了几分。

"我们有办法阻止攻击。"面对面，唐凛再次正式讲了一遍。

周云徽不屑一顾地哼了声。代晓亮和何律则审慎地打量他。

"百分之百把握？"何律问。

"万分之一。"唐凛说。

何律刚要皱眉，又听对面道："但如果这是人为的文具攻击，我的方法就是百分之百成功率。"

周云徽眼底兴味渐浓："说来听听。"

"不好意思，没时间了。"唐凛冷淡道，"你要是实在好奇，我可以先从你们孔明灯开始。"

一直安静着的南歌，终于在此刻得到些许安慰。唐凛不是不会哄女人，而是压根儿不屑哄任何人类——硬核的性别平等，很难得的品质了。

23:35，距离关卡开启还剩二十五分钟。

孔明灯一百六十人，现在只剩一百四十人，甭管是不是还在答题中，都里三层外三层地围着南歌，就像年轮蛋糕。从圆心南歌到最外围一层孔明灯组员，基本就是南歌的文具树"曼德拉的尖叫"现在所能覆盖的极限了——先前那次尖叫，为了震慑两个劫匪和其他蠢蠢欲动者，她耗费了大量体力。

周云徽站在"年轮"最外围，先给手下们一个安抚的眼神，然后向南歌打了信号。

深吸口气，尖叫女王登场。

斯芬克斯的问题时限已经缩短到三十秒。南歌的尖叫持续十秒，杀伤力控制在一定程度内，不至于真的让人精神崩溃，但想集中注意力是绝对没可能了。时间到，尖叫停，整个孔明灯一片愁云惨雾。

周云徽将询问性的眼神投向一个骨干，后者摇头，斯芬克斯还在继续。

唐凛毫不意外。他从四大势力开始，不是因为他们中更有可能藏匿黑手，而是因为他们人数众多，且有极高的组织纪律性。

"所有孔明灯的都站在原地不要动，答题音量降低，自己能听见就行——"几个骨干大声布置着组长要求的任务。

一百多号人还真就不动了，保持着年轮蛋糕队形，还是一块安静的年轮蛋糕，仔细听，才能隐约听见一点儿低语声。

23:39，距离关卡开启还剩二十一分钟。

铁血营近一百五十人，围着南歌列成矩形"年轮"，有棱有角，整整齐齐，精神风貌和懒散的孔明灯大相径庭。不过在经历了十秒的尖叫地狱后，他们的眼神流露出和孔明灯一样的疲惫。

23:42，距离关卡开启还剩十八分钟，还乡团尖叫之旅结束。

23:44，距离关卡开启还剩十六分钟，十社尖叫之旅结束。

23:45，就在周云徽、何律、代晓亮想要联手去找草莓甜甜圈的时候，斯芬克斯的致命问答戛然而止。

"真停了？"周云徽又确认一遍。

崔战最有发言权："要不你来我心里听听？"

周云徽呵呵他一脸。

南歌低声问唐凛："十社还是甜甜圈？"既然尖叫真的见效了，就说明还是文具，而操控者，理所当然就在刚刚经历过尖叫的十社或者害怕被尖叫测试的草莓甜甜圈里。

唐凛却摇头，说了句："可能两个都不是。"

南歌正要喝水润嗓子，闻言一愣："都不是？"

"你看看那边,"唐凛抬眼眺望,"真正吓住他的不是你的尖叫,而是这个场面。"

南歌随着他的目光环顾整个广场,心头一震。先前的她只顾着尖叫,竟然没发现广场不知何时已经安静下来了,并且很多地方都变得阵营分明。人多的组织也好,人少的队伍也罢,开始陆续学习四大势力那样自己抱团,站定不动。如果斯芬克斯的攻击没消失,南歌毫不怀疑他们会主动过来请求参加尖叫测试。

一千人而已,四大势力已经占掉一多半,听过尖叫的全都站定不动,剩下的再一拨拨筛,除非始作俑者能隐身,否则迟早筛到他所在的地方。越早放弃,他才越容易隐匿。所以不是十社,也未必是草莓甜甜圈……南歌打量着剩下的闯关者,斯芬克斯就在他们之中。

"多谢。"何律向唐凛伸手。

唐凛没握:"互相帮忙,谈不上谢。"他侧过身,把南歌让出来,"真要谢,就谢她吧。"

南歌握上何律的手,受之无愧:"不客气。"她孤家寡人,没伙伴没朋友,救人的确是日行一善。

代晓亮站在何律旁边,后者已经代他们四大势力道了谢,他就只能说点儿实在的:"闯关名额都是有数的,我们很感谢你们,但也没办法让。"

唐凛耸耸肩:"不必,我们自己抢。"

南歌撩一下头发:"不用,老娘自己来。"

话一出口,两人四目相对。

唐凛嘴角上翘:"祝成功。"

南歌眨下眼,风情万种:"祝好运。"

唐凛回废屋,南歌回装置,代晓亮回还乡团,何律重整铁血营阵形。周云徽和崔战原地没动,目送唐凛、南歌穿过人群,回到外围。

"他们为什么还要出去?"周云徽搞不懂,就地占个近位不好吗?

"那家伙有队友。"崔战懒洋洋打个哈欠。

"美女可是落单的。"周云徽抬眼想再看看南歌,可惜全让广场上的人挡住了。

崔战瞥他:"你这种眼神,可能就是她非走不可的理由。"

周云徽:"……闯关的时候,你最好祈祷别遇见我。"

崔战乐了,轻慢地扬起眉毛:"你这么说,我更期待了。"

2

唐凛远远看见范佩阳和郑落竹依然挺拔的身影,一颗心终于落下。

待到了废屋底下，范佩阳的手便从上面伸下来。唐凛很自然地握住，脚下一蹬，借着范佩阳的力轻巧上了房顶。

"你听不见问题，没必要冒险。"范佩阳严肃道，语气中流露一丝责备。

"嗯，然后你俩阵亡，我自己闯关。"唐凛庆幸斯芬克斯未对范佩阳造成太大伤害，这样他嘲讽起来就没压力了。

相比范佩阳，郑落竹要狼狈许多，出了不少汗，呼吸也有点儿不稳。

"竹子。"唐凛不放心地唤一声。

郑落竹摆摆手，扯出个无所谓的笑："没事，都是陈芝麻烂谷子的事，太考验我的记忆力了。"

唐凛欲言又止，但最终什么都没问。

郑落竹还想再贫两句活络气氛，脸上表情忽然僵住，眼睛咻地瞪大，死死盯着广场。

唐凛回头，也呆住了。

广场上那些因为斯芬克斯之问而死的人正一个接一个飘浮而起，周身笼罩着紫色的光。他们平躺在紫色光晕里，越飘越高，最后竟无声无息穿过地下城顶棚，消失不见了。

这画面实在太诡异了，看得人头皮发麻。

可广场上却是另一番景象。以四大势力为首，无数闯关者站定不动，他们仰起头，对飘浮远去的尸体行注目礼，气氛安静而庄严，就像在送伙伴最后一程。那一双双幸存者的眼睛里，有沉重，有悲痛，有愤怒，有不甘，独独没有惊讶错愕，仿佛这样的死亡归宿他们已见过太多次。

"难道所有死了的人都会这样……"唐凛轻声低语。除此之外，他实在想不出别的解释。而且在地下城待的这些天，他从没见过处理或者堆积尸体的地方，这对于随时可能会死人的环境来说未免蹊跷。

郑落竹好不容易才把视线从一具具飘浮的尸体上挪开，仍觉得脊背发凉："可是电梯里的时候，葛沙平和李展没飘走啊。"

范佩阳纠正他："准确讲，是直到电梯门关上，我们没看见尸体飘走。"至于电梯门关上之后，尸体飘没飘走，谁也说不清。

郑落竹艰难地咽了下口水："那……这些人……到底死没死……"

范佩阳沉默。唐凛也不知道。以正常认知去判断，那些人肯定死得透透的了，可在这个闯关世界里，最不可靠的就是正常认知。

最后一具尸体消失在顶棚，广场上忽然响起悠扬舒缓的音乐，一个电子声随之传出，在动听音符的衬托下，都显得不那么冰冷了："距离关卡开启还剩一分钟，倒计时开始。

59，58，57……"

唐凛、范佩阳、郑落竹心里皆是一紧，被飘浮的尸体占据了太多注意力，他们竟然疏忽了时间。

广场的地面毫无预警地波动起来，不算剧烈，但很明显，石子地仿佛成了一汪池塘，随着微风泛起轻波。废屋在这波动中同样开始不安稳，三人顺势滑落到地面。

郑落竹踩着波浪起伏的石子地，急促地问："这是倒计时的正常现象，还是又有人用文具了？"

唐凛："我只知道我们再不冲，就真抢不上了。"

广场上早已乱成一团，外围的人像潮水一样往里面挤，闯关口的人则层层包围，严阵以待。所有的焦点都集中在广场中央，没人注意到有一道身影悄悄从外围溜走，没入空荡的暗巷。

"啧，总算安静了，那边实在太吵。"暗巷深处，阴影笼罩了一切，不见人，只有声。那声音清晰圆润，带着明显的嫌弃，又藏着隐隐的兴奋。

"你又去闯关口了？"阴影里响起第二道声音，沉静微凉，并且自带些许空旷回音，就像从另外一个地方传过来的。

"先帮你筛选一下嘛，"清晰圆润的声音忽然压低，神秘兮兮道，"我和你说，这次有个很有趣的家伙哟。"

沉静微凉的声音毫无起伏："你每次说有趣，最后都无聊得要死。"

地铁在没有尽头的隧道里飞驰，一扇又一扇车窗在黑暗中连成一条明亮光线。所有窗内都是空空荡荡的，除了首节车厢。一个男人侧身坐在那里，屈起一条腿，目视前方。实时沟通的影像投射在半空，另一端的人不知找的什么地方，黑漆漆的连脸都看不清。

"到时间了，不说了。"男人单方面结束沟通，影像随之消失。

地铁的速度似乎更快了。

男人看向窗外，车厢里的灯光勾勒出他完美而富有力量的身体曲线和刀刻斧凿的脸庞轮廓，那是一种古典的英俊，宁静而肃穆。

舒缓的轻音乐，冰冷的电子音，疯狂拥挤的闯关者，冲突声，打斗声，叫骂声……短短六十秒，整个广场已成一锅沸水。

唐凛三人趁乱挤进广场，冒着被踩踏的危险，靠着郑落竹的"铁板一块"护体，愣是挤到了距离地铁口十米左右的地方，但之后，再难前行。

四大势力联手，从地铁口周边半径十米处就开始围人墙，还不是一圈，而是像配合南歌尖叫时的阵形一样，以层层递进的"年轮"形式将地铁口围在最里面。

"太无耻了，人海战术啊！"郑落竹拿铁板用力往前顶，边顶边骂。

和他较劲对峙的几个还乡团小弟同样以防具护体，寸步不让："就凭你们这仨瓜俩枣还想和我们斗，赶紧洗洗睡吧。"

郑落竹咬牙切齿，恨不能拿门火炮直接把地铁口轰了。

和他一样想法的闯关者，很多已经付诸实践了，他们从各个方向朝人墙发起冲击，手段一次比一次升级，局部战况越来越激烈，"年轮"不时被冲开缺口。

"5、4、3、2、1——"倒计时结束，BGM和电子音戛然而止，地铁口的古铜色金属门缓缓开启，离得最近的四大势力组长和少数骨干第一时间进入。地铁口上方的数字立刻有了相应变化，5/200……9/200……14/200……20/200……眨眼工夫，名额已被占去10%！

"欺人太甚——"

"弟兄们，咱们今天就算是不闯关了，也不能让他们这么容易进啊——"

"都给我往前冲——"

急红了眼的人开始煽动，众人的情绪被撩拨到最高点，管你以前认不认识、打没打过架，反正不是几大势力的就是兄弟。广场彻底失控。

唐凛三人明显感觉到身后人潮大力压上，四大势力的人墙被迫往里收缩，郑落竹被挤得和那几个还乡团小弟都快脸贴脸了。

"你离我远点儿！"还乡团小弟一脸恶心。

"你让开不就得了！"郑落竹觉得自己才吃亏。

地铁口上方的数字还在实时变化，目前是87/200，但增长速度明显减缓。外部的冲击让人墙再难保持完整，那些来不及第一时间进入地铁口的几大势力成员不得不和冲进来的其他闯关者们纠缠。唐凛三人所处的位置斜对着地铁口，不算交锋最激烈的地带，而且他们也做不到为了闯关就真的拿文具伤人性命，所以更多的时候在僵持。

唐凛当机立断，回头和护在他身后的范佩阳道："不能再等了。"

范佩阳点头，表示明白他的用意。

唐凛几不可闻地叹息："可惜了，还以为能全部留到下一关。"

范佩阳不以为然："买了就是用的。"

唐凛："就怕这样的文具可遇不可求，后面再想买买不到了。"

范佩阳："真这么稀有，他不会只卖三十万。"

唐凛想一想："也对。"

"轰隆隆——"震耳欲聋的雷声传来，正对着地铁口的人墙直接被炸出一大块缺口。

众人见状，全往那里冲，唐凛这边一下子松快了。郑落竹也连忙和还乡团小弟拉开能够让彼此自由呼吸的距离。

这时，一声女人尖叫穿透了耳膜，气息长久，撕心裂肺。

郑落竹铁板都持不稳了，艰难转头，找了半天才寻着那抹窈窕身影。什么叫尖叫Queen（女王），就是在七八米开外，能生生造成近在耳畔的惊悚音效。

不过尖叫固然要命，但想突破层层防具的人墙，可能性微乎其微，所以女王已经抓狂了。

"你们怎么不过去？"还乡团小弟和郑落竹也算"挤"成熟人了，见他们俩还站在自己这儿，没随大流跑，又嘴欠起来。

郑落竹恨得牙痒痒："我还就和你死磕了。"说完，他一不做二不休，直接屏气凝神，重新加固铁板，准备拿这玩意儿当芭蕉扇，就是胳膊抢折了也要扇出一条血路。

不料刚运一口气，铁板就被唐凛轻轻拍了一下："竹子，收了。"

郑落竹怀疑自己听错了，刚想问，唐凛已经大声朝那边召唤："南歌，过来！"

郑落竹脑袋一转，顿悟，当即收了"铁板一块"，优哉游哉抱起胳膊。

还乡团小弟幸灾乐祸："怎么着，终于认清形势死心了？"

"不，不，不，"郑落竹竖起食指晃两下，"是我们老板终于决定放弃平民路线，恢复霸总风了。"

还乡团小弟莫名其妙看他，怀疑刚才的对峙把人逼疯了。

南歌的尖叫穿不透人墙，但横向挤到人群略松散的这里还是可以的，没一会儿，就到了三人身边，但紊乱的呼吸、起伏的胸脯、紧皱的蛾眉无一不透露着她的烦躁和狼狈。

"人太多了，我们赶的时机不好，"她懊恼道，"但凡早一次或者晚一次，都不会这样激烈。"

唐凛挑眉："怎么讲？"

南歌："这次五大势力的地下城组长都要闯关，带的人少得了吗。"

唐凛："为什么都选这次？"

"各大势力在上面都缺人手了？"南歌不负责任地猜想，"出了什么大事也说不定。"

上面的事距离他们太远，唐凛只关心现在："你还要继续吗？"

"当然，"南歌不假思索，"只要两百人没进满，我就还有机会。"她的眼里有火，那不仅仅是决心，还有更灼热的焦急。

唐凛静静看她，忽然问："为什么非这次不可？"

南歌愣住，下意识想遮掩，可等和唐凛的视线对上，就放弃了。那是一双太过通透的眼睛，能直直看进人心。

"我等了六年,不想再等了。"她实话实说,没刻意压低声音,却还是带着一丝苦涩。

唐凛眼中掠过讶异。范佩阳疑惑拧眉。郑落竹则直接错愕。

最终,唐凛什么都没问,而是和南歌说:"不想等,那就不等了。"

范佩阳抬手点上早就投射在半空的"文具盒"界面:"接收。"

唐凛、郑落竹一起抬臂,点开自己的"文具盒"。

见南歌茫然愣在原地,郑落竹催她:"接文具啊。"

南歌一脸蒙地选择"接受赠予",很快,三声"叮"分别从她、唐凛、郑落竹手臂响起,同时她的"文具盒"里多了一个"<特>我是VIP"。

"什么意思?"南歌看不懂局面,看不懂唐凛的意思,现在连文具都看不懂了。

唐凛没答,郑落竹则从口袋里摸出一副墨镜递给她。

南歌:"这又是什么?"

郑落竹:"赠品。"

南歌开始心慌了,女人的直觉告诉她,这可能是个奇怪而危险的组织。

还乡团小弟看着眼前三男一女又分文具又分墨镜,一脑门子问号:"你们想干吗?"

唐凛淡淡瞥他:"我们要进去了。"

还乡团小弟嗤之以鼻:"你说进就进,关卡你们家开的?"

"关卡不是我们家开的,"唐凛难得好心情地给了对方一个微笑,"但我们是VIP。"

三位男士同时戴上墨镜,点击文具。

什么情况?莫名有点儿拉风是怎么回事……南歌大脑完全空白,但气氛烘托到这儿了,也就鬼使神差跟着学了,戴墨镜,点文具,潇洒一条龙。

先前倒计时的电子音再度响起,不同的是,BGM换成了烟花礼炮,喜气洋洋:"接下来是VIP进入关卡的专属时间,请非VIP自觉让行哟。"

一束刺目强光从上方打下,完完全全笼罩住唐凛四人,就像最绚丽的聚光灯,霎时将他们映照成舞台焦点,旁边的一切,连地铁口都黯然失色。然而聚光灯仍未停,恍若一泻银河,从四人身上又流淌到地上,流淌至闯关口。随这道银河流淌的,还有一条透明通道。所有正在那里激战的、拥挤的、纠缠不休的闯关者都不得不为这条通道让路,就像摩西分海,人群被迫向两边分开。任凭他们如何冲击,都撼动不了这透明通道一分一毫。

炫目银光一直延伸到闯关口才停住,宽度正好和闯关口的宽度一致,仿佛从四人脚下铺开一条直通闯关口的银色地毯。而透明通道和闯关口是无缝对接的,除了通道内的四位VIP外,其余人就算离闯关口再近,也别想这时候进入关卡。

专属时间,名副其实。

广场上的空气，因为这诡异变故彻底凝结。

"这是什么骚操作……"

"文具吗？"

"太犯规了吧！"

"大长腿了不起啊——"

通道外群情激奋，通道内闲庭信步，完全两个世界。

郑落竹快要幸福得冒泡了，他一边挥手和还乡团小弟道别，一边谄媚地凑到范佩阳身边："老板，这种神器你都能收来，太厉害了。这得多少钱啊？"

"三十万，"范佩阳顿了下，想起黑黢黢的补充，"一个。"

郑落竹："……"幸福太短暂，现在只剩心疼得流血。

南歌也被这挥金如土的气派震住了："我可没钱还。"

"不用，"唐凛说，"算还你的人情。"

四次尖叫，三十万，带她进关卡，这人情还得可够大的。南歌想说谢，可这时候，谢反而太轻了。深吸口气，她将所有感激埋进心里。

3

1/10，地铁站。

已经好几分钟没进来新的闯关者了。周云徽、何律、代晓亮、崔战各领着自家兄弟守在地铁站台，遥望扶梯上的地铁口，却只有一片奇怪的银光。扶梯也好，楼梯也罢，都只可以下不可以上，进来的人除了眼巴巴往上看，别无他法。

"什么情况？"周云徽摸着下巴，喃喃自语。

隔壁还乡团的代晓亮以为他在问自己，礼貌接茬："是不是谁用了文具，把闯关口堵死了？"

另一边的何律不参与这种没意义的讨论，和身后整齐站队的手下沉默而立。

崔战带着一帮十社的兄弟席地而坐，没看地铁口，倒兴味盎然地盯着五六米外聚在楼梯底下那帮人——草莓甜甜圈。人数不多，六个，组长是看起来最弱的，名字也像小姑娘——关岚。他个子小小，脸蛋更小，一张脸粉雕玉琢，眼睛也大，睫毛也长，嘴唇因为正在吃棒棒糖水润润的。

崔战看得毫不掩饰，很快就被对方发现。关岚侧身靠着墙，歪头看了他一会儿，拿出嘴里的棒棒糖，打招呼似的晃："给你三个选择。"

崔战来劲儿了:"听听。"

关岚:"A. 你看上我了;B. 你也想吃棒棒糖;C. 你觉得我能当上甜甜圈组长,一定有过人之处,想和我玩一玩。"

崔战眼睛亮了:"C,玩一下?"

关岚遗憾摇头:"我不想杀人。"

崔战:"……"

"关组长,别拒绝他啊,我还挺想看他横尸街头的。"周云徽看热闹不嫌事大,隔着两个组织也没耽误他给崔战拆台。

关岚被逗乐了,朝他甜甜一笑。

周云徽蹲下来,单手托腮欣赏了一会儿,是挺好看,比崔战那厮看着顺眼多了。

地下城的五大势力就属草莓甜甜圈最神秘,组员基本不露面,关岚也只现身过几回,和他们四方的交流都很少,更别提动手。关岚的文具树到底是什么,周云徽对此的好奇不亚于崔战。

安静多时的闯关口终于传来渐行渐近的脚步声,在封闭的地铁站里,听着很清晰。大约三四个人,步履优哉,听起来完全没有通常闯关者的拼命与急切,更像在走观光通道。

所有人都嗅到了不寻常的气息。孔明灯、铁血营、还乡团、十社,站台上的几十号人连同四位组长,皆不约而同正色起来。草莓甜甜圈那六位仍懒散着,但目光都投向了银光流泻的闯关口。

四个潇洒身影悠然而入,男的挺拔,英姿勃发,女的高挑,窈窕飒爽。他们一字排开,从楼梯走下来,全员墨镜遮脸,仿佛走的不是地铁口楼梯,而是米兰时装周的天桥。

"是他们。"何律沉声开口。

唐凛带着南歌,用尖叫把四大组织都洗礼了一遍,想忘都难。

代晓亮苦笑:"看来人家根本不用我们给名额。"

"你们能不能关心一下重点?"周云徽真想给这两位敲黑板,"墨镜,重点是他们竟然戴着墨镜,这是挑衅了吧?"

崔战乜斜过来一眼:"重点不应该是他们怎么进来的吗……"

草莓甜甜圈就在楼梯最下方,唐凛四人之于他们,就等于迎面走下来。关岚旁边一个蹲那儿咔哧咔哧嚼饼干的光头含混不清地道:"我说,咱们这个位置有点儿尴尬吧,跟特意迎接他们似的。"

"你能不能吃东西的时候闭嘴?"另外一个同样蹲着的小哥烦躁地扑棱自己忧郁的中分微卷发,以抖落上面的饼干屑。

关岚倒挺喜欢这个位置，可以第一时间看清新对手，并致以阳光灿烂的笑："欢迎——"

四人在倒数第五级楼梯停下来，和底下六位隔空相望。唐凛率先摘下墨镜，视线绕了站台那边的四大势力一圈，才落回下面那张软萌软萌的正太脸，福至心灵："草莓甜甜圈？"

关岚从兜里摸出一根棒棒糖，丢过去。

唐凛接住，询问似的挑眉。

关岚欣然道："答对奖励。"

相比组长的好心情，甜甜圈组员们就微妙了，或狂塞饼干，或仰头沉思，或坐地抠脚，或忧郁点烟，还有一个已经昏昏欲睡彻底放空了，五个人用从身体到灵魂的抗拒来真实演绎一个不负责任的组名对团体士气造成了多大伤害。

"多谢。"唐凛把棒棒糖细心地放进口袋，收前还特意看了一眼，菠萝味的。

"三个问题，"关岚直截了当发问，"A. 你们怎么进来的；B. 你们组的名字；C. ……"他拿棒棒糖一指范佩阳，"他的身高。"

郑落竹、南歌："……"

最后一个问题认真的？他俩默默看向范佩阳，后者黑大衣、黑墨镜，傲然而立，对于突然涉及自己的问题无动于衷。

唐凛淡淡问关岚："为什么一定要回答你？"

关岚："你收了我的棒棒糖。"

唐凛："如果我没记错，那是说对你们组名的奖励。"

关岚愣了下："对哦。"

你认可得会不会太快了？！站台上，同样好奇前两个问题答案的四大势力彻底无语。

不料唐凛话锋一转："一个棒棒糖换一个问题。"

关岚眼都不眨就从口袋里又摸出三个棒棒糖，丢过去，杧果味、柠檬味、桃子味。

唐凛把战利品分给三个伙伴，满意了："A. 我是VIP；B. VIP；C. 192。"

没等关岚说话，拿到柠檬口味的范总先开口了："193。"

唐凛转头，蹙起眉毛："192，我亲自给你量的。"

范佩阳也摘下墨镜，和棒棒糖一起放回大衣口袋："这两年又长了一厘米。"

唐凛："……"在他生病的时候，还真是发生了不少事情。

南歌悄悄问郑落竹："唐凛为什么会给你老板量身高？"

"这就是男人间的友谊，"郑落竹揣好自己的杧果味棒棒糖，感慨道，"你们女人不懂。"

VIP组员交流时，甜甜圈组员也没闲着。忧郁中分凑近资历最老的光头，当然后者进组也才三个月："组长为什么要问那家伙身高？"

光头把空了的饼干袋揉得沙沙响，以掩盖音量："组长痛恨所有超过一米九的人。"

忧郁中分偷瞄关岚："用一米九吗……一米七一就比他高了吧……"

关岚回头看过来。

光头一个激灵，立刻急中生智腾地蹿起，挥了挥手里的空饼干袋："我去找垃圾桶——"

忧郁中分咽了下口水，低头，让微卷的秀发挡住忧郁的脸。

"我是VIP，什么玩意儿？"孔明灯、十社、还乡团里都有兄弟在小声嘀咕。

铁血营纪律严明，没人敢窃窃私语，但不代表不疑惑。

代晓亮回过头，和组员解释："那是后面关卡才有机会获得的特殊文具，可以让使用者直接进入闯关口。"

还乡团组员瞪大眼睛："那让上面领导也给咱们弄几个啊，何必争名额争得这么辛苦。"

代晓亮坦诚解释："这个文具数量不多，一般都留在上面用，我们在地下城的势力足够进入闯关口，再用这个太奢侈了。"

还乡团组员遥望"VIP"们："可他们一下用了四个……"

代晓亮沉默。何律更严肃了。周云徽和崔战则收起了全部悠闲，目光紧盯唐凛四人不放。

组员能获取的信息有限，但作为组长，他们都清楚"＜特＞我是VIP"的情报。能在地下城使用上面才有的文具，还一下子用四个这么多，只有一种解释——他们在上面有人，说不定还根基很深。

VIP们并不知道自己已经获得了某种神秘背景，和甜甜圈组长交流完，他们便到了站台，在四大势力旁边寻个空位等待。

唐凛和南歌同四大组长微微领首，就算打过招呼了。之后，他们就开始观察这个地方。

这是一个很正常的地铁站，楼梯、扶梯、大理石地面、墙壁广告、垃圾桶，该有的一个不缺。单看这里，几乎要以为自己回到了现实，明明只隔了一个闯关口，却再难和外面蒸汽朋克风的地下城联系起来。

楼梯下来正对着的是站台末段，因为关卡内容是从地铁最后一节车厢往前闯，进站地铁也只有最后一节车厢的五个门开。所以闯关者都会尽量聚集在这五个上车点，一如眼下的五大势力和他们。

地铁口最后一丝银光消散，重又喧闹起来，很快便有新的闯关者涌入，地铁站里也开始嘈杂起来。草莓甜甜圈们这才动身，懒洋洋踱步到了站台。

没多久，夜影三人出现。陶文雨直接坐扶梯扶手滑下来，直奔唐凛四人："你们那个文具太拉仇恨了。"

唐凛没想到他们速度这么快，以三人之力，能抢在一百名左右进来，实力不容小觑。

正思忖着,郑落竹已经和陶文雨"寒暄"上了:"还有更拉仇恨的,要听吗?"

陶文雨:"什么?"

郑落竹:"三十万,一个。"

陶文雨:"……短时间内我不想再和你们说话。"

随着时间的流逝,站台上的人越来越多,四大势力又陆续进来不少人。

00:33,最后五人抵达,带队的竟然是吕爵,依然是一水的白衬衫。

唐凛看着他们坐扶梯下来,看着他们融入人群,明明是最后几位,却神情自若。

闯关口彻底关闭,两百位闯关者明确分出七大阵营——孔明灯(36人)、铁血营(37人)、十社(29人)、还乡团(41人)、草莓甜甜圈(6人)、VIP(4人)、其他闯关者(47人)。

原本唐凛他们四个也应该属于"其他闯关者",毕竟五大势力是公认的,而其他闯关者里,三五个人组一队的很多,比如夜影。奈何他们进闯关口的姿态过于潇洒,已经和其他闯关者们格格不入了。

"地铁即将进站——"

站台里响起广播,隧道深处随之吹来一阵凉风。

最后一节车厢的五个上车点,四大势力各占一个,唐凛他们和甜甜圈占了第五个,后面进来的夜影站在他们身后,更后面进来的闯关者则哪里人少去哪里,基本是均匀分布在了五个上车点后方。

虽说一节五门车厢容纳两百人绰绰有余,但郑落竹看着满站台的人,还是头疼:"刚抢完票,又早高峰了。"

南歌直视前方,拉伸手臂和关节,认真做着热身:"第一次就能进关卡,别身在福中不知福。"

郑落竹蓦地想起她先前说的"等了六年"。

唐凛走过来,和他俩低语一番。这是早就定好的计划,郑落竹了然于胸:"懂。"

南歌是第一次听,没料到他们还针对可能发生的意外制定了"挤地铁"的应急方案,随后点点头:"明白了。"

唐凛这才放心。虽然从破T恤还有其他渠道得来的情报都显示,只要进了关卡,上地铁就不成问题,但凡事都有意外。万一有人下黑手,想在这里制造混乱,减少竞争者,他们也不能打无准备之战。

回到范佩阳身边,唐凛又和他确认了一遍计划,末了道:"只要发现有上不去地铁的风险,就行动。"

范佩阳对应急预案的执行不担忧,担忧的是:"一旦使用文具,我就顾不上你了,自己小心。"

"你才是，"唐凛故意道，"挤不上来，我不会下去找你的。"

范佩阳毫无压力："这种事不可能发生。"

唐凛："……"

论自信，唐总和范总都能傲视群雄。但前者的自信往往源自缜密的分析和冷静的控场，后者的自信没有理由，就这么自信。

地铁进站了。

车头先出现，然后飞快驶过末端站台，带着车厢继续向前，直到速度越来越慢，最终，末节车厢停在两百人面前。

人群轻微骚动，但大体安静，都在等着地铁门开启的一刻。然而足足一分钟过去了，地铁门连个缝都没开。

"叮——"

两百个提示音一起响，提神醒脑。

两百人一起抬臂查看，颇为壮观。

小抄纸："密码格。"

没有任何额外提示，投射在半空中的"小抄纸"界面就更新了这么一个东西。

唐凛抬手，继续点击"密码格"，界面变成了一张 10×10 的方格，每一格里都有一种动物，有象狮虎豹狼猫狗，有蛇虫鼠蚁蝶蛾鱼，麒麟飞龙独角兽这样的传说动物竟然也有，虽然才一百种，但天上、地下、水里、神话里全涉猎了，简直海纳百川。

就在众人对着自己的界面蒙圈之际，站台墙壁上的某块广告屏上的广告突然消失，变成一只圆头圆脑的猫头鹰，欢快地左右歪头，还挺有节奏："各位闯关者，你们好哟。"

所有人对于突然出现的猫头鹰都很意外。无论是"组织前辈的经验"还是"有偿获得的情报"，都没有提过，进入地铁车厢前还要来这么一个前奏。而刚经历过死亡电梯没多久的唐凛四人，再看见同样的小猫头鹰，意外之余更有一层复杂阴影。

小猫头鹰才不关心闯关者的情感，仍自顾自聒噪："是不是都在等着地铁开门？其实开门密码就在密码格中哟。提示：密码是五种动物，顺序不限，全部选对，地铁门就会为他单独开启。郑重警告：选中五种动物算一次密码输入，连续三次密码输入错误即失去继续闯关资格……输入密码的时间只有一小时，进入地铁车厢的名额只有一百个，无论哪个条件先达成，地铁都会开走，所以大家要加快速度哟。最后，再送你们几点建议。第一、多看广告屏；第二、分工要明确；第三、好好运用文具树，这棵树就是你的世界哟。"

"咕咕"两声，小猫头鹰骨碌碌滚到屏幕边缘，消失不见。

它是走了，留两百人站在原地，集体蒙圈。两百人进来，只有一百人能上地铁，而且连续三次密码输入错误即失去继续闯关资格，所以是第一关已经开始了？

行，站台就开始闯关没问题，但"密码是五种动物"这算哪门子提示？整整一百格里全是不重样的动物，还只有三次机会，鬼知道要怎么选！

听来听去，就最后给的那几点建议还算有点儿靠谱方向……

消化完全部信息量的人们，开始纷纷把目光投向广告屏。这时他们才注意到地铁站里就五块广告屏，全集中在地铁站末段，也就是他们的视野范围内，刚刚出现猫头鹰的是中间那块屏幕。而现在，五块矩形广告屏上的图案都变成了一半空白框一半堆叠着杂乱碎片，细看，每一块碎片都是拼图形状。

"难道是让我们拼图？"人群里不知道谁嚷了一句。

紧接着就有人说："五幅拼图，五个动物，肯定就是了。"

"这拼图块儿小的，一幅得有两三千块儿吧，一个小时上哪儿拼完去！"

"所以它才建议我们要分工明确啊。"

"其实不用拼完，拼个大概就能看出来是什么动物……"

"那还等什么，赶紧拼吧！"

思路一明朗，大家就有劲头了，立刻有几个人扑到相中的屏幕前面，伸手随便点住一块碎片往空白框里拖，碎片果然就跟着动了。但拖了两三块，他们就意识到不行——两三千块碎片这么没章法地乱拼，别说一小时，一天都没戏。

胡乱冲动的大部分是自由闯关者，但凡有组织的都没动，要么凝望广告屏思索，要么盯着密码格琢磨，抑或小声和同伴讨论。盲目永远是低效的，只有吃透规则，看明白局势，才能拿出最有效率的办法。

南歌在广告屏的拼图碎片和密码格的动物图案间看了好几个来回，疑惑地和三个伙伴小声咕哝："密码格里的动物就没有五颜六色的，可你们看那些拼图碎片，什么颜色都有，根本分不出主色系，这也太奇怪了。"

其实不只是密码格里的一百种，这世界上的大部分动物都有主色彩，这是为了适应它们生存的环境。大象、狮子、熊这些色彩单一的就不用说了，哪怕是艳丽如孔雀，其实也是蓝绿主色，灿烂如金刚鹦鹉，跟颜料板似的，但这些色彩打碎到一起，就能看出都是极为醒目的"明亮色"。可广告屏上的那五堆碎片都长得差不多，全是什么颜色都有，又什么颜色都不突出。

"不奇怪，"唐凛盯着广告屏，冷静道，"密码格里只有动物，但拼图不是，很有可能故意加了特别繁复的背景。"

南歌被一语惊醒："甚至拼图和密码格可以是两个完全不同的图案。"

"对，"唐凛说，"比如都是马，密码格里是匹白马，拼图里完全可以是黑马，根本不影响提示效果。"

郑落竹本来还想投机取巧，用肉眼扫描碎片碰运气呢，闻言直接绝望："那怎么办？真要去拼图？"

唐凛轻轻摇头，总觉得不应该这样，可应该哪样又没头绪。

范佩阳既没看广告屏，也没看密码格，反而微微抬头，望着虚无处若有所思。

郑落竹识相安静，不再打扰老总们思考。

南歌则被旁边的动静吸引了注意力——五大势力已经开始动了。

最先发声的是铁血营组长何律："我们五个组织一共一百四十九人，由各组长带队，平均分成五组，各负责一个拼图，这样效率最高。"显然比对碎片和密码格这样的事情，他们也考虑过了，在一一否定了各种可能性后，他们不得不选择最直接却也最费力的方法。

"同意，"代晓亮首先响应，"猫头鹰建议分工明确，咱们就来个五头并进。"

周云徽不太赞同："拼图可以，但最好集中力量先拼一个，说不定一个拼出来，另外四个都有线索了。"

"怎么集中力量？一百多只手同时在一个屏幕上划拉？"崔战揶揄完周云徽，又朝何律扬起眉毛，"喂，名额只有一百个，如果真拼完了，多出的四十九个人怎么办？"

何律毫不犹豫："按各组人数占比均摊。"

周云徽本来等着反击崔战呢，听完这话，倒先看了关岚："你们赚了，就出六个人，白捡二十多个劳动力。"

关岚眨巴下眼睛，好像才听见似的："啊？我没说吗，我们不参与。"

崔战斜眼看过来："什么意思？"

光头摆摆手："意思是不用算我们甜……"啊，太难启齿，"咳，不用算我们六个，你们自己拼吧。"

崔战的眉头彻底拧起来。虽然他也不觉得合作有用，但何律能提出这个想法，至少是在积极努力地解决困境，他调侃归调侃，还是会带着十社加入的。其实这样一联合，根本不缺草莓甜甜圈那六个人，他就是看不惯他们在这种时候往后缩。

"人各有志，"代晓亮脾气没崔战那么急，更圆融，也更务实，"时间紧张，咱们赶紧分组。"

既已决定，便不再犹豫，四大势力很快分成五队，奔赴广告屏。

见他们来了，那些抓耳挠腮的"先驱者们"立刻退开，还不忘传授经验："先找边缘的拼图，那个形状特别，有一边是直的，一眼就能看出来，等把框拼完了，再拼里面……"

4

大部分人都聚到了广告屏那边忙活，站台这边反倒冷清了，只剩唐凛四人、草莓甜甜圈六人、夜影三人，还有其他零零散散十几个闯关者。

五个地铁门上方都亮起了倒计时和乘客计数，目前显示为——55：21，0/100。

郑落竹想不出密码格的奥秘，倒莫名替四大势力操心起来："如果他们真拼出了拼图，其他人坐享其成就行了，那他们不等于为别人作嫁衣？"

南歌摇头："破译密码只是第一步，破译完了还要能登上地铁才行。"

郑落竹："不是说只对密码输入正确的人开门吗？"

南歌："但没说其他人不可以阻止他上地铁。"

——"好好运用文具树，这棵树就是你的世界哟。"

郑落竹现在才明白这句话的恶意。

拼图那里已被四大势力和围观者堵得水泄不通，根本连广告屏都看不见了，站台这边有人闲极无聊，索性点开"密码格"，跃跃欲试起来——三次机会，很容易让人生出"试一次没关系""万一蒙中了呢"的心理。

一个人手痒就有两个、三个，到后面好几个零散的闯关者对着半空的界面，手指比比画画，装模作样要点。外人看不见他们的界面，但能看见他们的动作，还真有几个点下去了。结果如何也很直观——要么"啧"一声，要么"唉"一声，要么一脸懊恼后悔，无一例外输入错误，白白浪费一次机会。

郑落竹围观得很是无语。人啊，要对自己有正确认知，有"一百选五还能一把中"这样运气的人，绝对不会衰到被扯进这个见鬼的世界。

"扑通——"重物落地的闷响划破站台平稳的空气，一个闯关者毫无预警地倒下了。

邻近的人吓一跳，立刻上前检查，半晌，抬起脸，对周围摇摇头。

"死了？"有人不可置信地出声。

旁边另外一个人说："他刚才好像一直在点密码格……"

不是好像，是的确。郑落竹看得清楚，他一直都没放下在半空中点来点去的手。

觉得自己能蒙对？就算失去资格，大不了下次再来闯？死亡者的心路历程已无从得知，他也不会再有重新来过的机会。

空气开始变得凝重，连围在广告屏那里的人都有片刻呆怔。所谓"密码输入三次错误即失去继续闯关资格"，原来是这样的"失去"。

尸体在紫光中飘浮而起，渐渐上升，最终没入地铁站的天花板，消失不见。

倒计时00：41：09，登地铁者0/100。

广告屏那边虽然被人挡了好几层，看不见图案，但从他们的背影状态看，拼图者也好，围观者也好，显然都找到了合适的节奏，一切开始有条不紊地进行。

"竹子，"唐凛轻拍郑落竹，"去看看进度。"

"收到！"郑落竹正闲得发慌呢，立刻来了干劲，大步流星就朝广告屏那边去了。

"我也去。"南歌主动请缨，直接快步追上郑落竹。五个广告屏，要一个个往人堆里扎往前挤才看得见情况，多一个人就多一分速度。

同一时间，旁边夜影的柴也和陶文雨也动身前往广告屏，显然大家都想到一起了。

唐凛再次点开"密码格"，投射在眼前的10×10动物格果然又有了变化——动物还是那一百种，但每种动物在密码格里的位置，每次点开都会有随机变动。

思索片刻，他忽然问范佩阳："你的密码格，现在第一行第一个是什么？"

范佩阳点击手臂，而后抬头看半空中的界面，确认："狮子。"

唐凛："我的是独角兽。"

范佩阳早有预料："防止定位记忆。"

唐凛点头："嗯。"

闯关者之间虽看不见对方的密码格界面，但从动作上，还是可以推断他选中的五个位置，而每个人的图案排序不一样，每次点开还会有随机变化，这两点就从根本上杜绝了"一旦有人正确输入密码，其他人立刻定位模仿"的可能。不过知道这些都没用，五个动物没线索，根本进行不到"防偷窥""上地铁"这些后续步骤。

不经意间，唐凛偏过头，又看向草莓甜甜圈。自倒计时开始，他们就不再守着地铁门，而是在两三米外寻了个空地，或站或坐，聚成一团。

他们是所有队伍里表现最反常的，拒绝了何律的提议，也不上前查看拼图情况，自始至终就原地冥想。确切地说，是一人坐在中间冥想，剩下五人悠闲惬意，关岚甚至已经拿手机在打游戏了——其他组怎么分工的不清楚，但甜甜圈这里，分工还真是很明确。

冥想者是个挺洋气的小青年，短发随意得像狗啃的，但愣是让他那张脸扛住了，要是光影打得好，分分钟能拍个不羁写真。但现在小青年肯定没心情，他双眉紧缩，嘴唇默念不停，撑着头的手不时抓两下狗啃的毛。考场上遇见不会做的题，学子们全这状态——怀疑老师，怀疑自己，怀疑人生。

"想出来没，"旁边还有光头在催，"你到底行不行啊？"

小青年横眉冷对："你行你来！"

"别别别，"光头推得倒干脆，"我可没你这脑袋。"

小青年从牙缝里往外蹦字:"那就闭嘴。"

知识分子不好惹,尤其是陷入瓶颈的。光头认怂,默默凑到关岚身边,也拿出手机打开同款游戏,假装在和组长联机。剩下三人,一个小麦色皮肤的青年躺在冥想伙伴旁边,单手撑头,时不时打个哈欠;一个忧郁中分吐着烟圈,又给瘦削男人来了一根;瘦削男人借他的火点燃,衔着烟抬起头,就和唐凛的视线撞了个正着。

那是一个瘦削苍白的男人,乌沉沉的眼,烟雾迷茫了他的神情,冷肃的气质像极了暗夜中的杀手。两人对视很久,唐凛能清晰感觉到他身上的危险,但目光仍旧直视着他,没半分闪躲。

男人将香烟从嘴边拿下,另外一只手举起,以手为枪,朝唐凛摆出了射击姿势。

范佩阳立刻要动。唐凛按住他的肩膀。

男人眯起眼,就像真的在用枪口瞄准。

唐凛定定地站着,纹丝不动。

男人指尖微动,同时用口型发出轻轻一声"砰"。

一道凉意从唐凛颊边掠过,带着利器划破空气特有的细微音。与此同时,大理石地面传出清脆撞击声,像射偏的利器落到了地上。然而地上什么都没有。

男人将射击的手插回口袋,另一只手夹着香烟,又送回嘴边。烟雾再次迷茫了他的脸,就像一切都未发生。

唐凛这才把按在范佩阳肩膀上的手拿下来:"是文具树。"

范佩阳根本不在乎对方用的什么玩意儿:"再有一次,你拦我也没用。"

唐凛知道范佩阳生气了,故意打趣道:"送他罐头?"

范佩阳声音里没一丝温度:"送他上路。"

夜影只剩王争鸣留在站台,刚刚那声清脆撞击让他本能抬头,没寻到发生了什么,倒看见范佩阳、唐凛这边也就两人,索性凑过来聊天:"你们觉得真能拼出来吗?"

范佩阳收敛戾气,抬眼审视广告屏那边气氛趋于平和稳定的人群背影,给出判断:"应该可以。"

"就人海战术这么简单?"王争鸣持保留意见。

唐凛终于把最后一丝目光从草莓甜甜圈那边收回来,都被警告了,也不好再得寸进尺。

不过情况已经很明显了,一百选五,可以有七千五百二十八万七千五百二十种组合,可他们完全不在拼图上费力气,只让洋气青年自己想,要么青年天赋异禀,能把密码格移到脑中,用穷举法挨个试还不用担心被"取消"闯关资格,要么就是他们发现了一些旁人所忽视的东西,而青年正在这个基础上继续努力……

"破译密码，绝对不止拼图一条路。"唐凛笃定道。

倒计时00:38:14，广告屏。

南歌和郑落竹兵分两路，一个从左往右，一个从右往左。

郑落竹很快就把第一、二块广告屏的情况看完了，正前往第三块屏，也就是中间那块。

不是他看得不仔细，实在是每个广告屏的进度都大同小异——边缘框基本拼完，拼图碎片也按照颜色被分拣成了许多小堆，但每一堆是什么、该拼到哪个位置，全然迷茫，所以接下来就是分成若干小组，一组负责一个颜色堆，先把这些碎片尽可能拼成局部小图，再把这些局部小图拼成一幅大图。步骤很清晰了，但"先把这些碎片尽可能拼成局部小图"就是一个极烦琐浩大的工程，一、二号屏都卡在这里，进度极其缓慢，反正郑落竹是一个正经小图都没看到。

南歌正相反，她从第五块屏幕开始，一挤进人群就惊呆了。图已经拼出了好几个局部小块，零零散散加一起，面积近整幅图的四分之一！

虽然这些局部都不挨着，也很难说究竟是什么——比如最大的三片，一个是黄绿相间的圆球，一个是一片阴郁的蓝灰色，一个是一块边缘形状很奇怪的灰黑色——但至少是有图案了，说不定下一个局部就能成为联系它们的关键。

这块屏幕也是动手人数最少的，基本就一个锅盖头青年在主力拼，他的动作不快，但流畅，往往在碎片堆里拨弄几下就能找到下一块需要的拼图。

孔明灯的周云徽负手站在青年身边，莫名自豪，与有荣焉："我们组的天才。"

锅盖头一边拼图，一边还要谦虚回应组长给予的彩虹吹捧："也没什么啦，只要认准碎片边缘的形状，就好拼。"

周云徽："你的意思是不用看图？"

锅盖头摇头："不用，我拼'纯白地狱'的时候，每一块拼图都是白色，根本没图。"

周云徽："没图拼什么？"

锅盖头："就纯白啊。"

周云徽："拼完了呢，一块白板？"

锅盖头："不不，拼完你就知道了，每一块拼图都完美契合，同时又保持着自己优美的边缘线，整体纯白中流淌着千变万化的线条，曼妙至极。"

周云徽："……"隔行如隔山。

南歌悄悄拿出手机，把广告屏的情况拍下来。她看不出图案，说不定唐凛他们可以。

刚拍完，那边的锅盖头忽然动作一顿，而后放下正拖拽碎片的手，和周云徽耳语了几句。

南歌听见周云徽问："真的？"

锅盖头斩钉截铁："组长，你相信我。"

周云徽沉思片刻，忽然双手在广告屏上乱扑棱，没几下，就把好不容易拼出的那些局部图弄了个一塌糊涂。第五块屏幕所有碎片重归无序，就像它最原始的模样。

"你疯了？！"围观者激动起来。

周云徽耸耸肩，一脸无辜："我们拼的，我们毁，有问题吗？"

围观者语塞。

周云徽很客气地让出广告屏："想拼自己来。"

唐凛、范佩阳、王争鸣没等来探情况的队友，倒先等来了周云徽。他带着几十个手下驱赶等在五个上车点的零散闯关者，而后自己把守，不再让任何人靠近。

有不愿意离开的闯关者，和他们起了冲突。草莓甜甜圈倒乖巧离开，又回了楼梯下面的老位置。密码还没有头绪，不值当在这时候和孔明灯起冲突。唐凛、范佩阳、王争鸣也挪开，找了一个偏僻的清静处。

"奇怪，"王争鸣远远看着周云徽，疑惑不解，"他为什么忽然不拼了？"

陶文雨和柴也匆匆赶回，见王争鸣和唐凛、范佩阳在一起也没藏着掖着，直接道："他们可能知道是什么动物了。"

王争鸣一脸错愕："全部？"

"一个，"陶文雨说着又看一眼广告屏，"但剩下的也快。"

柴也补充："孔明灯里有个拼图高手。"

多厉害的高手能在半小时不到的时间里，拼完没有参考图的几千块残片？王争鸣一脸不可思议："这不会是文具树吧……"

"不是，就是业余爱好。"陶文雨有点儿不甘心，"而且他根本没拼完，拼了不到四分之一就看出来了。"

王争鸣立刻关切地道："是什么？"

陶文雨头疼："我哪儿知道，东一块西一块，根本搭不上。"

唐凛飞快整理情报："意思是五块屏幕，四大势力已经破译一块，现在那个高手在帮着拼其他的，对吗？"

柴也点头。

唐凛又问："破译的那块，就是拼不到四分之一那个，拼出来的部分都是什么样的？"

柴也仔细回忆："一块蓝灰色，一块灰黑色，一个黄绿球。"

唐凛、范佩阳："……"

王争鸣扶额，有点儿汗颜地去找语言表达能力更强的伙伴："桃子，你说。"

陶文雨想了想："一个蓝灰色，一个灰黑色，一个球，黄绿相间的。"

王争鸣："……谢谢。"

唐凛再好的分析能力，对上这描述水平也徒劳："有照片吗？"

陶文雨、柴也："……"

唐凛不在意道："没关系，我过去看看。"

柴也拦住他："毁了。"

"周云徽那狐狸，自己破译完就把桌掀了，一点儿线索没留。"陶文雨愤愤不平。

"照片我拍了。"南歌的声音由远而近，一同回来的还有郑落竹。

"论细心，还得我姐。"有夜影在场呢，郑落竹必须给自己人助阵。

七人围成一圈，南歌将手机拿出来，翻出照片，递给大家看。

唐凛、范佩阳、王争鸣、陶文雨、柴也："……"

连郑落竹都没法再助阵了："姐，你这个手机真是……怀旧啊。"

翻盖、彩屏、感人的屏幕尺寸和更感人的照片像素，谁过来看一眼，都肯定能勾起十年前的青春记忆。

"让你看照片，不是看手机。"南歌语调微妙上扬，山雨欲来。

郑落竹低头，闭嘴，看照片。陶文雨和柴也真是一点儿没撒谎，能描述的就这么三块，忧郁蓝灰、灰黑色、黄绿球，虽然照片的渣像素已经让这些蒙上一层颗粒面纱。

"这是……棒棒糖？"郑落竹也就能在黄绿球上做点儿猜想，"香蕉奇异果口味？"

陶文雨："你这味道还真是随心搭。"

"是龙，"尽管已是足够偏的角落，唐凛还是把声音压得极低，"西方龙。"

"你看出来了？！"王争鸣努力克制，却还是泄露出一丝激动。

唐凛让大家聚得更紧密些，将手机挡得密不透风，才伸手轻点那三块局部图："这个黄绿球形图案，你们仔细看，边缘是有一点蓝灰色的，这个灰黑色图案，边缘一样有蓝灰色，而这块蓝灰色，就只有蓝灰，再没有其他颜色，这种情况只有一种解释……"

其他人还在想，范佩阳已然淡淡接口："蓝灰色是某种大范围的背景。"

唐凛继续："而这个蓝灰色是有层次的，看起来就像在流动，这样最有可能的要么是乌云密布的天空，要么是暗流涌动的海面……"

郑落竹："那这个香蕉奇异果球是……"

范佩阳："热气球，所以这幅拼图的背景是天空。"

郑落竹仰望范总裁："老板，这是你想的，还是唐总偷偷告诉你的？"

范佩阳不理解他的问题："一说龙，不就都联系上了吗？"

郑落竹："……"

夜影三人："……"

南歌感慨一叹，这两位的友谊她还没理解，但默契她已经见识到了。

最后那块形状奇怪的灰黑色，不用唐凛解释，大家也明白了，是西方龙才有的翅膀，一个巨大的、弧形边缘的翅膀局部。

其实谜底揭开之后，推理就不难了。孔明灯那位高手敢断定谜底，必然是这些局部图里有关键信息，看来看去，自然是那块形状奇怪的灰黑色最可疑。剩下只要能认出蓝灰色是乌云，黄绿色是热气球，确定了这个动物是在天上飞，答案基本就出来了。密码格的一百种动物里，会飞的不少，但没羽毛的就只有蝴蝶、飞蛾这样的昆虫和西方龙，再结合局部图推断这个动物的大小，就一目了然了。

南歌把手机收起来。

王争鸣小声道："既然这个是龙，剩下四个会不会都是传说动物？"

要真这样就容易了，一百种动物里，幻想神兽屈指可数。

唐凛摇头："孔明灯肯定已经试过了，他们选择继续让那个高手拼图，就没这么简单。"

"哎呀，有人输入了正确密码，门要开了哟！"

地铁站里突然响起猫头鹰的声音，它没在广告屏现身，但声音就像在每个闯关者耳边。

随着它的话音，末节车厢的五扇门真的一起打开了！

守在门口的孔明灯兄弟面面相觑，周云徽也被这变故弄得措手不及。然而输对密码的人可没耐心等他们反应，以关岚为首，草莓甜甜圈六人已极速来到地铁门前。

周云徽想要阻拦，小麦肤色的青年比他更快出手，一推，竟把他弹飞了。周云徽紧急使用防具护体才没摔个粉碎性骨折，但依然重重落在地上，疼得要命。

而几个随后反应过来想追上去的，一只脚刚跨进地铁门，就全身过电似的抽搐，非得拼命退回站台，可怕的触电感才消失。

"都说了，地铁门只为密码输入正确的人单独开启，你不乖哟。大家继续努力，咕咕。"

送走胜利者，奚落失败者，小猫头鹰再次销声匿迹。

草莓甜甜圈六人包场末节车厢，每人占一横排座椅，优哉游哉地朝外面挥手。

郑落竹看得咬牙切齿："太欠揍了……"

陶文雨呵呵道："你们进闯关口的时候，有过之而无不及。"

草莓甜甜圈的六人上车，让整个局势有了巨大变化。四大势力的大部分组员直接撤回来，开始重兵把守五个地铁门，只留锅盖头带几个人继续攻克拼图。周云徽一改吊儿郎当，面色阴郁。崔战隔着车门和甜甜圈们对视，神情变幻莫测。代晓亮和何律在低声讨论。

5

倒计时 00:27:34，登地铁者 6/100。

现在所有人都知道了，不用拼图就能获得密码。人群又压到站台，VIP 和夜影们所处的位置是最边缘地带了，坏处是离地铁门太远，好处是够清净。

"和你说的一样，"王争鸣不得不信了，"拼图不是唯一的路。"

唐凛垂着眼睛，凝望大理石地面的细纹："重点是我们到底忽略了什么……"

从头到尾，关卡根本没给他们提供任何线索，唯一的信息，就是猫头鹰说的那些话。而草莓甜甜圈在一开始就选择"冥想解谜"，必然是从那些话里听出了玄机。

唐凛强迫自己静下心来，回想猫头鹰的话——

"开门密码就在密码格中哟。提示：密码是五种动物……输入密码的时间只有一小时，进入地铁车厢的名额只有一百个。最后，再送你们几点建议……"

唐凛倏地抬眼，几点建议？

——"第一、多看广告屏；第二、分工要明确；第三、好好运用文具树，这棵树就是你的世界哟。"

是有点儿奇怪的感觉，可是怪在哪里……

"我一直在想，"范佩阳开口，像是经过了长久的深思熟虑，"到现在还是觉得，那句话很别扭。"

唐凛立刻看他："哪一句？"

范佩阳："文具树。如果它是希望我们用文具树阻止正确输入密码的人登上地铁，完全可以有更明晰流畅的表达。"

这棵树就是你的世界？不好意思，在范总这里，这样模糊性的表述会被发回秘书处重写。

"如果它就是故意的呢？"唐凛眉心舒展，眼底终于乌云尽散。

倒计时 00:22:09，登地铁者 6/100。

VIP 四人、夜影三人重新围聚成密不透风的小团体。

唐凛公布答案："密码是鹰、鹿、龙、蛇、松鼠。"

六脸茫然，包括范总，"察觉那句话别扭"和"破解出密码"之间差了一百个秘书处。

"为什么？"终于有人替大家发出灵魂追问。

"来不及细说了，"唐凛抬眼，"你们看那边。"

众人回头，只见锅盖头从广告屏那边一溜小跑回来，悄悄和周云徽咬耳朵。周云徽先是听得认真，而后脊背挺直，脸上最后一丝疑虑也消失。

郑落竹："这是第二幅图也拼出来了？"

"恐怕在草莓甜甜圈进去之后，他们组就有人猜出来了，"唐凛几乎可以断定，"等第二幅图的答案，只是为了最后的印证。"

果然，唐凛话才说完，那边的孔明灯组员已开始交头接耳，但不是讨论，更像是在内部传递答案。

唐凛看向范佩阳："该挤地铁了。"

范佩阳淡淡点头："小心。"

唐凛又看向郑落竹和南歌，只说四个字："应急预案。"

二人心领神会："明白。"

"不是，什么预案？"陶文雨代表夜影，小眼神无辜而茫然。

唐凛摇头："不重要，你们就记住一件事，输入完密码，就往地铁上跑。"

孔明灯的组员们已经陆续点开密码格了，虽然他们做得很低调，但架不住人多，实在显眼。铁血营、还乡团、十社都察觉了。

唐凛立刻道："就是现在，输密码。"

七人同时点开自己的密码格，选中鹰、鹿、龙、蛇、松鼠，动作几乎和孔明灯那边同步。

"哎呀，有人输入了正确密码，门要开了哟！"活泼的小猫头鹰又来了。

说不清是谁第一个输入完成的，但这次的开门可要迎接大量乘客了。

孔明灯的大部分组员几乎就站在地铁门口，门一开，便如潮水般往里涌。但另外三大势力也守着门呢，立刻全力阻拦——不是不能进，但扔下其他三家吃独食就不讲究了。

战斗一触即发，场面顿时混乱。

"就是现在。"唐凛果断道。

早已准备就绪的范佩阳瞬间点击"<防>五里雾中"，整个地铁站霎时大雾弥漫！

"哪儿来的雾——"

"哎，谁踩我——"

"我去，别挤了，这门有电——"

起初只是人们混乱碰撞的声音，但很快，就有"嗖嗖"的怪异声响。

"什么玩意儿在飞？！"男人害怕起来，声音也变了调。

"谁打我脸了，巨疼——"

"石头吗——"

"到底是谁——"

没人回答。

倒计时 00:17:44，浓雾散尽，登地铁者 32/100。

其中，草莓甜甜圈六人，孔明灯十九人，VIP 四人，夜影三人。

地铁门再一次合上，容纳三十二人的车厢顿时热闹起来。

唐凛四人和夜影三人找了两条空长椅相对而坐，孔明灯的组员则大多仍聚在门口，等待组长发话。周云徽为了尽可能多地掩护自家组员，是最后一拨上来的，这会儿正双手扶着膝盖喘息，但头抬着，目光牢牢锁定坐在稍远处的 VIP 和夜影。

陶文雨给对面的 VIP 们使了个眼色，小声说："看着吧，等会儿肯定过来和咱们谈心。"

不用"等会儿"，下一秒周云徽就直起身体，简单和组员交代两句，然后就毫不客气过来了。

孔明灯的组员们就近找了位置坐，但不约而同地避开了草莓甜甜圈，即便不得不坐一张长椅，也至少要拉开两三个位置。

周云徽一走进社交范围，陶文雨就立刻换上洋溢笑脸："嗨。"

"别装了，"周云徽不客气的视线扫过两边七人，"你们够沉得住气啊，猜出来了愣是不动，就等着借我们东风呢，是吧？"这事儿一想就全通了，世上哪有么巧的，我们猜出了，你正好也猜出，于是我们鹬蚌相争，你们渔翁得利。

陶文雨欲言又止好半天，最后谨慎地问："我要说真是凑巧，你会不会想打人？"

周云徽一字一句："你，说，呢？"

陶文雨撇撇嘴，收声。占了人便宜，就别卖乖了。

周云徽靠着竖向金属立柱，呼吸逐渐平稳，吊儿郎当的劲儿又回来了："现在说什么都没用，我又不能赶你们下去，那就谈谈赔偿吧，总不能白搭我们的顺风车。"

王争鸣皱起眉头："周组长……"

"赔偿可以。"唐凛不紧不慢地打断。

王争鸣诧异看他。

唐凛继续说完："但赔偿的前提是，索赔理由成立。"

周云徽扬起眉毛："我的理由有问题？"

"有很大问题。"唐凛语速平缓，条理清晰，"第一、我们只需要一个混乱的机会，至于混乱由谁创造，我们无法控制，所以不是我们选择了孔明灯，而是孔明灯选择了我们。第二、你我的组织体量，决定了孔明灯只能硬闯，而我们必须取巧，这是不可抗力，即便你提前预知，也无法改变事情的发展。第三、如果我们不制造大雾，孔明灯将要面对整个站台的联合围剿，最终登地铁的人数将远远低于……"简单环顾一圈，他礼貌客气地给出结论，"十九人。综上，这是一个必然发生且互惠互利的事情，索赔理由驳回。"

周云徽："……"

无言的不只周组长，还有彻底听蒙了的郑落竹、南歌、陶文雨、王争鸣、柴也。好像哪里不对，可还没等琢磨，又被唐凛带走了，到后面就只剩一个感觉——好有道理。

周组长铩羽而归，孤单单的背影让人看着莫名有点儿心疼。

待其走远，范佩阳淡淡评价："诡辩。"

唐凛勾起嘴角："有用就行。"

南歌看愣了。

坐在旁边的郑落竹见她发呆，问："看什么呢？"

南歌小声道："原来他会笑啊。"

郑落竹："谁？"

南歌："唐凛。"

郑落竹懂了，不用看都一清二楚："是不是还笑得特温柔？"

南歌："而且迷人。"

郑落竹："且看且珍惜，那是范总特供。"

随着周云徽归队，孔明灯那边彻底稳当下来，车厢也渐渐安静。

王争鸣身体前倾，手肘撑在膝盖上，看向对面的唐凛："现在可以给我们讲讲了，为什么密码是那五种动物？"

一句话挑起了所有人的好奇。这么重要的事，差点儿让周云徽搅和忘了。

唐凛点点头："其实这个还要谢谢草莓甜甜圈，是他们登上地铁，确认了拼图之外还有其他提示。而我们获得的全部信息，就只有猫头鹰说过的话……一旦把怀疑聚焦到这里，就会发现，'好好运用文具树，这棵树就是你的世界'是一句表述非常奇怪的话。不管是它希望我们用文具保护自己，还是希望我们用文具阻止他人登上地铁，'世界'两个字都显得很牵强……可是反过来想，如果它是故意把话说得这么别扭，如果这就是提示呢？那问题就简单多了。树，世界，这两者放在一起，最先想到的就是北欧神话中的世界树……在《埃达》中，这棵树擎天撑地，将世界划分出天、地和下三界……"

"等、等一下，"陶文雨举手，不懂就问，"《埃达》是什么？"

唐凛："一部关于北欧神话的手抄本，创作时间大概在九到十三世纪，诗歌体，可以算是北欧神话的源头之一。不过十三世纪初，又有人创作了一部散文体的《埃达》，来诠释这本诗歌体的《埃达》，所以现在前者叫《老埃达》，后者叫《新埃达》。"

陶文雨艰难咽了下口水，现在满脑袋都是"埃达"："你是恰好看过，还是知识体系本来就这么过硬……"

"前一阵住院，无事可做，看了不少闲书。"唐凛坦然道。

陶文雨："然后你还都记住了？"

唐凛："住院，比较容易静下心。"

陶文雨、郑落竹、南歌、王争鸣、柴也："……"这是住院还是脱产进修？

范佩阳是最淡定的一个，只在心里默默点头，挺好，杂七杂八都记住了。

唐凛言归正传，说回密码："《埃达》里有关世界树的段落，恰恰提到了几种动物，松鼠在树间来回跑，给上面的鹰和下面的龙传口信，有四头小公鹿在啃树叶，另外还有许多蟒蛇在树根蛰眠，要腐烂它的躯干……松鼠、鹰、龙、鹿、蛇，正好五种。不过那本书的翻译者在前言里有写，关于树顶上是鹰还是公鸡，北欧神话在这个部分是有些模糊的，"他说到这里，轻呼口气，"但是很幸运，我们的密码格里没有公鸡。"

解释完毕，听众们陷入久久沉默——信息量太多，需要消化。

郑落竹则连消化都放弃了，只崇拜地看着唐凛。差生不需要难为自己，仰望学习委员就行了。

"你还真是总能带来惊喜。"

前方突然传来调侃的声音，让七人皆是一怔——关岚带着自家五个组员，就站在离他们最近的地铁门口。问题是竟然没人察觉他们过来，也不知道是他们厉害到了这种程度，还是刚刚接收的知识强度太大，冲垮了大家的警惕心。

没等这边开口，关岚又不满意地瞥旁边队友一眼："看看人家，一是一，二是二，什么都记得清清楚楚。"

被批评的自然是苦思冥想到秃头才终于找出那五个动物的洋气小青年。现在他不洋气了，垂头丧气，但无处安放的小嘴还是蚊子嗡嗡地咕哝一句："你行你来啊……"

关岚气鼓鼓地敲了他的脑袋。

旁边的光头心情顺溜了。在站台时，那家伙苦思冥想无果，他只催了两句，就被"你行你来"怼得没了声。现在发现组长同样会被怼，他很欣慰。

唐凛不觉得草莓甜甜圈会特意过来和他们寒暄，转头一看窗外站台，果然，代晓亮、何律、崔战三大组长正聚在一起密谈。看情形，主要是何律和代晓亮在谈，崔战只负责听，还听得整张脸都皱成一团，典型的"学渣式"生无可恋。

剩下的三大势力也破译密码了。

这才是草莓甜甜圈站车门处观望的真正原因。至于他们是关心竞争对手还是单纯看看热闹，就不好说了。

过了好半天，外头的三位组长还没结束交谈，草莓甜甜圈们就有点儿无聊起来。队形也散了，人也懒了，有靠金属立柱的，有抬手擦车门玻璃的，关组长则又从口袋里摸出个棒棒糖，撕掉包装塞进嘴里。这里面最低气压的还是那个瘦削男人。他是唯一没动的，仍站在那儿静静看着玻璃外的站台，侧脸冷漠萧索。

"关组长。"唐凛忽然叫关岚。

关岚愣愣看过来："嗯？"

"你们为什么叫草莓甜甜圈？"闲着也是闲着，唐凛索性把一直好奇的问了。

这问题可问到郑落竹、南歌还有夜影他们心坎里了，视线立刻聚过来。

不料关岚遗憾摇头："这得问上面的元老。"

唐凛意外，他还以为风格这么契合的关岚知道内情呢。

"我要知道谁起的这个名字，一定和他好好聊聊。"关岚嫌弃地撇撇嘴。

唐凛："你不喜欢？"

关岚："嗯，我不喜欢草莓味。"

唐凛："了解了。"

郑落竹、南歌、夜影三人："……"甜甜圈就没问题了？！

草莓甜甜圈组员五人依然该干什么干什么。他们加入草莓甜甜圈，看中的是实力，又不是名字。简而言之，佛系吧，还能退圈咋地？

"白组那只老鼠还真是挺能钻营的……"小麦肤色青年环抱双臂，似笑非笑道。

"又搞小动作了？"光头好奇地凑过去看。

唐凛和范佩阳交换个眼神，不约而同转头望窗外，很快就锁定了藏在垃圾桶附近的吕爵。也不能算藏，那个位置本来就不起眼，他只是低调站着，没做什么，但目光一直盯着远处交谈中的三大组长。可是以他和何律三人的距离，根本不可能偷听。

唐凛正疑惑，忽然看见何律的脚跟后方地面上有个小黑点，再仔细看，竟然是一只老鼠！何律的脚将它完全挡住，以至于交谈中的三人谁也没发现。又过了半分钟，那老鼠悄悄撤离，沿着墙根一路回到吕爵脚下。再过一会儿，老鼠咻地消失，吕爵脸上浮出得意的喜色。

用老鼠偷听，还真是别具一格的文具树。

唐凛终于明白为什么草莓甜甜圈管他叫"老鼠"了，一语双关。

距离一小时的登车时限只剩十分钟了，广告屏的拼图已无人问津——三大势力不拼了，零散闯关者更是直接放弃。

倒计时 00:09:59，三位组长结束交谈，各自将组员聚拢。

倒计时 00:09:00，三大势力终于有了动作，近三分之二组员同时抬手在半空中点击自己的密码格，剩下三分之一一动未动，但神情戒备。

唐凛看到这里，确定了自己的猜测。代晓亮、何律、崔战交谈那么久，不只是共享世界树的谜底，还要为接下来上地铁的各组人数谈好配额。

目前已登上地铁的人数是三十二，留给三大势力的席位只剩六十八个，而十社、铁血营、还乡团三家现在的组员合起来有一百多号，真要凭实力拼，必然打得头破血流，还保不齐让外人渔翁得利。事先谈好各家上地铁的人数，就像进闯关口时那样，既避免内耗，又能一致对外。

然而事情往往并不会百分百按照预想走。唐凛冷冷看向某个不起眼的角落，吕爵带着几个白组成员，也在悄悄点击密码格。

"哎呀，有人输入了正确密码，门要开了哟！"

活泼的电子音里，门扇徐徐开启。

草莓甜甜圈六人稍往两边站了站，贴心地让出门口，又不影响他们近距离围观。

站台上，崔战、代晓亮、何律正带着各自组员往门前来，其他零散闯关者想阻止，但看着那留守的三分之一组员，又不敢轻举妄动。

就在三大组长陆续登入地铁后，站台上忽然窜来一群老鼠，不去别处，专往准备上地铁的人脚面上爬。那些跟在后面还没来得及上车的组员让这些乱窜的家伙吓了一跳，上车的节奏被中断。就在这个瞬间，吕爵带着几个白衬衫从侧面猛冲过来，他冲在最前头，竟一下子挤进地铁，而跟在他后面的几个白衬衫被率先反应过来的十社组员拦住，再无机会。

变故从开始到结束，只短短一刹那，但吕爵成功了。他看也没看身后被拦住的组员，第一时间挤到车厢中部人少的地方，才长舒口气，隔空对着另一扇门附近的三大组长致以歉意："对不住啊，团小人少，只能投机取巧了。"

何律、代晓亮、崔战自然不爽，但也不屑和他多说什么。

吕爵没得到回应，倒也不以为意，寻了个空座坐下，眼底一片轻松。

唐凛四人坐在不远处，离吕爵有些距离，但他和三大组长说的客气话，可一字不漏都进他们耳朵了。

郑落竹哼一声："现在成团小人少了，当初想拉我们入伙的时候，可不是这么吹的。"

唐凛道："见什么人说什么话，高能高得上去，低能低得下来，也是一种本事。"

郑落竹继续哼哼："就是欺软怕硬呗。还以为他多强呢，弄半天，就一个'过街老鼠'的破文具。"

"那个文具叫'过街老鼠'？"唐凛问，"除了放老鼠出来偷听和捣乱，还有其他作用吗？"

郑落竹："不知道啊，我随便瞎起的。"

唐凛："……"

"名字起得不错。"一直安静着的范总裁给予了属下肯定。

南歌不知道三人和吕爵的事，问郑落竹："你们认识他？"

"何止认识。"郑落竹脸上再无笑意，"托他的福，我们差点儿折在地下井里。"

怀疑吕爵引夜游怪到地下井这件事，唐凛和范佩阳讨论完，就给郑落竹讲了。现在，他开始绘声绘色把那晚的生死一劫讲给美女听，顺带在自己的表现上加了一层"英勇滤镜"。

这段时间，站台上的局势已经风云突变。被三大势力拦住的白组几个人竟然公布了密码格答案，这让剩下那几十个原本已不抱希望的零散闯关者立刻热血飙升，输完密码就冲过来和三大势力打成一团。

人数上，三大势力固然占有优势，可文具的效果漫天乱飞，胜负就不好说了。

最后几分钟，站台的冲突局面已到白热化，流血有之，死亡亦有之，而成功登入地铁的人却越来越少，每当有人靠近地铁门，就会被其他人拼死阻拦，整个站台陷入了"我不登地铁，你也别想上"的恶性循环。

倒计时 00∶00∶00。

"哎呀，时间到，关门了哟。"

地铁门这一次彻底关闭，登入地铁的总人数定格在 68/100，其中孔明灯十九人，还乡团十一人，铁血营十一人，十社九人，草莓甜甜圈六人，VIP 四人，夜影三人，其他闯关者五人。

站台上的纷争戛然而止，一片狼藉。

三大组长带人落座，最后座位都坐满，只有十几个人站着。足以容纳两百多人的车厢，仍显得有些空。

地铁持续而轻微地震动起来，要发车了。

唐凛将目光从惨烈的站台收回来，就见南歌盯着他看，不明所以："嗯？"

南歌点了一下自己的肩膀，说："你这里好像脏了。"

唐凛低头去看，果然，就在右肩膀的位置，衣服上一块淡淡的黑色晕染痕迹，就像浅衣服和深衣服一起洗不小心染了色似的。他抬手拍了两下，没什么用，便也不在意道："可能是登地铁的时候蹭的。"

南歌也觉得有道理，毕竟当时一片浓雾，沾上什么都不稀奇。

两人正说着话，车窗外忽然发生爆炸，巨大的冲击波让地铁都晃了晃，爆炸声更是震得所有人耳鸣。

唐凛缓了好几秒才艰难转头去看窗外。

而三大势力已经全体起立，不可置信地扑到窗前。

站台一片硝烟，什么都看不清，只有爆炸后的死寂。

唐凛心里一沉。规则里只说输对密码才可以登上地铁，却没说滞留在站台上会如何，这几乎成了所有人的心理盲区。那些进不了闯关口的，下次再来就行了，理所当然会让人觉得，那些登不上地铁的也下次再来就行了。何律、崔战、代晓亮肯定也是这样想的，否则他们绝不可能共享谜底，商讨配额。

"恭喜大家成功登上地铁，咕咕。"车门上方显示站点线路的长条屏幕上，一如既往滚出个圆乎乎的小猫头鹰，"那些没登上地铁的闯关者已经被集中处理了，现在大家可以继续专心闯关哟。"

何律、代晓亮、崔战站在那里，不发一语。猫头鹰的发话打掉了他们最后一丝幻想。那么多兄弟的命，就一句轻飘飘的"集中处理"，像对待垃圾一样。

6

地铁开始前行，站台很快消失在窗外，仿佛一场虚幻的噩梦。

"打起精神来嘛。"小猫头鹰像是能感知到车厢内的沉闷，滚来滚去活跃气氛，"现在公布通往下一节车厢的规则，认真听，才有机会活命哟。首先，请坐在下一节车厢门附近的闯关者自动离开，要保持门前两米的安全区哟。"

通往下一节车厢的门，其实就是末节车厢的最前端。正常地铁到了那里，应该是车厢连接处，而在这里，变成了一扇纯白色的金属门。

没人再去挑战猫头鹰的权威，提前聚在那里的周云徽带着自家组员讪讪向后挪。

随着他们退到两米开外，门前地面映出安全区的红色范围划线，纯白色门板正中间则渐渐浮现一个淡紫色的钥匙形凹槽。

小猫头鹰扑棱一下翅膀："规则很简单，拿到钥匙，才可以进入安全区，而成功将钥匙放入凹槽的闯关者，即可以进入下一节车厢。其他规则无。祝你们好运哟。"

显示屏咻地一闪，再稳定，又恢复路线站点图像。

六十八个人，寂静无声。

拿钥匙，进安全区，放钥匙，进下一节车厢——可以，但钥匙呢？

"叮——"

六十八声"叮"一起来，上课铃似的。

小抄纸："钥匙即将发放，请闯关者注意。"

唐凛抿紧嘴唇，一时吃不准提示的意思。

孔明灯的周云徽和草莓甜甜圈的关岚则在看完"小抄纸"的第一时间环顾车厢。

"咔嗒嗒。"类似吊桥铰链的声响从车厢中部的天花板上传来。

坐在那下面的正是唐凛四人和夜影三人，还有几个还乡团的组员。他们一起抬头。车厢内其他人的目光也都聚焦到了这里。只见天花板上缓缓露出一个方形的小暗格，也就半个巴掌大，而后一个东西从里面落下来，落到地上，弹，弹，弹……

一个装着钥匙的透明弹弹球。

地铁车厢静得要命，连车辆前行的机械声都几乎不见了，只剩下那一个球在快乐地弹。大概十几下后，弹弹球终于落地，骨碌碌滚到夜影三人脚下。

王争鸣咽了口唾沫，和左右两边的陶文雨、柴也一起，正襟危坐，纹丝不动。

六十八个人，一把钥匙，这时候谁动，谁就是靶子。

然而总是有铤而走险者。就在王争鸣考虑要不要把弹弹球踢走保平安的时候，车厢地面忽然变成一片泥潭，所有人不管坐着还是站着，双脚都深深没入淤泥，任你如何用力也拔不出，非常直观的"泥足深陷"。下一秒，一个身影飞快冲过来，捡起弹弹球就往安全区跑，困住别人的"泥潭"之于他却是如履平地。

终于有反应过来的，不再和"泥潭"较劲，立刻启用文具。但事发突然，对方速度又太快，等和文具建立好操控联系，人家早进安全……

"咻——"

空气被划破的声音打断了所有人的思绪。

接着就是一声轻微的"噗"，像是利器没入肉体。

再多两步就要跑入安全区的狂奔者惨叫倒地，捂着右后肩翻滚哀号。疼痛让他再不能操控文具，地上的"泥潭"霎时消失。

有血从他捂着肩膀的指缝里渗出来，但不见凶器——空气狙击。

唐凛第一反应就是去看草莓甜甜圈。瘦削男人就站在那里，伸直的手臂仍对狂奔者方向做狙击状，并不急着收回，似乎想等那人爬起时再补一枪。但唐凛清楚他不会再补一枪了，因为目的已经达到了——他不只是在阻拦这一个人，他是代表草莓甜甜圈在恐吓整个车厢的人。

"叮——"

提示音再次响起。

还没从空气狙击中缓过神的大部分人有一瞬的茫然。范佩阳和唐凛是极少数立刻抬起手臂查看的。

小抄纸："钥匙即将发放，请闯关者注意。"

一模一样的提示，要不是之前那条还在，绝对会让人以为第二声提示音是幻听。

同样查看迅速的郑落竹和南歌看完对视一眼，交换疑惑——这是又要发钥匙了？

后反应过来的众人才开始低头查看，范佩阳则已经放下手，把唐凛拉近自己，简短而迅速地道："局面一定会乱。只要一乱，你就用'金钟罩'去安全区旁边等着，什么都不用管。"

唐凛立刻明白了，范佩阳不要他参与战斗，只要他最大限度保护好自己，然后等着他送来钥匙。这并不是范佩阳看不起他，而是基于他没有文具树这一情况所做的最合理安排。

一个没有文具树的人，在这样的局面里不只不会起到作用，还很可能会让同伴为了保护他而分心。如果角色互换，他也会部署同样的方案。

唐凛冷静而清楚，只是一想到这个人是自己，心里还是很不甘。

天花板上又传来"咔嗒嗒"的声响，新的暗格缓缓打开，这次不再是一个，而是六个，从车厢前方的天花板一直均匀分布到车厢尾端。

六个弹弹球同时落下。

没人知道一共有多少把钥匙，没人知道弹弹球会不会再次发放，但同样没人敢赌。每一次出现在眼前的机会都有可能是最后的机会，见识过站台爆炸后，谁都不想被"集中处理"。

整个车厢的闯关者一哄而上！

"就是现在——"范佩阳不容置疑地断喝，在空前混乱的车厢里竟被掩盖掉了大部分。

但足够唐凛听清了。他压下心里翻滚的所有情绪、杂念，果断点掉"<防>金钟罩"。顷刻，一股温暖的力量充盈进身体，他闭目凝神，和文具建立联系，渐渐地感觉到那温暖传递至四肢百骸，仿佛镀了一层坚固护甲。再睁开眼，范佩阳、郑落竹、南歌早已离开了座位，投入到混战里，唐凛没徒劳去寻他们，按照范佩阳说的，什么都不管，一门心思往前挤。

"先让组长拿钥匙——"有四大势力的组员在混乱中喊。

但立刻就有另外的声音咒骂："滚！"

在"非生即死"面前，除非信仰极其坚定，否则人都是利己的。加入组织，是因为有吃有喝有靠山，自愿在站台留下，是以为失败了可以退回地下城，可站台的爆炸把这一切都颠覆了。不继续闯关＝死亡，从这条公式成立的那一刻起，四大势力的内部就已经分崩离析了。

唐凛不抢钥匙，不发动攻击，对于那些抢钥匙的人来说，更像一个移动的"障碍物"，故而前行之路虽然艰难，不时被推搡，还让各种文具造成的攻击效果波及了几次，幸而都被"金钟罩"防住了，总算有惊无险，抵达了安全区附近。

那里已经站了几个人，基本都是等着捡漏的。一旦弹弹球在混战中滚到这里，他们捡完一脚就能迈进安全区，省时省力。

除了一个人例外，那个草莓甜甜圈里顶着狗啃短发依然洋气不羁、愣是凭空冥想出密码谜底的小青年。别人都恨不能眼睛不眨地盯着混战人群，就怕错过捡漏机会，只有他，随意靠着侧面的车厢壁，东看看，西看看，不时还抬头望望天花板上的暗格，似乎全然不担心能否拿到钥匙的问题，反而对于关卡构造更感兴趣。

因为之前的空气狙击，成功建立了"草莓甜甜圈＝极度危险分子"的恐吓效果，没人愿意离他太近，以至于虽然几个人都站在安全区周边，但明显一边拥挤，一边冷清。

唐凛选择"冷清"。一是站着比较舒服，二是站这里他只需要防备小青年一个人，而不用担心那边一群人朝自己背后捅刀。

小青年似没料到有人会选择靠近自己，探寻暗格的目光落到唐凛脸上，打量两秒，认出来了："VIP。"

第一次听见组名被其他人这样念出来，唐凛品味一下，很满意。

"你破译的密码。"小青年又追加回忆。

对于先登地铁的草莓甜甜圈来说，后面站台上发生的一切，他们都看得清清楚楚。

"比你慢了很多。"唐凛客观陈述。

小青年立刻翻个白眼，像是被勾起了什么不好的回忆："要不是和尚一直在我耳边青蛙叫，我的记忆检索速度还能快上3.5倍。"

和尚，想必就是那位光头伙伴了，唐凛清楚记得当时的情形，但是……

"青蛙叫？"

小青年向上吹一下狗啃刘海："他说的所有话在我听来都是呱呱呱。"

唐凛："所有？"

小青年毫不留情："对，一句有用的都没。"

很别致的伙伴情谊。

"我叫探花，"小青年似乎聊出兴致了，"你叫什么？"

"唐凛。"

"没有外号什么的？"

唐凛想了想："不介意的话，你可以叫我唐总。"

探花一点儿没犹豫："我介意。"

"探花……"唐凛重复这个别样外号，"聪明，成绩好？"

探花微笑："全中。"

唐凛："那为什么不是状元或者榜眼？"

探花："听起来不够帅。"

唐凛点头，没疑问了。

只说话的工夫，关岚带着空气狙击者过来了，见探花身边还有一个唐凛，有点儿意外，但也没管，直接问探花："你是想再聊一会儿，还是现在就过去？"

探花立刻表态："现在，"生怕关岚改主意似的，又赶紧补充，"过去一样可以聊嘛，我觉得他命挺长。"

关岚不置可否，从口袋里摸出个弹弹球，丢给探花。

没人预料到，他掏弹弹球随意得像掏棒棒糖，结果就是探花拿住球一闪，人便进了安全区。但他没急着开门，反而转身就把弹弹球往外扔。安全线在同一时间升起半透明光墙，弹弹球砸到墙，"砰"一下弹回到探花脸上。

探花捂着左眼，艰难捡起困在安全区内的弹弹球，冲关岚遗憾摇头："组长，作弊失败，不能带你飞了。"

关岚张开小手，五个指头葱白一样："给你五秒，消失在我眼前。"

探花二话不说，转身就"咚"地把弹弹球扣到凹槽上。淡紫色的光芒一瞬将弹弹球包围，裹着钥匙的透明部分像果冻一样融化掉，钥匙进入凹槽，严丝合缝。

"恭喜进入下一节车厢。"小猫头鹰又蹿到了这扇门的上方屏幕。

门扇应声而开，探花头也不回地往前走。

待他进入，门扇又很快关闭，钥匙消失，凹槽重新空下来。

关组长显然很满意，等再把目光转向唐凛这边时已多云转晴，阳光灿烂："等那个大个子？"

唐凛严谨道："如果你说的是那个穿着黑大衣挺拔英俊的，是。"

关岚："你的文具树也是非战斗向？"

唐凛："可以选择不答吗？"

关岚嘴角上扬，带着空气狙击者转身，重回战局："下次我会记得给你选项。"

唐凛知道自己回答与否并不重要。像他看见探花站在这里，立刻便能想到"对方的文具树不适合战斗"一样，答案已经很明显了。关岚对此心照不宣，所以才不介意用"也是非战斗向"这样的描述，间接承认探花的文具树属性。同理，关岚自然会认为站在这里以逸待劳的自己也是"非战斗向文具树"。

估计没人像自己一样，是被中途拉进这个世界的。唐凛想，所以关岚永远也不会猜到，他的文具树压根儿没开花结果，哪怕是一个"非战斗向"。

车厢内一团乱，唐凛努力去分辨那一堆堆纠缠的人影，想找到自己人，可后面的人大多被前面的人挡着，根本看不清。他忽然意识到，范佩阳可能把抢钥匙这件事想简单了。

尽管"懒人的福音"可以隔空移物，但第一，它未必能移属于关卡道具的弹弹球；第二，就算可以移动，这么多人也不会任由一个弹弹球在空中飞，早群起而扑之了，所以范佩阳想帮他抢钥匙，最后恐怕还是要和刚才的关岚一样，将钥匙亲自送过来。

不。唐凛顿住，蓦地想起了范佩阳说的话。他没用惯有的自信说"你等着接钥匙就行"，甚至都没说"交给我"，他说的是"你什么都不用管"，不用管战局，不用管伤亡，可能还有……不用管范佩阳的死活。

唐凛握紧手心，太用力，有些疼。是他自己想简单了，而范佩阳从一开始就知道这件事的难度。

"呼啦——"

一个不大的火团忽然落到安全区附近，就像从天而降一朵燃烧的花。

几个零散闯关者敏捷躲开。

火焰很快熄灭，地面留下一小块焦黑。

"我喜欢你的文具树。"前方混乱里，一个小麦肤色的青年对着孔明灯组长周云徽调侃。

周云徽冷笑，抬起的手心生出又一簇火焰："还有更刺激的，要不要试试？"

唐凛认得他，甜甜圈的人，在孔明灯试图阻止甜甜圈登地铁时一把将周云徽推飞的，也是这位。

就在他俩说话的时候，有人从小麦肤色身后偷袭，然而手刚碰到他，整个人就好似被一股无形力量推开，猛然踉跄着向后退，撞到后面其他闯关者身上才好不容易重新站稳。

这和当时周云徽被弹开如出一辙，不同的是周云徽是被小麦肤色推开的，直接飞到半空再落下，要不是周云徽反应快，怕得丢掉半条命，而这个偷袭者并没有被小麦肤色直接攻击，被推开的程度也远低于周云徽。

周云徽的文具树与"火"相关，这个很明显。但小麦肤色的文具是什么？伤害反弹，还是其他的特殊防御？

不过有一点是肯定的。其他闯关者也试图偷袭小麦肤色，那周云徽拦住他就不是私人恩怨，而是这人已经拿到了大家都想要的钥匙。

"啊——"

熟悉的尖叫传来，显示着发声者良好的健康状态和充沛战斗力。

唐凛第一次觉得这声音亲切悦耳，抬起头，南歌就在不远处，骑到了一个壮汉的肩膀上，上半身极柔韧地弯下去，强迫人家听"天籁之音"。壮汉被叫得有点儿蒙，估计现在满世界都是金色星星。一旁的郑落竹不失时机蹿过来，抢了壮汉手里的弹弹球。

唐凛颇为意外，没想到他俩配合得还挺默契。

结果郑落竹那边乐极生悲，弹弹球在手里还没攥热乎呢，就被人左右夹击抢走了。

南歌一脸懊恼，刚要从壮汉肩膀上下来，忽然隔空和唐凛对上视线，立刻大声道："再等一会儿，我们肯定成——"

唐凛猝不及防，彻底愣住了。他知道范佩阳在不顾一切帮他抢钥匙，却从没想过郑落竹和南歌也会为他抢。

一阵沙尘暴席卷车厢，有人用了沙尘效果的文具。

唐凛集中精神操控"金钟罩"，沙尘没能近他的身，但视野里一片灰蒙蒙，他站在原地没有乱动。

大约十几秒，沙尘过去，一些没有及时躲避的人被吹了一脸一嘴的沙子，而关岚和空气狙击者已趁这时到了安全区附近。他们很明显用了防具，浑身上下没一点儿沙土。而他们这个时候出现在这里，那就只有一种可能——他们又抢到了钥匙。

两个人手里都没有东西，但唐凛一瞥关岚的衣服，就知道他和上次一样把弹弹球放到了口袋里。

唐凛没自不量力上去抢，仍靠着侧面车厢壁，给从正面而来的甜甜圈组长留出一条坦途。其他捡漏者眼神蠢蠢欲动，身体却很诚实，一步都没敢靠近。

空气狙击者停在安全区外，关岚则继续往前，可就在他马上要踏入安全区的时候，动作忽然顿住了，然后收回腿，低头看着自己的衣服口袋。

唐凛好奇地随他视线去看，下一刻，心跳快了起来。

放在关岚口袋里的弹弹球正一点点往外滚。如果关岚没停下，继续往前走，弹弹球就会像是随着惯性滑出口袋，可现在关岚停住了，那还在微妙移动的弹弹球就很……难以忽视。

隔空移物未必是范佩阳的专利，或许别人也有这样的一次性文具，但莫名地，唐凛就知道是范佩阳。但他没贸然往混战区那边看，脸上仍神情自若，心里却已经开始多方考量。

以他的站位，范佩阳如果让弹弹球忽然加速送到他手中，他有足够的时间在关岚和空气狙击动手之前进入安全区，放入钥匙。但是接下来呢？他进入下一节车厢了，范佩阳怎么办？就算关岚看不见谁用的文具树，只要确定他是"受益人"，怀疑对象就可以直接圈定在"VIP"。关岚会怎么做，唐凛还吃不准，但惹上草莓甜甜圈，绝对是个麻烦。他不希望范佩阳陷入麻烦，如果可能，他甚至希望范佩阳现在就收手。

然而这些考量和心情都只能在脑海里打转，根本没办法传递出去。

"这就有趣了。"关岚没急着拿回弹弹球，反而回头看向仍在混战的人群，一张小脸上满是期待，"是谁，快出来让我看看……"

周围的捡漏者也好奇地往那边围观。

唐凛这才偏过头，状似和他们一起围观，实则极快地在混战里寻找那抹熟悉身影。还没等他找见，弹弹球"啪"地落到地上，又滚回关岚脚边——操控者收手了。

"没意思。"关岚弯腰把它捡起来，遗憾地走进安全区，将弹弹球扣到凹槽时还不忘回头和空气狙击者讨论，"你说他隔那么远，怎么能保证钥匙安全飞到手里？"

空气狙击者只贡献耳朵，不贡献陪聊。

关岚也没真要和他讨论，灿烂一笑，自问自答："A. 操控者就在安全区周围；B. 他给别人抢。"

"恭喜进入下一节车厢。"

草莓甜甜圈的组长消失在门的另一边。

空气狙击者淡淡扫过安全线附近众人，转身回了混战区。

唐凛不着痕迹松了口气。被猜到无所谓，只要没真的抢，这仇就不算结下，范佩阳也避开了无穷无尽的麻烦。但只一点……范佩阳为什么忽然又放弃了？

唐凛微微抬头，继续在混战中找对方的身影。他可不觉得范佩阳是忽然和他心意相通了，以范佩阳的性格，哪怕是他面对面把这些担心提出来，范总也肯定只有一个回答："哦，你先过去再说吧。"可刚才，对于弹弹球的操控的确是半路中断了。如果不是范佩阳放弃，难道是……出了什么让他没办法再操控文具的意外？

突来的担忧刚袭上唐凛心头，混战里就连滚带爬钻出个人，赫然是吕爵，手里还攥着一个弹弹球。他脸上带着伤，眼镜早不知飞哪里去了，衣服也被划烂了几条口子。但此刻他根本顾不得这些，铆足劲往安全区里冲，脚边跟着几只老鼠和两条蛇。

而他身后则有好几个追击者，追得最紧的是……竹子？

唐凛一怔。

捡漏者们不敢拦草莓甜甜圈，对吕爵可没太多忌惮，立刻聚到安全线前筑起人墙，准备围抢。

吕爵速度不减，跟着他的两条蛇则竖起上半身，大有帮主人迎战的架势。

就在这时，车厢里忽然响起能让灵魂升天的尖叫，尖叫者似乎根本不考虑后面的战斗了，完全是倾尽全力，杀伤效果比每一次都强，再有密闭空间的加成，就像一万个小魔鬼拿钢叉戳你耳膜。

吕爵死忍着没捂耳朵，但脚下还是跟跄半步。就这半步，郑落竹便追上来了，并且超出一个身位，扛着铁板就挡在了吕爵身前。吕爵来不及刹车，"咣当"一声被撞了个七荤八素，隔着铁板和郑落竹倒在一起。可他握着弹弹球的手愣是半点儿没松。

唐凛想上去帮竹子，但清楚自己一动会打乱所有计划，让伙伴们的努力全部付诸东流。

捡漏者们见两人一起跌倒，立刻扑过来想要压上抢夺。但一个缠了好几圈粗铁丝的罐头比他们更快，"咻"地凌空飞来，狠狠击打在吕爵的手背上。吕爵疼得叫出声，手劲一松，弹弹球一下飞出，像被某种不可抗力牵引，径直奔向唐凛。

唐凛早做好了准备，看准时机一抬手，牢牢接住弹弹球，转身就进了安全区，往凹槽里一扣，整个过程行云流水。

他现在知道范佩阳为什么放弃关岚了，因为有了更好的目标——麻烦少，还能顺带报仇，这样的买卖才划算。

"恭喜进入下一节车厢。"

唐凛回头，看见郑落竹正努力从叠罗汉的捡漏者们身下往外爬，明明被压得龇牙咧嘴，还朝他抛了个"快表扬我"的求关爱眼神，看见南歌站在车厢中部的空位上，胸脯剧烈起伏，但望着他的眼睛神采奕奕。

他还终于看见范佩阳，那人就在混战区里，离他一直都很近。许是他太过放松，范总皱眉了。

唐凛立刻转身，乖乖进门，并思忖着等下范佩阳过来之后，一定要问对方在混战中保持大衣笔挺的秘诀。

如果过不来呢？

唐凛心里没有这个"如果"。

门扇缓缓关闭。

吕爵趴在地上，气急败坏，又无可奈何。

第四章 永恒之枪

YONG HENG ZHI QIANG

1

一门之隔,两重天地。

新车厢的构造与地铁车厢截然不同,反而更像是火车的餐车,雅座柔软舒适,桌布干净整洁,每一张桌台都摆满了美食,香烤的鸡腿、嫩煎的牛排、清炒的蔬菜、新鲜的水果,还有面包、蛋糕、曲奇、清水、果汁、咖啡、红酒……能开个Party(宴会)了。

关岚和探花正吃得欢快,见进来的是他,露出毫不掩饰的意外神色。

"你怎么进来的,连发型都没乱,"探花歪头打量他,"真捡到漏了?"

唐凛顺水推舟:"运气好。"

关岚拿起一块小蛋糕,择掉上面的草莓扔到空盘里,这才愉快开吃。

唐凛见他不说话,故意问:"不给我选项了?"

关岚眼里刚见到唐凛出现时的意外已被了然取代:"明摆着的,还选什么。"

——"A. 操控者就在安全区周围;B. 他给别人抢。"

关岚进门前的话犹在耳旁,他就进来了,前后一联系,因果不难猜。

唐凛要的就是心照不宣,简单,直接,潜在风险可预期。

探花看看自家组长,又看看唐凛,总觉得自己好像错过了什么……

之后的十五分钟,门扇又陆续开了四次。

前三次都是草莓甜甜圈的人,分别是忧郁中分、空气狙击者和小麦肤色青年,无一例外都对美食表达了惊喜，虽然空气狙击者只是挑了半边眉。

第四次是铁血营的组长，何律。

已经进来五人的草莓甜甜圈原本还很惬意，直到看见第七个进来的是何律，腾一下全员站起。

唐凛清楚他们的情绪。一共七个弹弹球，被他占一个，被何律占一个，草莓甜甜圈流落在外那名组员再没机会进来。但这情绪，当第五个人进来的时候，就在他心底剧烈翻腾了——草莓甜甜圈只差一个人，他差了三个！

"别担心，"何律站在刚进来的位置，忽然开口，"外面又发了一次钥匙。"

唐凛心底震动，极度克制才没跟着站起来。

何律一点儿没兜圈子，直接给了他们最想知道的："这次又发了十把。"

草莓甜甜圈众人明显松弛下来。

松弛之后就有人搓火了，小麦肤色青年阴阳怪气地问："到底有多少把钥匙？别回头死的死，伤的伤，结果发现根本不用抢，那可有意思了。"

何律还是一脸正色："钥匙的数量谁也说不准。你们应该也发现了，这次闯关和以前不一样，很多经验都不适用了。"

小麦肤色青年单纯只是发泄一下，并不是真要和铁血营的组长深聊，况且也没什么可聊的，大家掌握的信息都一样。

见没人再提问，何律找了一张空桌坐下，沉默地拿过清水喝，等水杯再放下，对面已多了一个人。何律微微颔首："有事？"

唐凛开门见山："我的同伴还在外面。"

何律稍作回忆，一一对号："铁板，尖叫，罐头。"

"他们怎么样？"话几乎是压着何律的尾音出口的，哪怕语气再自然，声音再冷清，担心和急切也根本藏不住。

何律斟酌片刻，找了个客观而精准的词："生龙活虎。"

唐凛："……"他不应该怀疑伙伴的战斗力，他道歉。

压在心头的担忧稍稍减轻，唐凛便冷静下来。虽然他只跟何律打过一次交道，就是广场上"斯芬克斯"出现时，他带着南歌去四大组织尖叫。可无论是当时何律的反应，还是站台上何律组织另外三家一起分工拼图，都清晰表明这是个一板一眼的人，负责，认真，或许不够变通，但坚守自己的原则和底线。就像刚刚，他完全没义务透露那边的情况和进展，但他认为应该说，就说了。

思及此，唐凛客气地问："你刚刚说，这次闯关和以前不一样，很多经验都不适用了，具体是……"

何律没急着回答唐凛，而是先问："你们来地下城多久了？"

唐凛据实相告："八天。"

何律料到时间不长，但也没想到会这么短，刚毅的眉头皱得更紧："你们不该这么仓促闯关。"

"我们低估了关卡难度。"唐凛承认。

何律静默半晌，重重呼出一口气："我其实没资格说你。我以为自己准备充分，结果搭上了几十条兄弟的命。"

铁血营的组员或许已经不拿何律当组长了，但这个组长似乎从未动摇。

唐凛给他杯里又倒了些水，问："以前根本没有'集中处理'，对吗？"

"没有。"何律不是问一句答一句的挤牙膏性格，和盘托出，"正常来说，进入闯关口后应该直接上地铁，然后一节节车厢往前闯，哪怕中途失败，滞留在某节车厢，但只要你能保护好自己，坚持到有人通关，或者可能通关的人全部死亡，关卡会自动关闭，就送他们回地下城。"

唐凛："可是我有朋友宁愿永远待在地下城，也不来闯关。"

何律："因为'保护好自己'这件事并不容易，即便不继续往前闯，关卡仍会给你的生存送来一波又一波的威胁，能活下来的都是九死一生。"

他的声音沉稳有力，听不出太大起伏，可唐凛看见他放在桌子上的手，紧紧握拳。所有决心闯关的人都做好了搏命的准备，那是因为他们深信，再凶险也有一线生机，而不是像现在这样，闯不过去就要死。

关卡难度变了，为什么？

末节车厢。

新来的十把钥匙让战局重又陷入疯狂。安全区附近再没有心存侥幸的捡漏者，所有人都涌向混战区。

四大势力分崩离析，反倒是原本人就少的小队依然稳固。夜影三人自始至终在一起，防护、攻击、牵制，分工明确。但这样也有弊端，就是当他们拿到一把钥匙，往往不敢先进，担心一旦留下另外两人，战斗的配合就会严重缺一角，使得剩下的人再难抢到钥匙。因为这样的迟疑，他们两次到手的钥匙又被别人抢了去。

有他们这样想太多的，也有完全不管不顾抢红了眼的，攻击根本不留余地。经历了不知多少次文具洗礼，末节车厢早不复刚上车时的崭新，地面血迹斑斑，座椅片片焦黑。

范佩阳却在这时挤出混战区，找郑落竹和南歌到车尾角落会合。

郑落竹不明所以，虽然听话过来了，还是不时回头往混战区里看，急得要命："老板，再不抢就让别人进去了！"

"抢不是问题，"范佩阳冷静道，"问题是怎么能保证我们三个都进去。"

郑落竹："哪有时间想这个啊，抢一个就先往里冲一个，能不能全进去就看命了！"

范佩阳审视他两秒："你是想把命交给你的运气，还是交给我？"

郑落竹瞬间清醒了，就像远洋看见了灯塔，浮萍找到了归处："……您。"

范佩阳满意道："拿到三把钥匙，一起进。"

南歌从头到尾没异议。她能感觉到唐凛是这个人的唯一顾虑，而现在顾虑消失，这位怕是要气场全开了。

混战区里，周云徽再次拿到弹弹球，转身腹部就挨了一拳。他"文具盒"里有防具，但所有的精力都用来操控文具树了，根本没办法再操控防御文具。

打他的不是别人，是还乡团组长，代晓亮。

周云徽被揍得差点儿吐酸水，看清对方，又不知道该生气还是该道谢了——代晓亮的文具树是"钢铁之拳"，这一拳要真下死手，他不死也得吐血。

"对不住啊，兄弟……"即便留了手，代晓亮还是一边抢弹弹球，一边道歉。

周云徽咬咬牙，神不知鬼不觉地熄了代晓亮衣服下摆的火星。他的文具树是"星星之火"，虽然尚不能燎原，烧伤个把人还是可以的。但对着代晓亮这老实巴交的，他就……

"扑！"

周云徽的内心吐槽戛然而止。

代晓亮浑身僵住，动也不动，脸上尽是茫然。

站在代晓亮背后的吕爵把刀拔出，带出的血珠溅了半脸，但他擦也不擦，只迅速抢走他手中的弹弹球。

"组长——"有人喊了一声，奋力朝这边挤。

吕爵趁周围人还没反应过来，用力把代晓亮推开，就往安全区那边冲。

代晓亮向前倒下，周云徽急忙接住，抱着他后背的手摸到一片湿漉漉。那是代晓亮的血，还带着烫人的热度。

吕爵这一刀，从背后正中心脏，根本没给代晓亮留任何生路。

周云徽血往脑袋里冲，放下代晓亮，起身望过去，这么多人，这么混乱的车厢，他却一眼就锁定了那个背影。岩浆一样的愤怒在周云徽眼里堆积。

吕爵丝毫没察觉，他的目光只盯着安全区，他距离那里只有几步之遥了！

"呼啦——"吕爵的白衬衫领口忽然燃烧起来，火苗甚至燎到了他的下巴。他先是愣神，而后在灼烧的疼痛中反应过来，立刻猛拍领口，可那火苗像有助燃剂似的，根本拍不灭，转瞬，火苗已蔓延到他的衬衫前襟，皮肉烧焦的煳味出来了。吕爵顾不上解扣子，直接撕开衬衫，整个脱掉，带着胸膛上的一片烧伤跟跄着冲进安全区。

"恭喜进入下一节车厢。"

差点儿大烧活人，加上钥匙又少一把，混战中的闯关者有刹那的分神。但是站在车厢尾部的范佩阳、郑落竹、南歌没有。他们要重返战场，契机就是现在！

"咻——"一个滚到座位底下的弹弹球猛地飞起，以极快速度贴着车厢天花板飞向车尾。

混战都集中在靠近安全区的车厢前部和中部，后部几乎没人，谁也没想到弹弹球会往后面去，等反应过来想拦，已经错过了。

弹弹球落进范佩阳手中，他递给南歌："一个。"

所有人都反应过来，目光唰地集中到车尾，就在这时，车厢中部上空突然飞下来一个罐头，趁众人视线被转移之际，在闯关者之间疯狂乱撞。

"啊！"

"我去——"

急促的痛呼接连响起，无差别攻击下，有几个刚抢到弹弹球的闯关者被击中，旁边的人立刻趁机去抢他的钥匙，场面再度混乱，三四个弹弹球在争抢中落地。

范佩阳看准时机，暂停罐头，又操控两个弹弹球极速浮空，贴着天花板飞到车尾，落入掌心。

"抢完了。"范佩阳把一个递给郑落竹，另一个放进自己的口袋。

郑落竹猛点头，他现在相信老板那句"抢不是问题"了。

离车尾最近的中部闯关者再次把目光投过来。

郑落竹全神贯注，操控"铁板一块"挡在三人身前。

范佩阳沉静开口："按计划，冲。"

话音未落，三人已急速向前，推着铁板狂奔，就像一台压路机，还是一台自带尖叫BGM的压路机。

顷刻，三人冲入混战区。

其他人哪能让他们如愿，立刻扑上去阻拦——想一下进三个，简直不可饶恕！

郑落竹不管不顾，就拿铁板死扛，他能感觉到铁板遭遇的阻力，但咬紧牙关，就是向前。

然而铁板只能开路，不能护住左右和后方，他甚至已经看见了一个人正打算从侧面偷袭。

"砰——"一个缠满铁丝的罐头狠狠打上偷袭者的脑门。他"啊"一声，捂着额头惨叫。

还没等他叫完，南歌那边也有偷袭者"挨揍"了。

可是明明罐头还在这边啊？郑落竹茫然地转头去看，南歌那边竟然也有一个罐头护体。老板已经能同时操控两个罐头了？！这和操控两个弹弹球水平移动可不一样。

郑落竹心下震动，空中的两个罐头却已经围着他们极速绕起了圈。

南歌见识过范佩阳操控罐头，却没见过这阵势，她以为范佩阳顶多就是用罐头搞搞偷袭，然而现在围着他们绕圈的罐头，就像给他们仨和铁板又加了一层"高速炮弹保护膜"。

范佩阳无暇去想其他，无论是郑落竹、南歌的心情还是周围闯关者的反应，他现在的视野里只有前方，只有安全区。他甚至都不去看罐头，只凭精神力操控它们速度更快些、力量更强些，哪怕这让他呼吸急促，心跳紊乱，浑身像要被某种力量炸裂似的鼓噪、疼痛。

"我抓到了——"有人用身体挡住了罐头，像抓飞鸟一样将它两手握住。

郑落竹无语，有这毅力你去抓另外的钥匙啊！

只剩一个罐头的"保护膜"露出破绽，那些还在他们身边尚未放弃的闯关者，立刻想要见缝插针。不料被捕获的罐头竟奋力从那人手中挣脱，又高速旋转着回来了。

能挣脱一个大汉的双手紧握，这是什么力道？郑落竹心情复杂。他的铁板和刚进地下城的时候相比，效果几无区别，老板却已经从速度到数量再到力量全面升级了，这差距也太让人抬不起头了。

深吸口气，郑落竹"啊"地大吼，如蛮牛出闸，挡着的人直接被铁板顶飞了。

三人就这样一鼓作气冲进安全区，郑落竹在惯性的作用下，带着铁板"咣"一声重重撞到门上。南歌及时止步，靠门扇喘息，胸脯剧烈起伏。范佩阳则低头缓了片刻，调匀呼吸，这才抬起头，整理整理大衣，扣上了弹弹球。

"恭喜进入下一节车厢。"

新的提示让美食车厢里的八个人——唐凛、何律、草莓甜甜圈五个，还有正在往烧伤处淋冷水的吕爵——同时抬头。

门扇才开一半，众人刚识别出个身形轮廓，唐凛已经站了起来。

范佩阳进入车厢，谁也不看，只望向唐凛："我说过的，没问题。"

唐凛定定地看他："你说的是，我什么都不用管。"

范佩阳没糊弄过去，淡淡心虚，却因为唐凛记得这么清楚，那心虚里又生出一点儿雀跃。

探花一边往嘴里塞曲奇，一边咕哝："一个发型不乱，一个大衣没褶，都是怎么做到的……"

说话间，郑落竹、南歌也跟着进来了。

谁都没想到会一连进来三个，唐凛眼角眉梢都是惊喜："竹子，南歌！"

VIP竟然是第一个全员集合的队伍，这是谁都料想不到的。

草莓甜甜圈前面虽然快，最后那位外号"和尚"的光头却迟迟没到，拖累了整体速度。铁血营和白组更不用说，只有带队的何律和吕爵进来了，后者还落得大片烧伤。相比之下，阵容齐整且精神风貌良好的VIP完全是人如其名——VIP待遇。

探花撩一下狗啃的发型，也不在意大衣有没有褶的问题了，直接向关岚建议："组长，咱要不要也改个名儿，我发现组名对运势很重要啊……"

关岚冷淡瞥他："我提议写联名信给上面要求改名的时候没一个响应的，现在知道重要了？"

探花把头"咚"地埋进桌面，生无可恋。

忧郁中分小卷发无比同情队友："组长，把'草莓甜甜圈'改成'巧克力甜甜圈'并不能解决根本问题。"

空气狙击者和小麦肤色青年没参与讨论，一个优雅切牛排，一个往嘴里塞面包。

另一边，唐凛把仨队友迎过来，四人坐到了何律旁边的空桌旁。

"你们怎么过来的？"一落座，唐凛就问。

南歌还没见过这样的唐凛，冷淡一扫而空，整个人因为喜悦而变得生动。

"说了你肯定不信，我们是先拿到三把钥匙，再一口气冲过来的……"郑落竹突出重围的激动劲儿还没过呢，连说带比画地给唐凛讲，生怕他不能身临其境。

唐凛耐心听完，懂了："总结起来一句话，跟着老板走。"

郑落竹狂点头，一字一句发自肺腑："真的，老板帅呆了……"

唐凛单手托腮，看向坐在身旁的范佩阳，准备亲自瞧瞧有多帅呆。不想范佩阳就在看他，也不知道看了多久了，两个人视线直接撞上。

范佩阳微微挑眉，总算想起他了？嗯，还不太晚。

唐凛莞尔，范佩阳一个眼神，他就知道对方在想什么。

"请问……"旁边桌的何律客气出声。

唐凛立刻明白了何律的意思，忙问范佩阳："外面铁血营的情况怎么样？"何律告诉了他那么多信息，也该礼尚往来。

范佩阳等了半天，等来这么个问题，心情一言难尽："不怎么样，估计很难再有人进来。"

唐凛看向何律，目光带上安慰。

何律淡淡摇头，表示没关系。

唐凛这才低声将从何律那里得来的关卡变化信息悉数讲给三人听。

听完，郑落竹眉头都打结了："所以到底发生了什么，非得对咱们赶尽杀绝啊……"

这事不是困在地铁里就能讨论出来的，而门又开启了。

车厢内的十一个人全都望过去。

进来的是十社的崔战，嘴角破了，衣服扣子被扯烂，但没有大伤。

草莓甜甜圈五人一脸失望。

何律、吕爵则没有太大反应。

崔战也不理任何人，就近找了空桌直接坐下。

过了不到两分钟，门又开了。

进来的是周云徽，脸上挂了彩，但目光如火，直视着众人，最终锁定在吕爵身上。

吕爵不知何时到了车厢最深处，打着赤膊，前胸的烧伤被冷水淋得湿漉漉。

每个人都意识到了，气氛不对。

吕爵更是，勉强堆着笑，试图解释："周组长，我也没伤你孔明灯的人，再说不进来就是死，我想活命有错吗……"

"没错。"周云徽不和他做口舌之争，"但我就是要你死。"

话音刚落，吕爵所在的座椅靠背就"呼啦"烧起一角。

吕爵飞快蹿出来，远离火苗，脸上又惊又怒，眼底杀机渐起……

"不可以打架哟。"

座椅的火焰毫无预警地熄灭，只留下一小团焦黑，吕爵背后通往下一节车厢的门扇上方，凸起的猫头鹰图案像壁灯似的一闪一闪，同时传出戏谑的电子音——

"这是休息车厢，用来去除疲惫、恢复体力，再有人动武，会被惩罚的哟。"

这倒意外了，大家以为等抢钥匙的人都到了之后，就会说明这节车厢的规则，没想到这节根本不是闯关车厢？

电子音消失，吕爵如释重负，这提示音简直是他的救命符。胸口仍火辣辣地疼，但他不敢再抬头看周云徽，只藏住眼底的仇恨，默默坐回座椅。

周云徽站在那里，看得出他极力克制着情绪才没再动手。过了很久，他才沉默地走到旁边空桌坐下。

崔战就在他的隔壁桌，斜眼看了他一会儿，末了打了个哈欠，抱着胳膊躺下补眠。

凝结的空气缓和，再度流动起来。

唐凛询问地看向范佩阳。

"吕爵杀了代晓亮，"范佩阳说，"趁他和周云徽抢钥匙，背后偷袭。"

唐凛愣了愣，他原本以为是吕爵抢了周云徽的钥匙或者伤了孔明灯的人。

"代晓亮本来有机会杀周云徽的，手下留情了。"范佩阳当时已和郑落竹、南歌部署完毕，在车尾静待时机，恰好看见了全过程。

唐凛点点头，不必问更多，很清楚了。

有时善恶只在一念间，但更多的时候，善恶从骨子里就定了。

2

过了几分钟，门第十四次开启。

每个看过去的人都带着不同的期待，这次进来的是草莓甜甜圈的光头。

草莓甜甜圈那边马上热闹了——

忧郁中分小卷发朝伙伴挥手："哟，你还进得来呀。"

探花看手表："还行，才三十分钟。"

小麦肤色青年提前告知："牛排我可没给你留。"

光头耷拉着脑袋归队。

"全组最后一个进来"是原罪，他虚心接受队友嘲讽，但有件事还是得传达一下："不会再有人进来了。"

这话一出，不只草莓甜甜圈众人感到意外，其他人也看了过来。尤其唐凛四人，他们本来算着钥匙，进来十四人，剩三把，夜影还有机会……

光头扯掉割破的袖子，绑手臂上的刀口，头也不抬："最后两分钟出的提示音和倒计时，抢钥匙也是有时限的，就半个小时，时间一到，抢了钥匙也没用。"

范佩阳没忍住，问："现在车厢里的人呢？"

"不知道，我进来的时候是最后十五秒。"光头活动一下包扎好的手臂，挺满意，这才看向范佩阳，"反正我没听见爆炸。"

然而没爆炸不等于安全，"集中处理"的方法多得是。

范佩阳沉默下来。唐凛轻轻拍了拍他的肩膀。

郑落竹和南歌也不好受，虽说交情不深，毕竟也是在站台一起说说笑笑过的。

生命在关卡面前太脆弱了。

"恭喜十四位闯关者。"配合着电子音的节奏，门扇上方的猫头鹰灯光又开始闪烁，"接下来的三十分钟，你们可以尽情享受美食，三十分钟后，全员前往下一节车厢，继续闯关哟。"

猫头鹰图案中间浮现三十分钟倒计时。

草莓甜甜圈是最无负担的，立刻继续吃吃喝喝。光头这才看清桌上都有什么，先前听小麦肤色青年说没给他留牛排，还以为是开玩笑。

"能吃这么一顿，死都值了！"地下城里根本没什么像样的食物，即便抢到食材了，也是简单煮熟了就吃，光头现在连鸡鸭鱼肉什么味都快忘了。

甜甜圈这边一闹腾，便将车厢里的凝重冲淡不少。其他人也抓紧时间补充能量。

关卡还在继续，开弓没有回头箭，他们只能努力走到最后。

倒计时00：21：43。

抢闯关口、抢上地铁、抢钥匙的时候，时间咻咻咻地过，真等让放松了，反而觉得时间慢了。郑落竹滴水未进，粒米不沾，只幽幽望着倒计时。

南歌发现他没动食物，问："怎么了？"

郑落竹叹口气："怎么办，我现在一看见倒计时就紧张。"

南歌能理解，拿了个杯子蛋糕给他，难得温柔地道："吃点儿甜的，可以让情绪放松。"

郑落竹低头看着小巧的蛋糕，迟疑着没接："会不会有毒？"

南歌："……你还是紧张着吧。"

隔了好几米的草莓甜甜圈没听见前文，光听见了"有毒"二字。六人默默看看满桌"光盘"："……"

探花举手发问："为什么咱们没想到可能有毒？"

忧郁中分小卷发嘬一口红酒："是啊，警惕性太低。"

和尚："反正都中毒了，全麦，你把前面那桌的烤鸡给我。"

小麦肤色青年："你确定让我拿？"

和尚："算了，我自己来，等你递给我全剩鸡骨头了。"

空气狙击者默默看关岚。

关岚歪头，眨巴眼睛："A. 退组；B. 忍着；C. 组员不是我挑的。"

空气狙击者开口，声音清冽："C也是选项？"

关岚笑靥如花："不，我只是帮自己撇清一下。"

倒计时00：00：00。

通往下一节车厢的门准时打开。

众人原本还担心出变故，比如突然冒出提示音，告诉他们又要互相厮杀什么的。但没有，十四人——VIP四人、草莓甜甜圈六人、崔战、何律、周云徽、吕爵——依次进入下一节车厢。

随着吕爵的最后进入，门扇在众人身后关闭。

新车厢里一片富丽堂皇，如果说刚才的餐车还有那么一点点"车厢"的感觉，这里则全然没有了。没有车窗，没有座椅，只有光彩夺目的水晶吊灯、花纹精美的羊毛地毯、造型优雅的落地烛台，还有分列两边的油画和雕塑，置身其中就像走在中世纪宫殿的长廊。

长廊尽头仍是一扇门，但门前放置着一个雕塑，就像特意守在那里。雕塑的造型是一个威严的男人端坐在王座上，肩膀上停着两只乌鸦，脚边伏着两头恶狼。

十四人走着走着步调就开始放缓，等走到车厢中部，再没人往前了。

按照一路闯下来的经验，此时该有猫头鹰或者"小抄纸"登场，告诉他们本节车厢的规则，可等了片刻，什么动静也没有。

通常这样的情况，最稳妥的选择就是"静观其变"。大部分人都开始四下环顾，看看能不能瞧出一些端倪。

车厢内的陈设其实一目了然。除了守门的雕塑外，车厢左右两侧还陈列着其他艺术品。左侧是三幅大尺寸油画，从进门开始，每隔一段距离挂一幅，均匀分布在整节车厢的左侧墙壁。右侧则是一座树形雕塑、一个金黄色的柜子、一座众多人像的雕塑，同样隔一段距离摆一个，位置同另一侧的三幅油画一一对应。

唐凛抿紧嘴唇思索，这么华丽的车厢，这么刻意的艺术品摆放，是让他们自己去找开门的钥匙？

十四人里，有和他一样若有所思的，有依旧茫然满头雾水的，也有心思压根儿就不在车厢上的，比如孔明灯组长周云徽。他从踏入这节车厢就在酝酿文具树，这会儿终于可以站定向后转了。

大家都在动来动去，观察左右，他的动作丝毫不显突兀。可是站在队尾的吕爵一眼就捕捉到了。或者说，他压根儿就没敢让自己的视线真正离开周云徽。

餐车里不允许攻击，进了新车厢，怕就是截然相反的规则了。吕爵心里清楚，所以才走在十四人的最后，一直提防着。然而他千算万算，也没想到就在四目相对的一瞬间，周云徽竟然冲了过来。在新车厢一切都还没明朗的时候，这人居然敢不顾一切动手了。

就这么半秒错愕，吕爵便失去了闪躲机会，直接被周云徽扑倒，随后就看见对方手里寒光一闪。吕爵几乎是本能地抓住对方持刀的手腕："你干什么？！"吼是为了吸引其他人，而他自己则疯狂集中注意力，去召唤文具树。

周云徽在力量上是完全压倒吕爵的，这也是他选择近战的原因，所以根本没在意那一点儿抵抗，即便被抓住，依然将刀一点点往下压。

"喂喂，别在这里打！"甜甜圈的小麦肤色青年不满意地嚷嚷。

周云徽置若罔闻，刀尖马上就要扎上吕爵了，他忽然感到小腿一阵针扎似的疼。

吕爵趁机推开他，连滚带爬往墙壁那边跑。

周云徽起身就要追，不料刚刚疼过的小腿直接麻痹了，刚迈出一步，就"扑通"一声单膝跪下。他这时才低头去看，裤腿上两个不明显的牙眼，而一条蛇正飞速往吕爵那边"归队"。周云徽咬牙试了几次，麻痹的腿却怎么都动不起来。

吕爵已逃到距离下一节车厢门最近的油画那里，见状终于松口气，然而到这份儿上，就等于直接撕破脸了，他也不再假客气："我知道你没死心，但我也告诉你，我的蛇都是有毒的，只有我能解，没我，你就等着当残废吧！"

周云徽不发一语，索性坐地上了，就那么望着吕爵。

下一秒，吕爵的裤脚燃起火光。

吕爵脸色煞白，立刻弯腰，啪啪两下拍灭，抬头再吼，声音都变调了："你疯了，在这里点火？！"他万万没料到周云徽是真要死磕到底，哪怕毁了整节车厢，这认知让他极度恐惧。

"哎哎，差不多行了，"甜甜圈外号"和尚"的光头走过来，不客气地拍一下周云徽，"你要么用冷兵器，要么收手，敢把车厢点了，我们和你没完。"

周云徽放下手，簇在掌心的火焰熄灭。

吕爵勾起嘴角，眼里闪过得意。他一个人是打不过周云徽，但这一车厢的人，绝不可能让周云徽乱搞。要怪就怪周云徽的文具树，火这东西最麻烦。

周云徽垂头丧气，泄了劲。

和尚看他那样怪可怜，想伸手捞一把帮他站起来，却发现他的手摸进了裤子口袋。

不好。和尚心里暗叫，动作却还是慢了一步，眼睁睁看着周云徽摸出一个小巧的玻璃扁瓶，朝吕爵扔了过去。

吕爵敏捷一躲，扁瓶砸到油画框上，"啪"地碎裂，霎时酒气漫天。

那是餐车里的烈性酒！

"呼啦——"

一点火星，足够引燃酒精。整幅油画熊熊燃烧，火焰将站在油画旁的吕爵一并席卷。

"啊啊啊——"吕爵惨叫着倒地，拼命翻滚想熄灭全身火焰。

然而周云徽定定地望着他，火光映在他眼里，愈来愈炽烈。

人在燃烧，油画也在燃烧，人在叫，油画的木制框架也在噼啪作响。

渐渐地，吕爵没了声音。

一切发生得太快，其他人甚至来不及反应。

淡紫色的光将吕爵缓缓托起时，火焰才尽数熄灭。那幅油画成了灰，只剩焚烧过的画框残骸。

尸体被天花板缓缓吞没，唐凛四人抬头看着，心情复杂。

良久，众人的目光落回周云徽身上。周云徽感觉半个身子都麻了，站不起来，索性坐着，表情又恢复了吊儿郎当："私人恩怨。"

"私人恩怨我们不管，"关岚秀气小巧的脸上一派天真无害，他指指那边提醒，"但你把画烧了。"

周云徽"扑哧"一乐："所以呢，你想给油画报仇？"

关岚歪头，看周云徽的眼神就像在看一块待切的肉。

周云徽蓦地一寒，清晰感觉到了危险。关岚小小白白的可爱模样总让人无意识忘了他是草莓甜甜圈的组长，驾驭这么一支刺头队伍靠的绝对不是棒棒糖。

"那幅画是奥丁和弗丽嘉，"赶在关岚动手前的最后一刻，唐凛淡淡出声，"大部分细节我都记住了，如果开门的提示在这幅画上，我应该回忆得起来。"

关岚转头，皱起小脸："如果那幅画不是提示，而是关键道具呢？"

唐凛朝周云徽的方向做了一个"请"的手势。

关岚愉快地重新看周云徽："他同意我弄死你了。"

周云徽："……那也得等真需要那幅画当道具再说吧！"仇报完了，求生欲也上线了，他可不想死得不明不白。

关岚终究没动。反而是十社的崔战走了过去，大咧咧地朝周云徽那条被咬的腿踢了两脚："真残废了？"

周云徽连忙用手把那条腿搬回来，护着宝贝似的，一脸警惕："你想干吗？别动我腿啊，我告诉你，就是残废了，我也要保持外观完整。"

崔战无语地翻了个白眼，懒得和他废话，直接抬手臂点了两下。顷刻，一团温暖的淡金色光芒笼罩了周云徽。

周云徽一脸错愕，其他人也很意外——但凡用过文具的都知道，这是治愈性幻具特有的光。

在地下城里，这玩意儿比食物都珍贵，闯关的时候，一个治愈性幻具很可能就是一条命。孔明灯和十社的交情好到这种地步了？

"你哪儿来的幻具？"周云徽总算找回声音。

崔战抱起手臂看他："你现在不是应该磕头抱大腿感激涕零吗？"

周云徽扯动嘴角："你能不能提一个不变态的要求？"

崔战挑眉，一高一低："我救了你，你感恩戴德，正常发展啊。"

麻痹感还没全退，周云徽很艰难才站起来："正常发展是我当瘸子你尽情嘲笑。"

崔战闲闲站在一旁观望，没有一点儿搭把手的意思。

就在周云徽以为对话就此结束的时候，忽然听见崔战轻嘲地哼了一声："代晓亮那家伙对谁都心软。"

周云徽诧异地看对方，崔战却转身回了大部队。

代晓亮对谁都心软，所以也对崔战手下留情了……周云徽想，原来要报仇的不止他一个。

众人听到这里才恍然大悟。

甜甜圈的忧郁中分小卷发一脸失望地看着走回来的崔战："没劲，还以为你想泡他呢。"

崔战上下打量忧郁中分："他不是我的菜。"

忧郁中分："呃，说话就说话，你能不能别这么扫描我？"

崔战从善如流，把目光定在他脸上，目不转睛："你叫什么？"

忧郁中分默默退到自家队长背后。

关岚嫌弃地回头："五五分，你太高了，我挡不住你。"

"各位，"何律严肃提醒，"虽然还没有迹象表明这节车厢有时间限制，但我们是不是也应该动起来了？"

"这个也是奥丁。"

车厢尽头传来声音，何律抬眼，这才发现草莓甜甜圈的探花已经在守门的雕塑那儿了。

探花："雕塑挪不动，想开门需要解开机关。"

众人一起走过去，围到了下一节车厢门前，近距离观察这座威严雕塑。

不等大家问，探花已经开始解释了："奥丁是北欧神话里的主神。传说中，他的肩膀上停着两只乌鸦，这两只乌鸦会飞遍九大世界，然后返回向他报告，而他的脚边跟着两头凶狠的狼，随时准备保护他……顺便说一下，两只乌鸦叫福金和雾尼，是'思想'和'记忆'的意思，两头狼叫基利和库力奇，是'贪吃'和'暴食'的意思。"

崔战："这是开门密码？"

探花桀骜不驯地撩一把狗啃短发："不是，主要是显示我的知识量。"

崔战："……"

和尚替草莓甜甜圈表明立场："崔组长，你揍他吧，我们甜甜圈不管。"

郑落竹听得迷迷糊糊，就听明白了一件事："又是北欧神话？"

唐凛点头："对，和站台的世界树一样。"说完，他指向靠近上一节车厢门的方向，说，"那个应该就是世界树。"

郑落竹和南歌一起回头。那是进来后右手边的第一座雕塑，一棵硕大繁茂的树，树底盘踞着蟒蛇和龙，树枝上是鹿和松鼠，树顶站着一只雄鹰。树也好，动物也好，都塑造得栩栩如生。

周云徽上来推了推雕塑，这才信了唐凛和探花说的，确实挪不动。

"机关在哪里，现在有方向吗？"何律问。

探花一拍奥丁的右手："这里缺东西，找到应该就能开门了。"

奥丁端坐在王座上，左手扶膝，右手抬起呈握拳状，但又没握实，中间留有空隙。

何律："他应该握着武器？"

探花："冈格尼尔，又名永恒之枪。"

郑落竹："就是长矛呗。"

探花："……"意境都没了！

唐凛是所有人里唯一没看奥丁雕塑的，在大家过来之后，他反而转身盯着左边墙上被周云徽烧掉的画。

"知道找什么就好说了，"小麦肤色青年比画了一下雕塑的高度，"这么长的武器，也没几个地方能藏吧？"

关岚没出声，静静看着唐凛，直到对方回过身才问："你有不同想法？"

他这一声，引得大家都看向唐凛。

唐凛望向奥丁雕塑，沉吟道："缺的东西不是一样，是三样。"

关岚："还缺什么？"

唐凛："鹰冠，金环。"

探花围着奥丁雕塑看了几圈，再没发现像"拳心空隙"那样明显缺东西的地方，一听唐凛说这两样，皱起了眉头："按你这样讲，那缺的东西可就多了。"

众人闻言，又去看这位草莓甜甜圈的头脑担当。

探花先肯定了唐凛说的两样东西："的确，奥丁在北欧神话里的形象大多是头戴鹰冠，手戴德罗普尼尔金环，"然后话锋一转，"但他同时也披金甲，骑一匹叫斯莱普尼斯的八足马，要都算上，可不止三样了。"

"但在那幅画里，他没披金甲，也没骑战马。"

探花一愣："那幅烧掉的画？"

唐凛点头，回忆道："那幅画画的是奥丁和弗丽嘉在神殿里，奥丁周身只有这三样东西，而弗丽嘉腰间挂着钥匙，所以我想这应该就是提示。当我们让奥丁找回鹰冠、永恒之枪和金环，就能获得钥匙。"

郑落竹："唐总，我能先问一嘴弗丽嘉是谁吗？"

唐凛："奥丁的妻子，北欧神话中的天后。"

郑落竹："好的，您继续。"

探花："你怎么就能确定，提示一定在烧掉的那幅画里？"

唐凛环顾两侧的艺术品："如果你觉得剩下的物品里有像钥匙线索的，欢迎讨论。"

大家是谁说话就看哪边，但跟着转来转去的脑袋里其实已经放弃思考了。做脑力担当也是需要天赋的，何况还涉及一幅根本没来得及看清的画，他们只适合随波逐流等待结果。

唯一苦思的只有探花。

左侧剩下的两幅油画，一个是蓝色巨汉，一个是宏大的战争场面，没有钥匙。右边的两个雕塑和黄金柜子也暂时看不出和钥匙相关。如果被烧掉的那幅画的内容和唐凛说的一样，那么的确就是最有可能的提示。但问题就是，他没办法断定唐凛说的是真是假。

探花嘴角绷紧，眉头深锁，苦思冥想的状态和操控文具树时倒有异曲同工之妙。

等等……不会就是在用文具树吧？

除了草莓甜甜圈外，其余人都不约而同冒出这个想法。因为大家对使用文具树这件事太熟悉也太敏感了——熟悉是自己有，敏感是别人一这么搞，十次有九次就是为了发动攻击，所以对于文具树，闯关者几乎有条件反射般的感应。

唐凛早在上一节车厢看见探花也在安全区等自家队友送钥匙的时候就意识到了，对方的文具不是战斗型，此刻则进一步确认应该是与"记忆"有关，所谓的思考，更像在"记忆检索"。

"到底怎么样，他说得对不对？"急性子的和尚又催了，和站台上催对方想世界树之谜时一样。

探花这次没怼他"你行你上"，反而有些歉意地看自家组长。

关岚一直等着，这会儿四目相对，大概明白了："没记住？"

探花可怜巴巴地沉默着。

和尚无语："怎么一到关键时刻就靠不住啊。"

探花也心塞："我的文具树是'过目不忘'，但你得让我'过'啊，那时候人都烧成火球了，谁还有心思去看画！"

"……"

十六道沉默的目光，汇聚到唐凛身上。

唐凛坦然道："我看了，也记住了，现在是不是可以开始找这三样东西了？"

草莓甜甜圈众人也好，何律、崔战、周云徽也好，都面露迟疑。只有唐凛记清了画的细节，那就表示他怎么说都行，是真是假别人根本没有分辨能力。

空气安静数秒，一直沉默的范佩阳开口，声音里透着不悦，冷漠得毫无感情："你们要么选择相信他，要么把毁掉线索的始作俑者杀了泄愤。"

周云徽头皮一麻，"啧"了一声："找，我带头找，赎罪行了吧。"

3

鉴于彼此薄弱的信任，十三个人没选择高效率的分头行动，而是聚在一起，把整个车厢里的东西查了个遍。

进门左手边的第一幅油画，魁梧高大的冰蓝色巨汉行走在冰天雪地里，他肌肉鼓胀，面目狰狞，占据了大面积画幅，像一座能冻结万物的冰山。画框下方还雕刻着一行小字："暴风雪能吹散一切虚妄。"

基于整节车厢看着都像北欧神话主题，探花基本可以判断了："冰霜巨人，北欧神话里巨人族的一种。"

何律："能再具体些吗？"

探花："巨人族是北欧神话里最古老的种族，连奥丁在内，所有的神祇都流淌着他们的血脉。不过巨人族同时也是神祇永恒的敌人。"

周云徽："关系也太复杂了。"

探花："神的世界，你不懂。"

周云徽："……"

第二幅画不同于第一幅，没有绝对的主角，而是描述了一场惨烈战争——油画下方尸横遍野，烈焰灼烧，而尸山和烈焰之上是两方势力的正面厮杀，左边是巨人族、怪物等组成的大军，右边是拿着武器带着军队的众神，滔天战火映得天幕都像在燃烧。

探花："这就是北欧神话最著名的'诸神的黄昏'，是巨人族和众神最后的决战。"

崔战："谁赢了？"

探花："那是末日之战，撑着宇宙的世界树在战火中倒了，所以宇宙毁灭了。"

崔战："……"

第三幅画只剩框架，略过。

与"冰霜巨人"对着的雕塑是世界树，这是目前大家掌握最牢固的知识点。

与被焚烧的框架对着的雕塑是一群美丽纤细的精灵，它们围绕着花草嬉笑，无忧无虑。据探花科普，这应该是北欧神话里的光明精灵，生而美丽，热爱光亮，喜欢照料花草。

在这两座雕塑中间，与油画"诸神的黄昏"相对应的是一个黄金柜子，一米宽，半人高，华贵精美，柜门紧闭。

两幅油画和两座雕塑都不难辨认，但没找到任何线索，只油画"冰霜巨人"下有一句"暴风雪会驱散虚妄"，还不解其意。倒是这个柜子，虽然说不出具体典故，可怎么看怎么像藏宝贝的。

　　十三个人聚在柜前观望半天，崔战耐不住了，一拍柜门："直接撬开，说不定三样东西都在里面。"

　　周云徽叹口气："我是真羡慕你的乐观。"

　　话音还没落，黄金柜子忽然震动起来，刚被崔战拍过的柜门上现出密密麻麻的浮雕数字——

6180339887
4989_84820
4586834365
6381177203
0917_80576
2862135448
6227052_04
6281890244
9707207204
189391_374

　　一行十个数字，一共十行，应该是一百个数字，但在第15、45、68、97四个位置各空了一个数字，留下四个方形凹格。

　　浮雕数字刚刚稳定，柜子上面又打开一个暗格，浮出一个黄金圆盘，盘子里盛着数十枚金块，每一枚金块上都刻着一个数字，从0到9都有。

　　"叮——"

　　久违的提示音响起。

　　小抄纸："请从圆盘里选择四枚金块放入柜门，数字正确，柜门即开。四枚金块算一次，共三次机会，全部失败即闯关失败。"

　　郑落竹咽了下口水："闯关失败会怎么样？"

　　南歌退出"小抄纸"界面，说："你可以尽情发挥想象。"

　　崔战没想到自己误打误撞还碰到机关了，朝众人一挑眉："怎么样？"

　　周云徽："碰好了是机关，碰不好就是陷阱，你下次动手之前能不能慎重？"

　　崔战："你一个把画烧了的提醒我慎重？"

周云徽:"就因为把画烧了,所以更有过来人的经验。"

崔战:"……"

两位组长对掐的时候,唐凛和探花已经走到了柜前,一个观察数字,一个数金块。

"一共四十枚金块,每个数字四块,"探花把金块放回圆盘,"也就是说,四个数字可以重复。那就意味着有一万种组合。"

而他们只有三次机会。

"关键是这些数字毫无意义啊,"探花蹲到唐凛身边,和他一起观望柜门,"没顺序,没规律,根本是随机的。"

"不一定。"唐凛抬手摸上前三位,"6-1-8,你能想到什么?"

探花迟疑:"购物节?"

唐凛:"黄金,黄金分割点,0.618。"

探花:"……"

其他人就好奇一件事,唐凛是怎么做到心平气和给探花解释的。

"所以这是黄金分割点的小数点后一百位!"探花终于融会贯通了,口中念念有词,"黄金分割点的公式是($\sqrt{5}$-1)/2,小数点后第十五位是……"

唐凛蹙眉:"很麻烦,需要一位一位算。"

没承想探花一跃站起,骄傲地向众人一拍脑袋:"不用算,都在这里呢,给我点儿时间……"

"他现在又行了?"和尚对旁边的忧郁中分小卷发咕哝,"别人要不说,他还以为是北欧神话购物节。"

忧郁中分小卷发:"唉,科普一路,不抵别人一句。"

全麦凑近关岚,非常中肯地建议:"要不要把唐凛挖过来?"

关岚还没说话,全麦先感受到一阵凉意,左右看看又没发现,觉得可能是自己多虑了。

那边,范佩阳不动声色地敛下眸子。

探花操控着"过目不忘",完全屏蔽了外界干扰,世界由此宁静,只剩下不断往回追溯的记忆画面。

黄金分割点是念书时候学的,太久远了,他得拼命往回找。不过他确定当时看过这个数值的小数点后一百位,和圆周率的小数点后一百位一起看的,好像自己那个时候对这样的特定数值很感兴趣……

有了!

第十五位……4……

第四十五位……9……

第六十八位……6……

探花霍地张开眼睛:"4961！"

崔战:"真的假的,这么快?"

之前的科普还可以算知识积累,这检索出来小数点后一百位绝对是文具树的硬实力了。

"对不对,试一下就知道了。"唐凛不耽搁时间,直接在圆盘中挑出刻着相应数字的金块,准备放入凹格。

"我来,"范佩阳俯身从唐凛手中拿过金块,不容置疑地道,"你退后。"

毕竟柜子里可能是线索,也可能是危险。

唐凛乖乖起身,退回到郑落竹和南歌身边。

随着最后一枚金块放入,门上的一百个数字浮雕同时亮起紫光,恍若某种古老符咒。柜门徐徐而开,里面静静躺着一只金环和一张羊皮纸。

"德罗普尼尔金环！"探花兴奋地喊。

范佩阳把金环和羊皮纸一并取出。璀璨的水晶灯下,所有人都看清了羊皮纸上的字——当芬布尔之冬结束,诸神的黄昏就会来临。

郑落竹要跪了:"芬布尔之冬又是什么?！"

范佩阳站起身:"末日前兆,是诸神的黄昏来临之前的三个连续、漫长的冬季,冰雪不停,战乱杀戮不断。"

郑落竹错愕:"老板?"一直走财力+武力的自家老板忽然启动知识库,让人好慌。

"放心,他就知道这一段。"唐凛也不适应知识化的范总,无情戳破,"我那本书看到这里的时候,他正好来探病。"

南歌:"然后你俩就一起看了?"这是什么学习精神?

唐凛忽然顿住,神色微妙。

范佩阳替他坦白:"不是一起看,是绘声绘色给我讲了一遍,听众没有选择权。"

"当芬布尔之冬结束,诸神的黄昏就会来临。"唐凛又在心里默念了一遍羊皮纸上的字,正思索着,忽然感到一阵寒风,不由自主打了个喷嚏。

怎么会有风?

穿着半袖的全麦摸摸微微发凉的小麦色胳膊:"我说,你们有没有觉得……这里好像变冷了?"

十三个人或多或少都感觉到了寒意,四下寻找,很快就发现了"冷源"——那幅冰霜巨人油画的画框正闪着冰蓝色的荧光，而画内的巨人竟然动起来了，正朝画外呼气，每呼一下，就是一道冷风。

刚打开黄金柜子的时候，体感温度还是春日，此刻已入深秋。

"得，油画变空调了。"和尚摸摸凉飕飕的光头，用掌心摩擦出点儿热乎气。

忧郁中分小卷发："就怕不是空调，是冰箱。"

何律："暴风雪会吹散一切虚妄。虚妄……指的是我们？"

崔战："这点儿小风离暴风雪还远吧？"

关岚："这么吹下去可就不远了。"

和尚："所以现在是要怎么办？在它毁灭我们之前先把它毁了？"

周云徽："一把火烧了吗？这个我有经验。"

"恐怕没那么简单。"唐凛看向油画，冷静分析，"当芬布尔之冬结束，诸神的黄昏就会来临。这句话可以做两种解读：一、我们强行毁掉油画，寒冬结束，我们的末日来临；二、即便我们不毁掉油画，冰霜巨人也会自行停止，那时就是我们的末日。"

草莓甜甜圈众人、何律、周云徽、崔战："……"

郑落竹默默地看南歌："你有没有觉得，听来听去我们好像都活不成了……"

南歌系紧风衣腰带，抬起眼，眼神凌厉而决绝："死就死吧，死得美就成。"

郑落竹："……"他不懂女人。

"唐凛。"范佩阳忽然出声。

唐凛立刻回头："怎么？"

范佩阳举起金环："你最好先考虑一下这个。"

开柜时还金闪闪的手环如今已覆上一层冰霜，照这个速度，用不了多久，金环就得成冰环。但是人还没冷得受不了呢，金环就先冻上了，这结冰的速度很明显有问题……

"叮——"

小抄纸："德罗普尼尔金环将在十秒后被寒冰摧毁。倒计时10，9，8……"

"什么意思？"郑落竹茫然，"这个不是开门道具吗？"

"意思是我们在拿到金环的第一时间就应该给奥丁戴上。"唐凛抬眼，语气急促。

范佩阳脚下已动，留给他们的时间太短了，必须争分夺秒。

然而有人更快挡到了他的身前："给我。"

是崔战。说完不等范佩阳回应，他直接拿下金环就往门前雕塑那里跑，速度极快，至少比正常人的狂奔快了一倍，几乎是眨眼就到了奥丁面前。

"当啷——"金环挂到了奥丁手腕上，覆盖其上的冰霜瞬间消融，再度金光闪闪。

"小抄纸"的倒计时还足足剩下四秒。

崔战的文具树是与"速度"相关？唐凛在上一节车厢等钥匙的时候只注意了自家队友，没注意崔战，这还是第一次见他用能力。

还没来得及深想，奥丁肩膀上忽然传来"嘎嘎"声，两只乌鸦活了！它们张开漆黑翅膀，猛地朝崔战扑过去，尖锐的喙直冲他的眼。

崔战本能用手臂一挡，鸟喙啄到了他的胳膊上，立刻刺破衣服，啄出一个血口。

啄完胳膊，两只乌鸦又去啄他的手背。崔战的动作已经很快了，可就是掏出刀的工夫，手背已被啄得鲜血淋漓。更恼人的是，有了刀用处也不大，乌鸦的闪躲极其灵活，跟成了精似的……

"咻——"看不见的"箭"划破空气，刺入一只乌鸦的身体。

同一时间，崔战的刀扎透了另一只乌鸦的翅膀。

两只乌鸦怪叫着飞回奥丁的肩膀，重新变成雕像。

崔战回头，后方最远处的空气狙击者放下手臂，道："不客气。"

后方次远处是何律和VIP，一看就是准备过来支援他，刚走一半发现不用了。

至于距离他仅剩一步之遥的周云徽，脸上满是郁闷："谁让你动作这么快的，就不能等我来解决另外一只？"

崔战朝周云徽晃晃伤痕交错的手背："都这样了，等你？"

"既然都这样了，不差多咬几口，"周云徽说，"等我把鸟解决了，咱俩正好两清。"

"我救你一条腿，你还我一只鸟？"崔战随意把挂满血珠的手背往衣服上一蹭，感觉不到疼似的，"欠着吧。"

周云徽郁闷至极。

就在这时，油画中的冰霜巨人突然朝天花板急速吹出寒风。天花板霎时结霜，水晶灯直接爆了，"哗啦"一声，水晶碎片纷纷落下。

何律和VIP众人正站在水晶灯底下，唐凛迅速低头，以免碎片伤到眼睛，却不料下一刻整个人被范佩阳揽进了怀里——范佩阳用大衣裹着他，护得严严实实。唐凛猝不及防陷入黑暗，世界忽然安静了。在这黑暗的寂静里，他听见了自己的心跳，也听见了范佩阳的心跳——他的心跳很平稳，范佩阳的心跳很有力。

郑落竹及时撑起"铁板一块"，挡住了大部分碎片。

没了水晶灯的车厢只剩一盏落地烛台，摇曳着微弱的光。然而冰霜巨人没停，又转向离他最近的草莓甜甜圈，吹出凛冽寒风。这一次所有人都看清楚了，那风里夹着大片大片的雪花。

草莓甜甜圈六人没动，负责防御的和尚反应很快，在看见冰霜巨人转向他们的时候已经启动了文具树"遮风挡雨琉璃屋"。一座晶莹剔透的琉璃小屋将他们罩在其中，凶狠的暴风雪悉数吹到了琉璃屋外壁上。

"这文具树和本人的风格也差太多了吧……"远离暴风雪地带的郑落竹没忍住，咕哝着发表意见。

可是很快，众人便察觉到和尚的神情不对。

冰霜巨人还在呼气，持续不断的风雪席卷琉璃屋。

"咔。"琉璃屋出现第一道裂缝。

"不行，"和尚转头向关岚客观汇报，"冰冻效果太强了，琉璃屋坚持不了多久。"暴风雪对文具树的攻击只有文具操控者感觉得最清楚。

关岚："以你的判断，被风雪直接打在身上会怎么样？"

别人只能用眼睛看，和尚却是实实在在承受着风雪的威力。风雪的寒意已经透过文具树传递到了和尚的四肢百骸，他努力克制，牙齿却还是开始打战："扛不住，不死也是重度冻伤。"

关岚了然，看向屋外众人："听见了吧？ A. 负隅顽抗；B. 自求多福——"

"福"的尾音还没完，琉璃屋"哗啦"碎裂。草莓甜甜圈六人果断选择B，一下散开。暴风雪吹到地毯上，被吹处立刻冰冻。

冰霜巨人缓缓抬头，正式开启"无差别攻击"模式。一时间，整个车厢暴风雪肆虐，温度急剧下降，十三个人冻得瑟瑟发抖，拖着渐渐僵硬的手脚狼狈逃窜，连说话都带上了一串串白气。

和尚："连防具都防不住的攻击，根本是Bug（漏洞，程序错误）！"

何律："这还怎么找另外两件东西？"

郑落竹："什么时候了你还想着找东西，先保命好吧！"

周云徽："他要这么一直吹下去，我们不被冻死也得被累死！"

忧郁中分小卷发："探花，你到底想出来没，怎么解决这波攻击？"

何律："或者想一下另外两件物品在哪里，尽快离开这节车厢。"

探花："你们就不能自己动脑吗，总靠别人给答案，人生路会越走越窄的！"

周云徽："我早说过，让我一把火烧了得了，他还能从画里跳出来……别说还真有可能……"

崔战："你有时间自己吓自己，能不能弄点儿火让温度升上来？"

周云徽："你瞪大眼睛看看地毯！"

流落在各处的暴风雪受害者们，不约而同将目光投向地毯，只见无数个烧焦的小黑洞快把地毯弄成网纹袜了。一个黑洞就是一次心酸的尝试，一簇簇小火苗就这样在暴风雪中悄无声息地熄灭了。

唐凛躲在世界树后面，正对着那幅冰霜巨人的油画，不经意间再次看见了油画下的字，他心念一动，重复出声："暴风雪会吹散一切虚妄。"

探花躲在黄金柜子后面，冷得直打摆："不用再重复了，我们这些虚妄已经快散了！"

唐凛看向他："如果虚妄指的是覆盖在那些'真正线索'上的伪装呢？"

探花愣住。

冰霜巨人的暴风雪又一次吹到世界树上。唐凛没像之前那样迅速换地方躲避，仍直视着探花："任何关卡都不可能设计成死局。"

"应该被暴风雪吹的不是我们，而是这节车厢！"探花的眼睛彻底亮了，他大声道，"所有人从现在开始，躲避暴风雪的同时，还要尽量引暴风雪去吹这里的物品，雕塑、油画、烛台、地毯都算，吹得时间长越长越好，线索肯定就在这些东西里！"

忧郁中分小卷发与和尚对视一眼，异口同声道："你什么时候能赶在人家VIP组长说话之前醍醐灌顶？！"

唐凛："……"VIP组长，他"被升职"了？

郑落竹悄悄看老板，担心刚组建的队伍就此分裂，虽然"组长"没什么实权，但毕竟是地位象征，而自家老板又是从来不居人下的……

对不起，他多虑了。自家老板正凝望着唐凛，脸上没表情，但目光可温柔可骄傲了，也不知道心情好个什么劲儿。

4

暴风雪一直在吹世界树。

唐凛躲在树后，忍着凛冽的寒意一动没动。世界树帮他挡掉了大部分，这会儿树上的动物已彻底结冰，树杈也挂上冰凌，但雕塑没有像水晶灯那样碎掉。

范佩阳在被烧毁的油画那里，和唐凛是最远的斜对角，过不去，心里担心，语气就急了："时间够长了，换地方。"

唐凛的手脚已经木了，不得已，迅速离开世界树。

冰霜巨人没了目标，就转头去吹站在油画《诸神的黄昏》附近的南歌。

南歌按照唐凛和探花的方案，直接整个人趴到油画上——虽然两幅油画在一条水平线上，但冰霜巨人的暴风雪还是刮得到这里。她看准时机，在暴风雪来临前的最后一刻猛然逃开。暴风雪席卷"诸神的黄昏"，画框结冰，画布也结了一层霜雪，但没出现什么像线索的东西。

因南歌没像唐凛那样一直躲在物品背后，所以这次冰霜巨人的攻击很短暂，一击不中就飞快换了方向，去吹关岚。

关岚灵巧一闪，躲到光明精灵雕塑背后。他个子小，雕塑又是几个人的群雕，完美帮他挡住了全部冰雪。他优哉游哉地等着，等雕塑吐露线索或者冰霜巨人放弃攻击。

最终，他等来了前者。

先是一声细微的"咔"，和琉璃屋被冻裂的声音很像，接着就是连续的"咔咔"，冻裂的纹路爬满了整个光明精灵雕塑。关岚不再停留，敏捷跑出雕塑背后。就在他跑出来的一瞬间，整座雕塑破碎剥落，露出内里真容——永恒之枪和一座新的雕塑。

光明精灵的雕塑里，竟还藏着一座造型古典的巨船雕塑！

"当啷！"永恒之枪落到碎片废墟里。

唐凛回过神："先把永恒之枪给奥丁。"他可不想再重来一遍十秒倒计时。

离得最近的关岚走过去捡起长枪，很快到了奥丁雕塑前。

唐凛刚想提醒，上次是乌鸦复活，这次很可能就是恶狼，可草莓甜甜圈组长已经将永恒之枪放进了奥丁的手中。

"嗷呜——"两声嚎叫，恶狼果然复活。

关岚去放永恒之枪的左手甚至没来得及收回，两头野兽已经扑了上来。关岚连躲都没躲，右手迎着恶狼就是一巴掌，掌心先打到一头恶狼的嘴上，再刮到另外一头恶狼的眼睛上，一巴掌扇俩，行云流水。而被他扇过的恶狼一个糊了一嘴奶油，一个糊了满眼蛋糕渣，看起来就像关岚拿一块奶油蛋糕招呼了它俩似的。

"嗷呜——嗷呜——"恶狼哀号着放弃攻击，痛苦得满地打滚，过了几秒，灰溜溜回到奥丁身旁，重成雕塑。

除了草莓甜甜圈外，其他人都是第一次见关岚用能力，一时不知如何评价。

郑落竹："这是……魔术？空手糊蛋糕？"

南歌："不是空手，在他扇过去的一瞬间，手上就有蛋糕了。"

周云徽："所以这是什么神奇的文具树？"

崔战："蛋糕有毒？"

周云徽："你能不能想点儿帅气的名字？"

关岚："崔组长猜中了。"

周云徽："……"

随着永恒之枪的到位，冰霜巨人终于停止肆虐。然而冷气未散，众人依然处于"芬布尔之冬"，顶多就是从"极地"返回"严寒"。

"这里缺一块船板。"就在其他人关注关岚的文具树的时候，唐凛已经到船形雕塑那里了，他踩在旧雕塑的碎片上，仔细观察着船身，船身背面接近底部的位置缺了很明显的一块。

郑落竹佩服得五体投地："唐总，我现在已经跟不上你的速度了，你就告诉我该去哪里找船板。"

唐凛也没头绪，看看雕塑，又看看四周，思绪冷静而迅速地运转着。现在还没派上用场的物品只剩下油画"诸神的黄昏"、雕塑"世界树"、烛台、地毯。而地毯已经被周云徽烧得差不多了，别说当船板，当船帆都勉强。至于烛台和油画，也暂时看不出用途。难道是世界树？唐凛的目光飘到那座还挂着冰凌的雕塑上，考量着折下来一截石膏树枝镶到船板位置的可行性……

不对。不应该先想船板，而是要想在北欧神话里有什么和船相关，也许这里才是线索……

"你在这儿发呆干吗？"和尚拍了下探花的肩膀，"过去和他一起想啊。"

探花已经认清了现实："我只适合科普，不适合攻坚。"

和尚义正词严："不能这样，总靠别人给答案，人生路会越走越窄的！"

探花："……"真是感人的队友情。

那边的唐凛终于想到了，抬起头："是纳吉尔法船。"

探花豁然开朗，条件反射地启动北欧神话小课堂："纳吉尔法，北欧神话里的一艘巨船，用死人指甲建成，当这艘船完成的时候，也就是巨人和诸神最后大决战的时候，当诸神的黄昏来临，这艘大船就会载满诸神的敌人们抵达战场。"

行，船的典故知道了，所以——

周云徽："船板在哪儿？"

探花面色不大好看："如果严格按照神话来，我们要找的就不是船板，而是死人的指甲。"

空气突然安静。众人的神情凝重，有些压抑。

空气狙击者："要杀掉一个人拔指甲吗？"

众人："……"

探花："你就不能放在心里不说出来？！"

"也许不用，"唐凛将目光投往某个方向，"那里已经有很多死人了。"

大家随着他的视线看过去，是那幅惨烈的《诸神的黄昏》，油画下方尸横遍野。

拿画框当船板，还是把油画下半部分切割下来，糊到纳吉尔法船上？抑或单纯就在画里找死人的指甲？众人刚拼出几条思路，还没细想，唐凛已走到画前，拿出防身匕首，刀尖点到了一具尸体的指甲上。

那是整幅油画中视角最近、画家描绘得最完整的尸体，虽然在宏大的战争场面里，在激烈交锋的天神、巨人脚下显得毫不起眼，但当把视线都集中到那里，便可以清晰看见尸体的手是金色的。细节没有纤毫毕现到能分清手指和指甲，但整个手都是金色的，在尸横遍野里就成了一个突兀的金色小点儿，仿佛画家不小心在烈焰里多点了一笔。

众人走过去，和唐凛一起站在油画前，犹豫着该怎么对这一发现下手。

忧郁中分小卷发："船板是死人指甲的话……那就把颜料刮下来，撒到缺船板的位置？"

崔战："这点儿颜料还不够当鸟食。"

探花："也许颜料后面藏着其他线索。"

和尚："也可能一刀下去，再来个比冰霜巨人更难对付的妖魔鬼怪……"

你一言我一语，短时间内根本达不成统一。

唐凛的刀已经落下去了。

"沙沙——"刀刃刮擦金色颜料，发出酥酥麻麻的声响。这下不用讨论了，大家的注意力都集中到被刮的那只"金手"上。

反复刮擦几下，金色颜料纹丝不动，倒是有一刀刮得大了，牵连到正常肤色的手腕，肤色颜料落下一些碎屑。可是手腕颜料脱落后，露出的不是底下的画布，而是点点金色，看起来就像手腕被撒上了金粉。

众人面面相觑，顿时反应过来，不是画家在手上多加了一笔金色颜料，而是画家忘记把手涂成正常肤色，所以露出了被覆盖在下面的真正图案！

"还愣着干什么，"范佩阳率先拿出刀，扫了众人一眼，"帮忙。"

草莓甜甜圈六人、何律、周云徽、崔战："……"

"老板，我来了！"郑落竹一下扑到油画上，开始大刀阔斧地刮其他部分的颜料——当范总下令时该给什么样的反应，由资深狗腿郑落竹亲自示范。

虽然对范佩阳的态度不爽，但大家还是纷纷上手，没一会儿就合力将整幅《诸神的黄昏》刮了个干净。果然，画幅底下还有画——一个非常熟悉的金色柜子，摆在非常熟悉的位置和非常熟悉的地毯上。当然，此刻的地毯经过周云徽的"点缀"，已和画中雍容典雅的气质截然不同。

"什么意思？船板在柜子里？"

大家不约而同回头，黄金柜子还保持着打开的状态，然而里面的金环和羊皮纸都被取出了，现在空空如也。

关岚思索片刻，道："三选一。A. 柜中有柜；B. 卸个柜门当船板；C. 地毯底下有暗格。"

"我选 A。"

"我选 B。"

"我选 C。"

十三个人对视一眼，那就上吧。

每个人都在自己的选项领域努力，没两分钟，柜子就被查了个底朝天，可惜一无所获。

柜门任凭怎么摧残都没脱落，地毯则被彻底割开掀到一旁，露出底下的大理石地面。范佩阳拿刀柄敲击地面，发出"空空"两声。众人精神一振，不用多言都明白了，立刻蹲下合力去撬大理石板。

"咣当——"大理石板被掀开，露出底下的暗格和静静躺在其中的白色船板。

船板契合到雕塑上，纳吉尔法船终于完整，船下浪花忽然涌动，送来一顶金光闪闪的鹰冠。

"可算到头了！"全麦这一嗓子充满了学渣交卷时的解脱快乐。

何律伸手把鹰冠拿过来，征求大家的意见："我放上去了？"

好几个人一起开口："赶紧吧。"连语气和表情都如出一辙，全是闹心，不想再多看那玩意一眼。

何律走过去，把鹰冠小心谨慎地放到奥丁头上。头冠戴好的一瞬间，奥丁周身散发出神圣金光，开始一点点向左移动，直至将下一节车厢门完全让出。

雕塑停下了，门却没开。

众人正疑惑，白色门板上徐徐浮现一行字——带着你们的智慧再来吧。

十三人："……"

谜题难解也就算了，临"交卷"还要对他们进行公然嘲讽。

"等一下，"探花忽然来了灵感，看一眼门上的字，再看一眼已经闪开的奥丁，"智慧……是智慧之泉！"

第一次自主破译让探花兴奋不已，连科普都抑扬顿挫热情起来："在世界树的一条树根之下，有蕴含一切智慧的神秘泉水，奥丁想喝一口泉水，把智慧带回诸神的世界，但守着泉水的巨人弥米尔不肯给水，除非奥丁付出相应的代价……"

和尚等不及地问："代价是什么？"

探花："一只右眼。"

崔战拧起眉毛："十三只眼睛，这开门的代价有点儿大吧？"

探花："……你想太多了，人家要的是奥丁的右眼，不是我们的。"

语毕，他走到旁边的奥丁雕塑面前。端坐在王座上的奥丁头戴鹰冠，腕戴金环，手里握着永恒之枪，一双眼睛犀利有神。

"从一开始我就觉得哪里不对，"探花念叨着，朝奥丁雕塑伸出手，"现在知道了，就是眼睛。北欧神话里，奥丁的形象应该是独眼……"

手指摸上奥丁的右眼，用力一按，眼睛"咔哒"下陷。

"哎，你小子终于行了一回。"和尚喜出望外地胡撸他脑袋一把，本来还有点儿不羁的狗啃短发直接成爱因斯坦同款发型了。

门板上的字迹一点点消失。众人屏息等待。四个新的框框又浮了出来。

"叮——"

小抄纸："胜利在望，请写入正确密码。"

所有人都想暴力破门了。

周云徽身心俱疲地蹲下去："还有完没完了，一个密码接一个密码，这是关卡还是银行地下金库啊？！"

草莓甜甜圈的希望都放在探花身上，目光一个比一个炯炯，期待一个比一个热切。

和尚："胜利在望了。"

全麦："好好想想，什么密码？"

忧郁中分小卷发："就和刚才一样，发散思维，快。"

关岚和空气狙击者没说话，但无声胜有声。

探花双手抓头，脑子里已经信息爆炸了，但门上的密码根本没有任何提示，连是数字还是文字都不清楚，他根本不知道该和哪条数据连……

肩膀忽然被拍了一下，探花回头，只见唐凛淡淡瞥向远处自始至终没有真正发挥过什么作用的世界树雕塑。他的眼睛蓦地一亮，感觉世界都光明了："就是它！"

一切从世界树开始，一切从世界树终结。探花再也克制不住："我知道自己吊在树上，整整九个昼夜真漫长……我从树上凝神往下望，但见卢恩文字在闪光……"

"喂，"和尚在队友眼前晃晃手，"你神神道道念什么呢？"

"《埃达》里奥丁的自述，"探花激动地看向同伴，"他拥有了智慧，还想要文字，所以他倒吊在世界树上，以自己献祭，九天九夜不吃不喝，终于得到了卢恩文字。密码绝对就是卢恩文字！"

和尚回头给全麦、忧郁中分一个眼神，后两者已经不想说话了——自家头脑担当能力触发的必要条件：唐凛的提醒。还有人不知道这件事吗？

"至于怎么才能得到密码……"探花凝望世界树,"如果我没猜错,找个人倒吊上去就能看见。"

"……"

谁去做这位献祭的"奥丁",这是个有趣的问题。

两分钟后。

"选好了就往外抽,剩下那根归我。"崔战握着一把香烟,共十三支,烟身握在掌心里,只留过滤嘴在外,看起来每一支都一样。但所有人都清楚,这里面有一支半截的,被命名为"永恒之枪",谁抽着谁就是奥丁,很有情趣。

闯关不让带包,无论是武器、食物还是医疗用品,你想带,就只能放到贴身口袋。如此情况下,崔战组长竟还随身带着两包烟,也不知道是什么执着。

"别人闯关带刀带药带工具,你带烟,服了。"周云徽先上,挑了个顺眼的往外一抽,完完整整一支香烟。

唐凛第二个上来,同样是完整一支烟。

范佩阳同上。

南歌同上。

郑落竹……

好的,后面都不用抽了。

郑落竹握着那半截烟,定定地看了看,挥起手臂"吧唧"将之摔到地上。十三选一都能中,有好事儿的时候他怎么没这命啊!

周云徽拍拍他的肩膀:"去吧,奥丁。"

草莓甜甜圈六人用愉悦的目光给他送行。

南歌解下风衣腰带,递到他手中:"记得还我。"

郑落竹心酸,连队友都这么无情。

像是看出他的哀怨,南歌酝酿片刻,抬起秋水眼眸:"帅哥,记得还我。"

郑落竹:"……嗯!"

一步步走到世界树下,郑落竹爬上雕塑,把腰带的这端绑到脚踝上,那端在最高的树杈上绑紧。担心雕塑不够坚固,他纠结半天还是放弃了潇洒的纵身一跃,改成先抱住树枝,再松手让上半身落下。

就在身体和地面垂直的一刹那,世界树雕塑的根部缓缓打开一道巴掌宽的缝。郑落竹随着雕塑的移动左右摇晃,却还是在颠倒的世界里看清了缝隙中的东西:"是笔和密码!"

等在世界树周围的众人立刻上前将东西取了出来——一支笔尖蘸满金粉的芦苇笔,一张画着四个古老字符的羊皮纸。

十三人再度回到门前。

郑落竹活动活动脚踝，以便尽快恢复灵活，应对门那边可能出现的新凶险。其余人也不再说话，空气里有一种熟悉的紧张感。

探花朝自家组长看看，见关岚点头，便握住芦苇笔，将四个卢恩文字一笔一画描到了门板的密码框里。

最后一笔落成，四个古老文字闪出光芒，门扇终于开启！

所有人长舒口气，经历了一轮大考似的，精疲力竭。但他们又不能真的放松，因为呈现在眼前的新车厢虽是普通的地铁车厢，然而一眼望过去，仿佛没有尽头。

"叮——"

小抄纸："请往前走。"

众人不明所以，谨慎前行，穿过一节又一节空车厢。

VIP走在队伍后面，从进入新车厢开始，范佩阳就一路沉默，若有所思。

唐凛让郑落竹和南歌走在前面，自己来到范佩阳身边，问："怎么了？"

范佩阳低声道："有点儿奇怪。"

唐凛："哪里？"

范佩阳："整个关卡。站台和第一节车厢都是让我们互相战斗，这样做的目的只有一个，就是筛选。但是刚刚那节车厢没有任何筛选规则，也没有通往下一节车厢的人员限制，很明显在引导'合作'。同一个关卡，出现截然相反的两个导向，这不合理。"

唐凛一直专注解谜，还真没像范佩阳这样从整体上去考虑这一关。

"不过，"范佩阳将声音压得更低，"如果这是人才培养就合理了。"

唐凛脚下一顿。既要筛掉庸才，留下优秀者，又要促进优秀者之间的默契，以便组成团队，完全符合人才培养的规律。

他这一停，前面的大部队也停了。

但前方的停步和他俩的讨论毫无关系。

尽头到了。

这是整辆地铁的首节车厢，一个男人坐在那里，像是等了很久。见他们抵达，男人徐徐站起，漫不经心地打量他们。他的眼睛湖一样清澈，脸庞英俊，身姿矫健而优雅，整个人的轮廓完美得像艺术品。

"得摩斯说这次有个有趣的家伙，我还以为可以期待一下，怎么到我这里的人数反而比从前都少？"男人的声音也好听，淡淡的微凉，像山林间的薄雾，但语气里毫不掩饰的失望就没那么美了。

十三人站定未动，本能地感觉到了危险。

周云徽悄无声息地在手中酝酿火星："你们说，这是上面派下来的闯关者，还是专门守这一关的NPC？"

何律提醒："咱们一路闯过来，你见过NPC吗？"

没有。一切的规则都是通过猫头鹰和"小抄纸"传达的，一切关卡内容也都是自动触发的。

郑落竹："所以是闯关者？"

南歌："我不觉得闯关者里有这么帅的。"

唐凛眯起眼。男人说"怎么到我这里的人数，反而比从前都少"，很明显这不是他第一次守在这一关尽头了，甚至很可能他就是这一关的固定Boss（在游戏中，指难度较大，在剧情关键时刻出现的角色）。但为什么搜集情报的时候没有任何人提过他？无论是范佩阳在外面找来的情报，还是破T恤他们提供的情报，都没有关于这个男人的只言片语。就算是他们都错过了，难道几大组织也不知道关卡尽头的情况吗？

唐凛向前走几步，从队伍末尾进入队伍中间，不着痕迹地观察所有人的表情，几乎每双眼睛里都或多或少有惊讶和面对未知时的本能警惕。

"得摩斯……"探花忽然低声重复男人说过的名字，"那是希腊神话中的恐惧之神……"

和尚皱眉："怎么又跑出个希腊神话，咱们这一路不都是北欧神话吗？"

是的，一路都是北欧神话，绝对没有遇见过能和"得摩斯"扯上关系的人或事。然而男人说得摩斯告诉他这里有个有趣的人？得摩斯是谁？有趣的人又是谁？

唐凛以为走到地铁尽头会是豁然开朗，不想却是更浓的迷雾。

慢着！他敛下眸子，飞快回忆。不是一点儿希腊神话没遇见的，广场上那个突如其来的"斯芬克斯之谜"就是希腊神话里的故事……

还没等他理出头绪，男人再一次开口了："规则我只讲一遍，你们最好听清楚……"他的声音没什么起伏，却带着与生俱来的优越感和淡淡的蔑视与不耐烦。

车厢的灯光很冷，他的目光更冷："我是1/10的最终审查者，你们可以叫我提尔。接下来你们会按顺序和我一对一交手，不可以用一次性文具，只能用你们自己的文具树。能否通关，判定权在我这里。至于判定标准……"他朝十三人走近，最终停在队伍最前端的何律面前，"就是我。"

他和范佩阳身高相仿，但目光带来的居高临下感，远比实际的身高差还要强烈："我觉得谁可以，那就过，我觉得谁不可以，那就死。"

5

空气彻底冻结,车厢寂静得像坟墓。忽然,站在何律斜后方的关岚举手,乖巧得像课堂上的学生,天真无邪:"如果一对一的时候,我们把你杀了呢?"

提尔静静看了他两秒,露出了漫漫长夜的第一个笑。那笑意将他眼底的凉雾吹散了,霎时美得惊人:"看来得摩斯说得对,或许今晚没我想的无聊。想杀我,欢迎,没有惩罚,还有奖励。"他指了指两边的空位,"现在,随便找地方坐。"

强敌情况未明,谁也不会贸然破坏规则。十三个人就近落座,草莓甜甜圈六人坐在一侧,三大组长和VIP四人坐在另一侧,隔空相对,中间站着提尔。

提尔微微抬手,半空中出现一个界面,上面是十三人的照片,全是先前闯关时的抓拍——关岚在吃棒棒糖,探花在苦思冥想,南歌在尖叫,唐凛在刮"诸神的黄昏",郑落竹在倒吊……

郑落竹:"……"游乐场过山车的抓拍都比这好看!

提尔轻轻敲击投屏,屏幕上的十三张照片立即翻过去,背面都是一样的花纹,扑克牌似的。在经过一番眼花缭乱的无序移动后,这些照片按照"4—4—4—1"排列成了四行。现在谁也不知道自己的照片在哪儿了。提尔也不清楚,因为他眼里闪烁着的兴味就像即将进行一次未知的抽奖。

"第一个出场的,让我想想……"提尔煞有介事地思考了一番,似乎挑选照片带来的乐趣比对战都大,他点开的是最后一行那张孤零零的,"选你好了。"

照片翻开,郑落竹。

十二人望向他,中奖者很淡然:"习惯了。"

屏幕上同时列出他的数据——智力B,体力A,攻击力C,防御力A+,综合危险等级B+,文具树"铁板一块"。

郑落竹一脸讶异。他清楚记得在电梯里时自己的防御力是A,现在怎么变成A+了?

提尔的视线落到他身上,不耐烦道:"等我请你起立吗?"

郑落竹回过神,立刻站起来,肌肉渐渐绷紧蓄力:"怎么来?"

半空中的投屏消失,提尔道:"我说过了,没规则。"

话音未落,男人已欺身上前,速度极快。他的手里明明没拿武器,郑落竹却实实在在感觉到了杀意,几乎是本能地往旁边躲,避开正面攻击,同时召唤出"铁板一块"。一米见方的铁板瞬间挡在郑落竹身前,而在郑落竹身后,就是原本坐在他旁边的南歌。

郑落竹起先还担心和提尔的交手伤到其他人,往旁边闪躲的时候才发现,后背抵着看不见的"透明墙"。从他被选中开始，其他还坐着的人就被隔到战场之外了。

"咣——"因为郑落竹的闪躲，提尔的出拳只打到铁板边缘，但就这一下，直接将铁板边缘打得凹陷变形。

防具受到的伤害，郑落竹也是实实在在有感觉的，他可以清晰判断，如果提尔照着同样位置再来一下，赤手空拳就能把他的铁板砸破！

"这就是A+的防御力？"提尔收回拳头，嗤之以鼻，"看来评级标准要改改了。"

郑落竹强迫自己不去理他的挑衅，凝神静气将铁板重新加固。

提尔转转手腕，说："这一次，我要打你的心脏了，你最好护得住。"

郑落竹越过铁板去望对方的眼睛，那里一片蔑然冷漠，没波动，没感情，看他就像在看一只蚂蚁。他忽然懂了，提尔那么快的速度、那么敏捷的身手，可以轻而易举绕过铁板，从侧面袭击，却非要和铁板硬碰硬，是因为对方压根儿就没把他和他的防具放在眼里。

提尔再度袭来，还是一个拳头，连套路都不屑变。郑落竹咬牙站在原地没动，全部注意力都集中在铁板上，让铁板达到他所能达到的坚固极限。巨大的冲击力打到铁板上，郑落竹被打得踉跄后退，脊背"咣当"撞到透明墙上，疼痛从脊椎传递到全身。然而攻击者的拳头却没收，就在他撞上透明墙的一瞬间，那拳头直接将铁板打穿了！

"咔——"提尔的拳头突破铁板，打到郑落竹的胸口。郑落竹疼得几乎窒息，连声都发不出了。幸好铁板还承住了拳头的一部分力量，不然这一拳直接打到他胸口上，铁板的下场就是他的下场。

"废物。"提尔将拳头从铁板里收回来，再懒得多说，电光石火间，又冲着铁板破洞打出第二拳。

透明墙外的所有人都呼吸一紧，哪怕郑落竹在这生死一瞬重新补上了铁板破洞，也无非是重复上一次的结果，提尔的拳头会突破铁板，再次打到他胸口的同样位置，而已经挨过一下的胸口绝对挨不过第二下，郑落竹必死无疑。

郑落竹同样明白这个道理，不，他比所有人都更清楚，自己已经看见死神了。那是前所未有的、压倒性的力量，在这样的力量面前，连恐惧都显得渺小。

"缩小铁板！"背后传来范佩阳的厉喝。

郑落竹对老板的指令几乎是条件反射的，脑子还没转，已经一下子将铁板缩小得只有巴掌大。

铁板小了，提尔的拳头也到了。郑落竹在这生死一瞬终于领悟了范佩阳的意思，倾尽全力将铁板护在心脏位置——人的精神力是有限的，而防具的效果却有很多方面，"防御面积"是一个，"防御坚固度"又是一个，你把精神力投入到了面积上，坚固度自然会被削弱，反之亦然。

郑落竹将原本支撑大面积铁板的所有精神力都投注到了"坚固度"上，小铁板的厚度霎时增加几倍。提尔这一拳不偏不倚正打在铁板上，"咣"一声，震得人心颤。

郑落竹已背靠透明墙，再无可退，硬生生接下这一拳，心跳甚至停了几秒。但这次，铁板没碎，挡不了疼，却护住了他脆弱的心脏。

提尔收回手，轻轻朝拳背吹气："算你过关。下次记得，操控文具树要用脑，不带脑子的通常死得很惨。"

透明墙消失，郑落竹直接瘫到地上。他这就算……过关了？

提尔懒得看他，反而抬眼瞥向范佩阳："我好像没说过允许观战者多嘴。"

范佩阳向后靠进椅背，右腿搭上左腿，闲适得像坐在自己的老板椅上："你也没说过禁止。"

提尔点头："那么，现在禁止了。"

范佩阳也点头："可以。"

半空的界面再次出现，提尔抬起手，忽然又看一眼范佩阳："最好能选到你。"

"加油。"范佩阳的鼓励一点儿不走心。

郑落竹蹒跚着坐回长椅，心口还在一抽一抽地疼。但他顾不上缓缓，第一时间提醒范佩阳、唐凛和南歌："他真的很强，等下你们千万千万要小心。"他一字一句咬得极重，更是连用两个"千万"，因为真的稍有疏忽就是丧命。

"明白。"南歌目不转睛地盯着提尔，表情前所未有的严肃。

唐凛给了郑落竹一个"放心"的眼神，算是代范佩阳一起回应了。但他心里清楚，范佩阳肯定能过，自己却……只能用文具树，还需要打吗，他乖乖让提尔拿人头就行了。

手忽然被握住，是范佩阳。唐凛转过头。范佩阳没看他，和南歌一样盯着提尔和空中投屏，手上的力道却极大，攥得他生疼。

第二张照片翻开，何律——智力A，体力A，攻击力B，防御力A+，综合危险等级A，文具树"墨守成规"。

作为组长，何律的综合等级是A很正常，甚至都不算高，但他的文具树引起了所有人的好奇，连还算熟悉的周云徽和崔战都看得一头雾水。细细想来，从站台到车厢，再走到这里，好像谁都没见过何律用文具树。

唐凛记得车厢抢钥匙混战时看见何律用了防具，他当时以为那就是何律的文具树，现在想来，应该是一次性防具。而且从周云徽和崔战的表情看，何律在闯关之前也没轻易露过自己的能力。

越低调，越神秘。

投屏消失，提尔转过身来。

何律没等着对方催，主动站起走到他面前，神情刚毅，坦然迎战。

反倒是提尔不急着动手了，不紧不慢道："我觉得你有必要先给我介绍一下你的文具树。"

观战的十二人："……"敢情关底 Boss 也不是全知视角。不过这话问得就傻了，生死决战，谁会告诉你自己的能力？

何律："其实从我的攻击力和防御力等级上就能看出来，我的文具树偏向防御。"

他告诉了！！！观战者们已经不想替何组长操心了，你就走自己的路吧。

"哦，"提尔了然，眉宇舒展，"墨守成规，给别人定规矩。"他基本猜到了，但细节不对。

"不是别人，"何律更正，"是文具范围内的所有人，包括我自己。"

"多大范围？"

"以我为中心，半径两米。"

"什么规矩都可以定？"

"不，规矩越具体越容易成功，越宽泛越容易被文具拒绝，没有明确限制，只能凭经验摸索。"

提尔的好奇得到满足，后退两步，拉开与何律的距离，语调轻微上扬，听起来心情不错："我要攻击了，定个规矩看看。"

何律深深吸口气，又慢慢呼出，整个人沉静下来，进入一种高度的专注。

接着，全场都听清了他的规矩——"禁止攻击。"

探花脱口而出："这还不够宽泛？"

仅仅四个字，却意味着在他的文具范围内杜绝了"任何人以任何形式进行攻击"的可能，虽说他自己也不能动手，但只论防御力，这根本是无敌了。

其他人没给他回应，因为目光都集中在提尔身上。何律的文具树威力究竟如何，马上就见分晓了。

此时的提尔距离何律顶多一米，听完规矩，他几乎是立刻抬起拳头，分明就是要攻击。

何律不闪不躲，镇定自若。

提尔神色一顿，感受到了某种外部力量，那力量勾连着他的每一根神经，从四肢百骸到心脏大脑，无一不在发出"停止攻击"的信号。接下来的几秒钟，他就保持着即将出拳的姿势，微微侧头，细细品味。

透明墙外，几脸茫然。

崔战："这是有效果还是没效果？"

周云徽："有吧，你没看提尔都出不了拳吗？"

和尚："但那表情可不像在和文具抗争。"

忧郁中分小卷发："是的，相当享受。"

只有范佩阳、唐凛、关岚、空气狙击者静静看着，一言不发。

郑落竹悄悄问："老板，什么情况？"

范佩阳语气平淡："提尔想破这个，玩儿似的。"

郑落竹："那他现在是……"

范佩阳："第一次遇见这款文具树，比较新鲜。"

高手的变态他不懂……但带着老板的视角再看战场，郑落竹还真有了新发现——何律并不轻松，他的目光没有丝毫动摇，但额角有汗。从宣布规矩的那一刻起，他就必须用自己的精神力支持文具效果的延续。相反，提尔虽被阻止了攻击，却丝毫看不出狼狈。

"挺不错的文具树。"提尔放下手，看起来好像彻底打消了攻击念头。然而下一秒，他速度奇快地退到两米开外，手上不知何时多了一柄短剑。

郑落竹呼吸一滞。他被"禁止攻击"迷惑了，这个规矩保证的不是何律周身两米内的绝对安全，只是禁止了任何人在这个范围内进行攻击。那么离开这个范围，规矩就没用了，提尔完全可以对何律用远程攻击！

提尔也是这样做的。短剑被用力掷出，速度极快，在空中划出一道杀意白光。

"更换！所有武器自动缴械！"何律高声大喝。

新规矩即刻取代了旧规矩，短剑骤停，剑尖已经到他眼前了，再晚0.1秒，他的眼睛直接报废。

"当啷——"短剑落到地上。

下一秒，提尔已到跟前了，完全没给何律喘息时间，一拳就揍上了他的下巴。

新规矩防武器，不防肉搏。

但提尔根本没用应变时间，直接就欺身上前了，仿佛早料到了何律会改什么规矩。碾压性的强大，让人不寒而栗。

第五章 **文具树**

WEN JU SHU

1

何律整个人向后飞出去，重重落到地上，血顺着嘴角流下来。

提尔一脸冷漠，转瞬又到跟前。

何律气息不稳，声音却坚定："更换！攻击者会遭受相同攻击！"

透明墙外的人快急死了。

和尚："直接伤害转移不就行了，为什么还要自己先挨一下，再让别人也挨一下啊？"

周云徽："要是我，第一条规矩就定'所有攻击我的人都去死'。"

崔战："这是文具，不是许愿盒。"

忧郁中分小卷发："他不是说了吗，他自己也要遵守规矩，所以规矩不能有特定对象吧？"

探花刚才还蒙着，现在却有点儿看出门道了："规矩的限制恐怕比我们想象得还要多。"

何律不傻，他自己的文具树，什么规矩能产生最大化的效果，他绝对研究摸索过的。外人能想到的,文具树持有者只会想得更多更远。不设那样的规矩,只可能有两种原因——文具不允许或者能力达不到。

提尔的第二拳打在何律的腹部，狠狠一下。何律想抓他手腕，没抓住，最终只能捂着被打的地方急促喘息。

众人第一时间去看提尔。他打了何律，按照规矩，要遭受同样攻击。

提尔收手，低头看了看自己的腹部，目光波澜不惊。那里的衣服动了一下，像是有什么压上去了，但要说是挨了和何律同等力量的一拳，绝对不可能。

巨大的压迫感在车厢里蔓延。

规矩对提尔起效了，只是那效果打折再打折，轻得像羽毛。

提尔起身，毫不在意地甩甩手："身体素质还行，适合挨打。"

何律是文具的直接操控者，感受比任何人都更直观更清楚。"墨守成规"的防御力在提尔面前连层纸都不如。可他挣扎着站起，眼里没丝毫动摇，仍是全力迎敌的架势："更换——"

"别换了。"提尔不耐烦地打断他，"记住，最好的防御就是攻击，拿着这么有趣的文具树，别总定那些无聊的规矩。"

何律愣了愣，回过味来。他的第一条规矩"禁止攻击"和第二条规矩"一切武器缴械"都是纯防御，直到第三条"攻击者遭受相同攻击"才带了一点儿反击性质。难道说，提尔原本的目的就是想逼出他的"攻击"？

"下一个。"提尔已经重新调出投屏了。

何律知道自己通过了，却还是忍不住问："如果我根本定不了带攻击性的规矩呢？"

提尔专心挑选第三张照片："那你现在就是一具尸体。"

他说的是真的，何律毫不怀疑。制定不了带攻击性的规矩，不是文具树不行，而是操控者无能。

"差点儿忘了，"提尔的手停在选定的照片上，没点，而是忽然转过头来，对着刚回到座位的何律道，"以后别问你什么都答，那不叫坦荡，叫愚蠢。"

第三张照片翻开，狗啃短发，悠闲时就不羁青年、抓狂就爱因斯坦的探花——智力A+，体力B，攻击力D，防御力D，综合危险等级C+，文具树"过目不忘"。

VIP、三大组长："……"

偏科王来了。

草莓甜甜圈几人对自家队友的"成分"相当清楚，离得最近的和尚一拍他肩膀，一脸风萧萧兮的悲壮："自求多福。"

探花腾地一下站起，求人不如靠自己："提尔，如你所见，我的文具树根本不是战斗型，你不能拿刚才的套路考验我，那对我不公平。你要真想测试我操控文具树的能力，就拿本书让我记，字典也行。"

提尔瞥他一眼："废话说完了吗？"

探花想一下："暂时没有补充。"

提尔敲了下投屏，屏幕上的图像忽然换成一张全景照片——纵横交错的暗巷，高矮不一的破屋，阴郁的天色，匆匆的行人，巨大的食物传输管从右上角延伸下来，管子前一群打破脑袋的人。

　　是地下城。

　　提尔敲了第二下，全景照片消失，又变回之前的界面。他不紧不慢看向探花，问："刚才的照片里有多少人？"

　　还真测试了，那你倒先给个预备铃啊！

　　探花无语，那么短的时间，根本来不及细看。他闭上眼睛，集中全部注意力，将刚才看过的那两眼逐帧逐帧在脑海里回放。一遍不行两遍，两遍不行四遍……食物管道那里……一、二、三……六十七个。街面上、巷子里……二十一个。有几间破屋的窗口，能看见屋里的人……四个。

　　六十七，二十一，四，一共九十二人。答案在心里转了一圈又一圈，探花却还是没松口。提尔绝对不是能让你补考的那种和蔼人设，机会只有一次，答错了就是死。

　　再来一遍。探花仍闭着眼，默默深呼吸，这次将整个画面过得更细，恨不能半帧半帧……食物管道，六十七。破屋窗口，四。街面上、巷子里……不，不是二十一，是二十二个，有个地下井盖被顶起来几厘米，里面还有一双眼睛！

　　探花一后背冷汗。这要刚才答了，他做鬼也不放过地下井那王八蛋。

　　"九十三。"睁开眼，探花给出答案。

　　提尔不语，眉间微皱。

　　探花心里一凉："不对？"

　　"对，"提尔说，"但我不明白这个文具树有什么意义。"

　　"意义大了，"探花可以允许别人侮辱他的战斗力，但绝不允许别人质疑知识的力量，"站台上，要是记不住世界树上的五种动物，地铁都进不来。上一节车厢，要不是记得北欧神话，鬼知道怎么开门。记忆是什么？记忆就是知识储备。知识储备是什么，那是……唔……"

　　提尔一拳打得探花直接消声，捂着肚子，疼得大脑一片空白，满头冷汗。

　　"你就是不堪一击，"提尔眼里毫无感情，"最好早点儿认清现实。"

　　探花咬着牙，断断续续道："存在……即合理……这个、这个能力要是没用……你们……别给我啊……"

　　这话在理。文具树是这个闯关世界给的，提尔是守着关卡的人，同出一宗，质疑文具树实在说不过去。

　　不过提尔显然没打算和探花就文具树的意义来场灵魂对话。他又看了看那数据里的两个"D"，淡淡嘲讽："给你个忠告，跟好同伴，别掉队。"

来建议了，那就是过关了？探花忽然觉得挨这一拳太值了！至于提尔的忠告……还用他说，自己这辈子就挂甜甜圈上了。

提尔去选第四个对决者。

其实这都不算对决了，就是测试。

唐凛抿紧嘴唇，提尔是这一关卡的最后筛选者，虽然看他们的眼神就像在看蝼蚁，虽然从里到外透着不耐烦，可他的测试依然是遵循一定原则的。这个原则就是"文具树的运用"——

竹子在范佩阳的提醒下领会了"缩小防御面积，专注防御强度"，过关。

何律在第三次定规矩时终于体现了文具树的"攻击性"，过关。

探花的文具树毫无战斗力，很明显提尔根本不认可，可探花运用得没毛病，过关。

唐凛垂下眼睛，目光落到手臂的猫头鹰图案上。

第四张照片翻开，和尚——智力B，体力A+，攻击力B，防御力A+，综合危险等级A，文具树"遮风挡雨琉璃屋"。

第五张照片，全麦——智力B，体力A，攻击力A，防御力A+，综合危险等级A，文具树"别碰我"。

第六张照片，崔战——智力B+，体力A+，攻击力A+，防御力B，综合危险等级A，文具树"健步如飞"。

接下来的三人，两个甜甜圈组员、一个十社组长，综合危险等级都是A，连和提尔交手的过程都很相似——艰难。

和尚的琉璃屋碎了三次又重组三次，衣服都被汗水湿透了，身上不知挨了多少下，直到第四次弄出了类似水晶棺材大小的"一人屋"才过关。

提尔的评价毫不留情："论文具树，你这个防御力无论在范围还是防御强度上都远高于'铁板一块'，但论脑子，你俩半斤八两。"

郑落竹好端端观战也能中一枪。

全麦的战况比他好些，也是三人里唯一攻守均衡的。他的文具树"别碰我"就是何律想定却心有余而力不足的伤害反弹。任何人，只要带着攻击意图接近他，一碰人，立刻被反弹——在站台，草莓甜甜圈上地铁时，周云徽企图阻止全麦，手刚碰到对方，整个人就被弹飞了，而且是飞出了相当优美的空中弧线，要没防具护体，不死也残。

然而操控着这样攻守兼备的文具树，全麦还是被提尔打趴下了，他的反弹和何律定的规矩一样，作用到提尔身上时效果就打了折。全麦唯一做到的就是让这一折扣从最初的0.5

折提升到了 1 折。

"不要以为文具树的效果只和操控者挂钩。"提尔这话是说给所有人的，只不过恰好选在了揍完全麦之后，所以躺在地上的全麦又被顺脚踢了两下。

崔战的战况比前面两个更惨烈，但这和提尔无关，完全是崔组长本人的追求。

第一次把人揍趴下，提尔就难得点了下头："你把速度最大限度用于攻击，不浪费在无用的防御上，这点很好。"

结果崔组长跟跄着站起来，吐一口带血的唾沫，发狠一笑："再来，我绝对要打到你。"不是打倒，是打到，崔战的追求很简单，打到提尔一下就行。

提尔不置可否。

崔战再攻击，再趴下，再爬起来，再攻击，循环往复。

到最后，草莓甜甜圈都看不下去了，问何律和周云徽："他是不是有毛病？"

何律："捍卫自己的尊严，值得敬重。"

周云徽翻个白眼，说："麻烦你关闭铁血滤镜，仔细看看他的表情好吗？"

经孔明灯组长提醒，所有人才注意到，哪儿有什么尊严悲壮，崔战的眼睛里都是兴奋的光，这就是个战斗疯子。

"再来——"崔战已遍体鳞伤，他擦一把脸上的血，语气里挑衅不减。

提尔笑了，没嘲讽，没轻蔑，语气难得沉静："我喜欢你的战斗欲。"然后一脚把人踹飞。

崔组长晕在车厢角落，苏醒已经是好几个人打过之后的事了。

一对一打完六个，六个都或多或少带了伤，但提尔衣袖飘飘，连根头发丝都没乱。

第七张照片翻开，南歌——智力 A-，体力 A-，攻击力 A，防御力 B，综合危险等级 A-，文具树"曼德拉的尖叫"。

照片翻过来的一刹那，提尔眼里闪过意外，很明显在此之前，他完全没注意到十三人里还有这样一位。或者说，十三人都算上，在他眼里不过一个样，实在没有分辨的必要。

但这个确实不同。

提尔的目光落到南歌身上，毫不掩饰兴趣："伪娘？"

南歌站起来，嫣然一笑："很抱歉没能满足你的重口味。"

提尔更意外了："女人？"

南歌拢一下头发："货真价实，但我不准备邀请你来验明正身。"

提尔看南歌的眼神和之前看其他人的截然不同，但又不是男人看女人那种热切，更像是看见新奇东西的不可思议和兴味盎然："地下城竟然还有女人，我以为……"

以为什么？提尔没继续往下说。除南歌和还晕着的崔组长外，其他人都好奇死了。说话说半截是不道德的!

"是的,还有女人,所以现在可以开始了吗?"南歌可没闲心在这里和他讨论地下城的性别比例问题。

提尔收回思绪:"过关。"

南歌猝不及防:"为什么?"

提尔:"我不打女人。"

南歌:"以前也不打?所有女人闯到关底,你都放行?"

"你的问题太多了。"提尔的声音恢复了先前的冷漠。

南歌看着他的脸色,小心翼翼道:"我能问最后一个问题吗?"

提尔:"不能。"

南歌:"既然你决定不打女人,那我打你,你会还手吗?"

提尔:"……"

哪儿还有什么小心翼翼,提问者脸上的期待早藏不住了。

挑衅 Boss 的结果,就是被发配到隔壁空长椅,独享单间玻璃房,比之前和尚弄出的水晶棺都坚固。

南歌不轻不重地踢一脚透明壁,轻哼:"小心眼。"

提尔就当没听见,平心静气回到投屏前,还剩六张照片——关岚,周云徽,空气狙击者,忧郁中分小卷发,唐凛,范佩阳。1/6 的概率,谁都可能下一个中奖。

郑落竹有些担心唐凛,提尔摆明就是测文具树,唐总什么都没有,该怎么办?他又不敢担心得太明显,怕给唐凛增加负担,只能用余光偷偷看——唐总很平静,眉心微凝,目光清醒。

郑落竹被那一抹"清醒"震动了。谁都会说船到桥头自然直,谁都会喊人定胜天,因为无论是佛系地顺其自然还是热血地勇往直前,都或多或少带着某种"麻痹"效果,麻痹你对"最坏结果"的恐惧,从而给你坦然或者勇气。真正难的反而是清醒,清醒地面对恐惧,清醒地认识到敌人的强大,清醒地明白有些结果不是靠好心态或者单纯的不管不顾往前冲就能改变的。基于这种清醒之上的冷静和勇气,才最珍贵。

第八张照片翻开,周云徽。

郑落竹下意识松口气,这才去看这位孔明灯组长的数据——智力 B+,体力 A,攻击力 A+,防御力 B,综合危险等级 A,文具树"星星之火"。

又是 A。这好像是有资格通关的平均等级。崔战、何律、甜甜圈的和尚、全麦都是 A;南歌 A-,也算 A;自己 B+,一只脚已经踩上 A 的门槛了;探花 C+……呃,这个不算,浑水摸鱼的。

周云徽早坐不住了，一看翻开的是自己，鲤鱼打挺跳起来，但不往前凑，而是反方向跑得离提尔八丈远："说吧，想被烧哪儿？"态度跟饭店服务员让人点单似的。

提尔静静看着他，下一秒忽然一闪，竟到了周云徽跟前，一记左勾拳雷霆万钧。谁都没看清他是怎么移动的，速度就像崔战用了十倍百倍的"健步如飞"。

周云徽都不知道自己是怎么飞出去的，元神归位时，人已经砸崔战身上了。

就这崔战都没醒，周云徽也就坦然接受了这个肉垫，捂着麻木的腮帮子，缓解脑袋的"嗡嗡"声。

提尔走到他面前，居高临下地问："还想烧吗？"

想，而且光烧人不行，周云徽现在还想给他烧纸。

"呼啦。"一簇小火苗在提尔衣摆绽放。

提尔淡然拍灭，轻巧得就像掸灰尘，然后狠狠踢始作俑者一脚。

这一脚直接踢到周云徽腰上，疼得周云徽杀人的心都有了："我……"

提尔又抬第二脚，还提前预告："这下就是心脏了。"

话音刚落，没等他出脚，周云徽先扑上来了。提尔敏捷向后一躲，周云徽扑了个空。先前摔的疼、被踢腰的疼，让他动一下都想龇牙咧嘴，可他愣是忍住了，一声没吭，扑空了再继续扑。提尔一连退几步，被他弄烦了，索性一个飞速闪身绕到周云徽身侧，举拳就往他太阳穴上砸。

观战众人心里瞬间一紧。太阳穴可不比脸，这一拳下去绝对颅内出血，凶多吉少！

不想周云徽忽然弯腰，猛地抱住提尔，双臂紧紧箍着对方。下一刻，他双臂的衣料熊熊燃烧，霎时就将提尔身上的衣服也引燃了。这可不再是什么小火苗，上来就是要命的烈焰。

"咣当——"周云徽再一次被踢飞出去，在地上滚了几圈才停下，顺带着也滚灭了手臂上的火。袖子都烧干净了，皮肤一片红，不过看着没烧伤，顶多烫了下，显然他对火焰还是有控制的。

提尔看着则清爽多了，衣服上只两小块淡淡的印记，就是被周云徽的胳膊箍得最紧的地方。要不是亲眼看着他俩分开，观战众人绝对会以为周云徽压根儿没近人家的身。

"怎么可能？"周云徽不意外提尔能摆脱自己，意外的是文具效果，"我刚刚明明把你烧着了……"

提尔朝仍昏迷的崔战轻抬下巴："他拼到最后都没能碰我一下，你觉得你为什么可以抱住我烧？"

周云徽错愕，短短几秒，眼里划过无数复杂情绪。他还真以为自己偷袭得手了，殊不知人家逗着他玩儿呢。

"不过你开窍还算快。"提尔的语调毫无起伏，就像在完成既定任务，"不要以为能远距离攻击就一劳永逸了，记住，没有人会傻站在那里等你点火，想烧，就要自己找机会。"

周云徽完全感觉不到对方在"点拨闯关者"上的热情，但对方给的意见又都是很有针对性很到位的。

"还有，同归于尽这种招数只能用一次，最好留到你真不想活的时候。"提尔转身走回原本的位置，再度调出半空投屏。

周云徽心里"咯噔"一下。刚才他是真的差一点儿就不管不顾了，想着就是死也得抱着提尔来个玉石俱焚，让他知道知道装相遭雷劈。提尔踢飞他的时候，正好是他准备放弃对火焰的控制、让烈火自己嗨的时候，要真那样，现在就不是两条胳膊被烫红的事儿了。

提尔是看准时机踢的，这个认知让周云徽感受到了更深的恐惧——对方了如指掌的不只是战局，还有他们的战斗心理。

第九、十张照片接连翻开——忧郁中分小卷发，外号"五五分"；空气狙击者，外号……

"没外号？"郑落竹一直好奇空气狙击者的名字，因为整个闯关过程里，他听过"和尚""全麦""五五分""探花"，唯独没听过空气狙击者的外号，"那总有名字吧？"

探花替草莓甜甜圈表态了："除了组长，其他人不能用名字。"

郑落竹："那就起外号啊。"不让用名字又不起外号，永远当"哎""喂""那谁"？

"他自己起不出来，我们给起了他又不满意。"一提这事儿，草莓甜甜圈组员都关注过来了，显然腹诽已久。

探花："我起的'神枪手'，他嫌土。"

和尚："我起的'暗杀者'，他嫌俗。"

五五分："我起的'百步穿杨'，他说不像人名像文具。"

全麦："我看他那么事儿，干脆没起。"

郑落竹看向关组长："你没帮忙？"

关岚："糖糖。"

郑落竹："当我没问。"

彼时空气狙击者已经进入战场，和提尔面对面了，但从冷峻的侧颜看，他好像仇视整个车厢。

被迫在隔壁一个人孤单的南歌忽然出声："莱昂。"

郑落竹和草莓甜甜圈一起看她："啊？"

"《这个杀手不太冷》，没看过？"南歌抬起手，模仿空气狙击者，朝他的背影开了一枪，

"砰，狙击少女心。"

草莓甜甜圈众人无语，郑落竹一言难尽——空气狙击者那是狙击少女心吗，那是一枪要你命。

空气狙击者停住脚步，缓缓回头望向南歌。他的脸部线条冷硬萧索，有种夜色迷离的淡漠："他是怎么狙击少女心的？"

南歌歪头："一个职业杀手救了一个小萝莉，教她用枪，和她一起生活，最后又为了保护这个少女牺牲了自己。你别听我讲得干巴巴的，电影真的超酷超浪漫，莱昂迷人得要命，既冷酷又童真……"

"通过。"空气狙击者干脆利落，当下通知组长及队友，"就莱昂了。"

郑落竹、草莓甜甜圈："……"

谁能想到人家要走的是浪漫派！

五五分的数据如下：智力 A，体力 B，攻击力 A，防御力 B，综合危险等级 A-，文具树"给我刀"。

莱昂的数据如下：智力 A，体力 A，攻击力 A，防御力 A，综合危险等级 A，文具树"初级狙击者"。

虽然两人之间只差了一个减号，虽然两个人都是绝对的攻击性文具树，但对战过程截然不同。

五五分的文具树是可以随时随地弄来一把刀到手里。近战的时候，这个简直太实用，不怕被敌人缴械，因为自带兵器库。但问题也很明显：一、他每次只能弄出一把刀，三刀流之类拉风的造型，想都不要想；二、他的近战技术还有待提升。这不像周云徽的"星星之火"，想怎么烧怎么烧，想用刀伤人就得有相应的战斗技巧。

不过能进甜甜圈，五五分也不是泛泛之辈，在被提尔单方面暴揍到吐血之际，终于成功改变"刀"的外形，召唤来的再不是匕首或者短刀，而是一把带着弧度的半长砍刀。砍刀救了他的命，过关。

相比之下，莱昂借着新名号的势头，一路顺风顺水。他的"初级狙击者"，严格意义上讲其实不算"狙击"，因为只能射出"空气箭"。这也是为什么每次他出手，产生的都是冷兵器划空气的声音，而非子弹或者其他。

不过他的能力实在太全面了，攻防兼备，从数据就能看出来——AAAAA，5A 景区。他的防御力不是来自文具，而是来自他自己的身手，一招一式都看得出来，是练过的，格斗、搏击、擒拿好像都有，但交战过程太短，看不出更多。

提尔给他的建议就一条："别被学过的东西框死了，有时候自由发挥，会有更多惊喜。"

说完他瞥了角落里的崔战一眼，又补半句，"但也别太疯。"

有人疯起来带劲儿，有人疯了就疯了，显然莱昂同学还是适合点到为止。

崔战就在这后半句中醒来的，耳朵只捕捉到一个"疯"字，就知道说自己呢，晕乎乎地抗议："别拿我举例。"

围观众人没好意思告诉他，趁你晕菜，都举两回了。

至此，十人通关，还剩三人——关岚，唐凛，范佩阳。

2

提尔又一次回到投屏前，却迟迟没再翻照片，似在想什么。

很快，所有人都听见了他的自言自语："通关率好像有点儿高啊……"

来的时候，他还觉得十三人太少，可这稍不留神，十个人过去了，通关率100%。抬起的手慢慢放下，他转过身来，眼底渐沉，就像湖水笼上夜色："我好像心太软了……"声音很轻，却让人莫名生寒。

这不是故意说给他们听或者变相恐吓什么的，他是真的在反省。

"算了，我可没力气再来一遍。"反省归反省，放弃也快，"已经过关的算你们运气好，"他的目光准确找到唐凛、范佩阳和关岚，轻飘淡漠，又冰冷异常，"接下来我要认真了。"

第十一张照片翻开，唐凛——智力？体力？攻击力？防御力？综合危险等级？文具树？

一连六个问号，看得提尔也只剩问号。

搞不清楚状况的不止提尔，确切地说，除了范佩阳和郑落竹，在场其他人都很错愕。玩过游戏的都知道，在某些设定里，如果遭遇的Boss过于强大，它的数据在玩家这里就是"？？？"，意为深不可测，你最好掂量清楚自己的斤两再上。但唐凛再强，也不可能强大到连这个闯关世界都无法参破他的数据，何况整个闯关过程中，唐凛也只贡献了智慧，论战斗力，他和探花基本持平。这样一个人，数据是问号，根本说不通。

其他人是彻底的一头雾水，提尔却在最初的诧异过后，带着探究和打量，慢慢看向唐凛。

唐凛站起来，和前面的每一个闯关者一样，该应战了。

手上忽然一疼，握着他的人不仅没松，反而加重力道。唐凛挣了两下，没挣开，脸色微微不悦。

范佩阳攥着他的手，起身，如刀的眉峰下，目光不容置疑："我替你。"

唐凛眯起眼，清淡的眉心紧蹙，是真的不高兴了："你替我，谁替你？"

"喂，"提尔抱着胳膊，眼里满是讥诮，看笑话似的，"我好像没说过可以代替。"

空气一瞬间冷下来。范佩阳缓缓看他，声音像最极寒之地的冰："他连文具树都没有，怎么和你打？"

提尔毫无责任心地耸耸肩："那是他自己的问题。"

"范佩阳。"唐凛叫了他的名字，只是淡淡的三个字，带着薄霜一样的微凉，却不可思议地让本就变冷的空气又急剧降温了好几度。

范佩阳和他对上视线。

唐凛举起被死死握着的手："我去，最多死一个，你非拉着我，那就只有我们两个一起死。你要不要再算算这笔账？"

范佩阳不算账，他只知道一点："我拉你进来的。"拉人进来，就要负责到底。

唐凛忽地笑了："你拉我进来没经过我同意，所以现在也不用尊重我的意见了，是吗？"

如果范佩阳的冷是利剑，唐凛的冷就是风，利剑只会划破皮肉，风却能深入骨髓。所有人都没见过唐凛这一面——他把最温柔和最锋利的，都给了范佩阳。

范佩阳却有一霎的恍惚，仿佛时光倒流。这些年两人为公司忙碌，唐凛逢人带笑，八面玲珑，他几乎快忘了当初的唐凛也是恣肆锋芒的。那个唐凛永远只忠于自己，他想做的事，再艰难再委屈也义无反顾，他不想做的事，谁逼都没用。就像现在。

禁锢着他的手松了，唐凛抽出手，走进战场。

透明墙围起。范佩阳没坐，就站在原地，紧贴着透明墙，眼神骇人。

这种情景提尔见得多了，每次守关都要收获几道仇视目光，之于他不痛不痒。可今天不知怎么了，他总觉得不太舒服，像被最野的暗夜生物盯上，随时可能扑过来咬一口。

皱眉之际，唐凛已到面前。

提尔不急着打，看看投屏上的数据，又看看唐凛："解释一下？"

唐凛知道他肯定会问，不过在回答之前，他也有问题要问："我想先知道综合危险等级和文具树都是怎么来的。"

两个问题都是大家关心的，透明墙外竖起一双双耳朵。

"这么简单的事，我以为你们早就想到了。"提尔全无迟疑，显然这并不是什么不可说的机密，"文具树是根据你们在前面关卡中用到的所有文具数据汇总而成，哪类文具操控得最熟练，文具效果发挥得最好，文具树自然就会分化成哪个方向。而综合危险等级则是由文具树和当前自身素质结合评定出来的。"

和他想的一样。唐凛再无疑问，坦然道："我没闯过前面的关卡。"

没关卡，自然也就没数据，真相其实很无趣。

观战众人不明白，不闯关怎么到这里的？上头有人？破格空降？

提尔微微挑眉，等着进一步说明。

唐凛直来直去："我是被人许愿带进来的。"

许愿屋这一环节，全场包括提尔在内都清楚，再结合之前范佩阳那句奇怪的"我拉你进来的"，谁干的明摆着了。不明真相的围观众人一言难尽地看范佩阳。

"多大仇多大怨啊……"

郑落竹一一瞪回去："你们懂个屁，我老板……"

"闭嘴。"范佩阳的声音极沉，山雨欲来。

郑落竹一惊，下意识看向"战区"。

提尔还在原地没动，但明澈的眼里，杀意淡然而清晰："我不知道你是怎么混过这一关的，只是你混得过一关也混不过下一关，不如早死早解脱。"他说得云淡风轻，就像即将碾死一只蚂蚁，"这里不需要废物，要怪就怪带你进来的人吧。"

轻哼一样的尾音还在空气里，提尔已到跟前，速度快如闪电。然而唐凛更快，不是速度快，而是启动早，在提尔最后一句话说一半时，他已开始往旁边躲。提尔的拳头擦着他的腰侧过去，扑了空。唐凛脚下未停，趁提尔意外的一刹那将彼此的距离重新拉到两米远。

提尔转过身，面对他："你躲得倒早。"

"是你话太多，"唐凛说，"反派总是话多。"

提尔勾起嘴角，身形一闪，再度欺到唐凛面前。唐凛同样早一步启动，又和提尔错开一个身位。可下一秒，提尔竟然水平瞬移，又和唐凛面对面了。这次唐凛再没得跑，提尔一拳直接把他打到了透明墙上。唐凛沿着透明墙滑落下来，疼得咳嗽，肩膀不住地抖。

提尔怜悯地走近他："何必挣扎呢，我越轻松，你死得越痛快，大家都省事。"

挣扎的确没意义，提尔的优越感和蔑视都是有道理的，他只拿出十分之一的能力，甚至可能十分之一都不到，就能将拥有文具树的闯关者踩在脚底，更何况他这样连文具树都没有的。

可唐凛不想等死了。他在病床上等死了两年，这辈子所有的佛系都在医院里耗尽了。就是死，那最后一点儿火星也要他自己来烧。

猛地跃起，唐凛直接扑到了提尔身上，抬臂就是勒颈，一点儿余地没留。提尔万没料到他看着冷漠淡然，疯起来比崔战都狠。可惜没文具树……提尔难得起了惋惜之心，不过这并不影响他的动作，抓住胆敢勒他脖颈的胳膊，用力一扯，直接把唐凛整个人扯飞了。

"咣当——"唐凛重重摔到地上，那声音观战者听着都疼。冷汗布满唐凛额头，他浑身疼得要命，想再起来，至少得缓个一分钟。可提尔没这个耐心，寒光一闪，手里多了把漂亮的短刀。

前面十个人，除了面对何律，他都是赤手空拳，可即便是对待何律，那刀也不过随便一扔，只为破他的"规矩"。不是他们不如唐凛，不值得动刀，而是一旦动刀，就没余地了。所有人都明白，这不是刀，是留与不留的分水岭，是决绝的杀意。

唐凛还没缓过疼，已被提尔逆着光的身影笼罩，世界暗下来。

提尔一刀下去，直奔唐凛白皙的后脖颈，可以预见血光和惨烈。

"嗷——"一声莫名狼嚎打破了窒息空气。

所有人都瞪大眼睛，郑落竹更是激动得站了起来，只见唐凛后肩像污渍的一块黑忽然蹿起来成了一团黑雾，带着寒风呼啸一样的嚎叫，缠住提尔落刀的手腕——刀尖几乎已经贴上唐凛的皮肤了，但就是迟迟落不下去。

那黑雾的后半部渐渐落地，前半部还缠着提尔，然后两者一起清晰，赫然一头黑色狼影。落地的是狼身，缠着提尔的是狼头，獠牙尖利的嘴正狠狠咬住提尔的手腕！

"夜游怪？！"这一声不仅是观战者的惊呼，更是提尔的不可置信。

极度的讶异让他忘了防御，獠牙成功刺破皮肤，剧烈的疼痛让他本能攻击，没被咬住的手直接一拳打过来。夜游怪咻地散成黑雾。提尔没穷追猛打，按着微微渗血的手腕后退两步。

黑雾重新凝聚成狼影，挡在唐凛身前，卫士一样："嗷——"

观战者彻底看傻了。这是什么操作？便携式夜游怪？

提尔没比他们好到哪里去。夜游怪不可怕，这对于他来说顶多算个资质还不错的闯关者，可夜游怪出现在这里本身就够离奇，还护着一个没文具树的闯关者，更是前所未闻。

"你怎么把它带进来的？"提尔需要静静。

唐凛也一万个没想到。刚才那个瞬间，他真以为自己必死无疑了，甚至开始想死后应该也像那些人一样笼罩着紫光飘，就是不知道会飘到哪里。然后这狼影就出来了。他只和一只夜游怪打过交道，不知道其他狼影长什么模样，但他莫名就能确定这是他的那一只。因为狼影现在威吓着提尔呢，还不忘拿尾巴蹭他裤脚，见缝插针地献媚。

唐凛挣扎着站起来，忍着疼调整呼吸："不是我把它带进来的，是它偷偷跟进来的。"他没看见狼影怎么出来的，但透明墙外的南歌一直指自己后肩呢，前后一联系，唐凛就知道大概了。

"不可能，"这个解释，提尔半点儿不信，"夜游怪从来没进过关卡。"

"它现在进了。"唐凛耸肩，结果得意忘形牵动痛处，倒吸一口气。

提尔看看眼前的狼影，就像在看一个假冒伪劣产品："攻击闯关者是它的天性。"怎么可能不攻击还保护？而且是偷偷跟进来保护？

唐凛伸出一只手，不敢太弯腰，怕疼。狼影直接站起来，头往上顶到他掌心，自己蹭。

"你看见了。"唐凛真不想炫耀，都是被逼的。

观战者眼睛都亮了。这什么驯兽天赋，太酷炫了。

提尔心绪起伏，解决唐凛和夜游怪简单，但弄不明白个中缘由让他烦躁："你用了'暗夜驯兽师'？"

唐凛也怀疑是这个的售后效果，故而如实回答："用了，七天前。"

提尔："不可能，文具时效早过了。"

唐凛无奈看他："每一个'不可能'都可能被打脸，你确定不再多想想？"

提尔："……"

关底 Boss 被搅和乱了，唐凛却没有。如果不是"<特>暗夜驯兽师"，那就只剩一种可能，狼影记得他的手下留情，一直惦记着报恩呢。

攻击闯关者是它的天性？才怪。

夜游怪的出现，让战场出现了对峙局面，可这对峙源于"意外"，而不是"实力"。再说明白一点儿，只和提尔自己的情绪波动有关。

现在，他眼中的烦躁正在一点点散去，取而代之的是熟悉的平静和轻蔑。

"我不喜欢投机取巧的人。不管你是怎么把它带进来的，又用了什么手段让它听话，如果你觉得这样就能显得与众不同，让我给你通过，恐怕要失望了。"

唐凛无辜地看他："我从没说过自己与众不同，你非要强调一遍，看来是真有点儿打动你了。"

无言对视两秒，提尔反倒坦然了："是有点儿特别，但还不够。"短短十个字，一人一狼就被判了死刑。

唐凛不再多费口舌。身上的疼又卷土重来，他在意的是绑在小腿的短刀，那是范佩阳让他用来防身的，隔着长裤看不到，但每次动腿都能知道它还在那儿。和提尔硬碰硬毫无胜算，所以这刀只能出鞘一次。出鞘，就要通过。

狼影感觉到提尔的杀意，弓起背，发出凶狠长嚎："嗷——"

提尔眨眼工夫就到了狼影面前，抬腿就是一脚。狼影散成黑雾，让这一脚踢空，而后又迅速凝聚，猛地咬上敌人刚收回的右腿。提尔嘴角冷冷一勾，对这撕咬毫不在意："还没有夜游怪敢在我身上留牙印，你走运留了一处，应该见好就收的。"语毕，左腿已照着狼影狠狠踢去。

"嗷呜——"狼影痛叫着被踢飞到车厢尽头。

唐凛心里一疼。你倒是松口啊，不松口就不能变回黑雾，必然挨这一下，挨完了你不乐意松口也得松，亏不亏，傻不傻？

然而心疼没影响他的攻击速度。这是狼影用自己给他换来的机会，错过就没了。趁着提尔还没把目光从狼影那边收回来，唐凛拔出短刀，一记横切，目标就是提尔最脆弱的脖颈——两次下手都是脖颈，都是杀招，因为对待强大的敌人，不遗余力才可能活命，手软就等于送自己下地狱。

观战者在唐凛出刀的一刻，不约而同屏住呼吸。提尔还保持着偏头姿势，这一刀绝对躲不过，可下一秒他们就知道了，这世上没有"绝对"，只见提尔看也不看，居然抬手稳稳抓住唐凛横切过来的小臂，用力一折！

"咔——"所有人都听到了骨头断裂的声音。

唐凛的脸色刹那间白得像纸，可他皱紧了眉头，一声未吭。

刀从手中滑落，提尔用另一只手接住了，轻声道别："再见。"没半点儿迟疑，刀尖冲着唐凛心口扎下去。

忽然，一抹黑色狼影凌空而来，生生替唐凛挡了这一刀——整个刀刃刺入狼影腹部。

"嗷——"嚎叫声没有疼痛的凄厉，竟然还在威吓敌人。

提尔眼里毫无波澜，手上未停，一刀划到底。

只是一团黑影，狼的轮廓罢了，然而所有观战者都好像看见一头骁勇的狼正被开膛破肚，还是用唐凛的刀。

狼嚎声渐渐弱下去，最终没了动静。提尔将挂在短刀上的狼影甩下去，就像在甩一张兽皮。

唐凛红了眼，仿佛忘了自己刚折断手臂，弓起背，蓄满全身力量，用同归于尽的凶狠扑向提尔，也像一头疯狼！

提尔持刀的手微微握紧，他不介意再开膛一个。

就在这时，被甩到地上的狼影散成黑雾，细看，扩散开来的黑雾里，有零星的颗粒在闪紫光。提尔怔住，死去的夜游怪散成雾彻底消失不奇怪，但怎么会有紫光……

"咻——"原本扩散着的黑雾突然汇聚，一刹那凝成了一条细细的黑色雾带，夹着奇怪的紫光，直奔唐凛而去。

所有人都没反应过来，无论是唐凛还是提尔，那雾带已经像条蛇一样钻进了唐凛的手臂，就是骨折的手臂，也是有猫头鹰图案的手臂。

雾带消失得无影无踪，猫头鹰图案却开始疯狂闪烁。唐凛只觉得一股灼热的力量席卷全身，下一刻，脑中忽然浮现一棵文具树。他抬不起骨折的手臂，却可以用意念清晰看见这棵文具树和树根处的永久性文具——狼影幢幢。

唐凛全神贯注，动心起念。透明墙内忽然被一块块黑色雾影席卷，它们流动而密集，就像无数个狼影簇拥着重叠着，充斥了整个战场。

观战者看不见战况，提尔也被剥夺了视野。唯有唐凛，在这密不透风的黑雾里看得竟越发清晰，犹如秋日望平川。不给提尔任何适应机会，他抬起没受伤的手，一把抓住提尔的手腕，不夺刀，直接扭转方向，让他自己刺自己。

提尔猝不及防，他全部心神都在这突发的变故上。对战区是绝对不可能用一次性文具的，这不是他的规矩，而是首节车厢的设置，所以唐凛用的只可能是文具树。但在几分钟之前，他还根本没有文具树！

一连串的思索让提尔更加混乱，什么防御、感知都迟钝了，等回过神，刀已碰到脖颈。提尔别无选择，只能抬另外的手臂去挡，刀刃划过小臂。

挡这一下，足够提尔反击了，他手腕用力，直接挣开唐凛的钳制。唐凛被震开的手疼得近乎麻木，和另外一条骨折的手臂一样接近废了，可提尔连伤都没伤到，只被划破了袖子。

再没机会了。唐凛比谁都清楚，悬殊的敌我差距让提尔根本不必视野清晰，依然能轻易夺取他性命。

提尔也清楚，可他不想做了。

3

"通过。"

观战者们还对着一片黑雾蒙着呢，就听见雾里传出简单明了的两个字，然后声音又没了。

提尔不说话，唐凛也不说话，黑雾还在。

静默数秒后，又是提尔的声音，只是比刚才高高在上的"通过"多了一丝不情愿："不管你用的什么，收了。"

"谁先说话谁就输"的较量，提尔，败。

黑色雾影消失，但没散，而是聚成一个狼影，围着唐凛脚边一个劲儿地蹭，讨奖励似的。唐凛想给它个笑，可眼底漫起的却是水汽。文具是他操控的，没人比他更清楚，这只是一个影子，摸不到，碰不着，真真正正的一片雾。轻轻呼出一口气，唐凛压下眼里的灼热，重回冷然。

文具效果解除，黑影散成细雾，钻回唐凛的手臂，猫头鹰图案随之一闪。

所有人都看蒙了。刚刚夜游怪明明死了，怎么一个眨眼就死而复生了？还复生到唐凛身体里了？后来的漫天黑雾又是怎么回事，一只夜游怪可绝对搞不出这么大的"黑幕"。相比之下，提尔被割破了袖子反倒不算惊奇了。

提尔同样有疑问，可他不用自己想，直接上前捞起唐凛骨折的手臂，点开"文具盒"。

唐凛疼得呼吸一滞，额头立刻冒出汗珠。但下一刻，他和提尔一样愣了——"文具盒"里，文具树的树根处的确解锁了第一个永久性文具"狼影幢幢"，却不是他原本的那棵文具树，而是在旁边又长出来一棵新的，解锁出文具的是这第二棵文具树。至于原本那棵，仍顽固地坚持着只散叶，不结果。

唐凛抬头，疑惑地望提尔，等一个解释。结果提尔抬头，用同样的眼神望他。

"不要告诉我你也不懂。"唐凛淡漠的眼里一片嘲讽。

提尔忽然有点儿明白为什么他会和透明墙外那个虎视眈眈的家伙凑到一起了，一个重压迫，一个轻嘲讽，两个极端，却殊途同归，都是轻易就能让人很不爽。

"夜游怪本质上是一种能量体，所以它才能以实体和雾两种形态存活。但实际上，能量的存在形式绝对不止两种。我不知道你用什么方法让它认准你，但很显然，它现在就在你的身体里，以另一种方式继续存活。"提尔说得清晰笃定，其实只有"夜游怪是能量体"是确定的，其余都是他的推测，但被一个闯关者嘲讽是他绝对不能容忍的，必须拿出权威……

唐凛："你也是半猜半蒙。"

权威坍塌。

唐凛低头看向那个文具，声音里蓦地掠过一丝温柔："但应该接近事实。"

狼影还陪着他，这次不用沾他衣服上了，直接就在他的身体里。从今以后，去到哪里，都带着你。

"我原本的文具树还会开吗？"唐凛抬起头，直视提尔。

原本的？观战者们面面相觑，什么意思？

"我也想知道，"提尔这话没作假，"关卡开放这么多年，还没遇见过拥有两棵文具树的闯关者。"

唐凛："'关卡'是单指这一关，还是上面都算上？"

"都算上，所以……"提尔放轻声音，一字一句像祝福，更像威胁，"你千万别给我死。"

说完，他抬手在半空中点了几下。应该是有投屏的，可这一次，只有他自己知道投了什么界面，观战者们只能看见他点击空气。

随后，一道淡金色光芒笼罩唐凛。

观战者彻底惊呆了，治愈性文具？这售后服务也差太多了吧？！

唐凛毫无防备，舒服的温暖感已流遍全身，所有伤痛被悉数带走。光芒散尽，他就像在清晨苏醒，日光明媚，神清气爽。

透明墙消失，观战者们一下子活了。

五五分："真有两个文具树？"

和尚："快让我看看……"

周云徽："你藏得够深啊，夜游怪都带进来了。"

探花："能不能透露点儿方法，也让我复制一下成功经验？"

崔战："你打架怎么比我还疯，不过我喜欢……"

唐凛没理好奇宝宝们，直接走到范佩阳面前。

范佩阳已经坐下了，脸上没任何表情，也不看唐凛，好像刚刚站在那里几乎要用眼神把透明墙烧穿的人不是他。可就在他站过的位置，地上有一滴不起眼的红。那是顺着他右手滴下来的，砸到地上的一朵细小血花。

唐凛去抓他放在大衣口袋里的右手。范佩阳一闪，不是躲，是拒绝，眼里结了寒冰，周身气压低得能伤人。

唐凛知道，他生气了。换位思考，自己也会气，那种明明近在咫尺却无能为力的感觉能把人逼疯，他懂。但重来一次，他的选择不变。

抬手臂点了两下，同样的淡金色光芒笼罩范佩阳。

手上的疼痛顷刻消失，是"〈幻〉镇痛止疼"。

范佩阳不可置信地抬头，唐凛绝对是在挑战他的怒气极限："你对我用幻具？"一点儿小伤，唐凛竟然把唯一的治愈性幻具就这么用了。

唐凛挑眉："你的质问有点儿模糊，是给'你'用不对，还是给你用'幻具'不对？"

范佩阳："……都不对。"没有咬牙切齿，已经是范总最大的修养。

唐凛浅笑，声音像鱼儿跃出水面，不安分的顽皮："我已经用完了，你该早点儿说的。"

范佩阳："……"

趁着范总搜肠刮肚找反击，唐凛出其不意伸手，成功将对方藏在口袋里的手逮捕归案。果然，掌心破了。这得是拳头攥得多紧。"〈幻〉镇痛止疼"可以麻痹痛觉，却没法真正疗伤，不过这点儿小伤也的确不用处理，伤口已经自己凝住了。

范佩阳压着心里濒临喷发的火山，等待唐凛反省。

唐凛放下他的手，抬起眼，认真严肃："你浪费了我一个幻具，不把提尔打趴下，是不是说不过去？"

范佩阳能不能把提尔打趴下，围观者们不知道，但这两人你一句我一句、你为我流血我给你治疗的，可全落进他们眼睛里、耳朵里了。不想听不想看都不行，简直是硬塞，塞得众人心绪难平。被提尔虐也就算了，还被别个闯关者虐钱虐感情，这上哪儿说理去？

周云徽问何律："一个治疗幻具，现在市价多少了？"

何律想了想："治愈性的十万起吧，这种不愈合伤口单纯止疼的至少七八万。"

周云徽刚才是心疼，现在是扎心。那么个小伤口，想止疼吹口气都管用，为什么要浪费七八万的文具？"壕"无人性啊！

草莓甜甜圈们对钱不在意，他们更念情。

五五分撩一下自己的小卷发，忧郁一叹："幻具说用就给组员用了，眼睛都不眨一下，这种组长真没见过。"

和尚托着个鹅蛋脑袋，伤春悲秋："是啊，组长就应该我行我素爱谁谁，偶尔出个选择题敷衍一下队友情，足够了。"

全麦凑过去，刚要加入，旁边传来关岚悠悠的声音："那组长以后多请你们吃蛋糕，好不好？"

全麦一个腰部用力，生生把上半身又移了回去，正襟危坐："你们别指桑骂槐，咱们组长差哪儿了？要武力有武力，要颜值有颜值，要海拔……咳，有颜值。"

探花抬头望天花板，假装冥想。

莱昂闭目养神，整个世界与他无关。

唐凛坐回范佩阳身边，脸上仍淡淡的，实则心情明朗——关卡通过了，文具树开了，还把范佩阳治住了，超有成就感。

和范佩阳相处是一门学问，刚创业那会儿他还没精通，天天被这位范总气得半死，后来磨合磨合才拿准范佩阳的脉，什么时候该硬，什么时候该软，什么时候顺毛摸，什么时候顶风上，摸得透透的。不过越是这样，越让唐凛想不通，那个和范佩阳好到可以住在一起的他，怎么做到多年交情只留一张偷拍照的？

失败。隔着记忆的鸿沟，唐凛毫不客气给另一个自己下了评语。

提尔似乎对于自己被割破的袖子很介意，皱眉看了又看，还是伸出手指往下一勾。"嘶啦——"清脆的布料扯断声响起，半截袖子落下，露出线条流畅有力的小臂。提尔这才转向投屏，在仅剩的两张照片里难得好心情地挑选了片刻，最终点了左边那张。

照片翻开，关岚——智力 S，体力 A，攻击力 A+，防御力 B+，综合危险等级 A+，文具树"蛋糕有毒"。

大家料到关岚不会低，否则也当不上草莓甜甜圈的组长，但数据出来，还是让人眼前一亮。谁能想到关岚的智力竟然是"S"。智力可不只是知识，它还包括一个人的反应速度、应变能力等等。

一个"S"，一个"综合A+"，绝对的目前全场最高。其实也不用"目前"，一共十三个人，现在就剩范佩阳了，但三大组长也好，草莓甜甜圈们也罢，承认他不弱，但数据超过关岚几乎没可能。

"攻击力A+……"提尔显然更重视战斗性数据，他徐徐抬眼，瞥向关岚，"还真看不出来。"

关岚含着棒棒糖，眨了下眼睛。他的睫毛很长，轻轻一眨，像蝴蝶扇翅膀。

组长一扇翅膀，组员就知道飓风要来了，和尚、五五分、全麦、探花一起咽了下口水。关岚最恨两件事：一、说他个子矮；二、质疑他战斗力不行。而提尔上来就戳中之一……

提尔："你的体力A也很让我意外，是矮子比较灵活吗？"

草莓甜甜圈组员："……"很好，仇恨100%。

关岚咬碎了棒棒糖，丢掉纸卷棒，起身走进战区，和提尔隔着一米半左右，正面相对。他只到提尔胸口，整个人白净净粉扑扑，像个漂亮的娃娃。

提尔不由得多看了两眼，不是觉得好看，而是感慨于文具树的精准。闯关者们也许不懂，但他们清楚，文具树或多或少代表了持有者的气质。比如勇猛者，文具树也多是孔武有力型；保守者，文具树便多是防御。而眼前这个，长得就像一块可口糕点，单看"蛋糕"二字，文具树"蛋糕有毒"简直是量身定做。至于如何"有毒"，提尔还需要进一步了解。今天晚上好几个文具树都是第一次见，极大地增加了他的乐趣。

"对战开始之前，先讲讲你的文具树。"提尔说着环顾四周，建起透明墙。

"啪嗒。"一块黑森林蛋糕落到提尔的脑袋上，而透明墙才建起四分之三。

提尔茫然一秒，然后重重皱起眉头，伸手在头顶一抹，软乎乎，湿叽叽，让人真的一点儿都不想拿下来看。

"手感如何？"关岚眼巴巴地望着他，"A. 云朵；B. 沙滩；C. 羽毛。选一个？"

提尔："……"

观战者们："……"

就那巧克力蛋糕坯加巧克力酱加巧克力奶油加巧克力碎屑的融合手感，给那三个美好选项亏心不亏心？！这还没算上"视觉"呢，那丝滑的黑褐色……

提尔还是把手拿下来了，于是触感加视觉，体验全方位。但这还不是最糟糕的，他能清晰感觉到一阵麻痹从沾了蛋糕的手心渗入皮肤，透进血管，正随着血液往手臂上面去……

先讲讲你的文具树？关岚直接演示了。

深吸口气，提尔凝住心神，慢慢减缓血流速度，将毒素禁锢在小臂的范围内，同时提高代谢率，加快毒素的分解速度。

围观众人以为关岚只是砸了个蛋糕当开场，从形式上给提尔一个下马威，直到提尔一动不动，专心凝神，而关岚优哉游哉隔岸观火，大家才后知后觉，蛋、糕、有、毒。不是非要像对待奥丁的凶狼那样，进了眼睛或者嘴巴才行，通过皮肤就能渗透，这根本是居家旅行杀人必备之良品呀。

两三分钟后，提尔才完全把毒素代谢掉，他抬起眼对上关岚，面上一片阴云："我还没说开始。"何止没开始，连透明墙都还没围好。

最后一点儿糖渣在关岚的舌尖融化，丝丝的甜："你给了我组员这么多中肯建议，我也给你一个。不是什么都会按照你的节奏来的，世界很残酷，你要学会适应。"

提尔："……"

鉴于关底 Boss 的脸色太难看，甜甜圈组长主动收了文具。最好的时机已经用完，没能伤到对方，后面都是白搭。

随着文具树的解除，提尔手上和头上的"蛋糕泥"立刻消失，清清爽爽，一点儿痕迹都没留，就像它们从未出现过。

"这是你目前能操控的最大毒性？"提尔一边问一边皱眉，总觉得还能闻到该死的巧克力味。

"是，"关岚大方承认，"可惜还是杀不掉你。"

提尔嘲笑似的轻哼："想杀我，等你能活着闯到后面，也许可以试试。"

关岚对这个答案不意外。他用的是全身麻痹，如果中毒的是闯关者，不死人也废了，除非治愈性文具，否则没救，哪怕他解除文具效果，也改变不了已经进入人体的毒素。可提尔直接把毒素化解了，整个过程更是短到惊人的两三分钟，实力差距不言自明。

但是……后面？

不止关岚，每个人都在心里特殊标记了这两个字。后面是多后面，那时的他们真的可以达到提尔的程度，甚至比他更强？

提尔没耐心再多说，巧克力味熏得他头疼。关岚的文具树在攻击上的潜力绝对不止"A+"，加上他的剑走偏锋——虽然提尔更愿意称之为狡猾刁钻——未来绝对会更难缠。这恰恰是他们希望看到的。

提尔："通……"

关岚："别急，你问了我问题，我还没问你呢。"

提尔："文具树要你自己摸索，上面有什么关卡我更不可能告……"

关岚："巧克力那么好吃,你为什么讨厌?"

提尔:"……"

关底 Boss 封闭听觉,深呼吸,世界清静了。

"通过。"他一秒钟都不想再多看这位,一秒都不想。

关岚带着些许遗憾,弯了眉眼,像新月:"多谢。"

透明墙还没来得及完整便消失。关岚从口袋里又掏出个棒棒糖,撕开糖纸,快乐舔舔舔。

他也有这个资本。纵观全部十三人,除了南歌和探花因性别属性和文具属性跳过了和提尔直接交手的环节,其余哪一个不是经历摸爬滚打才艰难过关。狼狈的如郑落竹、崔战、和尚等等,身上青一块紫一块,遍布内外伤;好一点儿的像莱昂,和提尔没过几招,也多少挨了两下。只有关岚,没开始就开始,说结束就结束,攻击得出其不意,通过得干脆利落,自始至终连站位都没动,和提尔更是连个衣角都没碰。

组员们你看我我看你,这回连探花和莱昂都加入了。要不人家是组长呢——每一个甜甜圈组员的眼神里都闪烁着同样的感慨。

提尔对着最后一张照片,迟迟没点。十三人通过十二个了,要是接下来这个还通过,他真不用干了。别人不会管你遇见的闯关者多优秀或者多奇葩,正常思维,通关率都不可能100%,你100%了就很难讲清楚。

"照片底下是我,还有什么悬念吗,值得你想这么久?"没有等人习惯的范佩阳已经站起来了,脱掉大衣交给郑落竹,剪裁合体的衬衫尽显他挺拔的肩背,倒三角的身材隐约可见,又透出一丝优雅。他解开袖扣,不紧不慢将袖子挽上去,手臂漂亮的线条竟和提尔旗鼓相当。

明明没做什么,空气却霎时充满了压迫感。

探花在抢钥匙车厢离开得早,对范佩阳的战斗力毫无印象,此刻偷偷问和尚:"他很厉害?"

和尚也说不好,因为没直接交手,只能依稀回忆:"反正气势挺唬人。"

这个探花相信。因为现在的范佩阳已经带上了生人勿近的气场,每动一下,都能让人感觉到他的危险,而且动作越轻缓,那种危险性越强烈。

全麦可不觉得范佩阳只是虚张声势,气势这种东西,装是装不出来的:"他们VIP到底谁是组长?"

五五分纠结半天,还是不行:"我现在也说不准了。"

一路战斗过来,不可能不点击手臂图案的,这位现在解袖口,那就只有一种可能——进入这个车厢后,确定暂时无战,人家又把解开的袖口重新系上了。这种不通关就是死的节点还这么讲究细节和体面，得是多逆天的心理素质。

"照片底下是你，没悬念，同样——"提尔转头看范佩阳，"你的结果也没悬念。"

范佩阳微微挑眉："我以为到了第十三个，你会省略说狠话的无意义环节。"

"不是狠话，是通知。"提尔平静得近乎冰冷，"不管你实力如何，我都不会让你过，所以你放弃抵抗，会走得舒服点儿。"

范佩阳倒感兴趣了："理由。"

提尔："淘汰率可以低，不能为零。"

范佩阳："关卡的潜规则？"

提尔："你可以这么理解。"

范佩阳："不通过就死？"

提尔："你运气不好。"

范佩阳点点头，抚平最后一丝褶皱，袖口彻底平整："知道了，翻照片吧。"

提尔意外："你还要打？"

范佩阳："有人让我把你打趴下，你运气不好。"

有人就想死得凄惨，提尔不介意满足。

最后一张照片翻开，范佩阳——智力A，体力S，攻击力A+，防御力A，综合危险等级A+，文具树"懒人的福音"。

数据刷出的一刻，提尔微怔。还真把潜力顶尖的家伙留到了最后，他今晚的运气说不定也被斯芬克斯诅咒了。

观战者们受到的冲击则远比提尔大得多。谁强谁弱在提尔眼里只是相对而论的，真严格起来，战斗力都是渣，所以别说范佩阳的综合等级和关岚一样是A+，就是真到了S，也顶多让他稍稍意外地"哦"一下。可围观众人不同。关岚是甜甜圈的组长，范佩阳只是一个地下城新人，什么"VIP"听都没听过，数据竟然高过关岚？别提什么综合危险等级一样，看单项从高到低排，关岚是"S、A+、A、B+"，范佩阳是"S、A+、A、A"，一目了然了。

五五分："果然是有装相的资本。"

和尚："攻守兼备，啧，我有点儿期待接下来的战斗了。"

全麦："攻击力都A+了，防御力还能到A？"

探花："咱们莱昂五A呢。"

全麦："莱昂是练过的，格斗擒拿都是专业级，他有这素质？"

五五分："文具树强呗，说不定就是个全能文具树。"

探花:"你、确、定?"

全麦、五五分、和尚一起看向"懒人的福音"五个字,沉默了。

郑落竹也在沉默,他终于明白老板为什么对文具树的名字严防死守了。但他现在已经知道了,会不会被灭口……

"哎,"对面的周云徽叫他,"你们组到底谁是组长?"

灭口危机还没解除,又来一道送命题。郑落竹一个下滑,摊平在椅子上:"反正我是组员。"

关岚从头到尾没作声,单手托腮望着战场,大眼睛里透着兴致勃勃。被压数据他不在乎,战斗这种事,越是有挑战才越刺激,他都想和范佩阳打一场了,于是越发期待接下来的对决。不过要说数据能改变他对范佩阳既定的负面印象也不现实——身高超过一米九,草莓甜甜圈组长的黑名单;体力S,黑名单里的黑名单。

同样专注望着战场的还有唐凛,但不是关岚那种看热闹,他是把整个心神都扑在上面了。范佩阳的数据比在电梯里时有了很大提升,攻击力A变成A+,防御力B变成A,但这些在提尔面前微不足道。更致命的是,提尔真的想杀他,不是开玩笑。

4

从唐凛的角度只能看见范佩阳的背影,宽阔的肩膀,漂亮的腰线,笔直的长腿。

"范佩阳。"唐凛忽然出声。

提尔已经关掉投屏,要开战了,范佩阳却视若无睹,潇洒回头:"说。"

唐凛:"你千万别给我死。"

这是提尔对唐凛说过的,范佩阳很不满意:"别拿别人的话敷衍我。"

提尔:"……"

唐凛静静看着他,声音轻缓,冷然:"活着。"

范佩阳一刻不放地把人盯住:"你的要求太低。"

唐凛嘴角向上:"赢他。"

范佩阳收回目光,只留给他一个坚定背影:"好。"

全体十二人:"……"这是什么神仙战友情!

"废话说完了?"提尔轻蔑一笑,四周升起透明墙。

冷白色的灯光像雪,吞没了一切声音。两人相对而立,距离约三米,一个轻松,一个冷静,不同的情绪气质,同样的英俊强势。

范佩阳没理他的嘲讽，看似不屑理，实则心里极快地分析着敌人的战斗力组成——气势可以助阵，但能制敌的永远是硬实力，这一点上范佩阳很清醒。

提尔的硬实力主要分三个方面：速度，防御，攻击。纵观提尔对战，这位关底Boss在速度和防御上都是碾压极的超越。速度最快到肉眼无法捕捉，也许距离上受限，但在车厢这样的战场上足够了。防御则可以化解周云徽的火焰和关岚的毒素，唯一一次被夜游怪咬伤手腕，是夜游怪的出现让他分了神。相比之下，攻击就没有那么绝对强大了。到目前为止，他只用过两次刀——一次是破何律的规矩，投掷了飞刀，一次是抢了唐凛的刀——剩下都是拳脚。很明显，刀只是他的辅助，真正让他用得顺手的，就是拳脚。他的拳头比普通人的威力大很多，如果按照文具树的逻辑，他依赖的攻击应该就倾向于"身体强化"。

综上，和提尔打，不要拼速度，尽最大可能避免被击中要害，找机会让他分神破防御。做到前两点，不会死；都做到，就可能赢。

"好好表现，死归死，至少给我留个深刻印象。"提尔说完，一瞬抵达范佩阳面前，身形未定，拳头已来，攻击的速度明显提升了。

众人一惊，这种速度根本来不及躲。

然而范佩阳压根儿没躲，竟也同样挥出一拳，打在了提尔拳头的侧面。

提尔没料到敢有人和他硬刚，拳头在惯性下无法改变路线，被范佩阳狠狠打歪，直接擦着范佩阳的面门偏出去了。疼倒不太疼，但很让提尔不爽，他已经提了速，就是准备一拳解决战斗，竟让范佩阳找到了脱身机会……

等等。提尔察觉不对，打偏了他拳头的范佩阳没趁机逃到一边，竟然又挥左拳——右拳防守，左拳攻击，这人一开始就奔着打他来的！

提尔敏捷向后一闪，轻巧避过范佩阳的拳头。范佩阳攻击不中，没恋战，这时才一跃向后，和提尔拉开距离。

"这是真打算死磕了……"观战者们现在是彻底相信范佩阳的战斗意志了。刚才那第二拳虽然没打中，但作为交手的第一个回合，不投机，不讨巧，就拿拳头对拳头，这战旗立得够狂够硬。

"为什么不用文具树？"提尔朝被打到的拳头轻轻吹气，像是脏了吹吹灰。

范佩阳没说话。

提尔忽然听见空气中"咻"的一声，防御的本能让他立即偏过头。不明飞行物从他的脸颊旁疾驰而过，在空中绕一圈，回到范佩阳肩膀旁边，像行星守着恒星。

一个罐头。提尔认出那物品，竟一时不知该说什么。先被一块蛋糕砸，再险些被罐头打到脸，这真是个多彩多姿的夜晚。

"你还真是不遗余力摧毁自己最后一点儿通关机会。"提尔的眼底沉下来,湖水成了深潭,杀机遍布。

罐头绕着范佩阳高速旋转,形成防护墙。

"我以为通关概率一开始就是零,原来你现在才下决心,那是我高估你了。"范佩阳从不考虑通过不通过,他只要赢。

"这就是你的攻守兼备?"提尔扯下嘴角,"不堪一击。"

语毕,他以更快速度欺身上前,那高速绕圈的罐头在闯关者眼里或许看不清,但在他眼里,罐头的路径却自始至终都很清晰。脚下定,手已抬,他直奔罐头而去。

范佩阳微微皱眉,罐头突然变速,躲开了提尔的手。提尔抓了个空,但神色不变,抓空的手顺势握拳。

"他是虚晃一招。"惜字如金的莱昂低声道。

大部分人在提尔抓空握拳的一刹便明白过来了,他根本不是为了抓罐头,目的就是让范佩阳去操控罐头改变路线,而这一操控必然占据范佩阳的注意力,哪怕只一瞬,也足够提尔攻击了。

"要挨揍了。"五五分叹口气,莫名有点儿不愿意继续往下看。虽然他和提尔、范佩阳都没交情,但提尔揍得他现在还疼呢,他是真希望范佩阳能扬眉吐气,现在看,恐怕悬了。

果然,范佩阳操控罐头躲开提尔的手。就趁这一瞬,提尔握拳冲着他心口狠狠揍去。范佩阳回过神,立刻去躲,但已经晚了,只来得及避开几寸,让挨揍的位置从"心口"变成"胸口"。

一拳下去,砸在血肉之躯上的闷响,像旱地惊雷。多疼?不知道,只知道一听,就比前面提尔挥出去的所有拳头都重。可范佩阳一声不吭,连眉头都没皱,就在提尔揍到他胸口的同时抓住了对方的手腕,时机掐得极准,就好像他早料到提尔会揍过来这一拳。

提尔皱眉低头,看着被握住的手腕,冷冷扯了嘴角:"怎么,一拳不够,还想挨……"

"咣!"

提尔有一瞬的茫然,观战者们却看得清楚,那个被范佩阳改变了路线的罐头,趁着提尔被范佩阳抓住手腕直接定向攻击,狠狠击中了提尔的太阳穴。观战者们心中一叹,让你话多,忘了还有罐头吧?

范佩阳松开提尔,后退两步,罐头又回到他身边:"一下。"他语速适中,声音平和,像运动比赛裁判计分。

提尔:"……"

观战者们:"……"

原来第一回合那个拳头打拳头还不算，这个才是人家心目中的第一击。从罐头绕身开始到提尔假意抓空真正出拳，再到胸口挨揍反握手腕、罐头攻击，一切都在他的计划内。

这哪儿是提尔虚晃一招，是范佩阳虚晃一堆招！

提尔不是第一次挨打，在前面他被火烧过，被疯狼咬过，还被蛋糕砸过，但都没有这一下来得有冲击。别人能打到他，要么靠文具树自身属性，要么钻了他分神的空子，只有范佩阳这一下是自己争取来的。

"一下。"他用手掌揉了揉太阳穴，歪头看范佩阳，"你的目标是几下？"

范佩阳忽然启动，直冲过来，用拳头代替回答。

"咻——"同时飞来的还有罐头。

"没人和你说过吗，一样的招数不要连着用两遍。"提尔眼中锐利一闪，一手轻松挡住范佩阳挥过来的拳头，一手稳准狠地抓住飞驰过来的罐头，用力一捏。"砰——"缠着铁丝的罐头直接被捏爆，铁丝断裂，铁罐凹瘪，罐头渣纷飞。

"咣！"又一下，罐头击中提尔的太阳穴。

范佩阳趁机脱身，后跃到安全距离，新的罐头"咻"地飞回，绕着他的肩头起舞。

"没人和你说过吗，一样的招数可以用两遍，罐头数量够就行。"范佩阳拍拍衬衫上溅到的罐头渣，缓缓抬眼，"两下。"

战场内外，一片寂静。

观战者们算是看出来了，范佩阳的攻击点相当专一，就打关底 Boss 的头。那么问题来了——众人上下打量他笔挺的衬衫、优雅的长裤，从头到脚线条流畅，所以他到底把罐头藏哪儿了？

提尔缓缓抬头，直视范佩阳，眼底的最后一丝情绪，随着第二击消失殆尽。优越感、蔑视感没了，生气、烦躁也没了，甚至连冰冷都不见了，现在那双眼睛清澈而漠然，像某种无机质，映着范佩阳的影子。

这是一个很细微的变化，却让所有人毛孔骤缩，凉意入侵。

身处战场的范佩阳也感觉到了，甚至更直观更强烈。可还没等他细想，提尔忽然一晃，竟在他的视野里消失了。

"后面——"场外有心急的观战者脱口而出。

提尔不是消失了，是用比之前更快更难以置信的速度绕到了他的后面！前面对阵十二人，提尔都没展示过这样的速度。

范佩阳没回头，而是当机立断往旁边闪。可提尔的攻击更快，一拳重重打在他的左肩胛骨上，打得范佩阳跟跄向前。还没等范佩阳站稳，提尔又打出第二拳，攻击速度和移动速度一样是飞跃性提升。这一下范佩阳再没机会躲，被狠狠打到了对应心脏的后背位置，从跟跄变成大跨步向前扑。

所有人都心脏一紧，尤其郑落竹，他是被打过的，正面挨那一下心脏几乎骤停，现在老板背后挨一下，理论上痛楚会打折，但提尔增加了攻击力啊。那一拳到肉的声音，绝对比揍他的时候狠多了，他都不敢想范佩阳得有多疼。

何律紧盯范佩阳，剑眉紧锁，凝重而压抑："提尔认真了。"

提尔只是太阳穴微微泛红，范佩阳却是一路跟跄。

"啧，这样还没倒，身体素质是牛。"崔战眯眼看着范佩阳脚下渐稳，有点儿来劲了。观战这种生死相搏就跟喝酒似的，上头。

"没倒顶什么用。"全麦插嘴，丝毫不抱希望，"提尔已经认真了，实力太悬殊，根本没机会。"

像是印证他的话，那边范佩阳刚站稳，还没来得及转过身呢，背后的提尔一下子又逼近，抬手就是第三拳。"砰！"凌空飞来的罐头和提尔的拳头撞了个正着，罐头轰然爆裂，提尔的拳头在撞击里减了速，路线却没偏，还是直指范佩阳的心脏。可就这撞击的一刹那，范佩阳已抓住机会倏地转身，速度之快根本不像一个刚被铁拳搡过心脏的人。他一把擒住提尔挥拳的手腕，一手握拳还以颜色，还是打提尔的头。

只这么一擒一反击，莱昂就确定了："他也练过。"虽不是自己这样系统训练，但一招一式绝不业余。

"练过有什么用。"探花抓乱一头狗啃毛，比全麦还悲观，"人家Boss加了速度、力量、防御全方位Buff（增益效果），根本无解。"

果然，范佩阳这一拳明明够快够狠，却还是被提尔轻松躲开，同时手腕一挣，几乎不费吹灰之力就脱开了范佩阳的钳制。眨眼，攻守转换，提尔根本不后退，挣开的同时手腕一转，带着杀意的拳头就出去了。他出拳速度已疯狂提升，这一下根本避不开。但是范佩阳要真接下这一拳，心口都能被打穿！

奇迹没发生，拳头还是击中了范佩阳，极速，凶狠，不留生机。范佩阳身体一僵，鼻尖瞬间渗出了汗，可下一秒，他竟然双手握住了提尔的拳头，死死握住，就像怕人跑了。

观战者们瞠目结舌，没被打穿就算了，还有力气抓住提尔，这身体素质是魔鬼吗？！可是抓住提尔有什么用，你又打不中人家，俩罐头也都被毁了……

"咻——"熟悉的不明物体飞行声打断了众人紧张的思绪。但这次不是罐头，而是一块长条布料，从对战区的最边缘角落破风而来，"啪"蒙上了提尔的眼睛。

猝不及防天就黑了，提尔有一刹那的愣怔。范佩阳可没蒙，一拳狠狠挥出，重重揍上提尔的脑袋。提尔的头被一下子打偏，太阳穴从微红变成通红。但范佩阳手上没停，又是一连两拳，拳拳生风。

三下，四下，五下。范佩阳不数，观战者们却在心里替他数着呢，再不是罐头，再不是文具树，就实实在在的拳头，爽。他们同时也看清了，捂住提尔眼睛的恰恰是提尔对战前扯掉的半截袖子。范佩阳的文具树能隔空移罐头，操控这种更轻的布料自然不在话下，但这究竟是范佩阳的临时起意还是早有谋划？

"我现在知道他把罐头藏哪儿了……"周云徽忽然出声。

众人随着他的视线望去，就在袖子刚刚飞过来的那个方向，同样的角落里静静躺着一个罐头。显然在袖子飞起来之前，它是被藏在袖子下面的，目测袖子的长度正正好好可以盖住三个罐头。现在两个爆了，一个还没动，临时起意还是早有谋划，没疑问了。

提尔扯下袖子随手一扔绝对扔不了那么远，那根本是压着透明墙的尽头线。这也是范佩阳用了两个罐头，但他们没注意到"出处"的原因——远远藏在主视觉区之外，突然凌空飞来，高速摄像机都未必能捕捉到轨迹。

罐头之谜解了，观战者们却没声了。将袖子挪到战区边缘，这要求对即将升起的透明墙位置有准确预估。将罐头藏到袖子底下，这要求对隔空移物的操控必须极其精细。更重要的是，这些操控就发生在他们眼前，而他们却无从察觉，包括提尔。他们是粗心，提尔是轻敌。而这些，全在范佩阳的可利用条件之内。

如果和范佩阳对战的不是提尔，而是自己呢？每个人都在心底提出同样假设，答案竟也奇异地相同——除非万不得已，还是别挑这么难缠的对手，给自己找不痛快了。预判，操控，时机的选择，漏洞的利用……范佩阳的智力是Ａ，但战商绝对Ｓ往上。

唐凛是观战者中唯一没分心的。他不在意范佩阳的战术、策略，他只在意战局，在意范佩阳可能挨的每一下。

此刻的战场内，提尔已经反应过来，扯掉袖子用力撕碎。其间范佩阳又打了一拳，第六下，但接下来的拳头被提尔紧紧抓住，用力一扭。

唐凛呼吸一滞，这和当时折断他胳膊的手法一样。

范佩阳也皱了眉，这是对战以来他第一次皱眉。

唐凛知道他疼了。

可担心的骨折声没出现，范佩阳硬是顶住了。下一秒，角落的罐头飞过来，像枚炮弹般直直轰向提尔头侧。提尔看也不看，一手抓着范佩阳，一手伸出去狠狠一拍。袭来的罐头直接被拍飞，"咣"地撞到透明墙上，轰然爆裂。

"这是最后一个罐头！"和尚懊恼出声，真情实感地替范佩阳焦急。没了罐头就等于缴械，这还怎么打？

五五分拍拍他的肩膀："能坚持到现在不错了，谁让他抽到最后一个。"话是这么说，但心里也复杂，范佩阳绝对是靠硬实力拼到现在的，提尔对他可没留手，尤其后半段，就是奔着"处理"去的，换个人早躺平紫光飞升了。

"谁告诉你们懒人只有罐头？"关岚淡淡开口，带着玩味和惬意。

两人一愣，还没等把目光重新投回战场，就听见"砰"一声撞击，但这一声和之前的罐头撞击不一样，好像还夹着一点儿玻璃碎裂音？

他俩走了神，其他人可没有，从头到尾看完全程，一个细节都没漏。就在提尔拍飞罐头的同时，范佩阳的手机从长裤口袋里飞驰而出，跟个板砖成精似的，"咻"地就砸上了提尔脑侧，但不是拍，而是用其中一个尖角死死撞。众人随之恍然，那第三个罐头是障眼法，他真正要用的就是手机。范佩阳最多只能同时操控两个物品，这一点打到现在基本可以确认了，但架不住人家花样翻新啊。

手机屏当时就粉碎了，撞击那角屏幕碎片直接就飞了，肉眼都能分辨出来，这一波攻击的力道比之前的所有罐头都大。对决已持续多时，范佩阳的操控不仅没弱，竟然还上升了。体力S就可以为所欲为吗？！

众人惊诧，提尔更是没防备，毕竟满场飞罐头，谁能想到还有新武器，心里一意外，防御就分神，这几乎是连锁反应。

范佩阳鏖战全场等的就是这一刻，先前的攻击都只是量的积累，胜败在此一举。

手机废了，拳头接上，行云流水，一气呵成，又是太阳穴。但这次他直接一拳到底，调动了全部体力，用了对战以来的最大力量，把提尔的脑袋狠狠揍到了透明墙上。

"咣当——"史无前例的撞击巨响，几乎让人以为透明墙要裂。前面提尔揍飞那么多人，都没有他自己撞这一下重。

时间一刹那凝固。范佩阳用拳头把提尔顶在透明墙上，像是短短一瞬，又像漫长经年。终于，他收回拳头，关节透出淡淡血丝："第八下。"

提尔听不见了。他贴着透明墙滑下来，软软倒在地上，太阳穴瘀青红肿，裂开一道细小口子，往外渗着血珠。

关底Boss失去意识，透明墙随之消失。

观战者们半晌说不出话，太缺乏真实感了，他们根本没想到范佩阳会赢，更别提还是这样姿态的胜利。与其让他们发表感想，他们更想听范佩阳说什么。

胜利者拭去手背血丝，展平衬衫褶皱，又掸掸裤子上的灰尘，之后才转向唐凛："趴下了。"

观战者:"……"就汇报三个字要不要搞得这么精致讲究?!

唐凛举起手中的小喷雾瓶:"没幻具了,凑合用云南白药吧。"

"不用。"范佩阳走过去,朝郑落竹伸手,后者立刻递上大衣。

唐凛的后背已被汗浸透了,丝丝的凉,可他就是克制不住嘴角往上。

黑色大衣罩下,范总落座,体面凯旋。

5

地铁还在运行,Boss昏迷不醒,这就有点儿尴尬了。

何律起身,上前探了探提尔的鼻息,又检查了一下伤口。

众人虽然都觉得提尔应该没大碍,但看何律这么谨慎,也不自觉关切起来。

"没死吧?"周云徽问。

何律稳稳当当将人放到地上,安顿成比较舒服的平躺姿势:"没有,应该就是晕过去了。"

"现在怎么办?"周云徽看看窗外的漆黑隧道,"他不醒,车不停啊。"

崔战:"泼凉水?"

和尚:"你怎么那么暴力呢,这时候应该掐人中。"

五五分:"……"他没更好的方法,但依然觉得上面两种是在被苏醒Boss踢死的边缘疯狂试探。

探花:"要不等他自然醒?"

全麦:"那得等到猴年马月,万一他成植物人了呢,我们这辈子就困在地铁里了?"

聊天走到尽头,一道道复杂的目光汇聚到范佩阳身上——你就不能下手轻点儿?!

范佩阳垂着眼睛,对众怒毫无所觉。他的视线下方,是唐凛随意搭在腿上的手,手背有轻微擦伤,应该是和提尔战斗时刚蹭到的。

刚才那几拳还是打轻了,范佩阳很认真地想。

"喂喂,你干吗?"

郑落竹突然冒出的动静吸引了整个车厢的注意力。

原来是关岚不声不响到了提尔身边,这会儿已经蹲下了,手里捧着块红丝绒蛋糕。整块蛋糕都是浓郁的酒红色,只中间夹层铺了细细奶油,红里映白,很是漂亮。

郑落竹想起了动物界的理论,越漂亮的毒性越强,蓦地替提尔捏把汗:"你不会是想趁机毒死他吧……"

关岚给了他一个无害的甜甜微笑,指尖勾了点儿蛋糕,送进了提尔嘴里。

"……"

天使笑容，魔鬼行动。

"蛋糕有毒"的效果立竿见影，关岚刚回到座位，解除文具效果，让手里的蛋糕和提尔嘴边的碎屑一同消失，提尔就皱了皱眉，缓缓苏醒，一边艰难坐起，一边咳嗽了几声，像是嗓子极不舒服。

大家默默看向关岚……真下毒了？

关岚轻轻摇头，大眼睛十分无辜。但这个否认实在没说服力，"蛋糕有毒"这名字就不像能生产健康食品的，而且要真健康，提尔能苏醒得这么快，这么……让人心疼？

探花凑近关岚，小声问："组长，你真没下毒？"

关岚："真没有。"他就是下了一点儿"变态辣"。

探花用力点头："组长，我信你。"

关岚："乖。"

提尔咳了半天，依然觉得嘴里火烧一样，但他不想深究自己到底是被什么方法唤醒的了，怕深究完头更疼。深吸口气，他沉默站起，闭目集中精神，调整身体机能。这个方法可以缓解一部分疼痛，但也只是缓解，等关卡结束，他还要去找专门的治疗者。

被一个闯关者打趴下，估计地铁停下，这事儿就要传遍每一层了。

丢人吗？丢大人了！

范佩阳是他见过战斗头脑最清醒的闯关者，看得懂敌我的优劣势，定得出最务实的战斗策略，更重要的是还能百分百精准实行。刚刚那场对决，从头到尾，范佩阳没浪费一分体力，一次攻击。他的每一下、每一拳，都实现了战斗效用最大化，其间明明还有攻击机会，但只要不能打到他想打的位置，统统视而不见，因为他要保证足够的体力，留给自己这个守关者可能出现的唯一一次防御上的分神。他等来了，也抓住了。这需要定力，更需要耐力。傲人的身体素质，提尔见太多了，不稀奇。真正让范佩阳赢下这场对决的，就是他对既定目标的执行力。

百分百就百分百吧。提尔睁开眼，寻到范佩阳，声音沉静清晰："通过。"

众人看关底 Boss 酝酿半天，差点儿以为对方又被揍又被毒的要大开杀戒，现下一听，紧绷了整晚的神经才真真正正松弛下来。

半空中投屏重现，谁也没看清提尔点了什么，十三人的手臂就同时响起提示音，"叮——"

唐凛低头查看。

小抄纸："恭喜 1/10 通关，获得经验值 250。"

数字还挺吉利。

"小抄纸里只有你们自己的经验值，想看别人的，在这里。"提尔"贴心"提醒。

大家抬起眼，只见投屏从上到下依次列出每个人的照片——还是一对一翻牌子用的那张——后面跟着他们所获得的经验值。顺序按照经验值，由高到低排列：

NO. 1——唐凛：250

NO. 1——范佩阳：250

NO. 3——探花：200

NO. 4——关岚：180

NO. 5——周云徽：135

NO. 6——何律：135

NO. 7——崔战：135

NO. 8——莱昂：135

NO. 9——和尚：120

NO. 10——五五分：120

NO. 11——全麦：120

NO. 12——南歌：115

NO. 13——郑落竹：105

探花上下看两遍："加起来正好两千？"

和尚挠头："你这一看数字就想加减乘除的毛病是文具副作用吗？"

周云徽盯着自己的"135"，感觉不太顺眼："就没人对经验值有异议？"

郑落竹一脸生无可恋："相当有。我要求公示评分标准……"

"你们应该感谢今天的通关人少。"提尔的语气像在教育身在福中不知福的迷途少年，"每一个关卡的通关总经验值都是固定的，当关卡结束，经验值便会被通关者瓜分，至于每个人能分到多少，是关卡自行判定的，取决于你们闯关时的表现。"

周云徽："包括揍你……咳，那个，和你对战时的表现？"

提尔不语，静静看他，一直看。

周云徽露出僵硬而不失礼貌的笑："我没异议了。"

进闯关口、抢钥匙，大家各显神通，但在北欧神话那节车厢里，唐凛和探花的作用有目共睹，对战时唐凛还破天荒激活了第二棵文具树，范佩阳更不用说，差点儿把关底Boss打飞，这三个人占据前三名的确应该。

"地下城关卡的总经验值两千，通关人数上限二十，"提尔收回压迫着周云徽的视线，环顾全场,"你们只有十三个人,占便宜了。"

"你确定?"崔战晃晃手臂,那上面正亮着他的文具树,"这点儿经验值,解锁一个永久性文具就没了。"

树根往上,第二个永久性文具(1/100)——第一关通关,100经验值。

"嗯,是这样。"提尔淡淡点头,投屏随之消失。

同一时间,众人收到第二声"叮",十三个"小抄纸"滚动出同样的新消息——

小抄纸:"扣除经验值100,解锁永久性文具[××××]。"

扣款前是不是要问问当事人啊?!

提尔:"刚刚忘了说,只要满足解锁文具树的条件,新的永久性文具就会自动解锁。"

明白了,强制Play。

车厢安静下来。所有人都在看自己文具树上的新果实,这关系到他们以后的路能走多远,命能挺多久。

文具树不同于可以公示的经验值,所以没人张扬,都是各自信任的人聚到一起,低调研究。VIP四人没多说话,只是把各自的新文具树亮了出来——

唐凛:狼影独行。

范佩阳:懒人的福音II。

郑落竹:铁板一圈。

南歌:曼德拉的尖叫II。

很明显,文具树是沿着固有方向升级的,但具体到每个人还是有细微不同。范佩阳、南歌的好理解,应该是文具威力上有所提升。唐凛如果和郑落竹是一类,那参考郑落竹的"一块"变"一圈","狼影独行"肯定也是文具形式上的改变,只是具体变成了什么效果,单从字面上不能确定,要找地方试验。

正思考着,地铁忽然慢下来。所有人抬头,没等问,地铁已经停住了。车门缓缓打开,外面不是站台,而是一条幽蓝色的透明通道,上方呈圆拱形,无数鱼儿正在通道外游来游去。

那幽幽的蓝,是水色。

众人面面相觑,水族馆?

提尔原地未动,只淡淡抬眼,望着外面的悠长通道说:"走到尽头就是第二关的酒店,关卡开启前,你们都可以住在酒店里,住宿费用经验值支付,如果付不起也没关系,关卡会将你们送到新的居住地,不过条件会艰苦一些,也没有商店。"

郑落竹:"商店?"

提尔:"是的。酒店大堂有购物区,提供包括衣食住行在内的各种物品和服务,当然也是用经验值付款，具体有什么，你们可以自己逛。"

郑落竹："……"解锁完文具树，他就剩五点经验值，怎么逛？心酸。

科普得差不多，提尔坦然收工："要是没有其他问题，你们可以走了。"

范佩阳忽然出声："只能用经验值付款吗？"

提尔一顿，说："大部分也可以用钱，除了个别特殊商品。"

范佩阳："好。"

提尔："……"是他多心了吗，总觉得这回应意味深长。

无论如何，今晚的工作算结束了，提尔真的是一秒都不想再……

"Boss，"五五分客客气气举手，"我能再问最后一个问题吗？"

提尔看他还算顺眼："说。"

五五分："你是人吗？"

"咣——"十三个人被悉数轰出车厢，车门利落关闭，地铁即刻启动，带走了Boss，也带走了答案。

关岚失望地看自家队友："你的提问不对。我说过多少次，不要让答题者自由发挥，要给他们选项。"

五五分："比如？"

关岚："你是人类还是人工智能？或者是数据NPC？"

草莓甜甜圈全体："……"总觉得只是被提尔踹一脚还是两脚的区别。

周云徽、何律、崔战走在队伍最前面，相比草莓甜甜圈热络的氛围，他们三个显得有些沉默。

唐凛望着三人的背影，心也渐渐沉下去。通关了，终于能洗个澡睡个好觉了，对于从地下城上来的人来说，这都是梦寐以求的。可在通往这里的路上，有人失去了兄弟，有人失去了朋友，通关的喜悦是一层浮土，底下藏着厚厚的伤痕。

厚重的大门被崔战推开，十三个人鱼贯而入，走进酒店大堂，久久不能回神。

气质典雅的石柱，造型优美的圆雕、浅浮雕，灯光在它们身上折出了曼妙的虚实变化和光影效果，恍若一座古希腊宫殿。更令人惊叹的是大堂的左右两端，环绕的石柱外就是深蓝色的世界，偶尔有黑影游过，被大堂内的灯光映出模糊轮廓。

"叮——"

小抄纸："欢迎来到水世界，请去前台办理入住。"

"水世界？"何律沉吟着，"什么意思？"

"意思是整个第二关都在海底。"前方走过来一个身影，跟何律差不多高，步伐矫健，身姿挺拔，"包括这间酒店。"

那人径直停在何律面前："只有你一个？"

何律："是的。"

那人点点头，没再多问，只道："我带你去办入住。"

何律用目光和其他人道别，便跟上了那人的脚步。等众人反应过来，人家都在前台办完了，双双消失在酒店深处。

周云徽："不愧是铁血营的，效率高。"

刚羡慕完别人，孔明灯的接应者也来了，一同过来的还有十社的和草莓甜甜圈的。VIP们你看我我看你，考虑着要不要花钱雇两个闯关者充门面。

十社和孔明灯的接应者，欢迎词和先前的铁血营接应者如出一辙："只有你一个？"

这种如同伤口撒盐的话，何律能忍，周云徽和崔战可没这么好的素质——

周云徽和自家接应者说："你要不满意，我现在就打道回府。"

崔战则直接黑了脸："哪儿那么多废话，带路。"

接应者能一眼认出自己要接的人，必定是和自家分部组长在地下城就见过，他们虽早一步来到2/10，却并不一定比地下城组长的职位高，此刻见人面色不善，知道有内情，也就不在大庭广众之下多问了，直接带他们去办入住。

不过临走之前，两个接应者都有意无意打量了南歌两眼。郑落竹看着别扭，本想说两句，但对方没太过分，很快就转身带人去了前台。

唯一看得明目张胆、大大方方、兴味盎然的，只有草莓甜甜圈的接应者。

郑落竹冒火，挡到南歌身前，对着那人道："看什么看，没见过女人？"

对方大大方方承认："在这儿真没见过。"

郑落竹："……"他问得草率了。

"回魂了，"和尚打个哈欠，一拍那人肩膀，"等我们入住完，你爱怎么看怎么看，要微信号我们都不管。"

那人耸耸肩，恋恋不舍地带着草莓甜甜圈几人往前台走，一步三回头。

走远了，还能听见他们七嘴八舌——

五五分："和尚，我估计要微信号这事儿悬。"

和尚："嗯，她脾气是有点儿火爆。"

探花："不是脾气的问题。"

全麦："是手机的问题。"

和尚："啊？"

莱昂："她在站台上拍拼图的时候把手机拿出来过，是翻盖的。"

和尚："连你都看见了？！"

"别灰心，和尚，你又不走智力流。"关岚一边安慰组员，一边贴心给接应人撩妹建议，"以这种手机款式，A. 短信；B. QQ；C. 电话。三选一或者全选都行。"

接应人："……你们还真是为我操碎了心。"

仍站在原地的 VIP 们，目送一个个甜甜圈渐行渐远。

郑落竹不放心地叮嘱南歌："有陌生号码骚扰一律拉黑。"

南歌笑盈盈的，很温柔："回拨过去，尖叫完再拉黑，怎么样？"

郑落竹想了想："可以。"

唐凛听得有趣，连带着看四周的深蓝色水世界都没那么忧郁了。

四人正打算也往前台去，一个穿着夏威夷花衬衫的男人过来了，身后还跟着两个小弟，颇有排面，气势汹汹，还没到跟前，嚷嚷的声音先过来了："你们谁啊，怎么不见我们还乡团的人？"

其实这酒店大堂乍看空旷，但柱子后面、浮雕角落等都晃着影子，唐凛一进来就发现了。这很容易解释，谁都不知道1/10战况如何，各组织自然都要派人过来接应，只是一看没自家组员，无关接应者便也不冒头了。

已走到跟前的花衬衫是唯一的例外，组织规模大，自然有肆无忌惮的资本。

还乡团，代晓亮。唐凛想起那个一脸朴实的地下城还乡团组长，记忆不深，但印象不坏。如果花衬衫客客气气，他不介意讲讲战况，可惜没这个如果。

范佩阳压根儿连这些心理活动都没有，看都懒得看花衬衫，直接绕过对方三人，走向办理入住的前台。

每到这时候，唐凛就很欣赏范总的冷漠孤傲。

干脆利落地绕过三人，唐凛走的和范佩阳一样的路线。

花衬衫一愣。范佩阳和唐凛的动作太快了，人走过去了他才反应过来，脸上就有点儿挂不住，刚想回头就被郑落竹叫住。

"别看了。"老板可以潇洒，郑落竹不能，教别人做人是每一个闯关者应尽的义务，他走到花衬衫面前，语重心长，"首先，我们是 VIP。其次，下回记住，想问事情态度好点儿。"说完，他也不给花衬衫张嘴的机会，直接带着南歌快走两步，追上唐凛。

"就这么让他们走了？"两个小弟愤愤不平，前头那两人不说话就走已经很不给面子，后面说话这个根本就是挑衅了。

花衬衫回头望着那四人的身影，冷笑："急什么。"

唐凛四人到前台的时候，甜甜圈们刚办完离开。前台没有人，只有冷冰冰的浅色大理石台面和台面上方悬在半空中的投屏。

"欢迎来到水世界。"像是感应到新人抵达，投屏上突然"游"出来一只小猫头鹰。和之前的都不同，这是一只"水世界特供版"，圆滚滚的身子上套了个更圆的小救生圈，沿着投屏上方游来游去，好不快活，"请入住者举起手臂，图案对准屏幕哟。"

唐凛先举起了手，不是他积极，实在是范佩阳大衣＋衬衫＋袖口步骤太多。

"叮！"一道紫色光线刹那生成，仿佛桥梁连接在屏幕和手臂图案之间，又转瞬消失。

"识别完成，请选择房型、天数，并及时付款哟。"

房型和价格列表，在小猫头鹰的下方清晰呈现——

一人间：经验值3/天

双人间：经验值5/天

三人间：经验值7/天

亚特兰蒂斯套房：经验值50/天

VIP四人："……"便宜和贵的，名字质感真是天差地别。

"唐总，"郑落竹举起贫穷的小手，弱弱提醒，"咱们得经验值不易，也别太浪费……"

"嗯，"唐凛点头，"我先看看。"

"啪。"唐总选择了亚特兰蒂斯套房。

房型照片和基本介绍一下子都出来了——适用6—8人，等级豪华，可用货币结算，1经验值=100元。

唐凛记得提尔说过大部分可以用钱解决，这会儿确认了，方才满意，回头轻快道："竹子，能用钱。"

郑落竹觉得唐凛的状态像"不用钱"。

既然能花钱，唐凛就没太多顾虑了，转头刚想和范佩阳沟通，就见范总直接抬手帮他定了亚特兰蒂斯套房，七天，刷卡支付。

支付方式一敲定，投屏上便出现了银行卡大小的光亮区域，提示将银行卡放到此处。经验值的支付必须是本人，货币却没有要求，范佩阳走过去，将银行卡贴到区域内。紫光一闪，投屏提示刷卡完毕，请需要入住的闯关者将手臂图案对准投屏，逐一扫描。

郑落竹刚才还想，这么一间房虽然名义上是6—8人，但既然是豪华套房，空间必然宽敞，肯定有组织往里面多塞人，现在才发现，和关卡比，自己太单纯了。他走到投屏前，和范佩阳、唐凛一起扫描。

南歌站在那里没动。

唐凛回头看她。

南歌笑笑，摇头："真不用。欠你们一个VIP，还没机会还呢。"

唐凛见她分得这样清，便点点头，既是明白，也是尊重。每个人都有自己的过往、自己背负的东西和自己前进的目标。人和人能否走近需要缘分，也需要时间。

"叮——"

扫描结束，三人的"小抄纸"同时收到提示。

小抄纸："亚特兰蒂斯套房0007，入住七天，办理完毕。如需延长时间，请至前台办理续住。"

三万五，眨眼就没了。

不是自己的钱，郑落竹心也滴血，他现在严重怀疑这个闯关世界是非法牟利组织。

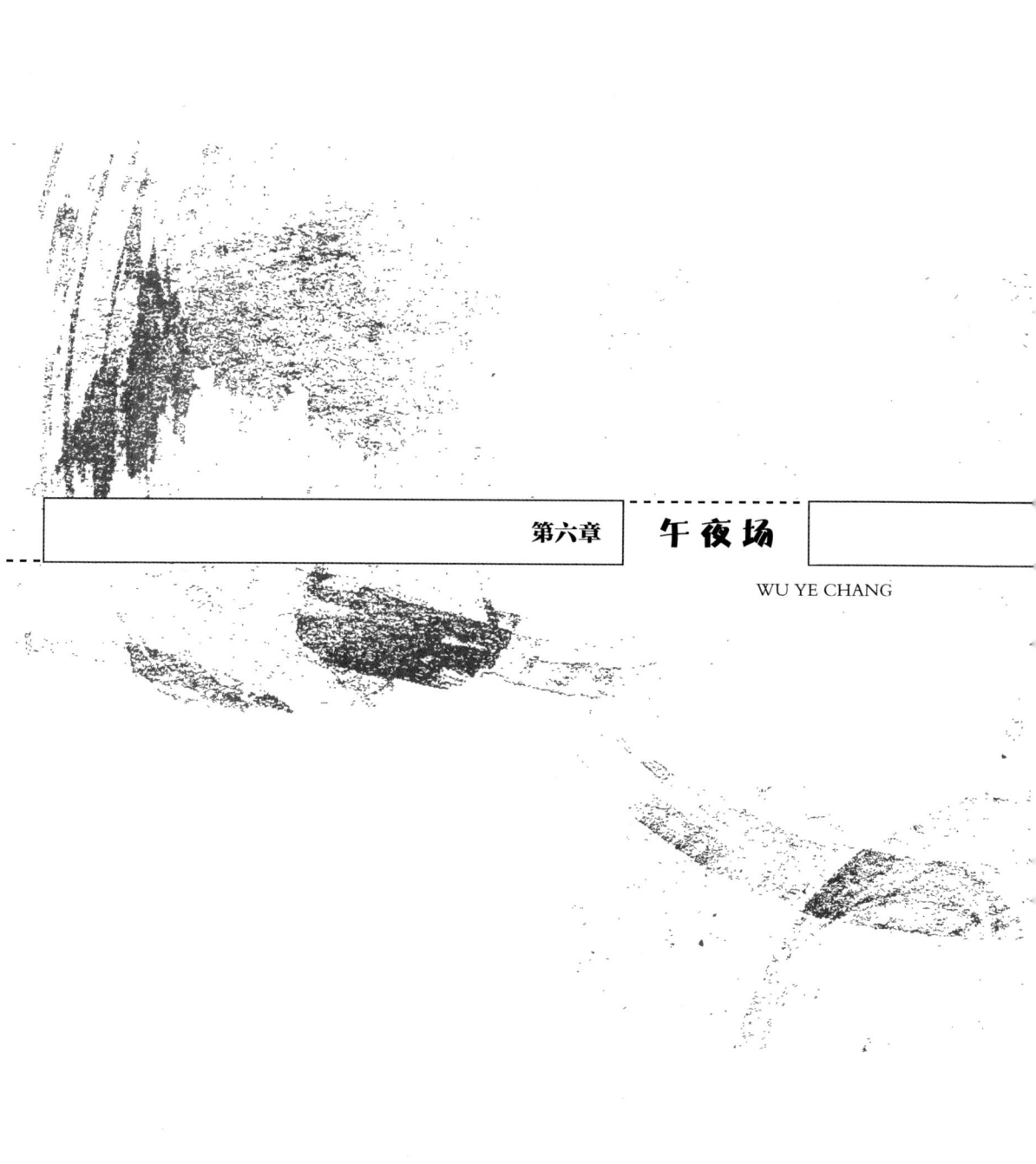

第六章 午夜场

WU YE CHANG

1

最终，南歌用自己的经验值先定了两天单人间。

四人办理完毕，没有急着去房间，而是去了大堂西北角的购物区。那是一个半封闭的独立空间，里面亮着一圈投屏，目测三四十块，屏幕上都是相似的界面。

购物区里没人，空荡荡的，显得投屏越发亮。

四人来到同一侧，相邻的四个投屏用各自手臂图案激活，可挑选的购物项缓缓浮现，一共四大类——食品、物品、场地、经验值区。

唐凛先点开"食品"，里面琳琅满目，从西餐到中餐，再到东南亚、俄罗斯等等，各种风情的食物任君选择，正餐之外还有甜点、零食、酒水饮料，以及各种适合携带保存的方便食品。价格都不贵，1经验值可以选择50项。物品购买后存储在已购清单里，需要时，随时可以通过客房投屏领取食用。

"物品"中的东西就包罗万象了，价格也有高有低。小到衣物、日用品，大到家具、充气城堡，只有你想不到，没有它卖不了，但是有个热销物品榜，基本反映了闯关者的购物倾向，排在前三名的分别是水世界必备、小型冷兵器、衣服。衣服好理解，尤其从地下城上来的，想必第一件事都是换套新衣服。小型冷兵器则是短刀、匕首、冰锥一类。稍大些的冷兵器也有，譬如长剑、武士刀、三叉戟什么的，但估计不好上手，销路很一般。至于枪、炸药等热兵器，唐凛翻了半天也没见到，恐怕是购物区里唯一不卖的品类。

但是"水世界必备"……唐凛疑惑点开，待看清详细解释，懂了。

水世界必备：可让人在水下自由呼吸、保持身体恒温，是闯关 2/10 的必备物品，离开 2/10 即失效。

排行榜第一毋庸置疑。

而且这也侧面印证了来接何律的那个人说过的话，这一整个关卡都在水下。恐怕这间酒店，是 2/10 为数不多可以不沾水的地方。

不过只是"呼吸"和"恒温"？深海的话，不用考虑压力？唐凛一边思忖着，一边点开"场地"，原来这一项是向闯关者提供的特殊空间——训练场、游戏厅、练歌房、SPA 浴场……还真是想刻苦刻苦，想度假度假。

食品、物品、场地三大类都可以使用货币支付，同样是 1∶100。

唐凛把目光投向第四大类"经验值区"。这里应该就是提尔说过的，少数不可以用钱解决的……

"买东西啊？"

有些刺耳的公鸭嗓打断了唐凛的浏览，也让范佩阳、郑落竹、南歌皱眉。

四人一起转头，就见花衬衫带着俩小弟大摇大摆地走进来，走到另一侧的投屏前，回眸一笑，倒是客客气气了："我们也买东西，不妨碍吧？"

一个购物区，两组背对背，要说妨碍，的确不算，毕竟谁也没背后长眼睛，看不见心不烦。可要说一点儿影响没有，那也不现实，主要是花衬衫太聒噪了，一会儿和这个小弟聊聊，一会儿和那个小弟侃侃，代购直播似的。

郑落竹知道对方是故意的，但看范佩阳和唐凛都没理，也就忍了。

谁知道花衬衫得寸进尺，干脆连装都不装了，直接向后转，大大方方看他们的界面："哎，你们到底买不买啊，这么半天怎么没看一件东西出来？"

范佩阳正在食品区浏览，刚翻到水果类，闻言放下了手。

郑落竹一看就知道老板不爽了，再没顾忌，转过身来和花衬衫正式面对面："找不到存在感，你不舒服是吧？"

"这话怎么讲？"花衬衫抬起眉毛，想做无辜状，奈何硬件有限，怎么看都像不怀好意。

郑落竹懒得和他兜圈子："你们还乡团和孔明灯、十社、铁血营都有联系，想知道地下城发生了什么，那三家随便问一家就成，非等人走完了过来问我们，不就是看我们人少面生，好显得你们团大气粗吗？"

花衬衫被这一针见血的直白说愣了。

南歌也意外。她以为郑落竹就是拿钱办事的打手，偶尔再为奖金对老板进行一下"毫无底线"的谄媚，没想到认真起来也挺犀利的。

　　花衬衫这种人郑落竹见太多了，主要是跟了一个到哪里都要做霸总的老板，树敌频率巨高，这种小鱼小虾他闭着眼睛都门儿清。说白了，花衬衫就是想在他们面前耀武扬威一下，估计平日在还乡团里也没什么机会，不承想他们没给面子，于是就恼羞成怒了。

　　基于人道主义精神，郑落竹还是决定先提醒："这么说吧，别挑战我们的实力，尤其在需要花钱的购物区，否则你会感到万分沮丧，甚至开始怀疑人生。"

　　花衬衫听得云里雾里，但这不影响他的下一步操作："我也和你说吧，上一个敢在我面前不自量力的，现在坟头草都三尺高了。"

　　说完，他给了旁边小弟一个眼色。

　　小弟立刻点击自己的投屏。

　　郑落竹本能皱眉，可还没等细想，脚下忽然一空，整个人急速坠入黑暗，像被一股巨大的力道吸着，风驰电掣往黑暗深处去。

　　下坠的速度很快，时间却很短，只一刹那，失重感就停了。郑落竹觉得自己像落进了一个宽大的怀抱，有一种温和的力量承托着他，身体好像轻飘飘的，可同样，眼耳口鼻也好像被捂住了……

　　郑落竹猛地睁开眼睛，五感回笼。去他的怀抱，他现在根本整个人都在水里！

　　无法呼吸，不知方向，脚踩不到底，抬头看不到水面，触目所及只有一片幽暗，他慌了，极度的慌，求生的本能让他奋力挣扎，可徒劳的挣扎又让他的闭气出现纰漏，喝了几大口水，肺里难受得要命。

　　濒临绝望之际，他猛然看见不远处有光，像是水里的一盏灯或者一个什么发光体，微弱的光芒驱散了些许黑暗，将四周的水映出几丝幽蓝。郑落竹的眼睛被水刺得生疼，视野越发模糊，那光虚幻得似错觉。可他仿佛抓住了救命稻草，奋力往光源游去，没几下就"咚"地撞到了什么，整个身体贴到了"阻碍物"上。

　　下一秒，他猛地瞪大眼睛——他撞到的是海底酒店的透明玻璃墙，光就是从里面透出来的，而玻璃之内正是他刚刚所在的购物区！

　　唐凛在看见花衬衫给小弟递眼风的时候就直觉对方要使坏，可这念头才一闪，身边就掠过疾风，再转头，郑落竹已没了影。他一个箭步过去，揪住花衬衫的衣领，将人拽到面前，动作快到两个还乡团小弟都没来得及反应。

　　"你把他怎么了？"唐凛的声音压得极低，又狠，又冷。

　　花衬衫任由唐凛揪着，一脸惬意轻松，不反抗，甚至还挺配合。

　　购物区上方响起刺耳的提示音——

"注意，注意，酒店内不可攻击闯关者，违者视情节轻重扣除相应经验值……注意，注意……"

提示循环播放，好像没有停的意思。

花衬衫朝唐凛微笑，灿烂得像他的夏威夷衬衫："松开吧，你不松，警告不停，警告播放得遍数越多，扣的经验值越多。"

"啪啪啪——"

购物区尽头的玻璃墙忽然传来拍打声。

唐凛、范佩阳、南歌一起循声望去，玻璃墙外赫然贴着郑落竹憋着气的脸。

"啪啪啪——"他奋力拍打玻璃，一刻不停，带着求生的决绝，近乎挣扎。

唐凛抓着花衬衫的手，因为极怒而微微颤抖。没有人比他更了解死神逼近的绝望。

花衬衫吊儿郎当地笑："三十秒深海体验而已，死不了人。"

那边的南歌闻言，立即冲到玻璃墙前，抬起双手往下压，不断示意郑落竹平静。但和她的动作相反，她的声音可破云霄："别给我拍了！憋好气！再坚持几秒就结束了——"一个"了"的尾音，让她生生拖出了午夜尖叫的效果。

两个还乡团小弟忍着耳膜疼痛默默抬头，总觉得灯光都在这尖叫里瑟瑟发抖。

濒临溺水的郑落竹根本看不懂南歌的动作，但声音听得一清二楚。什么玻璃，什么深海，声音能在气体、固体、液体里传播，曼德拉的尖叫能在这些"体"里闪电跑。

拍玻璃戛然而止，郑落竹听话地屏住呼吸，全身放松。一平静下来，倒是轻飘飘的，水的沉重感减弱许多，可身体里的氧气越来越少，胸腔快要憋炸了……

"咚！"又是那股吸力，下一秒，郑落竹就落回了投屏前的地上，浑身湿透，哇地吐出两口水，手扶地面大口大口急促地呼吸。

南歌快步过去，蹲下来帮他顺背："没事吧？"

郑落竹呸呸又吐两口水，发表了劫后余生的第一感想："太咸了！"

"唐凛。"范佩阳低沉出声。

唐凛没回头，仍盯着花衬衫的眼睛，但手慢慢松开。

循环的提示音停止，手臂的提示音出现——"叮！"

花衬衫歪头，好整以暇地和唐凛对视："看看'小抄纸'吧，我还挺好奇会扣你多少经验值。"

唐凛没说话，也没看，转过身往回走。与之相对，范佩阳则往花衬衫这边来。两人擦肩，唐凛回到自己原本的投屏前，范佩阳来到花衬衫面前，完成了位置交接。

花衬衫看不懂他俩在玩什么，只知道眼前换了人，压迫感霎时剧增。

范佩阳比花衬衫高大半个头，垂着眼睛看对方，睥睨天下似的。

花衬衫倔强昂着下巴，一副你能奈我何的嚣张。

范佩阳抬手，抓住了花衬衫的领子，就在唐凛刚才抓的地方，一寸不差。

花衬衫烦躁了，就算五彩缤纷不显皱也不能谁来都抓吧？！他本来只想给对方一个小教训，要是这么不知好歹，他可就是……

"我叫范佩阳，我们组叫VIP。"一字一句，缓而淡漠。

花衬衫看神经病似的："啊？"

范佩阳居高临下看他："怕你不知道找谁算账。"

"注意，注意……"

警告提示音又来了。

但这次花衬衫再没机会气定神闲地嘲讽，他甚至都没听清第二个"注意"，就被范佩阳一下子拖回到了自己的投屏前，投屏还停在水果区，红的苹果、黄的香蕉、绿的杨桃，跳跃的色彩倒和花衬衫的衬衫相得益彰。

他们的隔壁就是唐凛。

随着范佩阳把人拉过来，唐凛毫不犹豫点击投屏。

还乡团两个小弟这时才看清唐凛的投屏界面，急得一起扑过来："大哥——"

没用。范佩阳早带着花衬衫到了玻璃墙外的深海。

唐凛看着自己的已购界面，关于深海体验的说明很清晰。

三十秒深海体验，价格：经验值1。适用范围：可给购物区1—36任一位置购买，还原深海真实体验（压力除外），即买即生效，时间三十秒，体验期间，"水世界必备"失效。人数限制：1—2人。其他：每人每天只可购买一次，体验次数不限，但每次体验至少间隔三十秒。所购位置处无体验者不生效，经验值不退。

为了让购买者明确位置，说明还特意配了购物区平面图，将三十六块购物投屏依次标号，每一块投屏前的位置即体验区。

每人每天只可购买一次，虽然体验次数不限，但每次体验至少间隔三十秒，这就给了体验者喘息机会，哪怕是"被偷袭"，也不会有人傻到中招回来之后还乖乖待在体验区，对于习惯了战斗的闯关者来说，更是基本消灭了生命危险的可能。

但这依然是个恶意满满的体验设置。因为不排除有人会冒着被扣经验值的风险，强迫其他人停留在体验区反复进行体验，不过这就需要攻击者安排多个人来购买了，毕竟一人只能购买一次。

想来除非深仇大恨，也不会有人用这么麻烦的方法，更多的时候应该就是像他们这样，买一次，坑一把，和关卡里的惨烈厮杀比真算是小打小闹了。

"咚——"沉闷的撞击声传来。

范佩阳的速度比郑落竹快很多，这才一眨眼，已经拖着花衬衫游到玻璃墙这里了。他左手还揪着花衬衫的衣领，那气派，比在陆地上又多了一分飘逸，俨然水下的流氓大亨。

花衬衫憋着气，奋力挣扎，又是蹬腿又是上手。

范佩阳不为所动，右手握紧，一拳招呼过去。水下的动作会变慢，但花衬衫还是被打得偏了头，嘴里冒出一串串泡泡。

郑落竹下意识捂自己的脸，对南歌咕哝："肯定特别疼。"

南歌："这就是你的观后感？"

郑落竹："不，这是我的场面话。"

南歌："内心呢？"

郑落竹："再多来几下。"

时间一分一秒过去，花衬衫也还了两下手，但根本约等于无，彻底成了范佩阳的沙包，随着拳头在水底漂来荡去，像一根孤苦无依的水草。

两个小弟先是扑空，没挽救到"坠海"的大哥，后又看傻，直到过了快二十秒才回过神，立刻爬起来，一个想往唐凛这边扑，一个想回去找投屏，也不知道是准备给自己买个体验去救大哥，还是准备给唐凛他们买个体验打击报复。

但对于唐凛来说，都一样。

"你俩最好别动，我刚从地下城上来，经验值过剩，正愁没地方扣。"唐凛的目光和声音都冷得骇人，生生将两个小弟定住了，"三十秒深海体验而已，"他重复着花衬衫说过的话，"死不了人。"

两个还乡团小弟眼里带着不忿，可玻璃墙外的大哥已被揍得毫无还手之力，他们再傻也看明白了，这帮人不是善茬。

"唐总……"郑落竹在时间流逝里稍稍生出一丝担忧。老板体力再好，毕竟是在水下，这么揍人也是非常消耗氧气的，别回头伤敌一千自损八百。

"放心，他有潜水执照，"唐凛望着玻璃墙外那个揍人揍得很嗨的范总，眼里冰消雪融，"你老板全能着呢。"

郑落竹："……"

他现在明白两位老总为什么交换位置了——揍人，范总是专业的，海里揍人更是。

三十秒时间到，范佩阳和花衬衫一起落回购物区。

花衬衫趴在地上动弹不得，范佩阳则站在那里，调整呼吸。海水把他整个人湿透，大衣看着不明显，依然挺括，只是下摆滴着水，头发都湿透了，脸上也全是水珠。

两个还乡团小弟把花衬衫扶起来，往购物区外面溜。临出门的时候，花衬衫回头看了一眼，面上带着绝不善罢甘休的阴沉。

唐凛看在眼里，但不在乎。这是竹子没事，如果竹子有事，那就不是三十秒这么简单了。花衬衫该庆幸自己没出格。

"卡还在吗？"这是唐凛问范佩阳的第一句话。

郑落竹、南歌："……"

过于现实，让人流泪。

范佩阳从口袋里摸出没被海水冲走的银行卡递给唐凛，屏息太久的声音有点儿哑："不保证还能刷。"

能不能，试试就知道了。唐凛果断点开物品区，买了一条浴巾。

银行卡放入光区，钱到位，叠得整整齐齐的淡蓝色浴巾翩然而至，悬在投屏前。唐凛伸手取下，递给范佩阳。

范佩阳看了看浴巾，没接，忽然垂下头，把湿漉漉的脑袋送到唐凛面前。

唐凛："……"竹子、南歌都看着呢，他要一把推飞，是不是有点儿驳范总面子？

郑落竹、南歌："……"他们什么都没看见，没看见范总像大型犬一样求擦毛。

自我说服了十秒钟，唐凛无奈抖开浴巾，盖上了范佩阳的头，本想敷衍两下就算了，可范佩阳乖得都不像他了，唐凛蓦地心软，手上动作就认真起来。

浴巾挡住了范佩阳的脸，唐凛想象着那个冷峻的男人此刻会有什么表情，却怎么都想不出来。他认识的范佩阳，从来不会做这样的事。

郑落竹默默起身，走开，老板有浴巾擦，他自然风干就好了。

南歌默默走到另一边，但时不时会偷看两眼，她觉得自己可能和社会脱节了，现在的男人实在看不懂。

唐凛擦得仔细又温柔，范佩阳垂着头，一动不动。他大衣滴下的水在地面上汇成小小一汪水，映着两个人的倒影。

终于将范佩阳的头发擦干，唐凛拿下浴巾："你把大衣脱了吧。"大衣吸了水，会很沉。

范佩阳："不用，回家再换。"

唐凛以为自己听错了："回家？"

范佩阳点头："我刚看了经验值区，可以回现实。"

郑落竹和南歌一怔，立刻点开附近投屏的经验值区。

唐凛也转身去浏览自己的投屏，要不是花衬衫打岔，他刚刚就点进去了。

经验值区的商品列表只有四条——

返回现实：经验值40/天，75/两天，100/三天，最多不超过三天，本关卡限购一次。

返回1/10：经验值20/天，最多不超过一天，本关卡限购三次。

治愈：经验值5/初级治愈，经验值30/中级治愈，经验值180/高级治愈，经验值900/终极治愈。

打工：闯关者可在此领取任务，完成并获得相应经验值奖励。

前三条都是可以直接购买的，最后一条点开则是一个任务发布板，目前里面就两条任务——

1/10电梯筛选：奖励经验值200。

2/10海底扫除：奖励经验值10。

奖励相差悬殊，并且第一条任务处于"不可领取"状态，能做的只剩海底扫除。

电梯筛选……唐凛被勾起了不太好的回忆，那是他第一次真正见识到这个世界的残酷。李展、葛沙平，两条命原来只值两百点经验值。

不可领取，应该是还没有新人来或者新人还没凑够。唐凛希望永远凑不够。

"你……没事吧……"郑落竹有些忐忑的声音拉回了唐凛的注意力。

唐凛望过去，竹子正一脸担忧地看着南歌，后者盯着投屏，眼圈红得厉害。

"不是，我经验值就剩五点，不也坚强活着嘛，你还剩九点呢，难过什么……"郑落竹着急忙慌地劝。

傻竹子，就不是经验值高低的事儿。唐凛在心里叹口气。

南歌说过的那句话，他一直记得很清楚——"我等了六年，不想再等了。"经验值不能代付款，南歌只剩九点经验值，还买不了回现实一天。

但唐凛不认为她会因此难过，一个忍耐六年还能闯过关卡的姑娘只会为终于看见曙光而激动。

2

"老板，你是现在就回吗？"郑落竹一听范佩阳要回家换衣服，基本就明白老板的态度了，再多问这么一句，主要是想侧面提醒，钱都花了，真的不先去亚特兰蒂斯套房感受一下？

"回三天，"范佩阳点开"返回现实"的购买界面，"这期间你自己注意安全。"他对套房有多豪华真的没兴趣。

"嗯，"郑落竹正色点头，"明白。"虐了花衬衫就等于惹了还乡团，老板不在，他就撑着个"铁板一圈"，低调为上。

等一下，什么叫"你自己"？

"老板，唐总也回？"郑落竹理解老板要回去处理公司事务，但唐总一直住院，公司那边应该用不上吧，这可是一百点经验值。

范佩阳没说话，只给了个眼神，让他自行体会。

郑落竹体会出来了，老板在说"你问的什么蠢问题"。其实还是没懂，但是老板的态度太理所当然了，让人莫名觉得好有说服力……

郑落竹前脚刚从老板不容置疑的气场里挣脱出来，后脚就让唐凛叫到了一边，离范佩阳和南歌的站位都有些远，快到购物区门口了。唐凛没说太多，只简单交代了几句。郑落竹一边点头，一边往南歌这边看了看，南歌仍怔怔望着投屏，还没彻底从情绪中平复。

最终，每个人的购物清单如下——

唐凛：一条浴巾（刷卡）、深海体验（-1）、初级治愈（-5）、返回现实三天（-100），加上意图攻击花衬衫（-7），经验值还剩137。

范佩阳：中级治愈（-30）、返回现实三天（-100），加上意图攻击花衬衫（-5），经验值还剩115。

郑落竹：衣食住行老板刷卡，身体伤痛靠意志力疼愈，经验值还剩5。

南歌：食品（-1），住宿（-6），经验值还剩8。

随着"返回现实"购买成功，范佩阳和唐凛脚下出现同样的紫色漩涡，像从现实进入关卡时一样，漩涡将两人强制卷入，而后消失。过程很短，眨眼地面就恢复如常，看不出任何痕迹。

购物区只剩郑落竹和南歌。

南歌冲他笑笑，眼睛还有点儿红，但已平静许多："好好休息。"说完先一步离开。

擦身而过的时候，郑落竹想叫住她，但犹豫了一下，就错过了。单人间和亚特兰蒂斯套房要走两部不同的电梯，分别在酒店大堂的两个方向，于是郑落竹再没机会追上南歌。当然，他也不急，范总和唐总要回现实三天，按照2∶1的时间流速，就是关卡世界的六天，他知道南歌的房间号码，真想找人，有足够的机会和时间。

难的是怎么完成唐总交代的任务。

其实唐总就说了两句话——"竹子，我觉得南歌可以信任。你有时间找她聊聊。"但这就和范总的眼神一样，你得自行领会。

后面的关卡越来越难，他们只有三个人，肯定不够，这就需要更多同伴。遇上南歌是误打误撞，可是一路闯过来，南歌的人品、大家并肩作战的契合度，他们心里都清楚。南歌如果愿意加入VIP，绝对是靠得住的战友。郑落竹清楚任务目标，但这个"聊聊"……领导们下达指令的时候就不能附带个"执行攻略"吗，他在和女孩儿聊天这件事上的经验值还不够换一次深海体验啊！

水世界酒店一共14层，1—6层是单人间，7—9层是双人间，10—12层是三人间，13—14层则是亚特兰蒂斯套房。倍感压力的郑落竹一路从大堂郁结到13层的套房门前，蔫头耷脑地刷了手臂图标。

复古华丽的套房门应声而开，温馨甜美的提示音如海风拂面："欢迎来到亚特兰蒂斯套房，祝您在这里度过愉快的时光。"

两层挑高的复式既豪华又古典，既漂亮又浪漫，还有可以直观深海世界的落地玻璃窗，偶尔有鱼游过，比大堂的玻璃墙看得还要清楚。

豁然开朗的视野让郑落竹眼前一亮，压力也没了，郁结也飞了，头也抬起来了，心情立刻化身小美人鱼在海里徜徉。

看完客厅，他又噔噔噔跑去看卧室，这儿比客厅多了几分温馨和安静，同样一大片落地窗，外面就是深海，真海景房。郑落竹挑了个离门口近的卧室给自己，先洗了个澡，然后扑到大床里，滚来滚去，滚来滚去。

他飘了，他竟然觉得这样的房间一天五千简直良心价。

不知道是不是心里挂着事儿，明明闯一晚上关累得要死，明明大床超级舒服，他竟然完全不困。来回翻滚了十几分钟，他猛地坐起来，换上刷老板卡买的新衣服，决定先把唐总交代的事情办了——未必一下子就办成，至少先探探口风。

几分钟后，郑落竹站在了南歌的单人间门前。

到了人家门口了，他才想起一个很严峻的问题，他是不困，人家南歌未必不困啊，别是已经休息了吧？要是休息，又被打扰，会不会有起床气？不，就算没有起床气，这个时机貌似也不太好，万一就因为时机不对谈崩了，唐总肯定不高兴，唐总不高兴，老板就不高兴，老板不高兴，他就……

门从里面打开，南歌站在门口，无奈看他："你到底敲不敲门？"

郑落竹尴尬地咽了下口水，真诚道："你要是觉得有必要，我就敲两下？"

南歌哭笑不得，侧身让出门口："进来吧。"

郑落竹走进房间，还有点儿蒙："你怎么知道我在外面？"

南歌关上门，指指内侧门板，那上面镶着一颗幽蓝色的猫眼石："有人站在门前超过五分钟，它就报警。"

郑落竹："……"

单人间布置简洁，一张床，一个书桌，一个小沙发，一间浴室。不过同样有一面墙的落地玻璃，外面就是深海，使得有限的空间得到了视野上更开阔的延展。

"说吧，不好好休息，跑我门前晃悠什么？"南歌坐到书桌前的椅子里，把旁边的沙发让给郑落竹。

郑落竹乖乖坐进小沙发，开始搜肠刮肚组织语言，酝酿开场白。怎么才能毫无痕迹切入话题而不显得突兀？先寒暄再铺垫？寻找对方感兴趣的……

"郑落竹？"

沙发上的人抬起头："你要不要加入VIP？"酝酿不适合他，还是直接来吧。

这记直球太突然，倒把南歌问愣了。

两人大眼瞪小眼，南歌先乐了："就这样？"

万事开头难，这头一开，郑落竹聪明的智商就重新占领高地了："咱们的目标都是闯关，对手除了关卡，还有那些大组织的闯关者，与其各自单打独斗，不如联手。而且咱们从地下城走到这里，不说有过命的交情，也是并肩战斗过了的……再一个，你也看见了，我们不差钱，不差实力。我老板，人间凶兽；唐总，文曲星下凡，珠联璧合，文武双全，无敌啊。"

"你在门口徘徊是不是就背这些词儿呢？"南歌头一次见到这么吹自己老板的，关键还特真情实感。

"真不是，"郑落竹说，"我在门口想的是要不要越权向你承诺工资。"

南歌单手托腮，侧着脸看他："你到底是拉我入伙，还是给我介绍工作？"

郑落竹来者不拒："你同意入伙，咱们就是战友，你想打工，咱们就是同事，我都行啊。"

南歌笑，但是眼神里的东西要复杂得多。

屋子里一下安静下来，鹅黄色的落地灯温暖，恬淡。

"南歌，"郑落竹静静看着她，再度开口，"我不知道其他组织要人入伙是不是得查祖宗八代，但我们VIP不用。你不必告诉我们你是谁、来自哪里、过去曾经历了什么，我们只要知道你是值得信任的，能一起往前就行。"

南歌眉宇间划过惊讶。她一直当郑落竹没心没肺，原来也有沉稳通透的一面。

"我的确害怕，但不是害怕被你们知道过去，"她整个身体转过来，神情认真，目光悲伤，"是怕再经历一次过去。"

郑落竹能清晰感受到她的情绪："你在地下城待了六年……"所以六年前的南歌，曾经是有伙伴的？

"不是六年，"南歌惨淡一笑，"是十年。而且不是地下城时间，是现实时间。"

郑落竹错愕，好半晌才找回声音："你是说，你十年前就被卷进了这里？"如果是现实时间，那地下城时间就不止十年了，可南歌看起来也就二十七八……

"我知道你在想什么，"南歌说，"我也解释不来，但这里的衰老速度的确和时间流速不一样，反而和现实时间同步，这也是我一直坚持用现实时间的原因。"

或许还有另一个原因。郑落竹想，现实时间是被困在地下城的人能找到的和现实唯一的连接点了。

"十年……"南歌微微仰头，深呼吸，"莫名其妙就被卷进来了，那时候我才十八岁，天不怕地不怕的，和同批进来的人组了队，三个月不到就闯到了地下城……"

"速度真挺快的。"郑落竹实话实说。

"快有什么用，"南歌苦笑，"一进地下城，什么都不一样了，别说闯关，连生存都很难。我们用了半年时间适应，之后才开始闯关，可是根本连闯关口都进不去……后来队伍就散了，有人加入了其他组织，有人……死在了关卡里……最后只剩我和另外一个姑娘……"

又一个姑娘？郑落竹大胆猜测："那个时候地下城里是有女人的？"

"不止地下城，至少我经历过的前面关卡里都是有女人的，和我同时被卷进来的人也是有男有女，可是没多久，再进来的新人就都是男的了，我也不懂。"

郑落竹点点头，不再多问。

南歌继续道："我们两个一直搭档，每次关卡开启都必然要去，有时候能进关卡，但进去之后也闯不了多远。直到六年前……"她望着窗外深海，目光飘得很远，"那是我们离关卡终点最近的一次，结果我替她挡了一下，受了重伤，她为了救我出来，放弃了通关。"

等了六年……郑落竹不敢深想这句话。

屡闯不过叫等，只有连闯的资格都没有才会在机会终于到来时一刻都不愿多等，哪怕竞争难度前所未有，哪怕五大组织虎视眈眈。

"你怎么不问我受了什么伤？"南歌半开玩笑半认真。

郑落竹不知道该怎么答。

南歌没真想为难他："全身瘫痪，文具耍弄的。"语气云淡风轻，就像在说一场感冒、一次跌倒，"从那天起，她就一直照顾我，买不到也买不起能治愈我的幻具，她就去打夜游怪，希望能打到治疗文具……"

那是南歌的战友，南歌却连名字都不敢提，因为提不了。郑落竹知道，一提这话就讲不下去了，那些极力压抑的悲伤能把南歌吞噬。

"后来地下城里几乎见不到女人了，她就把自己打扮成男人。"说到这里，南歌忽然笑了一下，很淡，却很美，"其实都不用，她本来就跟假小子似的。"

"再后来，我不说你也猜到了，"南歌的目光从深海落回郑落竹这里，"她打到了幻具，治好了我。"

郑落竹沉默一下，还是问了："她呢？"

"死了，就是给我打到幻具那晚，被夜游怪伤的。"

郑落竹不想看南歌的眼睛了，太难受。

"傻不傻，拿着终极治愈的幻具，不给自己，非硬撑着回来给我。"南歌的声音带上一丝颤，"我只替她挡了一下，她还了我六年，还有一条命。"

"竹子，"她和唐凛、范佩阳一样叫他，"我不想再要伙伴了，我不想再经历一次失去。"

寂静像深海，连落地灯都染上了沉郁的蓝。

南歌趴在书桌上，侧着头，微微向上看，虚无的半空像一块幕布，地下城的岁月在那上面无声放映，只有她能看见，是黑白色的默片。

郑落竹长久地沉默。他无法想象南歌是怎么熬过那些日子的，更没想过南歌会将这些告诉他。伤口揭开是会疼的，连皮带肉，鲜血淋漓。

终于，他无声地吐出一口气，像在纾解压在心里的复杂情绪，又像下了某种决定："南歌，你可能不知道，其实在许愿屋里，我和老板是有机会彻底离开的……"

南歌过了好几秒才懂他的意思，一下子直起身体，满眼都是不信："不可能。我也在许愿屋里许愿离开了，可它说我的愿望不符合限定条件。"

"不是正常许愿，"郑落竹解释，"是利用Bug弄出隐藏选项，可以选择'彻底离开'。"

"Bug？"

"具体的我也说不清，反正是我老板花大价钱买的情报，卖情报的人当年就是靠这招提前离开的。"

见南歌微微发怔，郑落竹才意识到什么，忙又宽慰："你别多想，你进许愿屋那时候说不定还没Bug呢，不算错过。"

和自由擦肩而过比永远被困还要痛苦，郑落竹真服了自己，深思熟虑，虑了个最差的开头。

"是你多想了吧，"南歌笑着摇头，"我没那么脆弱。你也说了，情报是你老板花大价钱买的，我没买情报的钱，这个机会离得再近也不属于我。"她的眼睛很美，淡淡的落地灯光映进去，像秋天吹落一地黄叶，有萧索，亦有平静接受命运的坦然。

"后来呢，"她问郑落竹，"既然有机会离开，为什么不走？"

"走了就不能许愿了，"郑落竹故作轻松，玩笑似的说，"我俩都舍不得那一个愿望。"

南歌想起对战提尔时，唐凛曾说过他是被人许愿带进来的，难不成……

"范佩阳的愿望就是带唐凛进来？"直觉告诉南歌，她猜对了，可理智又在一旁说这简直太荒谬。以范佩阳对唐凛的紧张程度，他护着唐凛还来不及呢，为什么要放弃离开的机会，反而把人拉进这个鬼地方？

郑落竹坦坦荡荡点了头："但这是老板的私事，"模范员工·郑先一步表明立场，"别问为什么，问就是无可奉告。"

南歌想送他一首《安魂曲》。

不过她不相信郑落竹说这些只为吊她胃口。

四目相对，半晌无言。

郑落竹忍不住了："你怎么不问问我许了什么愿？"

南歌叹口气："你铺垫这么久，一共就铺垫出来两个愿望，你老板的还无可奉告……"

郑落竹抬手，委婉示意后面不用说了，他现在就切入正题行了吧。

"我许的愿望是找人。"他答得利落，却没意识到自己的语速带着不同寻常的快——越是在意的，越想装得不在意。

南歌低声问："找谁？"

"一个朋友。"郑落竹向后仰，出神地望着天花板，整个人陷进沙发里，"你要是不困，我给你讲讲我的事儿……"

南歌微怔，看他晦暗不明的侧脸，又顺着他的目光去看天花板。什么都没有。那是只属于郑落竹的幕布，放着只有他能看见的过往。

"我小时候吧，一直以为自己是捡来的，虽然我爸妈一口咬定我是亲生的，但我不信。"他说着，自己都乐了，"那时候傻，觉得亲爸亲妈哪儿能对我那样呢……你别看我现在身强体壮的，小时候就是根豆芽菜，总吃不饱，还见天儿挨打，身上没一块好肉，夏天都不敢穿短袖，一穿老师就要问，一问就找家长，找完家长回去我还挨打……可不是小孩儿调皮爸妈打两下，"自言自语里带着苦涩的调侃，"是能上社会新闻，被追问是道德扭曲还是人性沦丧那种……"

挨饿，挨打。南歌的童年离这些太远，无法想象。

"其实我爸妈挺般配的，一个好赌，一个酗酒，运气还都奇差，我爸是逢赌必输，我妈是做什么买卖都赔本儿，又不乐意给人打工……他俩活得郁闷，还找不到别人撒气，就全往我身上招呼，我爸输钱了揍我，我妈喝多了揍我，他俩要是吵架，得，混合双打……有次我爸一脚给我踹骨折了，我叫得整栋楼都能听见，后来是邻居一直敲门，他们才带我去医院。我怕再挨揍，就骗邻居和医生说是我自己摔的……南歌，"郑落竹轻轻唤了一声，抬起手臂搭在额头，一双眼睛完全藏进阴影里，"都说小孩儿记性浅，我觉得不是，记不住是因为他们没那么疼过。"

南歌心里止不住地颤。她没办法将这些和郑落竹联系到一起,此刻的她,脑海里只有一个小孩儿的影子——瘦弱,无助,拼命往前跑,却还是被追赶的黑暗吞噬。她被困在地下城,尚能看见生机。可一个孩子能依靠的只有父母,太绝望了。

她不想往下听了,除非接下来的故事里有神转折、有救世主,否则她承受不住……

3

等一下。

——"找谁?"

——"一个朋友。"

"你别误会,我说这些不是和你卖惨,"郑落竹忽然看过来,换了轻快语气,"还是铺垫,我好像总是铺垫得比较长……"

南歌隐隐有预感,接下来就是那个朋友的故事了。

"总而言之,他俩除了揍我,基本不管我,我饿得不行了就去邻居家蹭饭,算是吃别人家饭长大的。然后呢,邻居家也有个小孩儿,和我同岁,我俩算发小,幼儿园、小学、初中都在一个班……我家这情况,小孩儿不知道,大人都门儿清,都不让自己孩子和我玩儿,就他,呆得不行,幼儿园就跟我屁股后面,小学就知道从家里拿吃的给我,初中更要命,自己拿了零花钱不花,攒着留给我,让我买文具买吃的,我不要他就哭,一把鼻涕一把泪的……"

"你到底是吐槽还是显摆?"南歌心里堵着的那块,竟在这连珠炮的"控诉"里渐渐消失了,"别以为就你有发小。"

郑落竹很认真地问:"你们闺蜜也这样?"

"呃,哭着喊着非送钱的,我没遇见过。"南歌想了想,又严谨地补一句,"可能我魅力不够。"

"反正理解不了他的脑回路,"郑落竹扯扯嘴角,"但我也不是白眼狼,人家那么对我,我也得有点儿表示吧?"

南歌好奇了:"怎么表示?"

"罩着他啊!"聊到光辉岁月,郑落竹一个鲤鱼打挺直起腰板,"我初一就开始蹲个儿,加上实战经验丰富,打架横扫全校。那时候我爸妈都不敢碰我了,他们敢打,我就敢拿菜刀,再狠的也怕不要命的……"

南歌重新单手托腮，整个人放松下来。

或许连郑落竹自己都没意识到，一聊到他的朋友，他整个人都活过来了，生机勃勃，小老虎似的。那个朋友像一束光，从过去照到现在，替年幼的郑落竹驱散黑暗，又支撑着现在的郑落竹不惧旧伤。

"我刚才说过他呆吧？初中更是，标准的书呆子，只知道学习，谁过来都能捏两下，我一天没看住，他就能让人欺负了，不是上学路上被揍，就是放学路上被堵，也不知道他对不良少年们咋么有吸引力……"

南歌看着眼前初中就敢拿菜刀的"前不良少年"，决定还是不说破了。

"不怕你笑话，我初中没念完。"郑落竹苦笑，声音低下来，"初三时我妈重病，我爸找亲戚借了一圈钱，最后拿着钱跑了，我妈死在医院，火化还是亲戚们凑的钱。给我家当亲戚也是倒了血霉了……"

"后来你就不念了？"

"没钱啊，吃饭都成问题怎么念。"郑落竹幽幽地看向落地窗外，静谧深海没有尽头，"我从那时候开始混社会，幸好亲戚们没赶尽杀绝，把那间小破房子留给了我，我就这么一天天瞎混……"

"你那个朋友呢？"

"继续读书啊。他那脑子干别的不行，学习可灵光，回回考年级第一，各科老师拿他当宝贝。我还念书的时候，班主任三番五次找他谈心，希望他能远离我这个坏朋友……"

恐怕不止老师拿他当宝贝。南歌看着他那个嘚瑟劲儿想。

"你不念了，不怕他再被欺负？"

"不能，离校之前我把那些蠢蠢欲动的挨个单独教育了一下，后来都挺乖。"

南歌："……"怎么教育的就不细问了。

一条深海鱼游到落地窗前，奇形怪状的，莫名有点儿丑萌。

郑落竹淡淡看着，声音放缓："后来就没什么可说的了，他念高中，我混着，他读大学，我还混着。他家倒是一直没搬，高中的时候我们还低头不见抬头见，大学就只有寒暑假能见几次……"

"他主动和你疏远了？"南歌不信，至少在郑落竹的描述里，她见到的是一个真诚得近乎可爱的人。

"别人不说，你自己不得有点儿自知之明吗？"郑落竹瞥过来一眼，像是在说"你怎么那么幼稚"，"高中有高中的朋友，大学有大学的朋友，你不能自己原地踏步，非要别人总回头看你，没劲，还耽误人。"

郑落竹说得通透洒脱，南歌却听得伤感。那个人会在高中、大学里认识新的朋友，这是必然，他的人生路在往前走，随时随地都有新的风景。可对于在原地的郑落竹来说，他或许只有这一个朋友，却因为担心绊住对方脚步，将人生生推开。

"但是我现在后悔了，"郑落竹转过头来，一个字一个字地说，"南歌，我特别后悔。"

南歌这才想起，郑落竹许的那个"找人"的愿望，一时全连上了："他失踪了？"

"嗯，就在大四那年。"郑落竹垂下眼睛，肩膀跟着耷拉下来，"寒假的时候还来找我，让我去他家过年，我没去，后来他开学回校，五月份学校来消息说人失踪了。"

"被卷进这里了？"

"我那个时候哪儿知道，"郑落竹笑一下，眼里却是涩的，"我就想着一个大活人怎么可能说失踪就失踪，什么痕迹都不留，就偷偷跟着他爸妈去了学校。他爸妈在明面，我在暗地里，连软带硬，所有能找的能问的人都问了，所有能查的地方都查了，一无所获，真就是人间蒸发……"

"那他爸妈……"南歌想问他爸妈后来怎么样了，可问到一半，就哽住了。那对好心给郑落竹一口热饭的邻居夫妻平白失去了儿子，她自己的父母又何尝不是。这么多年，她根本不敢想自己的父母过得怎么样……

"找了三年，后来就不找了。"郑落竹说，"他爸妈是老来得子，现在已经六十多了，不是不想找，是找不动了，也经不起一次次失望，一次次伤心了。"

偌大的世界，那么多的城市，每天都有人失踪。他们的消失对于茫茫人海来说微小得像粒尘埃，可对于那些爱着他们的人来说却是末日坍塌。

南歌抱着的最后一丝侥幸也随之湮灭："鸮不是能篡改人的记忆吗，我闯前面关卡的时候，曾在我认识的人面前被吸进来，出去后她都没印象。"

"可能是只有亲眼看见我们被紫色漩涡卷进去的人才会被改记忆？或者鸮觉得有暴露风险了，才启动修复？"郑落竹无奈地耸耸肩，"说实话，我也不知道。"

这个闯关世界太多谜团了。

南歌压下苦涩，努力让思绪回到原本的话题："你那个朋友，他在这里。"她已经可以确定了，因为她从郑落竹的眼里看见了光。

郑落竹点头："从我被卷进来第一天，我就知道他在这里。"

南歌愣愣地眨下眼，这算什么，男人的第六感？

"没那么玄乎，"郑落竹料到南歌的想法，解释道，"我当年去他们学校问的时候，他同学都说他三四月份就不怎么出现在学校了，一问就说在外面旅游，他那时候已经保送研究生了，既不需要找工作，也不需要打工实习，所以同学也没多想……"

"他那个时候就在闯关了。"南歌懂了。

前面的关卡不像地下城,进去了就出不来,而是每天固定零点到凌晨五点开放,时间一到人就可以回到现实,只是每一关的位置不一样,需要各个省份跑。

"从失踪到现在,五年,"郑落竹笑了,一直从嘴角到眼底,"我还是把人找到了……呃,至少知道大范围了。"

南歌关心地问:"他在哪一关?"

郑落竹:"不知道。"

南歌诧异:"不知道?"

郑落竹摊手:"在后十关里,活着——许愿屋给我的全部答案。"

南歌:"……"

这个闯关世界连人的记忆都能篡改,多给点儿线索会死吗?!

"但是应该不在地下城。"郑落竹说,"我几乎把地下城所有的商铺、情报点问遍了,都没人见过他。"

现实五年,地下城十年,闯关者换了不知几拨,他那个朋友极有可能早就去了更后面的关卡。

南歌在心里叹口气,自己倒是地下城"老人",可郑落竹朋友进来的时候,她已经瘫痪了,对外面的情况,恐怕知道的信息还没郑落竹多。但为防万一,她还是问了一句:"你有他的照片吗?"

郑落竹愣了下,几乎是飞快地拿出手机打开相册,递到她面前。不是合影,就是那个男生的独照,在大学正门前拍的,青春洋溢,笑起来温柔明朗,又暖又甜。

哪里呆?南歌心想,看着就比郑落竹聪明得多。

不等郑落竹问,南歌已经轻轻摇了摇头,的确没见过。

郑落竹不意外,他算过时间,那时候南歌已经受伤了,肯定对地下城的人员流动不再熟悉。收起手机,他信心满满:"只要在这里,我就能把人找出来,这一关找不到,就去下一关找。"

南歌真心希望他能找到,刚想说些祝愿的话,却听见郑落竹叫了自己的名字。

"南歌,"他眼里带着自嘲的笑,"那年寒假他来找我的时候,你知道我说了什么吗?我说咱俩根本不是一路人,做不了朋友,别来找我了。"

南歌抿紧嘴唇,替郑落竹难受——他怕被抛弃,所以先把对方推开了。

"但是现在,我知道我有多蠢了。"郑落竹定定地望着她,"害怕失去,你就要好好抓着,这一次抓不住,下一次就要握得更紧。"

紫色漩涡的终点，是范佩阳的办公室。

八天前他们从这里出发，如今又回来了这里。

不对。唐凛看着摆在范总办公桌上的自动日历——地下城里八天，现实里刚过四天。

"等我一下，我去换衣服。"浑身湿透的范佩阳走进办公室里间。

唐凛还沉浸在水世界酒店和现实无缝切换的不真实感中，过了好几秒才反应过来，里间是范佩阳的休息间，单人床、备用衣柜一应俱全。对于效率高于一切的范总来说，在办公室过夜是家常便饭。

唐凛记得公司刚成立那会儿，他还和范佩阳因为加班的问题争论过。他认为老板这样会给员工带来压力，有时候员工明明已经完成工作了，因为老板不下班，他们也只能硬着头皮陪。但范佩阳认为，公司刚上轨道，事情没有做完，一天二十四小时都不够用，为什么要把有限的时间浪费在无意义的上下班路上。最后两人各退一步，唐凛不干涉范佩阳的"地狱作息"，范佩阳则在"不提倡无效加班"的公司内部通知上签字。至此，他们公司就形成了总裁996、员工955的和谐局面。（996，指早上9点上班、晚上9点下班、一周工作6天的工作制度。955以此类推。）

"加班狂魔。"唐凛看着虚掩的里间门，低声调侃一句。

自身体痊愈，唐凛没来由地喜欢回忆过去，他怀疑是生病的时候压抑得太狠——那时候的他几乎不敢回忆过往，怕走的时候太不舍——于是现在触底反弹。明明记得过去，也记得和范佩阳之间的一些事，为什么关于"感情"会遗忘呢？就算真是文具的副作用，也得有个因果或者作用机制吧？

"选择性遗忘"这件事，唐凛其实很在意，但和范佩阳强烈的失去感不同，他单纯就是因为想不通，越想不通越让他好奇。

窗外，旭日初升。这是一个晴朗的清晨六点半，城市刚刚苏醒。

范佩阳一身清爽地走出来，新的灰色大衣质地更轻更薄，清晨日光的照耀让它的颜色显得浅了些，冲淡了范佩阳身上的压迫感，多了几分亲切的英俊。

"我先送你回家。"他说。

"不用。"唐凛直接拒绝，"只有三天时间，你抓紧处理公司的事。"

范佩阳微微挑眉。

唐凛分析道："'返回现实'在2/10关卡里只能买一次，下次再有机会回来，可能是几个星期后、几个月后，甚至可能以年计，这么长时间的失联，单云松撑不住，你要找一个真正能决策的运营者。"

范佩阳点点头："陈鸿怎么样？"

唐凛一怔，这可不是瞬时能给出的人选："你什么时候开始考虑的？"

范佩阳脱掉大衣挂到旁边，回到办公桌后面："从闯关的第一天。"

唐凛不意外，如果范佩阳没有这个能力，他当初也不会与他合伙。

"陈鸿可以，"唐凛对这位副总很认可，"但是另外几个高层未必服气。"这可不是简单的人事变动，提拔一个"决策者"，实际上变动的是整个高层权力结构。

"这些交给我考虑，"范佩阳把抽屉里的车钥匙扔给唐凛，"到家给我打个电话。"

唐凛莞尔："你好像没手机了。"

范佩阳顿了下，才想起手机报废在关卡 Boss 脑袋上了："打办公室座机。"

唐凛拿着范佩阳的车钥匙，没去地下停车场，更没回家，而是去了楼下的财务部。七点不到，财务部一个人都没有，办公区紧锁，他在门口的访客区等了十五六分钟，拿手机给范佩阳办公室拨了个电话，非常真诚地说："到家了。"

范佩阳丝毫没注意空旷的背景音，主要是他的别墅也很空旷："休息吧，别的事情不用想。"

"嗯。"唐凛挂了电话，继续和访客区墙壁上的钟表大眼瞪小眼。

等到八点，他终于等来整个财务部最早的一位员工——财务总监。这是唐凛住院前钦点的接任者，也是当年唐凛最得力的手下。

大清早的，财务总监风尘仆仆刚到门口就被唐凛震着了，一脸惊诧："唐总？！"

"你那是什么表情？"唐凛站起来，带着笑意调侃，"我上次突然袭击的时候，看你挺淡定啊。"面对昔日员工，他不自觉就切换到了从前的温和模式。

您上次是白天探班、慰问老下属，不是大清早的堵门啊！新财务总监只敢在心里呐喊。作为唐凛的心腹，他可不会像下面的小员工，真拿唐总当暖男。

唐凛跟着人进了总监办公室，之后就坐到沙发里不走了。

财务总监不知道唐总想干啥，也不敢问，硬着头皮工作了半小时，接到了单特助打来的电话。

"好的，我这就过去。"财务总监放下电话，如获大赦，"唐总，范总叫所有高层开会……"

唐凛翻着金融杂志，头也不抬，淡淡道："去吧。"

财务总监心花怒放就去开会了。

唐凛起身走到财务总监的办公桌前，将桌上的小落钟放到沙发前的茶几上，然后坐回沙发，继续翻杂志。

一小时过去了，财务总监还没回来。唐凛合上杂志，走出总监办公室，职业性的温和从脸上退去，恢复了他本来的冷淡疏离。

财务部的员工早上一来就听进去找总监签字的人说唐总过来了，但见到的人毕竟是少数。这会儿看人走出来，都抬起头看，有一些老员工想和唐凛打招呼，可动了动嘴，最终没敢出声。

唐凛直接去了会议室，才到走廊外，隔着门，就听见会议室内的交谈声——不算争吵，但暗流涌动。

"咚咚。"唐凛象征性地敲了两下，不等回应，直接推门而入。

原本嘈杂的会议室瞬间安静下来，所有人都一脸诧异地看着这个据说得了重病、两年都没在公司冒头的前财务总监，亦是公司合伙人。

范佩阳心中惊讶，可面上却极自然地朝唐凛点点头，仿佛早就知道他会来。

单云松立刻起立，将范佩阳身边的位置空出来，恭敬道："唐总，您来了。"

唐凛落座。

宽阔的会议桌两边都是公司高层，上位则是两个公司老总。

"大家继续，"唐凛摆出笑脸，"我只是过来旁听。"

众高层沉默，面色各异。人都坐到范佩阳身边了，什么立场一目了然。

单云松站在一旁，心里清楚，这场整个公司高层权力变动的硬仗，估计不用扯到明天了。范总自然镇得住这些人，但两个老总和一个老总的威慑力还是不一样的。唐凛虽然近两年都不在公司，可他做财务总监时的手腕，公司的每一个高层都清楚。如果范佩阳是霸气威慑，那么唐凛就是釜底抽薪，一个让你跪，一个让你跪完了都没钱买纸巾擦眼泪。

晚上十点半，这场会议终于有了结果，陈鸿上位，其他副总的权力和职责范围也有了相应的调整，而这些内部共识明天就会形成文件，公告公司上下。

唐凛终于到了地下停车场，在拿到范总车钥匙的十五个小时后。

范佩阳坐进驾驶位。唐凛自动坐进副驾驶位。

汽车发动，范佩阳才说了散会后的第一句话："反正你也不想回家，那就别回了。"

唐凛："……"早上不想回家，不代表月黑风高还想在外面溜达。

车开出停车场，驶进月色下的街道。唐凛看向窗外，很好，范总说到做到，完全不是回家的路。

"你到底带我去哪儿？"

十字路口，红灯，范佩阳停住车，转头："看电影。"

唐凛瞥一眼时间，挑眉："午夜场？"

范佩阳重新看向车前方："嗯。"

月光和路灯融合成一种很美的颜色，打在他的侧脸轮廓上，唐凛淡淡看着。

绿灯，范佩阳开车驶过路口，街上的车比白天少了一些，但还远没到八条道任走的空旷，这个城市总是拥挤而喧嚣。

"你记得提尔说过夜游怪是一种能量吗……"

思绪刚要飘远就被唐凛拉回了现实，跨度太大的话题让范佩阳消化了一下才点头："嗯，怎么？"

唐凛："你说，有没有可能，文具树、文具这些也是能量？"

范佩阳认真起来："继续。"

唐凛："我之前一直在想，究竟是什么力量，能拉我们到那个空间、治愈我的病，甚至能阻止我们和外人说关卡的秘密。如果这些都是能量造成的呢？"

范佩阳目视前方："同一种能量？"

唐凛："对，它就像一个标志，在你们被选中的时候，这种能量就打在身体内了，它锁定你们，在固定时间拉你们进去闯关，让你们可以使用文具，同时在想要对外说出秘密时产生干扰。"

范佩阳思索着，问："除了提尔那句话，你还有其他证据吗？"

唐凛沉吟半晌，说："我驯服夜游怪的那个晚上，手臂的图案闪了一下，后来在广场，南歌发现我肩膀上附着的夜游怪时，又闪了一下，到最后夜游怪成为我的文具树，图案闪烁得最强烈……"

范佩阳试着理解："你认为猫头鹰图案是我们体内的能量标志？"

"嗯，"唐凛说，"这样就可以解释图案的闪烁了，前两次是有外部能量靠近，后一次是能量直接注入，三次其实都是同一类的能量感应。"

范佩阳陷入思索。唐凛也不再说话。

手臂的猫头鹰图案在他们回到现实后就消失了，一切都只是猜测，哪怕真的猜对了，对于迷雾一样的闯关世界来说也只是冰山一角。

唐凛偏过头看窗外，茫茫夜色，近处因为路灯尚能看清，远处却一片黑暗，似乎连月光都照不到。

4

黑色宾利缓缓驶入停车位，熄火。

范佩阳解开安全带，转头看唐凛，后者还在自己的思绪里出神。

"到了。"低沉的嗓音在封闭的车内格外有存在感。

唐凛这才意识到车已经停了，低头去解自己的安全带。

午夜的商场，各楼层店铺已经打烊，扶梯也已停运，只留几部直梯送人到顶层影院。或许是半夜看电影的人少，电梯里只有唐凛和范佩阳，不锈钢轿厢壁像镜子，清晰映出两个人的身影。

气氛太安静了，唐凛看着变换中的楼层数字，故意打趣范佩阳："等下开门，外面会不会是水世界？"

范佩阳缓缓看他，眉宇间有淡淡不快："从现在开始，禁止关卡话题。"

难得范总有看电影的好心情，唐凛完全配合："好，等下我们看什么电影？"

范佩阳："到了就知道了。"

唐凛点点头，基本可以确定了，范佩阳根本不知道什么电影正在上映，来看午夜场纯属临时起意。

电梯停在顶楼，轿厢门缓缓打开，嘈杂扑面而来，影院门口人头攒动，恍惚间仿佛回到了地下城的闯关口。

范佩阳、唐凛："……"

先前说午夜影院冷清的话收回。

走出电梯，迎面就是某大片的宣传立牌，上映日期是明天，显然今晚零点是它的首映。

"我们运气不错。"唐凛现在对接下来的两个多小时比较期待了。

两人去前台买票，零点场，两个厅，上座率近80%，一眼望过去全是不可购买的飘红，剩下的位置尽是边边角角。

"换个影院？"习惯包场的范总后悔心血来潮了。

"不用。"唐凛觉得麻烦，也没必要，这个时间，除非去特别偏的影院，否则都很难有好位置了。

开场前十分钟，两人随着人流入场。来看午夜场的多是年轻人，有情侣，也有朋友结伴，说说笑笑很热闹。唐凛和范佩阳的位置在倒数第二排1、2号，右手边就是过道。范佩阳让唐凛坐里面，自己坐旁边。

放映厅的顶灯还亮着，落座后范佩阳才注意到很多人还拿着饮料和爆米花。他想了一下，起身。

唐凛一愣："怎么了？"

范佩阳："给你买点儿吃的。"

他说得太自然，以至于掩盖了这句话微妙的傻气。可唐凛看出来了，莫名觉得还有点儿可爱。不过爆米花他真不用："乖乖坐着吧。"

范佩阳静默坐下，对于这一晚上的发展都不太满意。错误的时间，错误的场次，错误的气氛，唐凛还拒绝吃爆米花……这和他在许愿屋许愿时规划的唐凛痊愈后的午夜场，没一条设想匹配。

广告结束，灯光暗下来，影厅内也逐渐安静。唐凛聚精会神看着大银幕，银幕的光打在他侧脸上，勾勒出漂亮的轮廓。借着黑暗，范佩阳光明正大看他，唐凛的睫毛很长，眨一下眼，睫毛就会跟着轻颤。

电影开演，银幕光影变幻，音响效果全场环绕，立体又逼真。唐凛看了快半小时才突然想起手机还没静音，虽然不觉得有人会在深夜找他，但还是打算设置一下。这一动，他就发现范佩阳在看他。电影正演到一个极明亮的场景，整个放映厅霎时如白昼。唐凛被那目光里的温度烫着了。

四年前。

唐凛坐在自己的办公室里，看了一眼手表，23:00。无奈叹息，他拿座机拨了个号码。

那边很快接通，言简意赅："说。"

唐凛几乎能想象范佩阳现在的样子，肯定一手电话，一手文件，头也不抬。

"你的财务总监要求下班。"他半认真半调侃地提诉求。

范佩阳倒是利落："可以，开车注意安全。"

然后电话就被挂了。

唐凛听着"嘟嘟"的忙音，心里堵了一下。

再过一小时，就到明天，他的合伙人还在加班。

再过一小时，就到他的生日，他最好的朋友还在加班。

去年的生日他被爽约，退了提前三个月订的餐厅，今年损失小一点儿，只是两张电影票。

怎么才能让范总在百忙之中抽出两小时陪他看电影，唐凛设计了几套游说方案，现在才发现疏忽了，他最该做的是一个预警方案，让范总知道哪天是合伙人的生日。

第一次给范佩阳生日惊喜的时候，唐凛就被寿星当面通知——不喜欢，没必要，以后可以省了。唐凛尊重范佩阳的庆生习惯，但从来没说过自己的生日可以省。显然范总没意识到。

开车回家，开到半路，唐凛忽然一个掉头，改去影院方向。自己的生日，好朋友不给过，凭什么就不过了？

手机扫码，两张电影票。

今天是一部文艺片的零点首映，预告里的镜头特别有味道，唐凛上网时无意中看到就心动了。影厅很冷清，他想把另一张票送人都没送出去。

　　检票进场，只有唐凛和另外一对情侣。唐凛买的座位是正中间观影效果最好的位置，情侣买的是最后一排的角落。这场电影真正的观众，唐凛怀疑只有自己。

　　电影开映，正片比预告片更有味道、更迷幻、更动人。唐凛看得入神，直到片尾出现字幕，才发现自己湿了眼眶。

　　走出影厅，唐凛拿出调成静音的手机，想把模式调回来，却发现一条一小时前的信息："到家了吗？"

　　一小时前的他没回。

　　一小时后的他也没收到第二条新信息，或者一个电话。

　　走出商场，唐凛在 24 小时便利店买了一瓶纯净水，拧开举起来，朝月亮敬了敬。今天是个满月，圆圆满满的。

　　"生日快乐。"唐凛从不吝啬给自己祝福。

　　这一夜范总在公司通宵，唐凛凌晨抵家，睡了不多时，便又是新的一天。他依旧准时准点到了公司，刚坐下没多久手机就响了，是范佩阳。

　　他和范佩阳住在一起这件事，在公司、社交圈都没公开。范佩阳不怕被人说公私不分，只是嫌麻烦。唐凛也嫌麻烦，但还没有范佩阳那么高效率，在确认同住的第二天早晨就把这个问题拎出来了，并迅速达成共识。所以自一个屋檐下之后，他俩就有了个不成文的默契——公事打座机，私事打手机，人不在公司的时候除外。

　　唐凛很少在上班时间接到范佩阳打进手机的电话，他微微挑眉，接起来："喂？"

　　"你昨天没回我信息。"范佩阳的口吻不像朋友抱怨，倒像领导批评。

　　"看电影呢，静音了。"唐凛实话实说。

　　这答案显然在范佩阳的预料之外："电影院？"

　　唐凛："嗯，零点场。"

　　"我以为你不想加班是想回家休息。"范佩阳的语气里倒没有不满，只是意外。

　　"偶尔也要劳逸结合。"唐凛避重就轻，眼睛不眨。

　　范佩阳对此无意深究，回到原本的目的："今晚一起吃饭？"

　　唐凛故意问："不加班了？"

　　范佩阳听出调侃，语气反而有了一丝轻松："你刚说过，劳逸结合。"

　　唐凛："……"自己是范总的"逸"，定位很清晰了。

　　唐凛很少在被别人尤其是范总邀请时提自己的不同意见，但今天例外："晚上看电影吧。"

范佩阳："你不是刚看过？"

唐凛："很棒的电影，值得二刷。"

范佩阳："可以，你订票。"

唐凛："好，我看看还有没有零点场。"

范佩阳不是太理解他对午夜场的执着，但也不介意："行。"

通话结束，唐凛浏览订票软件，首映过了，没有新电影上映，影院基本不可能安排零点场，翻了半天才翻到一家最晚场次在23：00。订票的时候他想，如果他频繁地在范佩阳面前刷"零点场"三个字，范佩阳还意识不到昨天错过了什么，他就打算在范佩阳的家里上演暴力美学了。

唐凛想得很完善，结果范总连第一步都没配合。

晚上七点，在办公室等了近两小时的唐凛拨通了范佩阳的手机，结果是单云松接的。不必他问，单云松直接汇报："唐总，范总在给华北大区开视频会……"

唐凛半晌没说话。

单云松："唐总？"

唐凛轻轻呼出一口气，随意地问："会议什么时候开始的？"

单云松不疑有他，据实道："五点半。"

唐凛："你预计会开到什么时候？"

单云松苦笑："唐总，您是知道范总的，这可不好说……"

唐凛知道。范佩阳做事只要效率，他认定的事一刻都不会拖，同样的，如果事情没达到他的满意度，他也从不将就。一个会，开好了，一小时也是他，开不好，一夜也是他。

"好的，知道了。"挂了电话，唐凛将座椅靠背调大角度，后仰着半躺在上面。

五点半开始的，从五点下班到会议开始，范佩阳有三十分钟的时间可以通知他，但范总肯定没想过，"陪他看电影"和"工作"两件事根本不值得放到一个天平上称。

夕阳从窗口洒进来，暖暖的。

唐凛闭上眼睛，好看的眼眉在落日的余晖里，安静，恬淡。

真正的午夜场，唐凛在半个月之后才等来，一部进口大片，轻松娱乐。

有了前车之鉴，唐凛先探了外围，范总今天没访客、没会议，也没有加班趋势。五点刚到，他的信息准时发过去："晚上看午夜场？"

那边秒回，从速度也看得出清闲了："你确定要把两个小时的宝贵时间浪费在虚构故事上？"

用反问回复提问，就是拒绝了。范佩阳从不委屈自己，想就是想，不想就是不想，偶尔会因为愧疚违心一次，但真的很偶尔。

唐凛忽然意识到，上一次的"可以，你订票"很可能是他离成功最近的一次。

最终，唐凛还是自己去看了这场电影，归来已是凌晨三点。他把两张票丢进客卧五斗橱的最下层，一张检过的，一张没检过的，飘飘摇摇落了进去。

那里已经有了几张票，未来还会有更多张。

电影散场，唐凛意犹未尽，直到走出商场，仍处于酣畅淋漓的愉悦感中。

天上一轮新月，夜风微拂，云影在动。

车停在商场对面，两人走过马路，来到黑色宾利旁边，唐凛绕到里侧，刚要开副驾的门，忽然听见范佩阳问："怎么样？"

虽然问得有点儿滞后，唐凛还是毫不犹豫点了头："值回票价。"

范佩阳站在驾驶室门旁，视线越过车顶和唐凛对上："就这样？"路灯在他眼里映出一点儿暗淡。

夜风吹过，有些凉。

"我以为是你想看电影……"唐凛一直将自己定位为"陪同者"，可现在，他不确定了。

范佩阳没让他纠结太久："我是想陪你看午夜场。"

商场出来的人走得差不多了，街上静得只有风声。唐凛清醒了，这个瞬间，所有弥漫在这一夜的微妙感都有了解释——范佩阳问的"怎么样"，不是在问电影，而是在问他，可自己除了"电影很棒"之外，给不出任何惊喜回答。

"上车吧。"范佩阳打开车门，先坐了进去。

唐凛多吹了几秒风才坐进副驾驶位。

范佩阳已经发动了引擎，显然刚才的谈话已结束。可唐凛不想。为什么范佩阳会觉得自己喜欢看午夜场？为什么陪他看午夜场这件事重要到值得占用宝贵的回现实时间……一连串的问号在他心里你拥我挤，最后胜出的却是一句："我们以前总来看午夜场吗？"

话一出口，范佩阳的动作就停住了。这是唐凛出院那晚过后第一次问起"以前"。

良久，他才淡淡摇头："你没生病的时候总嚷嚷来，我嫌浪费时间，一次都没陪过。"

理智上，唐凛知道那是自己的记忆，情感上，他却体会不到一丝经历过的真实："生病之后呢？"

"陪了，"范佩阳说，"但每次一进影厅就到零点，我被卷入关卡，你的记忆则被修改。"

唐凛："你那时候已经开始闯关了？"

范佩阳："嗯。"

唐凛想不通："既然知道零点必须闯关，为什么不看白天场？"

"这就要问你了。"范佩阳将车开出停车位，同时提醒唐凛，"系安全带。"

两句话衔接得太无缝，等唐凛反应过来系好安全带，车已驶入主干道。他忽地明白了，范佩阳不需要自己的回答，因为他知道自己答不上。

后半夜的街道，车明显少了，一盏盏路灯拉长了树的影子。唐凛看了一会儿窗外，还是问了："为什么非要看午夜场，我没说过原因吗？"

范佩阳看着前路："没有。"

唐凛："你也没问过？"

范佩阳沉默。

唐凛扯了扯嘴角："真不知道该说我俩谁惨。"

这场难得的关于"从前"的对话，兵荒马乱开始，平静如水结束。

唐凛单手撑头，目光不经意扫过范佩阳的侧脸，没有来时路上的起伏，没有要给他买爆米花的可爱，也再没有黑暗影厅里的灼热。

接下来的两天，范佩阳大部分时间都在处理公司后续事务，并让助理给他买了部新手机，补了电话卡。唐凛则专心看了两本关于"亚特兰蒂斯"的书籍——关卡是"水世界"，套房是"亚特兰蒂斯"，很难不让人有联想。虽然1/10用了北欧神话，不代表2/10的关卡还会用神话，但闲着也是闲着，多读书总没错。保险起见，回去的背包里，他把书也带上了，准备回到关卡里再巩固一下知识点。

三天期满，还是清晨六点半，他和范佩阳回到了水世界，视野尚未清晰，就听见了郑落竹热情的呼唤："老板，唐总——"

混沌的紫光退去，四周清晰。和离开时一样，是水世界的购物区，而算好时间在这里迎接他们的，除了阳光灿烂的竹子，还有浅笑盈盈的南歌。

"唐总，南歌同意加入VIP了！"邀功这件事，郑落竹向来分秒必争。

唐凛惊讶，他只是让竹子和南歌聊聊，还真没想到三天，不，六天就把人争取过来了。

范佩阳微微抬眉，什么时候郑落竹可以不通过他跟唐凛单线交接任务了？

四人先回到了亚特兰蒂斯套房，范佩阳和唐凛脱了外套，坐到沙发里，郑落竹和南歌则坐在他们侧对面。

水晶灯洒下一室璀璨。

郑落竹用目光征求了南歌的意见，而后清了清嗓子："老板，唐总，你们都知道，南歌说她等了六年，其实这是一个不止六年的故事……"

坦诚是信任的基础，既然决定做伙伴，就没什么好藏着掖着的——这是南歌和郑落竹达成的共识。所以关于南歌在地下城的事，当事人全权委托郑落竹代讲。

南歌的事时间跨度很长，可真讲起来不过寥寥数语。很多惨烈都被郑落竹轻轻略过了，然而唐凛和范佩阳还是听得出那些难挨的苦。

"……大概就是这样。"郑落竹讲完，如释重负。

唐凛听得心疼，更佩服南歌的坚强，但还是好奇："竹子，你是怎么说服她入伙的？"离开水世界的时候，南歌分明连一间房都要彼此分清。

郑落竹顿了顿，拿过茶几上的水杯，"咕咚咚"喝光，而后"啪"地将空杯放下："唐总，这是第二个故事了，您和老板要不忙，就再听听……"

唐凛、范佩阳："……"

时间无声流逝，水世界迎来了它的清晨苏醒。落地窗外流动着的幽蓝世界，自看不见的遥远上方透下来几缕明亮，像旭日的微光照耀进了深海。

郑落竹的故事和南歌不一样。说个不恰当的比喻，南歌被卷进这里遭受苦难，那是天灾，是人生的意外，但郑落竹经历的，却恰恰就是他的人生。

范佩阳听得震动。他和郑落竹其实就是最简单的雇佣关系，他付钱，郑落竹替他卖命。在许愿屋的时候他就知道郑落竹对他有所隐瞒，但无所谓，他对员工的过往不感兴趣。可现在郑落竹把这些摊开来，做法让他意外，坦诚的事情更让他意外，他没想到郑落竹有这么沉重的背负。

唐凛除了震动，还有动容。竹子没有说服南歌的义务，更没有为了说服南歌剖开自己伤口的义务，可他都做了，且毫无保留。

郑落竹一对上唐凛的目光就扛不住了，连忙收尾："我讲这些没别的意思，那个，是南歌说的，以后都是生死战，咱们并肩战斗，连后背都敢交给彼此，还有什么是不能说的……"

"对，"唐凛眉心舒展，"没什么不能说的。"

语毕，他转头看范佩阳。四目相对，范佩阳无所谓地耸耸肩。

郑落竹有点儿蒙，不懂什么意思。

南歌也没猜透。

得到另一位当事人的同意，唐凛才重新看向两个伙伴："你们要是有时间，也听听我和他的事……"

郑落竹、南歌："……"

今天天气不错，适合故事接龙。

唐凛的故事因为他的"记忆缺失"和范佩阳的"视角受限",其实不长,简单来说就两部分:一、共同创业,逐渐交心,唐凛生病,范佩阳被卷入关卡;二、范佩阳拉他进许愿屋,用了"＜幻＞完好如初",绝症治好了,关系悲剧了。

友情时光甜不甜?范佩阳觉得可以,唐凛怀疑不行。

为什么失忆?暂时不详。

虽然故事不复杂,但郑落竹和南歌实在不知该怎么给出感想和评价。想替唐凛的痊愈开心吧,又有点儿心疼范总,但一想到范总平时那个日天日地的样子……

"老板,唐总,要不要到训练场试试你们新升级的文具树?"空气安静了许久后,郑落竹弱弱举手。

范佩阳皱眉瞥过来:"这和刚才的话题有关?"

郑落竹老老实实地说:"没有,我就是不知道该说什么了,想直接回车进入下个场景。"

唐凛没忍住,乐出了声,直接站起来:"走,去买训练场。"

酒店大堂比范佩阳和唐凛刚回来的时候热闹了不少,有人来来往往,亦有人凑到廊柱附近寒暄。购物区里也有几个人,见唐凛他们进来纷纷抬头,发现不认识,有的立刻低头忙自己的,也有的好奇多看了两眼。

点击投屏进入场地购买项,选择"训练场",他们发现共有四个等级——

1—4人训练场:经验值2/天

5—10人训练场:经验值5/天

10—20人训练场:经验值10/天

20人以上训练场:经验值30/天

范佩阳刷了卡,两百元租一天四人训练场,良心价。

郑落竹最欣赏老板刷卡的姿势,特别潇洒,但越是这样,越让他担心财务安全:"老板,你可得把银行卡收好,丢了、折了、消磁了,在这儿都麻烦。"

范佩阳把小卡片放回灰色大衣口袋:"没关系,有备用卡。"

郑落竹:"……"

他跟着的不是老板,是安全感。

5

VIP们离开购物区,回到酒店大堂。

大堂前台正对方向的尽头是三扇大门,最左边一扇灰蓝色的,是他们1/10通关后进入酒店的大门，最右边的一扇海蓝色，中间那扇最高最漂亮，是大理石白。

"返回地下城就走左边的门，剩下所有在水世界的活动都走右边的门。"郑落竹带着唐凛、范佩阳来到右边的海蓝色门前，一指隔壁的白色大门，"这个只有闯关才开。"

唐凛问："门就是闯关口吗？"

"还不能确定，"郑落竹懊恼道，"他们戒备心都可强了，只要聊天超过五分钟，就不乐意多说了。"

唐凛听得有趣："你都哪儿得来的这些情报？"

"大堂啊。"郑落竹说，"唐总，你是不知道，这里条件虽然比地下城好，但其实住着更闷，一天到晚有人在大堂晃悠搞社交，我估计再憋几年，这儿就得有广场舞了。"

说话间，四人手臂一起响了提示音。

小抄纸："训练场008已开启，请沿隧道前往。"

海蓝色大门徐徐打开，圆拱形的隧道和他们离开地铁后进入的那条一样，但更长，更通透。

离开地铁时，唐凛只顾着前路，而现在，他终于可以静下心来欣赏。抬头仰望，正好有鱼群游过，洒下一地斑驳。

"真美。"耳边传来南歌的叹息。

唐凛调侃她："我还以为你和竹子这几天总去训练场，已经看腻了。"

南歌笑："盯了那么多年天花板，现在看什么都看不腻。"她说这话时依旧仰着头，海水映进眼眸里，一片忧郁的蓝。

唐凛安静下来，不再打扰她。

前方，范佩阳步伐矫健，身后跟着一溜小跑的郑落竹。

范佩阳走着走着觉出不对，一回头，发现已经把唐凛和南歌落下一大截了。

郑落竹见状赶紧递话："老板，又不急这一分钟两分钟的，你也应该适当放松放松，就当这是海洋馆，走走看看多惬意。"

"我们惬意的时候，别人可能在抓紧训练。你今天不差一分钟，明天不差一分钟，到了关卡里差的就是生死。"范佩阳停下来，转过身等唐凛。

郑落竹："……"老板你是怎么做到说一套做一套的？

隧道的尽头是一座半圆形建筑，像古罗马的斗兽场。四人推门而入，迎接他们的是一条环形走廊，头上是高耸的透明穹顶，广阔的深海像夜幕苍穹。

训练室沿着走廊分布，门上写着编号，所有门都关着，听不见声响，但很可能里面就在进行激烈的训练。有几个人一看就是刚训练完的人，正往门口这边走。

四人沿着另外一边，找到了训练室008，身份识别确认，门应声而开，映入眼帘的是一个直径三十米的圆形场地，左侧1/3摆着各种锻炼器械，健身房似的，右侧2/3则是空地。

"这边是锻炼身体的，"郑落竹伸手介绍，动作娴熟似房东，"这边空地是练习文具树的。"

"不过我觉得器械有点儿鸡肋，"郑落竹一脸嫌弃，"再好的体格，打架效果还能比得上文具树？"

范佩阳望着器械区："锻炼身体强度不是为了直接战斗，而是为了让身体能承受住不断升级的文具树。"

郑落竹蒙了，他从来没往这个方向想过："老板，你怎么知道的？"

范佩阳看他，满眼写着"明摆着的事"。

对视几秒，郑落竹感慨："老板，你绝对是为战斗而生的男人。"

"欢迎来到训练场。"

门在四人身后关闭，门板上忽然亮起一块手掌形的屏幕，一个小猫头鹰在屏幕上左右歪着脑袋。

唐凛看着屏幕，沉默。他真的不是太想见到这一位。

"别担心，"南歌怕唐凛和范佩阳多想，快速道，"就是个检测仪。"

检测仪？唐凛和范佩阳对视一眼，还没等进一步问，小猫头鹰已经开启话痨模式——

"如果是第一次训练，建议先进行潜力识别哟。检测方法，将手掌平贴屏幕，听到检测完毕提示放下手掌，屏幕内即会出现您的潜力关键字。不同的人有不同的潜力，潜力会影响未来的文具树分化方向，认清自己的潜力，进行有针对性的训练，事半功倍哟。"

提示音结束，小猫头鹰乖巧地站在屏幕里，瞪大大眼睛。

"还能测潜力？"有点儿意思了，唐凛好奇地问南歌和郑落竹，"你们的潜力都是什么？"

南歌叹口气："不知道。"

唐凛："不知道？"

南歌无奈摊手："我要测，他不让，说一定要等老板和唐总回来，一家人整整齐齐一起测。"

唐凛："……"

郑落竹忍了这么多天，终于到了激动人心的时刻："那老板、唐总，我先上了！"说着"啪"地把手贴到屏幕上。

小猫头鹰被摁在手掌底下，还不忘互动："你想要什么潜力哟？"

这可问到郑落竹心坎儿了："攻击，攻击，攻击！"重要的心愿说三遍，"我就不是保守型！"

"攻击哦……"指缝底下还能依稀看见小猫头鹰在转圈圈，"让我看看……"

南歌问唐凛和范佩阳："你们说竹子的潜力能是攻击吗？"

范总和唐总一起沉默了，然后南歌也沉默了。

"检测完毕，快把你的爪子拿开！"小猫头鹰飞快地扑棱翅膀。

关键字在人家手上呢，郑落竹赶紧照做。

屏幕重见天日，小猫头鹰慢慢变淡，取而代之是两个慢慢清晰的字——防御。

"潜力关键字是'防御'哟。"小猫头鹰隐形不隐声。

郑落竹生无可恋地回头，看向三人："我觉得这玩意儿不准。"

南歌语气委婉："我们觉得吧……"

唐凛、范佩阳："很准。"

老总们一贯冷酷。

郑落竹垂头丧气地和南歌交换了位置，心里还惦记着逆天改命。

"接下来是谁哟？"关键字消失，小猫头鹰重新出现。

南歌把手放上去。

小猫头鹰在被挡住的屏幕上滚来滚去。

郑落竹重新把注意力聚到南歌身上，小声咕哝："肯定是'声音'。我看出来了，这个就是和文具树挂钩，还故弄玄虚说什么影响未来文具树分化，文具树属性早就定了……"

"检测完毕！"

南歌放下手，屏息等待。

身后三人也等着。

关键字浮现——安魂。

郑落竹咽了下口水："老板，我有点儿冷……"

范佩阳更在意关键字的真正含义："是攻击还是防御？"

"安魂，让灵魂得到安慰。"唐凛试着从字面分析，"会不会是精神镇定？"

范佩阳摇头："先要让对手变成灵魂，才有魂可安，我倾向攻击。"

两位老总的分歧很明显了，清官难断家务事，这时候绝对不能站队。

郑落竹："防御，肯定是防御，我俩一看就是一路人！"

南歌明明思路还挺清晰，觉得大概能想出一些，可还没来得及深入思考，就让仨队友联手搅乱了。

第三个上前的是范佩阳，他的手掌刚刚好，将屏幕挡得严丝合缝。

唐凛注意到他的手很好看，手指修长，关节漂亮。

"唐总？"是郑落竹的声音。

唐凛回过神："嗯？"

"你觉得老板能是什么关键字？"其实他刚才已经问过一遍，但唐凛好像在想事情，根本没听。

"我猜是'懒'。"南歌半正经半调侃。

郑落竹绝对认真："我说是'凶'。"

唐凛歪头："为什么都是一个字？"

郑落竹、南歌："比较符合他的霸气。"

唐凛："……"

"检测完毕！"

三人一起抬头，全神贯注。

范佩阳放下手，倒是比观众轻松多了，他自己想走的路自己清楚，潜力顶多算个参考标识。

关键字浮现——摧毁。

空气一度安静。郑落竹仰望老板背影，以前觉得伟岸潇洒，现在是伟岸潇洒的大规模杀伤性武器。

南歌低声对郑落竹道："我理解你说的安全感了。"

郑落竹无语："不是，我说的不是这个，是钱……"

范佩阳的视线不经意扫过。

南歌："钱？"

郑落竹："钱……前……前进的方向特别明确，意志特别坚定，对，我说的是老板身上的这两点让我有安全感。"

南歌："……"莫名有一丝生硬是错觉吗？

摧毁。唐凛在心里想，还挺符合范佩阳的，他在公司就是这个属性，但凡跟得住他的高层们，没一个不是被摧毁了信心再重建，个别的建立完了还会被摧毁。

范佩阳回到唐凛身边，不明白后者为什么一脸"果然如此"的神情。

"还有人吗？"小猫头鹰又寂寞难耐了。

唐凛最后一个上去，手轻轻贴到屏幕上，自己会是什么潜力，他还挺期待的。

郑落竹："驯兽吧，毕竟唐总的文具树是夜游怪。"

南歌："也可能是召唤？"

范佩阳没说话，静静看着唐凛的手，手背很白，在用力抓着什么的时候会微微泛粉。

"会是什么潜力呢？"小猫头鹰在指缝底下扑嗒嗒，"让我看看……"

这一看，两分钟就过去了，小猫头鹰毫无动静。

之前三个人平均不超过半分钟。

范佩阳轻微眯了下眼。

南歌困惑凝眉。

郑落竹："……死机了？"

又过了一分钟。

"检测完毕！"

不知道是不是错觉，小猫头鹰的声音都好像如释重负。

唐凛放下胳膊，等待结果。范佩阳、郑落竹、南歌一样关心。

关键字终于浮现，但这次是四个字。

因为小猫头鹰卡在那里的时间实在是太长了，以至于真的听见"检测完毕"，大家心里都或多或少有些没底，包括唐凛自己。放下手的时候，他还在想，不会又出来问号吧。结果小猫头鹰还真变淡了，与之相对，关键字的轮廓有了浅浅印记。最初还看不出是什么内容，只能隐约识别是四个字，于是郑落竹、南歌、范佩阳都在心中闪过了自己的第一反应。

郑落竹条件反射想到的是——动物园长。

南歌想到的是——暗夜精灵。

范佩阳直觉认定——双树双栖，符合唐凛拥有两棵文具树的潜力。但他立刻又否定，树是错别字，正确写法是"双宿双栖"，于是把自己寓意美好的答案推翻。别问只有一两秒范总怎么想了这么多，回就是正常思考速度。

可惜没一个人猜对，真正出来的关键字既和唐凛已有的"狼影"文具树无关，也和他异于常人的两棵文具树无关。

完好如初。

当这四个字终于清晰时，气氛凝固了。

郑落竹和南歌偷偷互看一眼，默契地不作声。

这是唐凛进入这个世界感受到的第一个文具，带给了他新生，也拿走了相应的代价。半小时前他们刚知道范佩阳和唐凛的事，好不容易靠郑落竹的机智转到了训练场，现在好了，一秒回档。不过转念想想，一个"摧毁"，一个"完好如初"，这根本是CP款关键字吧……

范佩阳的脸上看不出情绪，在寂静彻底蔓延到整个训练室之前，他打破了沉默，问唐凛："你怎么想？"

唐凛的想法很清晰："要么还是老问题，我来这里的时间太短，没有足够的数据供它测评，只能拿第一个用在我身上的文具充数；要么就是这的确是我的潜力，至于为什么也是完好如初，可能是巧合，也可能和它是第一个被用在我身上的文具有关。"思路敏捷，因为并没有被那四个字触动，心无杂念。

范佩阳知道会这样，可还是忍不住想要试。

"竹子，"范佩阳把目光从唐凛身上移开，换回了先前的话题，"亮你的新文具树看看。"

唐凛在他转头的瞬间捕捉到了一丝落寞，这才后知后觉，范佩阳在意的根本不是他的潜力。说不心疼范佩阳是假的，但唐凛无能为力。如果他对毫无感受的东西假装重视和纠结，那才是真的在伤害范佩阳。

"老板，唐总，我开始了。"被点名的郑落竹已一溜烟跑到训练室的空地中央，自然站直，不放松，但也不过度紧绷。

唐凛、范佩阳、南歌站在场边。

郑落竹闭上眼，调整呼吸，集中注意力。很快，他的前后左右各出现一块铁板，每一块铁板大概两米高、半米宽，四块铁板恰好围成一圈，将他护在其中。

郑落竹的二级文具树是"铁板一圈"，实物与名字完全相符。

"这还不是最大范围，"铁板里传来郑落竹的现场直播，"我现在要增加单个铁板的面积了。"

话音落下，四块铁板高度不变，但宽度以肉眼可见的速度拉伸，最终单个铁板的面积停在两米高、两米五宽，围成的空间塞十几个人不成问题。郑落竹额头渗出薄汗，维持文具的极限状态，体力的消耗速度极快。

他看不见外面的情况，只能大声问："可以了吗，可以我就解除了？"

其实这时候三人已来到铁板跟前。范佩阳抬手轻叩铁板，发出两声清脆的"锵锵"声。无论是叩击手感还是声音反馈都让他皱眉："太薄，实战防御力不够，缩小铁板范围，增加厚度。"

郑落竹立刻照做，铁板的宽度从两米缩到一米七，又从一米七缩到一米五。

"不能再窄了，"郑落竹像跑步一样保持着呼吸节奏，"再窄的话就不够四个人的位置了。"硬塞也不是不行，但是真正战斗起来，他们不可能像木头人一样站在原地，铁板里肯定还要留出一点儿活动空间。

"嗯，现在的厚度作为基础防御够用了。"范佩阳说，"竹子，你记住这个宽度，如果实战中我们四人不分散，这个宽度应该就是你会常用到的数值。"

"明白。"郑落竹懂，操控文具树其实也有肌肉记忆，练得越熟，文具起效越快越准。而且他不光要记住常用值，还得吃透铁板面积和厚度之间的关系，如果遇上强力攻击，肯定还要继续牺牲面积来增强厚度，像提尔打他的时候那样，只保留致命位置的防护，其他的都转换成厚度……

等等！郑落竹精神一振，他怎么感觉一跟老板交流，这战斗智商就哗哗地往上涨，都会举一反三自我拓展了？老板，一个被赚钱耽误的战斗导师。

十五分钟后，郑落竹才收了"铁板一圈"，一头圆寸浸透了汗水，亮晶晶的。

南歌从背包里拿出一条毛巾扔过去。他接住朝头上一搭，随意地抹了下脑袋，还没擦完，就听见范佩阳问："'铁板一圈'只能护住前后左右，护不了头顶，你试过同时操控'铁板一块'弥补这一点吗？"

这还真问着了。郑落竹拿下毛巾："试过，可以，但最多只能坚持十秒。"头顶是"铁板一圈"最先暴露的问题，他第一次来训练场时就试了。

范佩阳点点头："再练，用器械练体力，用操控练精神力，时间肯定可以延长。"

"嗯。"郑落竹已经在心里建立了一个训练小本本，封面名字都想好了——《老板教你打打打》。

唐凛从头到尾没插上话，就站在旁边清闲围观，看着郑落竹点头如捣蒜，不觉莞尔。专注起来的范佩阳有一种魅力，会让你莫名其妙就跟随了他的节奏，不过自己对此天生免疫，所以刚合伙的时候总让范佩阳很暴躁。

南歌在郑落竹之后上场，她没去空地中央，而是去了训练室的边缘，贴着墙。她的二级文具树是"曼德拉的尖叫Ⅱ"，和郑落竹不一样，她的文具没改变形态，只增强了威力。

"等一下。"眼看南歌要运气，郑落竹赶紧喊停，然后给唐凛和范佩阳发了事先准备好的耳塞，"安全第一，安全第一。"一看就是有血与泪的教训。

三人戴上耳塞，退到南歌斜对角线的训练室边缘，彼此拉开训练室允许的最大距离，约三十米。郑落竹又从带来的包里拿出一个高脚杯，倒入半杯纯净水，然后将杯子放到三人眼前视线稍微向下就能看到的地面上。

范佩阳和唐凛看到这里，有点儿明白了。

郑落竹这才朝南歌点点头。

南歌敛下眼眸，长吸一口气："啊——"

曼德拉升级版来了，比初代版更凄厉，更恐怖，更让人头皮炸裂。唐凛戴着耳塞依然耳膜发疼，脑中嗡鸣，与南歌隔着的三十米仿佛不存在，尖叫声就像在耳边响的。心中不断涌出想逃离这间屋子的念头，他要极力忍耐才能原地站定不动。

饶是这种情况，他还是没忘去看地上的高脚杯。薄如蝉翼的杯子里，纯净水面不断有波纹，是水在震，也是杯壁在震。声波引发了共振，随着尖叫的持续，高脚杯的振动越来越强，终于"啪"的一声碎裂。因为杯子摆放得够低，高脚杯的体积也小，碎片最远也只是飞到他们脚边。

南歌的尖叫持续了半分钟才结束。她大口大口地呼吸，吸取空气。

唐凛三人拿下耳塞，朝南歌走过去。

郑落竹歪头揉着发疼的耳朵，心有戚戚焉："幸亏她是队友了，要是对手，我围着铁板上去绝对是送人头。"

南歌的额头和脖颈间出了薄汗，她摘下套在手腕的皮筋把头发扎起，也往三人这边走来："目前就是这样，持续时间大概多了五秒，杀伤力和范围也都比之前有所增强，而且越是密闭空间，效果越好，至于共振效果，暂时只能碎玻璃杯，而且不能太厚。"

四人在场地中央会合。

这个文具树没有太多花样，就是攻击，简单粗暴，直接见效，所以范佩阳只给了一条建议："多练肺活量。"

南歌望向器械区的动感单车、跑步机，心情和声音一起灰暗："嗯……"

如果说郑落竹和南歌算展示，范佩阳和唐凛就要探索了，他们还没用过自己的二级文具树。

范佩阳先来。唐凛、郑落竹、南歌什么都不用做，静静看着"一个战斗狂魔的自我修养"。只见范佩阳先将带来的背包放到地上，又抬头望了半晌器械区，末了站定，凝住心神。先是背包拉链动了，像在地下城被破T恤他们打劫时一样自己拉开了，不过速度更快，声音更轻。然后一个罐头从背包里出来，无声落到地面，就像有股力量托着它轻拿轻放。罐头之后，背包口闪过一点寒光。

唐凛知道背包里有三把刀，一把短刀、一把突击刀、一把长砍刀，都是从现实带进来的。虽然购物区也能买，但范佩阳做事总喜欢提前准备好。背包里还有一些更重的东西，那是范佩阳准备测试文具能移动的最大重量而携带的。他没想到范佩阳一上来就试验利器。在地下城，"懒人的福音"可是连最轻的小刀都无法移动。

就在唐凛想这些的时候，离开刀鞘的短刀已经从背包里露出了三分之二，刀身雪亮，可也就是在这里，原本缓慢但持续的移动顿住了，像滑轮遇到了卡点。

三人的目光不约而同聚到范佩阳身上。唐凛不动声色，目光清冷却笃定。郑落竹、南歌则把情绪都写在了脸上，有一点儿紧张、一点儿期待，还有一点儿恨不能替范佩阳加把力的焦灼。

范佩阳垂着眼，没什么表情，但慢慢皱起的眉头还是泄露了他的不轻松。时间渐渐流逝，他像在和那把不听话的刀进行沉默而持久的拉锯战。没人说话，整个训练场静得连呼吸都好像听不见了。范佩阳忽然抬起眼，目光径直射向背包口的短刀，恍若利剑。僵局瞬破，短刀"咻"地飞出，在空中划过一道急速而笔直的线，狠狠扎上训练室尽头的墙壁。

"当啷"一声，短刀落地。能承受住所有二级文具树的训练室墙壁上，出现一个不起眼的小坑。

郑落竹摸摸拔凉的后脖颈。这要是扎人，必透了。

短刀之后，范佩阳又尝试移动了突击刀和长砍刀，但都未果，他也没再坚持——一个东西能否被文具树操控，文具树本身其实会传递来最真实的信息，短刀存在"可能"，他就去突破瓶颈，但那些斩钉截铁反馈来"没可能"的东西，他也不会浪费时间。

范佩阳对"懒人的福音Ⅱ"的测试，在利器之后就进入了有条不紊的状态，从可移动物体的数量、体积、重量三个维度去测试。

因为器械区有哑铃、杠铃片和拉力器，所以重量测试的数据相对精准。最终，范佩阳的二级文具树效果如下——

可同时操控物体数量：2，和地下城时一样。

可操控的最大重量：能自由操控的，单个物体10kg；同时操控两个，每个最多5kg。除此之外，范佩阳还试探了能挪动的重量极限，轻微离地一毫米也算，那么单个物体大概在60kg左右，不过这对战斗毫无意义。

可操控的最大体积：与重量成反比，重量越轻，体积越大，但不能超过重量上限。

其他：1. 杀伤性武器，目前只能操控短刀或者更轻更小的利器；2. 文具对活物无效。

所有维度测试完毕，范佩阳回到场边，脱掉大衣，让身体散热："重量上很难再突破，速度上应该还有空间。"

他这话不像说给围观三人听的，更像自我提醒，语气口吻和之前给郑落竹、南歌定未来的训练方向时完全一样。

唐凛已经能脑补他未来魔鬼般自我训练的场景了。范佩阳是一个定了目标就必须达成的男人，留一点儿瑕疵都不行，有时候唐凛觉得自己挺自律了，再看范佩阳，行吧，他懒散他快乐。

"换我。"没太多废话，唐凛走入训练场中央。

范佩阳站在场边看他，沾染汗水的眉峰之下，目光沉静专注。

唐凛闭上眼，不理外界，集中注意力。操控文具树有两种途径，最直接的是点击手臂，无须消耗精神力，但实战中，这样无疑会降低反应速度，所以更多的时候还是靠意念控制。

随着心神凝聚，很快，他的脑海中就自动浮现"文具盒"的界面。"狼影幢幢""狼影独行"两个文具分别挂在文具树的树根和上方稍高一点儿的树干上。

启动"狼影独行",实战经验的积累让唐凛和文具树建立联系的速度有了飞跃,几乎一瞬间,他就感受到了"狼影独行"的气息和跃动。但是任凭他再怎么用精神力召唤,这个文具树就是不出来,明明蓄势待发,就差临门一脚。

忽然,他睁开眼,看向场边:"竹子,铁板。"

"啊?"被点名的郑落竹一头雾水,但不耽误他贴心提问,"一块还是一圈啊?"

唐凛:"一块。"

郑落竹立即调动文具树,转瞬,一块铁板挡在他的身前。

"我要攻击你了,"唐凛认真道,"注意防御。"

郑落竹正色起来,酝酿几秒,朝唐凛点头。唐凛紧盯着铁板,眼睛极快地微眯一下,闪过危险的光。顷刻间,一道黑色影子从他背后闪电般蹿出。郑落竹只觉得眼前黑光一闪,铁板就遭受了巨大的撞击力,发出"咣当"一声。他咬紧牙关,才顶住了没后退半步,可那黑影太快了,出击得快,消失得更快,要不是知道文具名是"狼影",打死他也辨认不出来。

范佩阳和南歌好一点儿。他们不需要分神支撑防具,只负责围观,至少还捕捉到一双尖尖的耳朵轮廓。

"你让攻击减速。"范佩阳出声。迅捷的攻击适合实战,但在摸索练习阶段,反而不利于自我分析。

不料唐凛摇头:"它不听我的。"

范佩阳愣了:"什么意思?"

"知道我刚刚为什么叫竹子弄出铁板吗?"唐凛无奈摊手,"如果不选定攻击目标,它就不出来。"

范佩阳:"出来之后速度也不可控?"

唐凛:"完全不行,它只需要你给一个'攻击谁'的指令,剩下它来。"

范佩阳:"一击不中就消失?"

唐凛:"目前看是这样。"

范佩阳:"……"

郑落竹看着老板不甚满意的侧脸,敢百分百确定,如果狼影是员工,这会儿已经被人力资源部约谈劝退了。

"额外得到的,任性点儿可以理解。"唐凛倒是想得开,又转向竹子,"再试几次,看看速度和攻击力有没有变化。"

郑落竹得令,重新加固铁板。唐凛站在原地,保持距离、位置等所有攻击条件不变,又一连发动了三次"狼影独行"。速度和攻击力基本保持在一个水平,不过还是随着他精神力和体力的消耗，呈极轻微的下降趋势。

"行了，竹子。"唐凛让郑落竹收了铁板，心里有一丝失落。

其实每一次他都在尝试让黑影减速，倒不是像范佩阳那样想要更深入地分析和利用，他只是单纯想再看一眼那个擅自报恩又擅自进了他身体的家伙，不用和他互动，看着它全须全尾的就好。可即便体能持续消耗，狼影的速度依然快到看不清。

"单纯的攻击型文具，"没泄露心情，唐凛客观总结，"选定目标，即刻攻击，即刻消失，目前还不能连击。"说完，隔着半个训练场看范佩阳。

视线相撞，范佩阳疑惑挑眉。

唐凛淡淡提醒："建议。"郑落竹、南歌都有训练建议，到他这里就没了，不行。

范佩阳难得被索取，立刻满足对方："去器械区把体力消耗到极限，狼影必然减速，之后你就可以抓住它，好好研究一下怎么让它听话。"

唐凛、南歌、郑落竹："……"

关爱小动物协会应该派人把范总收走！

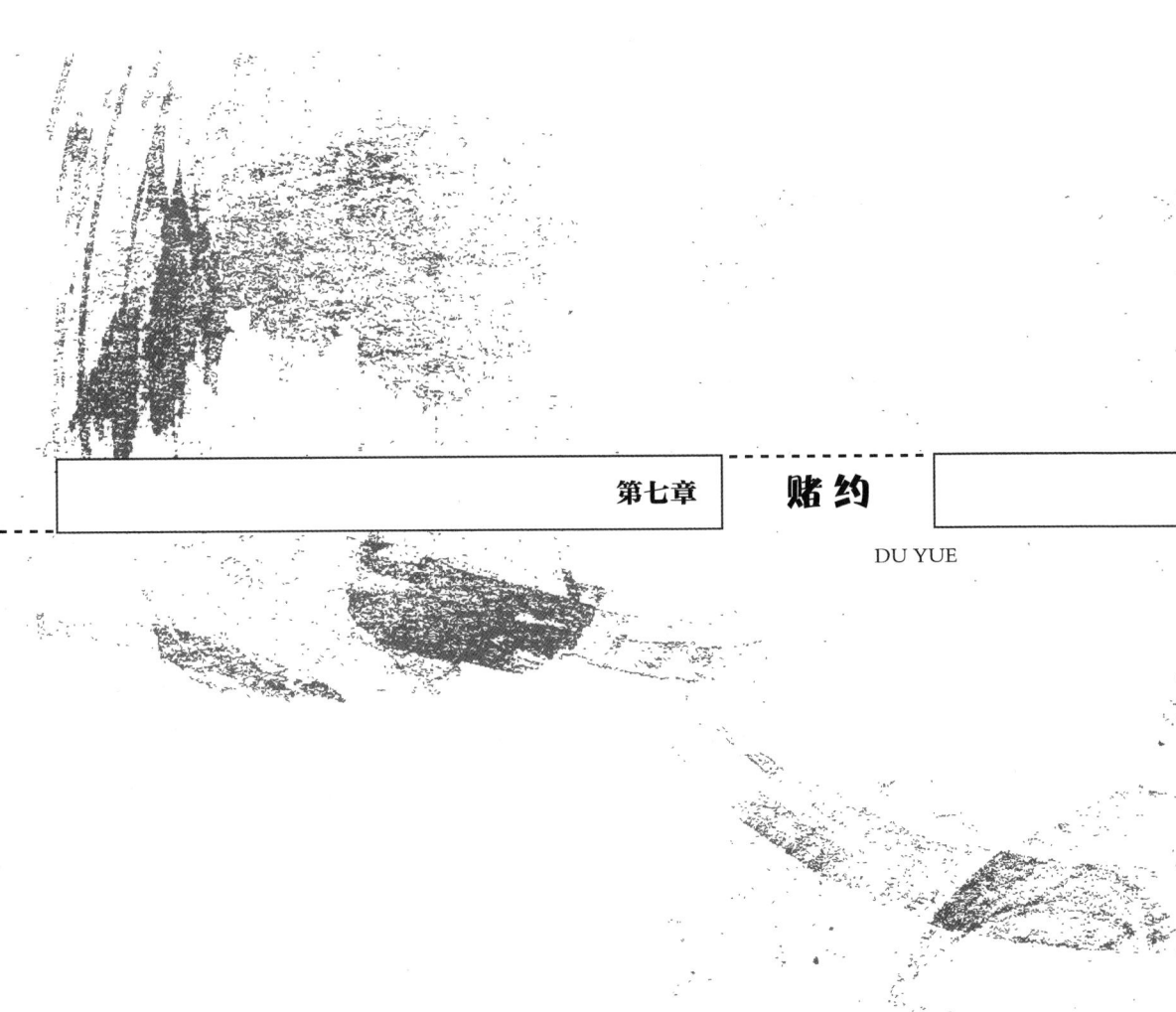

第七章　赌约

DU YUE

1

临近中午，四人才从训练室出来，沿着环形走廊往出口走，不承想路过005训练室的时候，门忽然打开，里面走出来三个和他们一样训练完准备回酒店的人。

撞个正着，两拨人很自然地互相看，然后气氛就急转直下了——三人中有一个是熟脸，并且还穿着更熟悉的夏威夷风情花衬衫。

花衬衫第一时间认出他们，立刻想起了那天被范佩阳拖到海里胖揍的屈辱，眼神登时变得凶狠。冤家路窄，真好。

"越哥，他们就是我和你说过的那帮傻子。"花衬衫的眼里透出冷笑，和身旁男人说话的声音却很恭敬。那是一个三十来岁的胖子，一七五左右，小平头，看着很敦实。

郑落竹："你说谁傻呢！"

花衬衫想叫板，被胖子越哥拦住，后者似笑非笑地哼，毫不掩饰的轻蔑："VIP？谁是组长？"

VIP四人："……"这是一个灵魂问题。

郑落竹挺身而出："你管我们谁是呢，有话快说。"

越哥上下看他，摇摇圆咕隆咚的脑袋："你废话这么多，不是。"又去看南歌，"女人？真新鲜了。"最后他把目光锁定在唐凛和范佩阳身上，露出个阴阳怪气的笑，"听说你们上次很给我们还乡团面子，我们得回礼啊。"

唐凛悠闲地抱起胳膊："你想怎么回？"

越哥没想到唐凛这么配合，他以为对方会兜圈子拖延时间，再想方设法开溜呢。上赶着找死，真让人省心。

"你们挑个人，和我一对一打一场。"他不再废话，"你们输了，在酒店大堂给我们还乡团下跪道歉。我们输了，还乡团以后绝不找 VIP 麻烦。"

唐凛对这个要求不意外。还乡团在地下城关卡里全军覆没这事儿肯定已经传开了，还乡团脸上无光，必然急着找机会重新立威，他们只是正好撞上，被拿来开刀罢了。不过——

唐凛："我们不同意。"

越哥乐了，完全意料之中："害怕了也可以现在就去酒店大堂下跪道歉，或许我发发善心就不动手了。"

"害怕？"唐凛云淡风轻地摇头，"你想太多了。我们拒绝，是因为你开的条件——还乡团不再找 VIP 麻烦——毫无诱惑力。"

越哥的笑在脸上僵硬，他一字一顿地说："那你开一个。"

唐凛："我们赢了，你们就在酒店大堂当众宣布，还乡团以后只要遇见 VIP，一律躲开绕着走。"

"都在酒店大堂，很公平。"范佩阳淡淡出声，给整个赌局拍板。

话说到这份儿上，再讨价还价就难看了。越哥冷笑，扯动脸上的一坨肉："三天后，训练室。"

唐凛点头："可以。"

赌注定了，下场的人可还悬着。

越哥审视的目光在唐凛身上扫："你来？"

唐凛刚要说话，余光就收到了范佩阳的警告视线。他立刻低调，乖乖后退一步。

郑落竹和南歌面面相觑，默契地共同后撤。

VIP 四人组立刻呈现出范总一枝独秀的局面。

越哥仰头，费劲地看着高他快二十厘米的男人，假模假式地同情道："他们把你推出来了。"

范佩阳心情愉悦，不，是阳光灿烂："我的荣幸。"

地下城时间，七天前，1/10 闯关口刚刚开启。

广场成为一锅沸水，所有人都在往地铁口里冲。郁飞却在这时悄悄离开，尾随一个身影进入暗巷。那是一个披黑斗篷的男人，脸深深藏在斗篷帽里，没了广场灯光，几乎和黑暗巷子融为一体。这身打扮要是扔现实里，分分钟引人围观，可地下城里穿什么的都有，越是暗色系越不起眼，何况今天还是闯关日，所有人的目光都盯着地铁口。

郁飞不闯关，他的任务就是跟住这个男人。

对方在暗巷尽头停住，微微抬头，看着虚无的半空。郁飞躲在转角后，巷子很静，所有对话一字不落传进耳朵。

"你又去闯关口了？"

"先帮你筛选一下嘛，我和你说，这次有个很有趣的家伙哟。"

"你每次说有趣，最后都无聊得要死……到时间了，不说了……"

对话很短，并且是那边先结束了沟通。

郁飞看得很清楚，从头到尾，巷子中只有斗篷男一个人。所以半空应该有一个自己看不见的投屏？就像手臂图案弹出的界面那样？但是闯关者的手臂图案里可不具备通信设施。而且他们之间的对话也很奇怪，什么筛选，什么时间到了？郁飞思绪飞快，可转来转去都是疑问，等察觉不对，整个人已被阴影笼罩。

郁飞抬起头，斗篷男不知何时已站在他面前，比他高了大半个头。

"抓到一只小老鼠。"斗篷男微笑宣布。

郁飞终于看清了他的脸，五官深邃，皮肤冷白，就像夜色下的吸血鬼。

——"跟住他，看他去哪里，但是如果被发现，立刻跑，跑不掉也要跑，绝对不要和他动手！"

郁飞记得组织的提醒，脚下却像生了根。

"你是谁？"他迫切想知道答案。

斗篷男微微歪头，一缕发丝滑落到额前。郁飞一愣，淡金色的。

"得摩斯。"斗篷男轻轻吐出三个字，温柔如水。

郁飞没想到对方这么痛快，下一秒忽然心脏抽痛。

得摩斯看着一霎捂住心口的郁飞，笑容更俊美了，仿佛眼前痛苦的不是一个人，而是一只阴沟里的老鼠："我还挺喜欢你们这些探索者的，不过要有意思的人才行。"他抓着郁飞的衣领，轻而易举将人提起，白得没有一丝血色的脸缓缓贴近，"你这种无趣的，就乖乖待在笼子里听话，好吗？"

话音轻轻落下，郁飞心口针扎一样的疼痛骤然加剧。那不是单纯的疼，而是掺杂了恐惧、胆怯、退缩、想逃却又逃不掉的心理性的疼。他的身体还能忍，精神上却已濒临崩溃。

越来越模糊的视野里，他看见了李展的身影。他知道那是幻觉，可这幻觉却惊醒了他痛到麻痹的神经。

"唰——"凛冽刀光迎面而来，带着必死一击的决心。

得摩斯没料到他还能攻击，偏头躲过，下一秒将人用力甩飞，就像甩一件垃圾。郁飞不受控制地飞出去，但心脏难忍的疼却在得摩斯甩开他的一瞬间消失了。他几乎是本能地启动了自己的文具树……

得摩斯看着他在远处落下，身影没入其他街巷，却没听见预期中摔得粉身碎骨的闷响，皱了皱眉，他对这个结果不太满意，然而耳内一直传来恼人的催促——"得摩斯，你已偏离责任区域，请立即修正……得摩斯，你已偏离责任区域……"

"烦。"任性地咕哝一句，得摩斯扯了扯斗篷帽，将脸重新遮进阴影，而后慢慢走回巷底。那是一条死巷，但他就是在尽头消失了。

地下城的另一端，郁飞一瘸一拐回到住所。他的伤不重，但满脸都是细小擦伤，看着很狼狈。

这是一个简陋得不能再简陋的寓所，进门就一张老旧餐桌、几把破椅子，黑口罩坐在桌旁，手边一个盛着消毒药水和纱布的浅铁盘。

郁飞在他对面坐下，先坦白："我没听你的。"

黑口罩将铁盘推过去："料到了。"

郁飞没动药品，眼带挑衅："那你料到我能活着回来吗？"

黑口罩摇头，语气平和："这不值得骄傲。你能活着回来一次，未必还能有第二次。"

郁飞知道自己在迁怒，但控制不住，身上的关节每痛一下，斗篷男那张轻蔑的脸就会在脑海里闪过一次，鼓动着他的暴躁。

"真不知道你的好脾气哪儿来的。"郁飞有时候都怀疑，桌对面戴着口罩的男人的文具树是"心平气和"。

黑口罩叹口气，仅露在外的一双眼睛又无辜又无奈："让你们这些不知天高地厚的小鬼磨的。"

"他到底是谁？"郁飞紧盯黑口罩的眼睛，"你为什么让我跟踪他？"

他和黑口罩原本只是去广场看看闯关口的情况，无意中发现了斗篷男，黑口罩当场就让他跟踪，时间太紧，他根本来不及问原因。跟踪的时候他只当黑斗篷是闯关者，可在听见他和"另一边"的沟通后，巨大的疑问就把先前的想法都推翻了，更别说斗篷男那可怕的战斗力。

黑口罩："你先说你发现了什么。"

郁飞："他溜到巷子里和另外一个人联系，我看不见投屏，但感觉上像视频通信，那边的人吐槽他又去闯关口，他说帮对方提前筛选，还说这次闯关者里有很有趣的人。"

"哦对，"郁飞抬起头，"他叫得摩斯。"

黑口罩随意地点点头。

郁飞忽然反应过来："你早就知道？"

黑口罩没什么可隐瞒的："我们跟踪过他几次，其中有一次也是听见他和其他人隔空通话，对方喊了他的名字。"

郁飞现在知道为什么在广场上黑口罩一眼就认出黑斗篷了，原来不是黑黑相吸："那前几次你们都跟踪出什么了？"

黑口罩摇头："我们只知道他是'关卡人'，喜欢在每次闯关口开启时到广场附近转悠，有时候搞搞破坏。"

"关卡人？"郁飞一时没懂这个神奇分类。

黑口罩解释："就是出现在这个闯关世界里，为关卡服务，但又不是闯关者的人。"

郁飞："NPC（Non-Player Character，非玩家角色）？"

"不，"黑口罩说，"通常意义上的NPC，应该是前面关卡里那种，即便被闯关者消灭了，下一次还会在关卡里出现，他不会记得谁闯过关，只会在每次遇见闯关者时重复一样的记忆和行为，就像一堆设定好的数据体或者人工智能。"

"得摩斯不是。"这一点郁飞可以肯定，"他和那边通话的时候，说的是'这次有个有趣的家伙'，说明他有正常连续的记忆，而且他知道有探索者的存在。"

郁飞加入的组织叫"发现"，黑口罩是这一组织在地下城的骨干，据黑口罩说，类似的组织还有。探索者，便是他们这种企图探明关卡世界真相的人和组织的统称。

"等等，"郁飞反应过来，此刻才真的震惊了，"你是说，这个闯关世界里还有第二类人，真人，他们不闯关，而是代替了NPC，专门替关卡服务？！"

"是的，"黑口罩郑重点头，"更重要的一点，他们肯定知道这个世界的秘密。"

郁飞沉默半晌，忽然自言自语："我还挺喜欢你们这些探索者的，不过太愚蠢的，就乖乖待在笼子里听话，好吗……"

黑口罩担心地看他："怎么了？"

"这是得摩斯说过的话，"郁飞现在懂了，"我们在笼子里，他们在笼子外。"

两个人在旧餐桌对坐一夜。地下城没有天亮，只有永远昏黄浑浊的光。

到黑口罩劝他去睡的时候，郁飞又问了那个问题："这个世界到底是什么？"

黑口罩像每一次那样耐心地答："让我们一起把真相找出来。"

2/10 水世界，距离"一对一之战"还剩一天。

训练室里终于只剩下范佩阳一个。

起初是唐凛先撤的,在自己的狼影被一个5kg哑铃误撞了之后。

接着是南歌,以"不制造噪声污染"为由另开了一间训练室,其实她大部分时间都在跑步机上。

到最后,坚强如郑落竹也扛不住了,他好端端骑着动感单车,一个杠铃片就贴他头皮飞过,轰到了背后的训练室壁上,感情上说"不能让魔鬼训练的老板没人陪",理智上说"他是魔鬼,你给我快跑"。于是郑落竹跑了,还一口气跑回了酒店,准备买点儿小酒小零食,到海景套房里去寻找失落的安全感,没承想在购物区里遇见了熟人——孔明灯地下城分部组长,周云徽。

"听说你们和还乡团约架了?"周云徽趿拉着人字拖过来,背心、短裤,一身海岛休闲风,笑眯眯的脸上带着毫不掩饰的八卦神色。

地下铁一别,他们再没见过,可这会儿却没有半点儿生疏。郑落竹也是。一起闯过关,都见过彼此最狼狈的一面,又没互相死磕结下什么深仇大恨,还真有点儿微妙的阶级感情。

"嗯,一个叫越哥的胖子。"二人走出购物区,在大堂找了个没人的角落,郑落竹把刚买的啤酒分他一罐。

周云徽直接打开,舒爽地喝了一大口:"那可是还乡团在2/10的重点培养对象,你们小心点儿。"

郑落竹嗅出情报味,立刻追问:"怎么个重点法?"

"还乡团的水世界分部有四级结构,"周云徽说,"组长—队长—小队长—底层组员。组长就一个,队长三个,小队长六个,平均分在三个队长下面,底层组员就是小队长在带。"

郑落竹:"那胖子是?"

周云徽:"三个队长之一。如果这一次组长闯关,下一任水世界分部的组长就会从三个队长里产生。换句话说,你们约架的是下任组长候选人。"

郑落竹得挦挦。如果胖子越哥是组长下面的三个队长之一,那花衬衫就是越哥手下的两个小队长之一。嗯,关系清楚了。

"对了,不是一对一吗,你们谁上?"周云徽最好奇这个。

郑落竹:"我们老板。"

"我想也是。"周云徽对1/10关对战提尔时的范佩阳记忆犹新。

"唉——"郑落竹忽然重重叹口气。

周云徽拿啤酒罐碰碰他:"担心你老板了?"

郑落竹抬起头,满脸人道主义的真挚:"我替花衬衫担心他越哥。"

一对一当天，上午 9:00，VIP 四人踩着约定时间的最后一秒踏入购物区。

今天的范佩阳穿了黑衬衫，扣子一直扣到领口，在冷然而肃杀的气质之外，还有一丝禁欲和一丝性感，明明矛盾，却完美融合。

越哥已经带着花衬衫还有两个小弟等在那里了，他眼里有不耐烦，但还沉得住气。倒是花衬衫，一见四人进来，立刻冷笑着上前。

"还以为你们临阵逃脱了呢。"他斜眼扫过他们四个，竖起大拇指往自己胸口一点，"我们还乡团不仗势欺人，你们四个，我们今天也四个，场上场下都公平。"

郑落竹也上前一步，从口袋里潇洒地夹出银行卡——老板的——下巴一扬："别说废话了，买多大训练场？"

花衬衫直接走到投屏旁开始操作："你们那点儿钱留着输惨以后买治愈吧。"

郑落竹跟过去，赶在他点击购买"5—10 人训练场"之前伸手挡住。

花衬衫横眉瞪他："干吗？"

"别误会，你想花钱我不拦着，"郑落竹直接上手点击投屏，取消"5—10 人训练场"，选中"20 人以上训练场"，"买这个。"

花衬衫一脸莫名其妙："我们只有八个人。"就算嫌小，换个"10—20 人训练场"足够了，用得着换最大的？

"太天真了，"郑落竹同情地看着他，就像在看一个幼稚的孩子，"你对我老板的战斗力一无所知。"

花衬衫："……"尽管不以为然，但还乡团也不差那点儿钱，买就买。

郑落竹满意地看着"20 人以上训练场"购买完毕，对花衬衫说："等会儿打起来，你就知道感谢我了。"

2

水世界时间 9:20，八人一同抵达训练场。

不愧是面积最大的训练室，能踢场小型足球赛了，要是两个人分别站在圆形场地的两端，说话绝对要用喊的。

范佩阳和越哥同时走入训练场中央。花衬衫带着两个小弟站在离他们六七米远的外围，一回头，仨 VIP 已经退到遥远的墙边了，这还不算，身前还竖了一块横向铁板，盾牌似的。

"你们有病吧？"花衬衫实在忍不了了，他从买最大训练场的时候就想暴走。

郑落竹代表 VIP 观战组回应他："防误伤。"

花衬衫"呵呵"："你放一百二十个心吧，我们大哥手下有准儿。"

郑落竹、唐凛、南歌："……"他们范总没有。

场边花絮没干扰到场上的两人。

"一对一的规矩就一条，不允许用一次性文具，"越哥似笑非笑，"其他，随意。"

用文具树还是用武器，随意。最后是伤还是死，随意。

范佩阳点点头："如果你没有规则外的开场白环节，那我就开始攻击了。"

身高，腿长，脸好，还有上位者的气势，越哥真是从头到脚看范佩阳不爽，很不爽。

"开场白？那是装×犯用的。"胖子不屑地笑，"来吧，让我看看你的本事。"

话是这样说，但越哥没单纯到认为一句话就能激得范佩阳用文具树。一对一的规矩是不能用一次性文具，只能用文具树，所以说到底，就是文具树的较量，先出手等于先露了底牌，没人会这么傻……

"咻——"一块杠铃片就这么从器械区飞了过来。越哥本能向后一躲，眼睁睁看着 5kg 的杠铃片贴着面门过去，蹭到了一点儿圆鼻头，微热。杠铃片没停，沿着惯性方向继续飞，直奔花衬衫三人而来。花衬衫一个下蹲，俩小弟直接猫腰抱头，杠铃片从他们头顶飞过，最后"咣当"撞在了后方训练室壁。

VIP 三人没在这条直线上，躲过一劫。

花衬衫带着俩小弟默默退到训练室墙根，身前张开一张一米五见方的"防护网"，也不知道是文具树还是一次性防具。

战场上，越哥还处在诧异里，不是诧异范佩阳的"隔空移物"，而是诧异他这么轻而易举就把文具树露了："你是自信过头还是真傻？"

范佩阳淡淡看他，又一块杠铃片飞过来，速度比刚才更快。

但越哥有了经验，这次反而躲得更从容，微微偏头，杠铃片就过去了，这次连鼻子都没擦到。他朝范佩阳叹息地摇摇头："我要是你……"

"砰！"

话头戛然而止。新来的杠铃片横着打在他的啤酒肚上，将他肚子上的肥肉顶得陷进去。越哥弓着后背低头看击中自己的杠铃片。远处的郑落竹感觉自己的肚子都疼："越胖子肉厚，老板这是故意打肚子没打脑袋，手下留情了。"

横向隔着五六米的花衬衫看过来，一脸看好戏的惬意。

唐凛直觉不对，冷着脸，紧盯战场。

"当啷——"杠铃片从越哥肚子滑下来，落到地上。

"隔空移物攻击，一次两个……"越哥缓缓抬起头，拍了两下肚皮，声音中气十足，脸色如常，"应该是数量上限了吧？"

范佩阳眼底一闪。

观战的郑落竹直接愣了："什么情况？他的文具树是'钢筋铁骨'？"

这一下可不轻，就算没内伤，也绝不会这么快直起腰，除非越胖子忍耐力惊人，演技狂飙。可下个瞬间越胖子就打破了"演技论"，他以不可思议的矫健速度一下子欺身到范佩阳跟前，出手就是一拳。这可不是伤者的速度。

范佩阳眼疾手快地抓住他的腕子，制住攻击，回手也是一拳，直冲对方右半边脸。然而就在他马上要揍到对方脸上时，拳速突然慢了，是肉眼可见的慢，至少减速一半，就像从正常播放的视频一下切到了 0.5 倍速。

"老板干吗呢？！"郑落竹急了。

唐凛一颗心沉了下去："他的文具树不是'钢筋铁骨'，是'减速'。"

南歌："那他刚才挨那一下什么事都没有……"

"是许愿屋，他在里面要了身体强化。"唐凛想起了那个假冒"张权"在电梯里筛选他们的人，那人的文具树是"藤蔓"，而无坚不摧的"手指"就是在许愿屋里的愿望。

趁着范佩阳"被减速"，越哥一把甩脱钳制，轻松躲开范佩阳的攻击，同时反手也抢过来一拳。以范佩阳现在的速度根本躲不开，不过他也根本没有躲的意思。一柄短刀凌空而来，速度比先前的杠铃片更快，直奔越哥。听见声音的胖子猛地转头，粗眉一皱。利刃骤然慢下，同样是减速一半。

郑落竹和南歌同时心里一紧，越胖子的文具树不只能让人减速，还能让物品减速。比范佩阳那个"不能移动活物"的限制，简直不要好用太多！

这边短刀一减速，范佩阳的速度就恢复了，他向后一跃。同一时间，胖子也迅速后撤，躲过了飞驰的短刀。短刀"当"一声撞在训练室壁上，落下——尽管被减了一半速度，它依然不算慢。

越哥先是惊讶，随即了然："东西越轻速度越快是吧？"

范佩阳不置可否。

"你不承认也没用，我已经把你的底牌摸透了。"越哥耸耸肩，"隔空移物，数量有限，而且只能用现场有的，不能凭空制造，啧，真是又麻烦又不好用的文具树。"

场上局势倾斜明显，场下气氛自然相随。

"劝你们赶紧认输吧，"同靠着训练室壁的花衬衫横向望过来，对着 VIP 三人眉毛跳舞，"还没看明白吗，那家伙的攻击对我大哥根本就是挠痒痒，而且也是你们倒霉，文具树居然是隔空移物哈哈……这不正往越哥怀里撞吗？"

这话不假。VIP三人心里清楚。范佩阳的攻击靠的就是"攻击物速度",速度越快,冲力越大,碰上越胖子的"减速",真是被克得死死的。更重要的是,越哥还能让人减速。这意味着,"文具树"和"近身肉搏"两条路,范佩阳都走不通。可是一对一,根本没第三条路。

花衬衫这么一通嘚瑟,倒让战场上的越哥省事儿了:"听见了吧?聪明的现在就认输,不然等我再过去……"他故意缓慢地活动手腕,像在蓄力,"你就难看了。"

隔着三米,范佩阳直直站在那里。他现在不能动,一动就是0.5倍速——对手又悄无声息地把文具树套回到了他的身上。他能感觉到那股力量像丝线一样,将他从头到脚细细密密缠着裹着,阻碍着他的每一下动作。

越哥优哉游哉地看他,像在欣赏飞入蛛网的小昆虫:"开打之前你那句挺帅的话怎么说来着……哦对,"他套用了同样的句式,"如果你没有沉默之外的求饶认输环节,那我就开始攻击了。"

"减速50%,"范佩阳忽然开口,这是真正开打之后他第一次出声,声音稳得可怕,"范围不限,但一次只能减速一个对象。我对你文具树的总结有遗漏吗?"

越哥怔了下,目光倏地一暗,没言语。

范佩阳:"如果有遗漏,欢迎补充,如果没有,这场一对一就该结束了。"

越哥乐了,又无奈又好笑:"你除了讲大话耍帅,还有别的本事……"

第二次,他的声音戛然而止。但和第一次不同,这回,他白了脸色。

观战的VIP和还乡团都看清了他的变化,却不知道为什么。为什么话头忽然就断了?为什么表情忽然变了?为什么身体忽然僵硬?

训练室通透的穹顶上,一头巨大的鲸鱼懒散游来,投射下来的阴影掠过战场中央。就在这短短一瞬,所有观战者都捕捉到了阴影中的一点儿锐光。那是停在越胖子右眼前的一根针,再推进一毫米,他的眼睛就废了。针定定地悬在半空,说明范佩阳的操控还没停,他想继续,随时可以。而这么近的距离,胖子就是再补上文具树给针减速也来不及了。

"我相信你的身体强化包括眼睛,"范佩阳遗憾地摇头,"但是很可惜,底子太脆弱的东西,强化多少倍也是致命弱点。"

对峙良久,越哥扯出一个不甘的苦笑:"你准备齐全,我大意轻敌,这波被偷袭输得不冤。"

范佩阳淡淡摇头:"别急着认输。"

解除文具树,悬在越哥眼睛前的针落到地上,没有声响。

越哥警惕地看他:"你什么意思?"

范佩阳："和高手打才用偷袭，和你不用。"语毕，他从裤子口袋里掏出一张火柴盒大小的黑色硬纸板，夹在指间，亮给越哥看——五根细细的针整齐地别在上面，像给黑色纸板划了几道金属线。

"这里还剩五根针，一根针算一次攻击，你有五次机会，"范佩阳不紧不慢地道，"五次里你能躲开一次，我就算你赢。"

这已经不是看不起他了，根本是把他踩在脚底碾压。脸上的肉不受控制地颤动，越哥咬着牙根道："我提醒你，刚才你能得手，是因为你偷袭突然，我还没来得及用文具树，你别以为是你真的厉害。"

"试试就知道了，"范佩阳微笑，"第一次，来了。"

话音刚落，黑纸板上的一根针"咻"地飞出，一点儿花里胡哨都没有，就是径直扎向越哥的眼睛。越哥不闪不躲，集中注意力，在针刚飞起的一瞬间锁定目标，套上文具树。然而等到他想躲的时候，针已在眼前停下，还是右眼，还是那个致命的一毫米距离，一切完美复制上次，恍若时光倒流。

"怎么可能……"越哥喃喃自语，无法接受。他可以百分百确定他的文具树锁定了、起效了，可是针为什么没减速？

"没关系，"范佩阳善解人意，晃晃还剩四根针的黑色纸板，"你还有机会。"

"第二次。"随着范佩阳宣布，又一根针从纸板里飞出。

越哥浑身绷紧，几乎集中了百分之二百的注意力。

不仅仅是他，连观战的花衬衫和两个小弟都不由自主握拳，隔空给老大使力。

没用。第二根针还是一瞬就停在了越哥眼前，别说闪躲，连个眨眼机会都没有。

第三次、第四次，纸板里还剩最后一根针，而越哥已汗流浃背。急速消耗的体力是他一刻都没放松操控文具树的证明。可四次攻击，四根针无一减速，又让他对文具树是否起效产生了巨大怀疑。但他想不出文具树失效的原因。

"最后一次。"范佩阳平和而舒缓地吐出这四个字，不像最后通牒，倒像礼貌通知。

"等等！"越哥抬起手，阻止他。

范佩阳挑眉。

越哥深吸口气，也不要脸面了："我的文具树对你的攻击无效，来几次都一样，但我要知道原因，你得让我死个明白。"

范佩阳看了他一会儿，没点头，也没拒绝。

越哥心急，还要说话，却看见最后一根针从黑色纸板里出来了，但没攻击，而是悬在范佩阳的肩膀旁边。

"用你的文具树。"范佩阳的指令毫无预警。

越哥不解，却还是集中最后一丝体力和精神力操控文具树，锁定细针。这是唯一一次在时间充足的情况下，他给针套上了文具树，如果说前面四次他都不敢肯定，那这次绝对没有疑问，只要针动起来，就必然被降速50%！

针动了，攻击路线照旧。越哥眉头紧锁，浑身因为用力而紧绷颤抖。针的速度在减慢——这是文具树清清楚楚反馈回来的信息。可是针的速度又没减慢——这是他的眼睛实实在在看到的。

在这第五根针停在眼前的一刹那，越哥悟了。不是他的文具树没起效，而是减速了50%的针，依然快到让他来不及闪躲。

"我相信你的身体强化包括眼睛，但是很可惜，底子太脆弱的东西，强化多少倍也是致命弱点。"这是对手刚刚说过的话。反过来落到对手的针上，同样适用——初始速度太快的攻击，减速多少倍还是快。

毫无胜算。越哥终于认清了一个残酷现实，这场战斗，本质上就是单方面的碾压。

所有细针一根根回到黑色纸板上，依旧整齐，依旧乖巧。

"为什么不一开始就用针？"越哥想不通，脑袋快想炸了也想不通，明明能一秒解决的战斗，为什么非要和他耗这么久？

范佩阳将黑色纸板放回口袋："我想看看你的文具树。"

"然后呢？你觉得……"意识到自己在讲什么的越哥猛地闭嘴，他竟然在意眼前这家伙对自己文具树的看法，他一定是疯了。

"我觉得？"范佩阳欣赏他的上进心，还真想了一下，"减速50%，范围不限，远程可以防御，近战可以辅助攻击，全面性高于平均文具树水平，还不错。"

越哥："……"被肯定了好开心。他上次这么开心还是没进关卡的时候，被最后一家任职公司下来视察的大老板拍了肩膀，说"小伙子干得挺好，继续加油"。

场上胜负已分，场下空气安静。

郑落竹和南歌猜到了结果，却完全没猜中过程。

花衬衫和俩小弟是猜到了过程，却被结果当头棒喝。他们看了一场你来我往的对战，直到最后一刻才被告知，不好意思，这场一对一毫无悬念，之所以拖这么久，主要是范总想感受一下别人的文具树。

唐凛算是受冲击最小的，因为在看见第一根针的时候他就什么都明白了，再想到自己之前竟然真情实感地替范佩阳担心，唐凛就想揍人。

训练场中央，越胖子垂头丧气地耷拉下肩膀。认输的话不用说两次，他输得多惨，全场有目共睹。

"还愣着干什么，"他没好气地叫那边的花衬衫，同时转身往训练室出口去，"走。"

花衬衫和俩小弟回过神，立刻拔腿就走，速度快得可疑。

"喂——"郑落竹一个箭步，蹿到他们仨跟前挡住，"这就完了？我们可是有赌约的。"

花衬衫的脸色很难看。他当然记得，他们输了，就要在酒店大堂当众宣布，还乡团以后只要遇见 VIP，一律躲开绕着走。但问题是这话根本不能喊。

"VIP 的，"远处走到一半的丛哥回过头来，目光直视郑落竹，"我丛越答应过的事情，不会食言。"

郑落竹还没表态，花衬衫先急了："越哥！"

丛越让花衬衫的一脸尿样儿弄得心烦："出了事儿我兜着！"

花衬衫不管不顾了，隔着大半个训练场扯嗓子喊："你兜？你怎么兜？约架这事儿组长根本不知道，赢了还好说，现在输了，就这么回去咱俩已经铁定挨罚了，再当众让还乡团丢脸，你觉得你兜得住？！"

身后的俩小弟被花衬衫的突然爆发吓到了，但眼里复杂的神色泄露了他们和花衬衫同样的担忧和恐惧。

挡在他们仨身前的郑落竹突然觉得好尴尬。他是继续吵架啊，还是开始劝架啊？

越胖子的脸已经黑了，让花衬衫气的。他极力克制情绪，一个字一个字压得缓而沉："愿赌就要服输，别在这里丢人。"

花衬衫根本听不进去："组长什么人你不是不知道，你不想活，别拖弟兄们下水——"

花衬衫已经彻底失控了，连郑落竹这么迟钝的人都感觉到了支配着花衬衫的那股无形的"恐惧"。

丛越是还乡团的三个队长之一，在权力结构处于第二级，那花衬衫口中的"组长"应该就是还乡团水世界分部的最高领导，亦是他和身后两个小弟的恐怖之源。

不对，恐惧的不止他们三个。

郑落竹重新去看越胖子，他的神情和眼里明明也带着恐惧的底色，只是被愿赌服输的坚持勉强盖住了。

"够了。"丛越不想再这么难看下去，直接对花衬衫道，"今天的事情就当你们全不知情，你们现在就回酒店房间，之后再发生什么都是我一个人的事情，和你们无关。"

花衬衫一怔，发热的脑袋有些许冷却。

身后的小弟咕咕哝哝："没有不透风的墙，约架这事儿不少人已经知道了……"

花衬衫动摇，眼看又要陷入纠结。

丛越一咬牙，快刀斩乱麻："架是我一个人约的，输是我一个人输的，等会儿到酒店大堂，也是我一个人让还乡团丢脸。你们拦过，没拦住，知情不报，是被我威胁，听懂了？"

花衬衫和俩小弟懂没懂不好说，郑落竹可是听得明明白白。这番说辞就等于越胖子把所有错揽了，花衬衫和俩小弟顶多就是个"被胁迫所以没敢说"，情有可原，楚楚可怜。

但苍天大地都看着呢，花衬衫才是"万恶之源"吧？要没他当初在购物区挑事儿，要没他被打脸不服气搬出越胖子，能有今天这事儿？郑落竹不可思议地瞪着越胖子，觉得对方现在头上顶着光环，环内俩大字——圣父。

"越队长，"一直安静的唐凛忽然出声，音量不高，但清清冷冷的声音，在封闭的训练室听得很清楚，"你能代表你们整个还乡团吗？"

越胖子还处于对花衬衫的失望和羞耻中，冷不丁听见唐凛问，脑袋有点儿不转："什么？"

唐凛倚靠着训练室壁，悠闲道："我说，你的表态能约束整个还乡团吗？你能保证你在大堂宣布完，还乡团以后就真的绕着VIP走了？"

丛越语塞，嘴唇动了又动，半晌才发出一点儿干涩的声音："我不能保证。"他可以履行赌约，但他只能保证自己和自己手下的人……不，只能保证自己以后遇见VIP会绕着走。经此一事，他能不能继续在还乡团混下去，还是个未知数。

"既然如此，"唐凛淡淡抬眼，"你在不在酒店大堂表态有什么意义呢？"

丛越哑口无言。

郑落竹有点儿同情他，甚至私心希望唐凛别太刻薄了。人都已经被老板打脸了，也很有骨气地准备去酒店大堂履行赌约了，何必再……

一直站在训练场中央，仿佛所有后续事件都同他无关的范总忽然迈开脚步，朝丛越走过去。郑落竹的思绪和目光都被老板带走了。他不知道老板要对丛越做什么，但怎么想都比被唐总刻薄两句的杀伤力大。

老板走过去了。

老板走到越胖子面前了。

老板绕开越胖子……继续往前走了？

老板打开门离开训练室了？！

还没等郑落竹反应过来，唐凛也越过他，越过越胖子，离开了训练室。

两位老总走得片叶不沾身，留一屋子花花草草风中凌乱。郑落竹只剩南歌，看她的目光简直像在看亲人。

南歌忍着笑走过来，拍拍他的肩膀："还没看明白队长的意思吗，撤吧。"

郑落竹眨巴眨巴眼睛，好像有点儿明白了，原来不止他一个人想对越胖子网开一面。不过新的问题又来了——"咱们VIP定组长了吗？"

"反正不是他就是他，"南歌佛系摊手，"现在他俩都走了，我估计这就是组长的意思。"

郑落竹："……"不用估计，就是了。

3

两人一前一后沿着领导们的路线离去，郑落竹是VIP最后一个跨出训练室的，临从外面关门的时候，他忽然又探头进来，对着仍蒙圈的丛越大声道："以后收小弟好好把关，挑个西瓜还得拍两下听声呢，别什么歪瓜裂枣都要——"

刚松口气的花衬衫眼里重新冒火。

丛越却是嘴唇颤了又颤，像有许多话想说，可终究没能说出来。

郑落竹和南歌进入回酒店的幽蓝隧道，连唐凛和范佩阳的背影都看不见了。

"这走得也太快了吧？"郑落竹挠头，想追上领导们的节奏太难了。

南歌调侃："谁让你都走出训练室了，还非回去给一句临别赠言。"

"我那不是看不过去吗，"郑落竹想起花衬衫就恶心，"我要不提醒，他迟早还得被那个破玩意儿坑第二回。"

南歌同感，顺带问："那个破玩意儿叫什么？"

郑落竹："不知道，我就叫他花衬衫。"

南歌："还是破玩意儿好听。"

郑落竹："嗯。"

又走了一段路，郑落竹后知后觉地问："我现在一想起越胖子回去可能受罚就特同情，我这个心理是不是不太对啊？"

南歌摇头，客观分析："谁和范佩阳打都能收割一波同情，这是自然规律。"

郑落竹茅塞顿开，醍醐灌顶："还真是，提尔晕倒的时候我也有点儿心疼。"想了想，他又道，"不过我也不全是同情，我就是觉得胖子人不坏，他和咱们约架，单纯就是想给小弟出头，我以前……"

"以前"两个字一出口，郑落竹就卡住了。在坦白往事之前，他从不曾谈过去，现在也不知道是不是敞开一次心扉，那锁就锁不上了，不经意就往外秃噜。

"以前什么？"南歌故意问，"以前你也这么帮小弟出头，然后被对手教育重新做人？"

"怎么可能，"郑落竹可以被怀疑智商，不能被怀疑战斗力，"我每次都打得他们跪下来喊爸爸。你知道我当时外号叫什么，街爸！"

南歌："……"这到底有什么可骄傲的？！

两人就这么一路聊着，回了酒店套房。自正式加入VIP，南歌也搬到了这里，一共八间卧室的豪华套房住他们四个还是显得空荡荡的。

唐凛换了宽松的居家服，走回客厅，正好看见南歌和郑落竹进来。

"怎么才回来？"唐凛随口一问。

郑落竹巨冤："唐总，是你和老板走得太快。"话一说完，他才发现没看见范佩阳，"老板呢？"

"洗澡。"唐凛坐进沙发里，横过身体，把腿拿上来，背靠沙发一端，惬意舒展。

像配合他回答似的，范佩阳的卧室方向立刻传出些许水声。

"你们中午想吃什么？"那边的南歌已打开冰箱，里面存着一些他们购买的速食食品，"要是不想吃罐头，我就取库存。"

食品买一次就是五十种，但除了速食食品，其他热腾腾的饭菜只能先存在酒店系统里，随吃随取。

临近中午，是该吃饭了，但是……

郑落竹看看冰箱前的南歌，又看看沙发里的唐凛，再想想浴室里正洗去一身战斗尘埃的老板，心里莫名蒙上一丝罪恶感："那个，咱们要不要做做战斗总结什么的？这么轻松休闲是不是不太好啊……"一上午都老板出力了，他们什么也没干，现在还只惦记吃饭……

"竹子，"唐凛稍稍坐起，看向他，"你当初为什么要给范总打工？"

郑落竹站在沙发旁边，对于突然抛来的问题猝不及防："就……当时我在闯关，正好遇到老板，他说他在招人，我想反正都要闯关，赚点儿钱也不错，就跟着了。但我真没想到，我这是抱上一条粗大腿啊我——"一说到这个，郑落竹就兴奋了，啪地坐到另一个沙发里，开始给唐凛讲五黑党在前面关卡大杀四方的辉煌战绩。

讲到最后，南歌关了冰箱，趴在不远处的吧台，喝着饮料听着"评书"。

郑落竹一口气讲了十来分钟，后来发现不行，讲不完，于是喘口气，自动总结："呼，反正套路都差不多，就是一路碾压。"

唐凛问："如果让你用一个字形容跟着范总的日子……钱、战斗都算上。"

郑落竹根本不用想："爽啊！'啊'不算。"

唐凛再也绷不住，绽开满脸笑意："那你知道我为什么和范佩阳合伙吗？"

郑落竹被问住了，下意识看南歌，想求助场外观众。

南歌服了他的脑子不转弯："和你一样。"

郑落竹迟钝两秒："爽？"

唐凛的回答是躺进沙发里，标准的总裁瘫。

郑落竹再没问题了，也没负罪感了。人生下来都是有使命的，范总负责让队友爽，他们负责爽。

唐凛舒服地躺在沙发里，脸上的笑意一直没散。逗郑落竹的话让他想起了从前创业的日子。其实一开始是不爽的，创业都苦，他和范佩阳也不例外，加上两个人都是不愿妥协的性子，有好几次唐凛都想散伙了。但终究没散，公司也发展壮大走到了今天。

什么事情都是到了很久之后回过头看，才会觉得苦也是甜。

唐凛在回忆里陷了很久，等思绪归拢，觉得周围静得蹊跷。他想坐起，可还没动，头顶忽然一暗。

范佩阳不知何时来到了沙发这端，静静站在那里，挡住了他的光，只留下了自己霸道的影子，笼罩着他。

"跟着我比较爽？"范佩阳微微低头，声音里带着一丝戏谑。

四目相对，一滴未擦干的水从他发梢落下来，落到唐凛的脸颊上。唐凛把所有想说的都忘了。

"那个，我忽然困了，我去睡个午觉。"噼里啪啦跑掉的是郑落竹。

"你们聊。"脚步轻盈而快速的是南歌。

唐凛本来不确定客厅里有几个人，现在知道了。

头顶上，范总还居高临下看着。唐凛用拇指轻轻抹掉脸上的水滴，望着他说："我渴了。"

空气安静两秒，范佩阳转身，去餐桌那边拿瓶装水。

唐凛趁机坐起来。范佩阳拿着水返回，就发现唐凛已经起身，一条胳膊搭在沙发靠背上，看他的表情像在看什么有趣的事。

"笑什么？"范佩阳把水递过去，一脸莫名其妙。

唐凛接过水，说："我观察好久了，你在平时真的一点儿都不用文具树。像刚刚我让你拿水，你完全可以直接让瓶子自己飞过来。"

范佩阳还是理解不到要点："有区别吗？"

"当然有，"唐凛一本正经，"懒人的福音，你只在战斗时候用，太辜负它了。"

范佩阳绕到沙发前面，唐凛很自然地把腿挪开，给他腾出一些位置。

"那你觉得该怎么用？"范佩阳坐下。

唐凛在知道范佩阳文具树的第一天就畅想过，简直不要太美好："我要是你，闲着的时候就在沙发里躺着，什么都不用自己动手，想要什么就自动飞到面前。"

范佩阳摇头："没追求。"

唐凛叹息他的不懂："这是幸福的终极含义。"

范佩阳忽然想到了什么，很认真地问："你当初要做财务总监，是不是就想偷懒？"

唐凛好端端聊着文具，天降一口巨锅："范总，下次再回现实，你去财务部把刚才那话再说一遍，你看看财务部同仁会不会拿摞成山的财务报表灭了你。"

范佩阳乐了，笑声闷在胸口，低低的："能灭掉我的人还没出生呢。"

唐凛半眯起眼睛："你知不知道你自信的样子很欠揍。"

范佩阳带着笑意望他："你知不知道你说我欠揍的样子很可口。"

唐凛怔在那里。他的表情太无辜了，无辜得让范佩阳不想慢慢来了，他想以最快的速度把这人重新染上自己的颜色。

唐凛看着范佩阳越靠越近，忽然反应过来，本能地向后躲。

范佩阳停住了。短短几秒，他的眼里闪过太多情绪。唐凛来不及读懂。

最终，范佩阳只是抬手摸了摸他的头。这一次，唐凛没躲。

正午时分，水世界酒店大堂最热闹的时间段，训练的归来午休，晚起的也差不多出来晃悠，人来人往的大堂就像一个中央火车站。但今天的人似乎格外多，尤其购物区附近，里三层外三层围了不少人。

有真正想买东西的挤半天挤不进去，暴躁了："都干吗呢，不想买东西就闪开。"

旁边好几个人一起回他："都是来买东西的，谢谢。"

那人傻了："什么情况？里面干吗呢？"

"鬼知道干吗呢，"周围等着买东西的人，同样心情很差，"说是还乡团借用购物区场地半小时。"

"借用场地？购物区有什么可包场的？东西永远都有，又不是别人买完他们就买不到了。"

"一个组织一个风格，没准他们还乡团就有集中采购的习惯呢。"

"太霸道了吧？这么多人还怕他一个还乡团？"

"不怕，但没必要，还是留着精力对付关卡吧。"

"他们借用多长时间来着？"

"半小时，已经过去十五分钟了。"

"哦。"

只需要等待十五分钟，的确不是值得大动干戈的事。但还乡团究竟在里面干什么，还是很让人好奇。闯关者们押长了脖子看，也只能看到一群高大的还乡团组员站在那儿，把里面的情况挡了个严严实实。

购物区内。

还乡团水世界分部组长祁桦站在中央，身后是两个二级队长，脚边则跪着花衬衫和他的两个小弟。在他身前，什么人都没有，视野一片空旷，直达购物区尽头落地窗。

窗外是幽蓝深海，还有徒劳挣扎的胖子——这是丛越在短短十几分钟内第六次"三十秒深海体验"了。

酒店里不可以攻击闯关者，所以祁桦想出了这个法子，来惩戒犯了错的组员。体验三十秒，回来两分钟，再换一个弟兄给他买体验，继续三十秒……循环往复。

起初丛越还能咬牙坚持，可随着体验次数越来越多，他逐渐力不从心，那短短两分钟的间隔，在他的感受里就像两秒，只有恐怖的深海地狱永无止境。

又一次时间到，丛越"咣"的一声落在祁桦身旁的投屏前，湿透的身上带着海水的咸腥味。他顾不得其他，双手扶住地面本能地大口呼吸，因为太急，残留在嘴里的水呛进了气管，他不受控制地咳嗽起来，像要把肺咳出来。

"知道为什么罚你吗？"六次的深海体验，祁桦却是第一次开口。

丛越喘着粗气，断断续续道："我不该……擅自和 VIP 约架……还、还以还乡团的名义……和他们打赌……"

"很好。"祁桦点头，"犯错就要立正挨打，不然不长记性。"

丛越垂着头，紧握双拳，指甲陷进手心里："全听组长的……"

他身上的水在地上聚成一小摊，缓缓往前淌。祁桦嫌恶地皱眉，往旁边挪了一步，免得鞋底沾了水。

"从今天开始，丛越降级为小队长，空出的队长位置由谁来补，稍后再定。"

丛越紧绷的身体放松下来，这个处理已经算轻了。忽然，他在地上汇聚的水里看见了自己肉滚滚的脸——狼狈不堪，却感恩戴德。他有一瞬的恍惚，仿佛又回到了没进关卡前的社畜生活，每天早上看着镜子里的自己，都是这样的脸，又可笑，又可怜。

"你不会以为这就完了吧？"头顶又响起恶魔的声音。

丛越错愕抬头："组长？"

祁桦微笑着摇头："惩罚要深刻才有效果，六次不够。"他想了想，说，"凑个整吧，十次。"口吻轻快得就像在说下午茶喝什么。

丛越浑身僵硬。他怕了，他真的怕了，海水的冰冷和窒息已经快把他逼疯，他死也不想再回到那里。可他跑不掉，哪怕他跑出体验区，一样会有人把他架回来，无非是强迫他的人被扣一些经验值罢了，还乡团有的是经验值。

祁桦没理会他惨白的脸色，向身后的两个队长下达最新指令："还剩四次，加快速度，我没时间再耗在这里，这回每次间隔半分钟……"

丛越的心脏骤然缩紧。

世界忽然安静了，安静到只剩祁桦的声音，像针般刺入他的耳膜——"开始。"

霎时失重，刺骨的海水再次把丛越包围，淹没他的眼耳口鼻，仿佛一层塑料保鲜膜，紧紧裹着他。他奋力挣扎，疯子一样拍打透着光的玻璃。

祁桦来到窗前，隔着玻璃，不带感情地看着他，像在看一条狗。

或许是寒冷和缺氧让他产生了幻觉，他竟然看见祁桦的脸，和记忆中那个最讨厌的上司的脸重叠了。那个上司只是一个小中层，无数次把文件甩到他的脸上，台词永远是"你不会干活就滚蛋"。

原来关卡世界和现实并没有什么两样。

丛越放弃挣扎，随着海水漂荡。一对一输的时候，他怎么也不会想到，放他一马的是VIP，收拾他的是还乡团。

亚特兰蒂斯套房。

唐凛枕着一个枕头，又抱着一个枕头，睡得安稳，直到被一声"叮"吵醒。他带着些许起床气睁开眼，皱眉看着床边的表，下午两点，明明还是午睡的黄金时间段。

关掉落地灯，打开顶灯，一室通透明亮，恍若午后阳光。他抬起手，看扰人清梦的罪魁祸首，下一秒，所有困倦慵懒散了个干净。

小抄纸："2/10 闯关口将在七天后开启，请闯关者做好准备。"

好快。这是唐凛的第一个感觉。按照水世界的时间算，距离他们1/10 通关才过去九天。

走出卧室来到客厅，只有南歌坐在沙发上，手里捧着《对话录》。那是唐凛从现实带进这里的两本书之一，古希腊哲学家柏拉图的著作，关于亚特兰蒂斯最早的描述就出现在这本书里。

"提示把你吵醒了？"南歌合上书，一猜就中。

唐凛闷闷不乐地点点头，去冰箱里拿果汁。

南歌托腮看着他的背影，总觉得这个人和在地下城刚认识的时候不一样了。那时候的唐凛冷得不行，想借她的文具树去找斯芬克斯，但从头到尾连句软话都没说。现在的他虽然面对外人依旧冷冽，但私下 VIP 内部相处的时候，就会偶尔不经意地流露出一点儿任性、一点儿孩子气——唐凛对信任的人，很柔软。

"他们俩呢？"唐凛一边打开冰箱，一边问。客厅没见到人，他可不觉得范佩阳和郑落竹是能踏实下来睡午觉的性格。

南歌："出去搜集情报了。"

果然。唐凛拿着橙汁走回沙发，坐下来，想了下，摇头："估计找不到太多有价值的。"

南歌："我也这么想。"

大势力就那么几个，他们在地下城已经了解得差不多了，剩下重要的就是关卡内容，但这里和地下城不一样，能住酒店的要么有钱，要么有经验，而且大多有自己的组织，这样的人怎么想都不太可能为一点儿钱出卖情报。毕竟外人多得一点儿情报，他们自己的组员闯关就少了一分竞争力。

"不过我听竹子说，也不光为找情报，"南歌又道，"范总还想收文具，尤其是治疗幻具。咱们VIP有攻击有防御，就是没治疗的文具树……"

唐凛正在喝果汁的手微微一顿。

南歌后知后觉，噤声了。她百分百是被竹子传染了迟钝，为闯关收治疗幻具是一个原因，但更重要的绝对是为了让唐凛恢复记忆。治疗性幻具留的坑，治疗性幻具来填，这是很自然的逻辑。

"话说回来——"为了尽快翻过这个微妙话题，南歌绞尽脑汁，"我在地下城的头几年，好像还没见过谁是治疗性文具树呢，但现在发展成什么样了也不好说。"

唐凛歪头想了想，说："恐怕还是少。如果哪个组织有这样的人，必然是重点保护的，但你看这次1/10最终通关的人里，一个治疗性文具树都没有。"

南歌同意。

"七天后关卡就要开了，"唐凛说，"比我想象的快。"

"是太快了。"南歌正想说这个，"我在地下城的时候，最短也要间隔半个月，长的半年都有。"

唐凛沉吟："要么2/10以后的关卡都快，要么和关卡难度突然提升一样，关卡开启的节奏也已经改变了。"

唐凛的推测在范佩阳和郑落竹回来之后得到了证实。

"都变了，"郑落竹说，"提示进来的时候我们正好在大堂，周围人的表情都很意外，还有几个嘀咕说现在闯关跟催命似的。"说完这个，郑落竹就开始抱怨他和老板一无所获的情报搜集之旅，"问了好几个都不卖，拽得二五八万的，后来碰到一个好聊的，他才说关卡外的情报可能是人家不想卖，但关卡里的情报是不能卖。"

唐凛困惑地看范佩阳："不能卖？"

范佩阳点头："通关者不可以对非通关者透露任何关卡信息，进入过关卡但没通关的人也不可以对没进入关卡的人透露任何关卡信息，这两条是后十关的强制规定，不过地下城只执行第一条，2/10之后才两条并行。"

唐凛蹙眉思索。

南歌还是不懂："我们没收到什么规定啊。"

"我们是没收到，"郑落竹给她解释，"但你如果现在回地下城，去和任何一个人说提尔的事，保证你头痛欲裂，根本说不出口。"

南歌："和在现实里想透露这里的事时一样？"

郑落竹："对。"

南歌有点儿明白了："难怪在地下城的时候，那些组长也只知道要闯地铁车厢，没一个知道最后要面对提尔。"

郑落竹耸耸肩："所以这次的关卡，我们只能硬着头皮闯了。"

唐凛看看他，又看看范佩阳。虽什么情报都没弄来，但两个人都不见颓丧。郑落竹抱怨归抱怨，精神头依然十足，范佩阳更不用说，沉静坐在那里，不知道的还以为他弄来了攻略，胸有成竹。难道情报没收来，收来文具了？

唐凛思忖着，索性直接问了："文具有收获吗？"

"没有。"范佩阳答得干脆。

唐凛："……"果然是他想多了。

情报空白，文具没有，唯一能努力的只剩提高自己的战斗力。于是整个下午，VIP们制订了详细的训练计划，除了个人对二级文具树的操控，还有组内一对一和二对二，以便为关卡内可能遇见的群战打基础。

晚上九点，四人各自回房休息，好为明天的训练养足精神。临睡之前唐凛还在想，如果他和范佩阳一对一，他的狼影怎么才能胜过范佩阳的夺命针。

结果第二天一早，夺命针就带着铁板失踪了。

4

南歌今天醒得比平时都早，可能是昨天收到了闯关口开启的信息，心里放了事情，就睡不踏实了。

简单洗漱完毕，她换好衣服，走出卧室，想喝点儿东西看点儿书，打发时间。她还特意放轻了脚步，怕把在其他房间的队友吵醒，没想到一进客厅，看见的就是坐在餐桌旁的唐凛。他单手搭在餐桌上，指尖来回描摹着一张放在桌面的便笺，神色淡淡的，但周身的寒意，隔着几米外都能冻着人。

南歌有种不好的预感，她轻声问，努力让自己听起来是个温柔的小姐姐："怎么了？"

唐凛指尖一顿，依旧沉默。

南歌索性走到桌旁，低头去看那张便笺。上面是郑落竹的字，一笔一画都很有性格——"唐总，南歌，看你们都没醒，我和老板先去弄个海底扫除当晨练。"

南歌下意识看看时间，服了："现在才六点，他俩到底几点起来的，不会刚走吧？"

"不会。"唐凛终于出声，气压低得厉害，"他俩想走得万无一失，必须挑一个我们绝对不会醒的时间。"

南歌听这话怪怪的。什么叫"想走得万无一失"？一个海底扫除而已，又不是去做贼。虽然擅自行动有点儿一言难尽，但人家也说了，起早了嘛，珍惜时间也是优良品质。思及此，南歌便帮着打圆场："估计一会儿就回来了，不耽误训练。而且海底扫除还能赚十点经验值呢。"

唐凛用"你太天真了"的眼神看她："范佩阳会为了十点经验值去海底清除藻类植物？"

南歌："……"

根、本、不、会！她真是信了郑落竹的邪。

擅自行动+欺骗，南歌现在理解唐凛的低气压了。那么问题来了——

"他们能去哪里？为什么要说谎？"

"说谎是怕我拦着，去哪里我不知道，但……"唐凛起身，把攥破了的便笺纸扔进垃圾桶，"有一个人肯定知道。"

水世界酒店，3 层，某单人间门口。

"你们怎么找过来的？"半开的门扇里，越胖子只露了小半张脸，防贼似的。

怎么找过来的？抓个还乡团小弟问呗。

南歌是真见识到唐凛生气什么样了，什么警告什么扣经验值一概不管，三下五除二就把那个小弟摆平了。别说生无可恋的小弟，她一个看着的都有心理阴影了，以后绝对不能惹唐凛。

"他俩去哪儿了？"唐凛压根儿不答丛越的问题，直接开门见山。

越胖子佯装茫然："啊？谁俩啊？"

那不忍直视的演技，南歌都替他着急。

唐凛一脚踹到门上。越胖子猝不及防，门板就脱了手，"咣当"磕到墙上。

门扇大开，越胖子从头到脚无所遁形，但依然梗着脖子，强硬道："再过来我可不客气了——"

"可以，"唐凛直接点头，甚至带了点儿邀请，"你不客气一个我看看。"

越胖子是真的骑虎难下了。凌晨四点，范佩阳和郑落竹就过来虐了他一顿，问什么必须答，不答就连恐吓带威胁，还搞囚禁Play，虽然身体上受的苦比昨天的深海体验小多了，但精神上扛不住啊。这倒好，千难万险送走一拨，又来第二拨。他就约个架，还输了，用不用这么惨！

"我再问一遍，"唐凛的声音冷得厉害，他逆着光站在门口，像地狱阎罗，"他俩去哪儿了？"

越胖子豁出去了："你别逼我了，老板不让说！"

南歌以为听错了："老板？"

"啊，咳，"越胖子迅速绷着脸，昂着头，语带不屑，"我又不知道他叫啥，听那个圆寸这么喊，就随口一叫……"其实不是，是老板在折磨完他之后，又给他转了一大笔精神损失费。打个巴掌给个甜枣，太卑鄙了，弄得他心情忽忽悠悠爱恨交加的。

南歌不知道个中曲折，但有一点清楚了——范总，行走的员工收割机。

现在南歌不得不佩服唐凛犀利的洞察力。刚在逮还乡团小弟的路上，她才来得及问："你怎么就敢肯定丛越知道他俩去哪儿了呢？"

唐凛直接给过来三条理由："一、昨天他俩什么情报什么文具都没带回来，竹子一点儿不丧，有问题。二、问了几个人都不卖情报，然后遇见一个好聊的，才知道后面那些交流关卡信息的限制，这个'好聊的'是谁？如果是地下城和我们一起闯关的，直接说名字就行了。三、丛越对上范佩阳，一定会问什么答什么，不问的都能友情奉送。"

南歌当时对最后一条的理解，仅限于丛越感激他们昨天放他一马。但现在她明白了，不只是感激，越胖子说起范总的时候，虽然极力掩饰，但眼里分明闪着迷弟的光！

现在迷弟有点儿扛不住了。范总固然伟岸，唐总也很有压迫感啊。

"你能不能别这么看我……"越胖子一个劲儿蹭胳膊，总觉得冷飕飕的。

"啪——"唐凛用力拍了一下门板，声音巨大。

越胖子一个激灵，精神防线坍塌："我告诉你，我告诉你还不行吗？！不过我把话说在前面，我告诉你，是因为昨天你们挺……挺够意思的，但是你回去别说是我说的啊……"打完预防针，丛越和盘托出，"他就是问我哪儿能买到文具，我说酒店里肯定不行，都给自家闯关者留着的，想要文具得去海底洞穴群。"

他就知道是为了文具。唐凛放在门板上的手用力，关节泛白，却无声无响。

南歌连忙问："什么洞穴群？"

越胖子："就是水世界另外一个居住点，付不起酒店房费的全被发配到那边了。那边没购物区，但可以免费参加海底扫除，想回来的就用这个赚经验值，不想回来的就在那里混了。和地下城一样，那边也定时定点给吃的，也有类似夜游怪的水下生物，打了就有概率得文具……"

南歌想起来了。提尔送他们进水世界酒店之前也说过，如果付不起房费，就会被送到另外一个地方，条件艰苦，也没有商店。

"怎么才能去那里？"唐凛紧追不舍地问。

越胖子有点儿为难："理论上讲，必须得是经验值扣光了才会被强制送过去，但凡还有经验值，哪怕你不续住房间，酒店也会自动扣除相应经验，帮你续。"

"别说理论，"唐凛向前一步，盯住了他，"说你给出的馊主意。"

越胖子后退一步，吞咽口水，声如蚊蚋："就……就可以趁海底扫除的时候……让扫除艇偏离路线，私自去洞穴群……"

他说得含糊笼统，唐凛却沉默了很久，久到南歌都觉得奇怪了，才听见他问："有危险吗？"语气不重，甚至比不上先前质问气势的百分之一。

可南歌和丛越都听得心里一颤。

这一刻，南歌才真正明白唐凛生气的原因。不是因为擅自行动，不是因为说谎遮掩，真正让他难以冷静的，是那两个人可能遭遇的危险。

丛越没南歌想那么多，他颤，完全是本能感觉到了这是一道送命题。有危险吗？当然有。要是没有，老板哪儿能瞒着队友，他更不会落到眼下这个悲惨境地。可在看见唐凛眼底弥漫开来的锋利寒意后，他又开始怀疑，范总瞒着队友也未必是怕队友担心，很可能就是单纯的怕队友……

呜，一个比一个恐怖，VIP到底是个什么黑暗组织？！

问完所有想知道的，南歌以为唐凛会立刻去找范佩阳和郑落竹，没想到他却回了亚特兰蒂斯套房。

明明是上午，只开落地灯的客厅却还是笼罩一层夜的蓝。唐凛坐进沙发里，什么都不说，只静静坐着。

南歌有点儿着急，越胖子的话一直在她脑袋里循环播放——"海底扫除艇偏离路线会被警告，如果三次警告后还不归位，酒店会派出追击艇直接击沉，唯一的机会就是赶在被追击艇击沉之前进入洞穴群，然后弃艇。追击艇只追扫除艇，不追人……"

客厅里寂静得骇人。南歌不懂，唐凛明明就是担心，为什么不行动。

"真的不用去看看吗？"犹豫再三，她还是走到唐凛身边，问了一句。虽然她也知道茫茫深海，想去找两个早不知偏离扫除区多远的小艇的概率太微乎其微，但是……

"不用，我就在这里等他们回来。"

唐凛的声音轻得像羽毛，南歌却从那里听出了毫不动摇的信任。是啊，虽然竹子傻头傻脑，但还有范总嘛，一定会安然无恙回来的。南歌刚说服自己把悬着的心放下，就看见了唐凛眼中的冰天雪地。

南歌："……"希望范总回来的时候，能多带一些防具。

三小时前，海底扫除区附近。

虽是深夜，仍有不少夜猫子型闯关者在进行海底扫除作业。他们驾驶着只能容纳一人的小艇，穿梭在大面积的海藻地带。这些小艇上半部艇身圆弧透明，里面的驾驶情况一目了然，下半部艇身涂着醒目的荧光橘色，即便在黯淡深海，也是最靓的小橘点儿。

忽然，其中两艘小艇一前一后冲出扫除区，以最快速度朝某个特定方向而去。

"287号扫除艇，你已偏离清扫路线，这是第一次警告，请迅速归位——"

"288号扫除艇，你已偏离清扫路线，这是第一次警告，请迅速归位——"

两艘艇内同时响起警告。

287号艇在前，里面是范佩阳。响彻耳边的警告声对他没造成丝毫干扰。他的目光锁定在探测屏幕上，上面显示，在他们正前方很远的地方有一大片密集小点，那就是聚居着大量闯关者的海底洞穴群。

第二次警告来袭，语气比之前更严厉："287号扫除艇，你已偏离清扫路线，这是第二次警告，请迅速归位！"

范佩阳终于有了反应，却是上手扶稳操纵杆，将潜艇推到最高速。

288号艇在后，里面是郑落竹。他直视前方，脸上再没有平日的嘻嘻哈哈，取而代之的是专注和沉静。

"288号扫除艇，这是最后一次警告，你已偏离清扫路线，迅速归位，迅速归位——警告无效，追击艇已出动，追击艇已出动——"

事态一步步升级，郑落竹不为所动，只让潜艇全速前进。

去洞穴群既不是范佩阳拉着他，也不是他上赶着要陪范佩阳，从决定冒这个险开始，他们就只对自己负责——范佩阳要找文具，他要找人。

唐凛说等，就真的在客厅沙发上等了整整一天。

其间南歌去了两次酒店大堂。

一次是刚从越胖子那边回来没多久，她实在做不到唐凛那么淡定，想来想去，还是溜到大堂转悠了几圈。果然，有人在谈论半夜的海底扫除——

"你是不知道，我在那儿迷迷瞪瞪扫着呢，俩扫除艇'滋溜'就从我眼前蹿出去了，一下给我吓清醒了。"

"酒驾啊？"

"你别说，还真挺像，玩儿命地飙，一溜烟就没了。"

"不是不让偏离扫除区吗？"

"所以紧接着追击艇就出来了，狂追。"

"后来呢？"

"我哪儿知道。人家就是前后脚在我的世界路过一下，我总不能为了看热闹也跟着冲出扫除区作死吧？"

南歌没把这些有的没的原样传达，只简单和唐凛说有同样扫除的人看见他们驾艇跑了，酒店也派出了追击艇，但后面就不清楚了。

她第二次去大堂是晚上七点多钟，也是那里比较热闹的时候。经过一天的发酵，原本只是个别人知道的"扫除艇脱逃事件"变成了大部分人的谈资，毕竟酒店生活单调乏味，难得出点儿新鲜八卦——

"听说是去海底洞穴群了。"

"真的假的，你看见了？"

"我没看见，但有一起扫除的人看见了，说他们就是奔着那个方向去的。"

"不是，图什么啊？真想去，等经验值扣光了你不去也得去啊。"

"等不及了呗，闯关口不是快开了吗？"

"意思是……他们去找文具？"

"肯定啊，那边也就这点儿作用了。"

"那我也觉得犯不上，追击艇可不是吃素的。"

"飘了呗，闯完1/10就觉得自己能耐了。"

"是刚从地下城上来的人？"

"嗯，好像叫什么VIP。"

"VIP？这组名太骚包了吧……"

"再骚也没用，就是侥幸到了洞穴群，他们想进去也得弃艇，只要扫除艇停下，分分钟就被追击艇轰了。"

"我记得那边也可以'海底扫除'，他们再来一次，不就能换个新艇回来了？"

"那边的艇偏离路线，一样要被追击的，你觉得他们的运气能好到两次都侥幸逃脱？

没准现在就已经葬身大海了。"

"也是……"

无关者八卦得热闹，南歌却听得烦心，最后回了套房，传达给唐凛的更简洁了——没有新消息。

唐凛随意地点点头，仿佛对这件事已经完全不关心了，看起来比楼下热聊的闲人们还置身事外。他仍坐在沙发里，但已经翻起了书，一页一页，专心致志。

南歌看不懂他了。范佩阳和郑落竹迟迟未归，她上午好不容易建立的乐观信心已被漫长的等待压垮，现在时间每流逝一分钟，她的坐立难安就增加一分。然而唐凛正相反，明明从越胖子那里回来的时候，整个人还带着显而易见的情绪低压，可是越等越平静，到现在看着已经云淡风轻了。

南歌问："你真的一点儿不担心？"范佩阳和竹子虽然有战斗力，但这毕竟是玩儿命的事，稍有不慎就回不来了。

唐凛抬起头，声音波澜不惊："他们现在可能到洞穴群了，可能在深海里迷路了，也可能已经被追击艇击沉了，不管我们在这里多担心，也不会改变已经发生的事。"

话是有道理的，也是冷冰冰的。南歌不知该说他冷静还是无情："我做不到你这么淡定，真的。"

唐凛朝她笑一下："去休息吧，说不定明天一早，他们就回来了。"

南歌直直看着他，想从他眼里找出哪怕一丁点儿的担心、慌张，或者在意。没有。那个会踹越胖子门、会把周围三尺内的人都冻着的唐凛不见了，经过一天的等待，他所有激烈的情绪都好像散了。

对着这样的唐凛，她也说不出更多，只能勉强应了句："嗯，肯定会回来的。"

南歌听了唐凛的话，回房休息，却一夜未眠。无论她怎么说服自己别担心了，还是翻来覆去地睡不着，直到凌晨五点多才迷迷糊糊睡过去，可六点一过又醒了。

门外很静，范佩阳和郑落竹还没回来。南歌一颗心沉到谷底。她不再和自己较劲，直接起床洗漱，并决定哪怕唐凛还等得住，她也不等了，至少要坐上扫除艇到海底看看。

收拾完毕，走出卧室，南歌就愣住了——斜对面的门开着，里面没人。那是唐凛的卧室。

她快步走到客厅，客厅里也没人，餐桌上有一张新的便笺，上面的字比郑落竹的好看多了——"别担心，我在酒店大堂，没失踪。"

南歌莞尔。知道她会担心，先安抚了，再说去向，最后还内涵了一下跑掉的那俩家伙。别的不说，单单写便笺的水平，唐凛就能秒掉一百个范佩阳加郑落竹。

不到三分钟，南歌就坐上了下行电梯。看着楼层数字不断变换时她还在想，让你嘴硬，还不是和我一样,担心得早早就醒了。

电梯在一层停住,轿厢门一打开,闹哄哄的嘈杂就扑面而来。她诧异地走出电梯间,进入大堂,就被眼前的景象惊呆了——乌泱泱的全是人,别说这是早上六点,就是人最多的中午和晚上也没同时见过这么多人。

她第一反应是去找唐凛,但很快就发现不行,简直是大海捞针。第二反应才是去看到底是什么事让这么多人莫名聚集,仔细观察后她发现,几乎所有人都是面朝着一个方向抻长脖子看,那个方向是大堂一侧的落地玻璃,外面就是深海,不过里三层外三层站着太多人了,从她的角度根本什么都看不见。

附近和她一样什么都看不见的人急得直跳脚,一个劲儿地大声问前面:"怎么样了,怎么样了?"

前面离落地窗近的闯关者们个个全神贯注,没人理他。

"你怎么在这里?"背后忽然传来惊讶声。

南歌一回头,是孔明灯的周云徽和十社的崔战正从电梯间里出来。和她说话的是周云徽,打着哈欠,头发蓬乱,一看就是刚被搅了清梦。旁边的崔战叼着烟卷,慵慵懒懒,但目光清醒。

这两人怎么撞一起了她不关心,她更在意那句问话:"什么叫'我怎么在这里',我不应该在这儿吗?"

"那倒不是,"周云徽往落地玻璃方向瞥一眼,"我就是看你们 VIP 三个都出去了,以为你也在外面呢。"

南歌被突来的信息冲击到了,脱口而出:"唐凛也跑了?!"

"跑?"周云徽还没醒透,迷迷糊糊的,"他不是出去支援了吗,怎么让你说得跟携款潜逃了似的。"

和周云徽对话效率实在太低了,南歌直接转向崔战:"到底发生了什么事?"

崔战没周云徽那么多废话:"范佩阳和郑落竹从洞穴群回来了,但被新的追击艇围捕,唐凛买了个'海底扫除',用扫除艇过去支援了。"

南歌:"什么时候的事?"

崔战:"二十分钟前。"

南歌:"现在怎么样?"

崔战:"我们也是刚下来。"言外之意,以上信息都是喊他们看热闹的人给的,他们还没来得及挤到落地玻璃前看最新战况呢。

"你也别太担心,"周云徽不甘寂寞,又插话过来,"唐凛在这儿守了一夜,营救方案肯定在脑袋里演习无数次了。"

南歌一时忘了所有，只愣愣重复："守了一夜？"

"你怎么知道的还没我多？"周云徽无语，"我们组夜训的人说的，晚上去训练场的时候看见他在大堂，早上回来还在，就落地玻璃前站着，都没挪地儿，要不他能第一时间发现他俩回来了，过去支援吗？"

南歌忽然发现自己好傻，她昨天居然相信了唐凛的"淡定"。唐凛比她更傻，被骗了，被先斩后奏了，气得要死，然后自己偷偷跑来守了一夜。无数情绪在心里翻滚，南歌却没空再理会。之于别人，这可能是百年难得一见的作大死，必须围观。但之于她，这是一场争分夺秒的营救战。

"你干什么去？"眼见南歌往另外一个方向走，周云徽纳闷。

南歌脚步不停："海底扫除。"

周云徽现在已经醒差不多了，脑子也在线了，前后一联系就知道外面违反规则的三个人没准备拉南歌下水，但现在，南歌很明显要自己跳了。

他记得在地下城广场，唐凛带南歌过来给他们几个组织破解斯芬克斯的时候，两个人还是很生疏的关系，到后面一起进了关卡组了队，总觉得也是临时搭档的成分多。周云徽本来还存了点儿替自家孔明灯挖角的心思，毕竟南歌的声音攻击很特别，未来的升级效果更是留有巨大的期待空间。可是眼下再看南歌的反应，绝对不是拿唐凛他们当临时搭档了。

思及此，周云徽望向那个窈窕背影，意有所指地问："你现在彻底是 VIP 了？"

南歌头也不回地朝他挥了挥手："我一直都是 VIP！"

5

二十分钟前，水世界酒店附近，海底区域。

两艘银灰色的小艇在海底飞驰前进，眨眼就进入了水世界酒店的海底扫除区。那里有星星点点的橘色潜艇在劳作，看见两个颜色截然不同的闯入者，扫除的闯关者们都有一刻的茫然，只有个别人认出来了，那是洞穴群那边的海底扫除艇。

然而两位不速之客没做任何停留，直接朝着水世界酒店的方向继续前进。它们的速度太快，破开的水流在银灰色的艇身后形成一条长长的漩涡水线。

警告声突兀响起，是从未出现过的广域警告，急促严厉的警告音，整个水世界酒店附近的海底区域都听得到——

"051 号扫除艇，052 号扫除艇，你们已进入水世界酒店区域，请马上离开，否则水世界酒店将视你们为闯入者!"

不再是出逃时的分艇通知,因为酒店只识别扫除艇。出逃的时候他们是酒店住客,而现在,他们就是从洞穴群过来的偷渡者。

051号艇内,范佩阳已经一天一夜没睡了。他和郑落竹几乎走遍了整个海底洞穴群,把所有能买的文具都过了一遍,所有能找、能打听的人都筛了一轮。

闯关口还要六天才开,他和郑落竹完全可以在洞穴群休息片刻,至少养养精神再闯过来。可他一分钟都不想等,他要在第一时间见到唐凛,要把所有找来的文具都在那人身上试一遍。至于这么长时间的失踪、谎言肯定已被戳穿等等,都不在范佩阳的考虑范围之内,他敢先斩后奏,就不怕唐凛生气。

水世界酒店已在前方,明亮灯光从里面透出来,给周围的海水染上一层温暖。范佩阳紧紧盯着酒店一层侧面的一道小门。那是酒店扫除艇的进出口,也是他们回酒店的唯一生路。

"启动防御,001、002、003、004号追击艇出动——"没有三次警告,遍布海底的提示音直接下了围剿令。

范佩阳回头看一眼,郑落竹的052号艇正紧跟着他。两艘小艇离得很近,近到可以看清彼此的驾驶舱。范佩阳举起手,示意"三二一",郑落竹立刻集中注意力,严阵以待。

范佩阳的"一"落下,酒店扫除艇的进出口就开了,分秒不差。但郑落竹已无暇去赞美老板精准的战机预测力,就在那扇小门打开的一瞬间,他和范佩阳同步操控各自的扫除艇,直直朝着那扇敞开的小门俯冲而下!

与此同时,进出口也开始陆续冲出酒店的追击艇。

001号,002号,003号……无人驾驶的黑色追击艇排成一竖线,像利箭,由下往上迎着范佩阳和郑落竹而去。

范佩阳没减速,半眯起的眼睛紧紧盯着越来越近的追击艇分队。追击艇也没减速,因为它就是靠撞击来歼灭出逃者和闯入者的,无坚不摧的艇身就是它最好的武器。

眼看范佩阳的051号艇就要和001号追击艇相撞,051号艇忽然一个轻微变向,竟错开001号艇的艇头,贴着它的艇身过去了。身后的052号艇亦然。三艘追击艇来不及减速变向,只能眼睁睁看着051、052号艇驶向那扇小门。

可就在错身的一刹那,范佩阳察觉不对,警告里触动的是001-004,可刚刚他错开的那一竖排只有三艘艇。然而已经来不及了,转瞬就冲到了出入口的051号艇迎面撞上了刚从小门里出来的004号追击艇——它不是姗姗来迟,它是故意等在那里,等着想偷渡的人撞进它的怀里!

范佩阳只来得及把扫除艇偏转30度，让最脆弱的艇头避开撞击。可扫除艇还是在巨大的冲撞里彻底偏离方向，飞出了二十几米才在海水的阻力下停住，艇身凹进去一大块，有轻微的裂纹。

郑落竹跟在范佩阳身后，只听见一声巨大闷响，然后震动的水流就破坏了他潜艇的行进方向，更要命的是，视野里的海水变浑浊了，能见度急剧下降。郑落竹只能凭感觉选了个方向，操控潜艇冲出浑浊区。几秒钟后，视野稍稍清晰，他立刻四下环顾，想去确认范佩阳的位置。可还没等他锁定范佩阳的扫除艇，先看见了002号追击艇正朝他急速冲来，彼此间距离只剩几米，他甚至看得清对方空无一物的驾驶舱，根本连躲都来不及了！

郑落竹浑身绷紧，咬着牙关等待冲撞降临。就在这时，一抹明亮的荧光橘侵入了郑落竹的视野。在002号艇头就要贴上052号艇的时候，在郑落竹已绝望认命的时候，那艘小艇从天而降，用艇身"砰"地撞飞了黑色的追击艇。

明明一切只发生在瞬间，明明海水霎时就浑浊，郑落竹还是看清了，驾驶舱里是唐凛。幽蓝的深海，他和他的小艇一样耀眼。

水世界酒店。

此时此刻的落地玻璃前是整个大堂的"贵宾观赏区"，视野完整，战况清晰，放到运动会上就是主席台，放到演唱会上就是内场第一排。而占着这个位置的，有些是早起正好撞见，比如草莓甜甜圈作息最健康规律的莱昂，不必闹钟，每天五点自然醒；比如被莱昂拖着下来晨练的关岚，要不是遇见深海艇战这么有趣的事，他的起床气能延续一天；再比如听见信儿第一时间飞奔下来奋力挤到前面的越胖子。也有一些是来得晚，但早有小弟帮着占好了位置的，比如还乡团的祁桦。

丛越之前站在落地玻璃正当中，后来回头看见几个小弟簇拥着祁桦从远处过来，立刻溜到了落地玻璃最边上，避开了对方。他现在只是一个三级小队长，苟着就行了。（苟，引申为"保存实力""避战"，多见于游戏中。）

他刚溜开，"围剿令"就下达了。

严厉刺耳的电子音不只穿透海底，也回荡在酒店大堂："启动防御，001、002、003、004号追击艇出动。"

这一声警告让整个大堂哗然。

"四打二啊……"

"提醒，是四个高防打两个脆皮，简直虐杀。"

"我就搞不懂了，好好活着不行吗，非要作死。"

"可惜了经验值啊……"

"什么经验值？"

"你不知道吗，听说他们拿了1/10通关经验值的大头，人手一两百呢。"

"我去，不要给我啊！"

"不行不行，我不能听这个，浪费得我心口疼……"

几乎没人觉得范佩阳和郑落竹能平安归来。并且他们乐于看见违反规则的人被强势处理，毕竟大家都灰头土脸地被关卡玩，凭什么你能玩关卡。

丛越听着背后的议论，双手不自觉握拳，眼睛紧紧盯着窗外的两个银灰色小点。

扫除艇出入口打开，几艘黑色追击艇陆续出来，同时两艘银灰色小艇也径直朝那个出入口的方向去。

关岚定定地看着玻璃外："只有追击艇出来的时候，入口才会开，这是他们唯一的机会。"

"很难，"莱昂不带一点儿感情，"被追击艇盯上的扫除艇还从来没有能全身而退的。"

说话间，范佩阳的艇已经和迎面来的001号追击艇错开了！

围观者不约而同瞪大眼睛。这操控潜艇变向的时机实在太准，而且前面就是入口了，难道真要赢？

"砰——"慢了好几拍才出来的004号追击艇和范佩阳的051号艇撞了个正着。两艘艇一起飞了，不过051号艇飞得远些，004号艇看起来受创不大。

与此同时，冲撞造成入口前的水域泛起一片白，瞬间吞没了原本跟在051号艇后面的052号艇的身影。唯一能确定的是，052号艇还在那团浑浊里。

而现在，002号追击艇正高速往那片浑浊里冲，摆明就是要去撞052号艇！

围观者骚动起来。

"根本没悬念了。"

"必死。"

"也不一定，051号被撞那么狠不也没散架吗？"

"不一样，051号那是反应快，最后关头避开要害了。052号现在睁眼瞎，估计还傻傻转圈圈呢。"

"哎？哪儿又冒出来个小橘灯？"

真不是围观者卖萌，那个突然冲入落地玻璃视野的酒店扫除艇，通体的荧光橘在追击艇的扫射灯下各种反光，耀眼夺目。还没等众人反应过来它要做什么，小橘灯就"砰"地撞偏了追击艇，把052号从死神手里抢了回来。

大堂空气有片刻的安静，直到有人弱弱地问："艇里是谁啊……"

很快得到回答："也是VIP的，刚在购物区买了海底扫除……"

随之就有第三人"啧"一声："这种自不量力的支援就是送人头。"

不知哪儿的第四个声音附和："对啊，组团作死，所以这样队友还有没，给我来一打……"半调侃半认真的尾音散在重又袭来的寂静里。

肯为自己作死的队友，谁都想有。

可是大部分人没有。

洞穴群051号扫除艇内，驾驶系统持续发出破损提醒。

"艇身破损60%，有轻微渗水现象，请及时返程修复——"

范佩阳置若罔闻，只盯着不远处越来越近的橘色小艇。它刚刚救了竹子，然后就不管不顾朝自己冲来，速度方向都是摆明要往自己身上撞。

范佩阳稳定着小艇，完全不躲。橘色小艇逼近眼前，在距离微乎其微的时候，才一个猛地上行，错开范佩阳的艇头。若是没看见艇内的人，范佩阳会将之当成示威和挑衅，但是看见了，范佩阳就懂了——唐总很生气，自己原本准备的解释可能需要再润色一下。

唐凛没浪费时间，给完范佩阳态度之后就驾着小艇恣意游窜。范佩阳明白他的意图，立刻加速跟上。于是接下来的二十分钟，一灰银一亮橘的两艘小艇像胡萝卜一样引着背后两头黑色的"笨驴"追。他们的目的不是干掉追击艇，而是把它们引到自己身后，当然彼此间的距离拉得越大越好。

入口的小门在唐凛出来的那一刻就关闭了。它只会为酒店艇的出入而开，所以即使现在郑落竹的洞穴艇就在小门附近，依旧束手无策。而唐凛要做的，就是用自己的酒店艇，给范佩阳和郑落竹当"门卡"。将所有追击艇引到身后，等于清空了入口的障碍，届时门一开，追击艇就是想拦也拦不住了。

唐凛想得很好，但追击艇也不是吃素的。紧追着他和范佩阳的只有001、002两艘艇，剩下的一艘003号在追郑落竹，还有一艘004号在他们乱窜之后原地不动，就守在入口前，显然已识破他们的意图。更让人郁闷的是，无论郑落竹怎么带着003号绕圈，怎么试图和唐凛、范佩阳会合，追着他的003号都不肯和追着范佩阳、唐凛的001、002号成一条直线，更别说乖乖跟在他们身后，变成随时可以甩掉的尾巴。

又一次试图让三艘追击艇汇成一排无果后，郑落竹看见唐凛朝他比了个"分开"的手势，范佩阳则朝他比了个"撞击"的手势——一个要周旋，一个要强攻。郑落竹也不敢轻易站队，最后灵光一闪，决定来个融合，只见052号艇忽然离开大部队，径直冲向守着小门的004号追击艇。跟在他身后的追击艇也追了过去。

004号面对郑落竹根本没躲，显然并不在意这样的以卵击石。可就在银灰色小艇马上要撞到它时，郑落竹猛然一个急转弯，身后来不及跟着他转的003号就撞到了004号身上。两个坚固度相当的追击艇同时飞了出去。

不远处的范佩阳和唐凛在竹子冲小门的时候就明白了他的想法，所以一直准备着，就在003、004号飞出去的瞬间，他俩便冲到了小门前，一切时机都恰到好处。

郑落竹的小艇一个漂亮转身，又往门口这边来，准备门一开，就跟着唐凛和范佩阳全速冲进去。追着范佩阳和唐凛的001、002号，距离他俩至少有十米，别说阻拦他们了，这个空隙都足够郑落竹横切过来，跟在他们身后进门。

但是，出入口的门没开。

水世界酒店内，几乎所有能看见战况的人都相信他们要迎来一场"挑衅规则竟全身而退"的戏码了，不料最后一秒被反转。

此起彼伏的惊诧声响起，全是问一个问题——

"门为什么不开？！"

水世界酒店附近都是扫除区，不存在唐凛偏离扫除区而被警告甚至剥夺返回权的可能，如果真警告了，负责清除唐凛的新追击艇早出来了。

"应该是酒店的防御程序。"莱昂自言自语。

关岚同意。追击偏离路线的扫除艇从来都是一对一，可今天四对二，显然防御已经升级了，那么面对唐凛明显的"支援"行为，酒店防御系统肯定也不会熟视无睹，二十分钟的周旋，足够它们把唐凛同样列为"危险分子"了。

不过关岚没想到莱昂会出声："难得见你这么在意。"

莱昂的少言是因为他对大部分事情漠不关心，哪怕是草莓甜甜圈的自己人，有时候都会忍不住想逗逗莱昂说话，像这种对不相干的事情发表看法更是百年难遇。可从刚刚到现在，他说过两次话了，全是有关战局的。

关岚没等来组员的回答。因为在VIP的三艘艇相继从紧闭的入口前离开、重新陷入和追击艇的周旋后，在所有人都认为VIP已经没有任何返回水世界酒店的机会之后，入口鬼使神差地又打开了。

大堂一刹那静音，所有围观者都不可思议地看着那扇打开的小门。什么情况？酒店自己反悔了？决定敞开怀抱爱与和平了？

"VIP到底有多少人啊，作死的一个接一个——"视野离小门最近的围观者中爆发出一声感慨。

然后所有前排围观者都看见了那扇敞开的小门里，一抹似有若无的荧光橘。

又一艘酒店扫除艇出动了。但它没真的出来，反而躲在小门里，原地转圈。

傻子也看明白了，这艘新的小艇在为外面的三个开门。

VIP到底有多少人？

"听说就四个……"有人回答了。

然后又是微妙的安静。

四个敢作死也敢为队友作死的人凑在一起的概率有多低？低到真出现了，怎么看怎么像神经病。低到真出现了，莫名让人有一丝丝……羡慕。

门开的一瞬间，郑落竹离得最近，他片刻没犹豫，甚至都没看清门内是什么，就一个俯冲进去了。

这边郑落竹安稳着陆，那边唐凛和范佩阳也紧随其后，朝打开的小门冲来。唐凛在前，范佩阳在后，三艘追击艇在他们身后，还有一艘从侧面袭来。

侧面的还很远，没威胁，身后的虽然追得紧，可周旋这么久，唐凛清楚它们的速度极限。他将艇速推到最高，对于自己和范佩阳在被追上之前进门完全有把握。然而就在他的荧光橘小艇即将进门的一刹那，他猛然发现侧面袭来的追击艇提速了，而且是那种跨越式的巨大提速！

他的橘色小艇依然安全进门，可跟在他后面的范佩阳直接被那艘提速艇狠狠撞击到了侧面，还是之前被撞过的同一位置。

唐凛回头，只来得及听见一声带着水下沉闷感的"砰"，然后就见范佩阳的051号艇飞了出去，并在飞驰的过程中断成两截。范佩阳从里面游出来，周身散出"红雾"，那是从伤口源源不断流出的血，染在深海，无声静谧。

唐凛心脏疼得不行，就像被一只手紧紧攥着。他掉转艇身，擦着南歌的艇又冲了出去，直奔范佩阳。

破坏性的冲撞和海水的冰冷让范佩阳有些恍惚，但他还是捕捉到了那抹橘红。

唐凛赶在追击艇到来之前停在他身下，用艇背托住范佩阳。

范佩阳凭感觉俯身，用力抱住艇背。

一托，一抱，只在瞬间，唐凛已全力提速，带着范佩阳冲入那扇狭小的门。

酒店大堂内，所有看得见战局的围观者鸦雀无声。

后面的人还在紧着问"怎么样了""到底怎么样了"，前面的人却没办法回答。最后几秒发生的事情讲起来可能只是寥寥数语，但听转述的人永远无法体会他们受到的冲击。

两人，一艇，深蓝的海水，血染的红雾。

购物区那边传来动静，"扫除"的人回来了，所有目光都集中到那里。

这一刻，时间变得极慢。

大约一分钟过后，引起整个水世界骚动的VIP们终于走了出来。受伤又落水的那位不仅购买了"治愈"，还换了件新风衣。

挑战不可挑战的规则赢了，还是在众目睽睽之下，通常这么牛的时刻必须要一字排开，肩并肩前行，才能将舍我其谁的气焰彻底燃烧到顶峰，但是VIP们没有。四个人，除了落水那位，其他三个大多围观者也分不清是谁，只看见一个眉目清淡的男人走在最前面，面若寒霜；一个美女和一个看起来不太聪明的小子跟在后面，面色凝重；落水的高大男人走在最后，眼底盛着复杂的光。

围观众人目送他们进入电梯间，同样心情复杂。刚才感动水世界的真是这支队伍？怎么感觉回去就要大打出手了……

亚特兰蒂斯套房内，郑落竹忐忑地跟在唐凛身后进门，面对追击艇的时候都没尿，现在真心想往后缩。他和老板的设想中，回来的路再艰难曲折，也绝对没有让唐凛和南歌以身涉险这一项。现在好了，留言欺骗加连累队友，罪上加罪。

唐凛打开了客厅的灯，所有灯，亮得刺眼。他没坐，就站在客厅中央，回过身来，漫不经心地打量范佩阳和郑落竹，好像会合这么久了，才想起来看看两位队友。

范佩阳也看他，但一言不发。

"唐总……"郑落竹觉得应该解释点儿什么，不然两位老总这么无言对视，压力太大了。

唐凛淡淡摇头，打断他："竹子，先听我说。"

郑落竹立刻住嘴，忙不迭点头。

唐凛不再看范佩阳，转向他，眼里的冷稍稍收敛："闯关口马上要开了，再不去洞穴群就没机会了，你们怕我阻拦，也怕耽误时间，所以选择先斩后奏，是吗？"

郑落竹："……"全中，分毫不差到让人怀疑自己和老板密谋的时候，他就躲在那里监听。

唐凛看着默默低下头的郑落竹，声音趋于平静，仅剩淡淡的凉："竹子，你想找人，我没资格拦你，也没打算拦你。但你如果还拿我和南歌当队友，下一次再想单独行动，提前说一声。"

郑落竹早做好了被狠狠批斗的准备，完全没想到唐凛会这样说。这就好比你已经洗干净脖子等一刀了，结果对方只是打了你两下手板，还没用力。他诧异抬头，和唐凛对视半天，才确认对方真的没后续了。回来的路上他打了一肚子的解释腹稿，此刻既苍白又毫无意义。他想的一切唐凛都知道，他以为唐凛可能带来的阻拦从来都是"自以为是"。

"先斩后奏的事，没有下一次。"郑落竹一字一句说出承诺。

唐凛点头，不再多言。

南歌看竹子蔫头耷脑可怜巴巴的，有点儿不忍心，抬手轻轻拍了拍他的肩。

郑落竹备感温暖。一温暖，思绪又活络了，他没来由地想起唐凛刚才说的那句"你如果还拿我和南歌当队友"……唐总把老板择出去了。

郑落竹默默瞥范佩阳，心说，老板，你可能不只是挨两下手板的事儿……

他的预感很快应验。

唐凛的目光重新落到范佩阳脸上，说："我们单独聊聊。"

范佩阳从容点头："可以。"

郑落竹和南歌对视一眼，识相地准备撤，唐凛却先一步转身走上楼梯。这间复式套房的二层起居室他们谁都没住，嫌上下楼麻烦，所以一直空着。

范佩阳也没想到唐凛会上楼，愣了下才跟上。

郑落竹和南歌目送他们消失在楼梯尽头。

郑落竹："姐……"

南歌："嗯？"

郑落竹："我好像要失业了。"

南歌："不能，唐凛会给你老板留一口气的。"

套房二楼，最深处的卧室，吊灯温馨，映在唐凛眼底却是重新泛起的冰霜。

范佩阳静默站在那儿，似乎没打算先开口。

"你不想说什么？"对视半晌，还是唐凛打破了压抑的空气。比定力和固执，他大多数时候都输给范佩阳。

"时间紧，担心你拦，我的理由和竹子没有不同。"压着唐凛的尾音，范佩阳迅速给出了回答。

唐凛露出不可思议的神情："所以你觉得我应该像对待竹子那样，简单告诉你'下不为例'就完了？"

范佩阳陷入短暂沉默。显然他是这样想的，但现在知道过于乐观了。思考再三，他给出了自己的态度："我们的关系不一样，你可以对我生气。"

唐凛被他的理所当然折服了，怒气到达最高点，反而笑了："真是谢谢你的'可以'。"

范佩阳微微皱眉："你以前和我生气只会半天不理人，不会嘲讽。"

唐凛毫无印象，但他可以肯定一点："把气闷在自己心里伤身，还便宜罪魁祸首，我不做这么得不偿失的事。"

范佩阳定定地看他："你只是不记得了。"

唐凛无法判断。他不认为范佩阳会骗他，但同样也想象不出一个会生闷气的自己。和谁生气就去找谁，这才是他一贯的风格。

"反正我现在已经回来了，"范佩阳抬起手臂，点开"文具盒"，"你与其和我生气，不如看看我带回来的文具。"

他的话题转换和动作都太流畅，流畅到毫不遮掩，大大方方告诉你，"文具"才是我最重要的事，无所谓你生不生气。唐凛忽然发不出火了。他在这个刹那蓦地理解了那个"会冷战"的自己，不是真的想把气憋在心里，是无力到不想再多说。

范佩阳自顾自捞起他的手臂，帮他选择"接受赠予"，半空中，两个人的投屏并列到一起。

"叮——"五个新文具落进唐凛的"文具盒"，分别是"〈防〉走近科学""〈防〉慢跑鞋""〈幻〉镇痛止疼""〈幻〉元气满满""〈幻〉快速愈合"。

范佩阳："这五个你留好，闯关的时候用。"

有防具有幻具，但明显都跟恢复记忆无关。唐凛看着眼前的两个投屏，知道给过来的文具只是顺带，范佩阳没给过来的才是重点。

范佩阳的"文具盒"里，不算地下城带来的"〈防〉我看透你了""〈防〉金钟罩""〈特〉我是VIP"，还剩三个新文具——"〈幻〉历历在目""〈幻〉记忆犹新""〈幻〉孟婆汤"。

"我想现在就试这三个。"范佩阳一刻都不愿多等，但在看见唐凛眉宇间的阴云后，本能加了个委婉后缀，"……行吗？"

唐凛毫不留情戳破："我说不行你就不试了？"

范佩阳："……"

"来吧。"唐凛面对着他站直，是妥协，也是看透，"不把这些试完，你根本听不进去我说话。"

从进门到现在，范佩阳的心就没定过。

唐凛满足他。

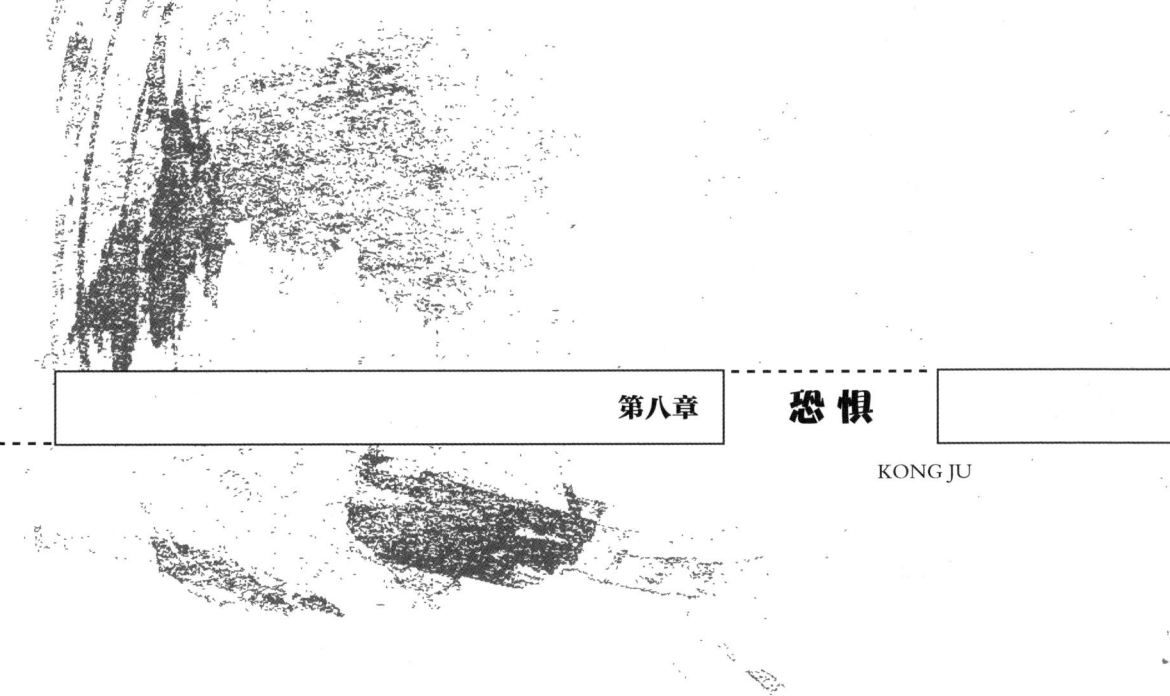

第八章　恐懼

KONG JU

1

得到允许，范佩阳二话不说就点掉了"＜幻＞历历在目"，并将防护目标选为唐凛。

唐凛隐隐觉得有一股能量进入自己的身体，试图和他的感受建立联系。下一刻，屋内景象在他的眼里变得纤毫毕现，清晰变成高清，高清变成超清，连地毯图案的每一道纹路都前所未有的鲜明。除此之外，从前的事情也在他脑中走马灯似的过，他的童年、他的大学、他和范佩阳的相识、他们创业时的艰辛……

唐凛闭上眼，努力在那一幕幕中去找两人"感情深厚"的瞬间。没有。哪怕是拿下第一笔订单的时候，员工们都乐疯了，范总依然不动如山。当时的他看不过眼，非要和范佩阳击掌，手快伸到对方面前了，范佩阳才很勉强地和他碰了一下。

那么久远的事情，历历在目。

回忆的走马灯大概持续了五分钟，便渐渐消失，应该是文具时效到了。唐凛睁开眼，对上范佩阳的目光。男人等得专注，还有一丝竭力隐藏的紧张和期待。

唐凛缓缓摇头："没有效果。"

范佩阳唇线绷直，良久，道："下一个。"

"等等，"唐凛喊了暂停，"卖文具给你的人没介绍过文具的效果吗？"

范佩阳："大概介绍了。"

唐凛："关于'历历在目'，怎么说？"

范佩阳："文具时效内，视野和记忆会比从前更清楚，过去的记忆，只要在你脑子里，不管多久远的都能想起来。"

唐凛若有所思："那反过来说，如果没想起来，就证明那些记忆已经不在……"

"下一个。"范佩阳打断他，又重复了一遍。

唐凛蹙起眉头，但最终沉默。

第二个文具，"＜幻＞记忆犹新"。这几乎就是"历历在目"的精简专业版，取消了视野增强的功能，取而代之的是更逼真的记忆走马灯，然而还是没用。

眼看范佩阳就要点"＜幻＞孟婆汤"，唐凛有点儿慌："先别用……"

范佩阳不解地看他。

唐凛提醒："那个叫'孟婆汤'，你确定是恢复记忆的？"

没承想范佩阳很干脆地摇头："是失忆的。但是不用担心，只是短暂失忆，文具时效一分钟，过后恢复。"

唐凛依然觉得很蒙："你到底是想让我记忆还是失忆？"

"只是短暂失忆。"范佩阳强调，就像在给实验对象科普实验安全性。

"行，短暂失忆。"唐凛不和他争这个，"但这对我恢复记忆有什么用呢？"

"不知道。也许在一分钟过后，你被文具压制的记忆全部回来的时候，被'完好如初'抹掉的记忆也会趁机回来。当然，也可能回不来。"范佩阳很坦诚，"我只是觉得如果正面恢复不了，或许可以试试反其道而行，以毒攻毒。"

唐凛："……"

空气安静下来，落地窗外原本会偶尔游来的鱼都不见了，或许它们感受到了气氛的异样——不算剑拔弩张，不算针锋相对，但就是有些压抑。

"范佩阳，你知不知道你在做什么？"唐凛听见自己的声音，明明应该是冷冷的质问，可真问了出来，却带了更多复杂的、说不清的东西。

范佩阳坦然迎着他的目光："我只是想把你的记忆找回来。"

唐凛："所以你就一声不响去了洞穴群？你知不知道如果不是我和南歌，你俩就回不来了？！"让他爆发的不是"孟婆汤"，也不是"先斩后奏"，是藏在这种种之下的范佩阳的偏执和随之可能失去这个人的强烈不安。

可是范佩阳很平静，那种平静像能吞噬一切的深海："你的记忆是我弄丢的，我有责任弥补。"

"不需要，"唐凛焦躁得厉害，"我根本不在乎能不能找回那段记忆！"

范佩阳的声音极缓，极重："我在乎。"

唐凛："我记得我们怎么认识的，我记得我们怎么奋斗的，我记得我生病之后你是怎么一人扛起公司的，还不够吗？"

范佩阳："不够。"

"范佩阳，"唐凛深吸口气，缓了声音，目光却更凛冽，"是不是我的记忆比你的命还重要？"

范佩阳毫不犹豫："是。"

"行，"唐凛点头，"那以后VIP的组长就是我，你们所有人的行动和安全都由我负责。你想去找文具，可以，向我报备。"

范佩阳没立刻给回答，似在考量斟酌。

但唐凛从来就没打算征求他的意见："从现在开始，你负责我的记忆，我负责你的生命。"

以毒攻毒的"孟婆汤"，最后同样失败了。它唯一的效果，就是用那空白的一分钟缓和了唐凛心里的暴力念头，让范佩阳逃过一劫，体体面面回到了楼下。

关卡开启当日，23:00。

还有一个小时才开放，可酒店大堂已经热闹起来了，不至于像地下城闯关口挤得那么恐怖，但也人头攒动，声浪喧嚣。

郑落竹先下来探探情况。作为闯关口的白色大门那里肯定是挤不到前面了，他只能在大堂中部转悠转悠，全是生面孔，也看不出谁是谁，都什么组织，最后转到购物区附近才看见草莓甜甜圈的关岚和莱昂。前者席地而坐，捧着一盒波士顿甜甜圈，嘴里还叼着一个。后者站在他身旁，穿着黑色圆领针织衫和同色系的休闲长裤。郑落竹第一次见到能把柔软针织衫穿出杀手效果的男人。

"怎么就你一个？"关岚咬着甜甜圈含混说着，另一只手还不忘从盒子里拿出一个递给郑落竹。

郑落竹连摆手带后退："不用不用，我刚吃完夜宵。"他没吃。他就是怕蛋糕有毒。

关岚撇撇嘴，又把甜甜圈收了回去。

郑落竹："我们组长让我先下来看看。"

"组长？"出声的是莱昂，声音很低。

"嗯，"终于有龙头大哥了，郑落竹恨不得向全世界播报，"唐凛，我们VIP的组长！"

关岚意外："我以为会是范佩阳。"

"我老板决定站在我组长背后了。"郑落竹摊手，"你懂的，每一个成功的组长背后，都要有一个不省心的男人。"

关岚、莱昂："……"

23:30，距离关卡开启还有三十分钟。

郑落竹回到亚特兰蒂斯套房，将下面的情况逐一汇报："看热闹的多，真要闯的少，除了五大势力，其余的组织基本都在观望。"

唐凛："正常。地下城那么多人进关卡，只有我们十三个通关了，水世界的人肯定会更谨慎。"

"不过五大势力也很奇怪，"郑落竹又道，"除了还乡团是水世界的组长祁桦带队，其他四家带队的还是和我们一起闯地铁那几个。"

孔明灯周云徽，十社崔战，铁血营何律，草莓甜甜圈关岚。一连串熟悉的面孔在唐凛脑中闪过，他淡淡摇头："不奇怪。如果我是上面的，也不会让自己手下两个分部组长在同一次闯关，风险太大，至少得留一个守着水世界的组织运营。"

郑落竹："那为什么不留地下城组长运营，让水世界组长闯关？"毕竟水世界组长在2/10待的时间更长，怎么想都更有经验和胜算。

"他们才没那么傻，"范佩阳倚靠在落地玻璃前，整个人笼在身后幽蓝色的背景里，"1/10的折损率摆在那儿，谁也不会在这个时候冒险，肯定还要观望一段时间。"

所以就把地下城的组长推出去了？郑落竹不想这么想，可四大组织都用的地下城的人，唯一水世界组长带队的还乡团还是因为他们在地下城没上来人，说是巧合，他自己都不信。

郑落竹叹口气，含糊地朝范佩阳点点头，表示自己明白了。

换平时，他肯定还要和老板继续讨论，但这几天老板的气场都比较沉郁，确切地说，就是从洞穴群返回那天晚上，老板结束了和唐总……不，组长的谈话，从二楼下来之后。郑落竹不知道两个人怎么聊的，不过有一点可以确定，老板找回的那些文具都无效。老板为了这几个文具差点儿没命，最后却是无用功，心情可想而知。而且唐总和老板"聊聊"之后，唐总就成了组长，郑落竹估计这个"聊聊"也不会太快乐。

由此，郑落竹的求生欲就自动进行了推演——文具无用＋唐凛生气＋组长无缘＝老板心情灰暗。结论：员工最好苟着。

"竹子，"唐凛叫回走神的小伙伴，"2/10能进入闯关口的人数，还是两百人吗？"

郑落竹："嗯，都说和地下城一样，入口两百人，通关二十人。"

客厅里安静下来。

大概情况都摸得差不多，剩下的就是等了。唐凛看一下时间，23:34。这是他第二次闯关，少了些茫然，多了些从容。

"该下去了。"他说着起身。

郑落竹、南歌刚要响应，外面却响起了敲门声。众人面面相觑，这时候谁会来？

郑落竹快两步走到玄关，另外三人也跟了过去。刚把门打开一半，灵活的越胖子就噌地溜进来，火速关门，那模样跟做贼似的。

"时间紧，我就和你们说两句，"越胖子语速飞快，都不换气，"我们这次是祁桦带队，他是个特别记仇而且不择手段的人，一对一你们让还乡团丢面儿了，闯关的时候他绝对会针对你们……"

"等等，"郑落竹听着哪里怪怪的，"让还乡团丢面儿的是大兄弟你吧？"

"我已经被罚完了，可不就轮到你们了吗。"想起都后怕的惩罚被丛越轻巧带过，他今天来的重点是提醒，"总之，你们千万要小心。"

"我们知道了，"唐凛真心道，"多谢。"

郑落竹又品了品越胖子说的那句"我们这次是祁桦带队"，忽然一愣："越胖子，该不会你这次也闯关吧？"

丛越一脸理所当然地点头。

"那你还来告诉我们？"郑落竹抬起眉毛，"就不怕我们把你们组长解决了，没人带你通关了？"

"通关凭实力，我又没告诉你组长是什么文具树。"丛越顿了下，又追加一句，"不过他知道你老板的文具树了，当时一对一不止我一个人在场，这事瞒不住。"

郑落竹："……"为什么来提醒了，又不好人做到底说一下祁桦的文具树？他现在看丛越就是一个圆形的谜。

唐凛倒是轻而易举理解了丛越的逻辑。他来提醒，是不希望VIP稀里糊涂就被暗算，这对VIP不公平；不告诉他们祁桦的文具树，是因为一旦说了，对祁桦也不公平。丛越记得VIP放他一马，但同样记得自己是还乡团的人。

唐凛抿抿嘴唇，对于自己那天踹门兼恐吓的行径忽然有一点点反省。

丛越急匆匆地来，又火急火燎地撤，临走还不忘问他们买没买"水世界必备"。得到肯定答案后，他终于放心，一溜烟没了影。

VIP四人在他离开后又等了一会儿才下楼，23:45，距离关卡开启还剩十五分钟。

酒店大堂的气氛热火朝天，随处看一眼，闯关者三五成群聊得兴致勃勃，不像要九死一生地闯关，倒像等待演唱会开场。只有孔明灯、十社、还乡团、铁血营四大组织严阵以待，以至于分布在不同位置的他们就像混在演唱会观众里的保安。

这印证了郑落竹说的情况。1/10的高伤亡率吓住了大大小小的组织，不闯关，单纯过来看看热闹，当然轻松。

唐凛的视线在大堂里环顾一圈。草莓甜甜圈还是那六个人，他们也没和周围的人搭话。

唐凛不确定他们这次是压根儿没派水世界的人,还是水世界另有甜甜圈小队,只不过和地下城小队分开行动。还乡团就是祁桦带队了,目测有七八十号人,不知道是不是把整个还乡团水世界分部都带上了。剩下周云徽、崔战、何律,各带了四五十人。

五大势力算下来,就两百多了。

看这个架势,他们显然没有延续地下城的良好合作。那时候的他们会先坐下来研究好两百个闯关名额的分配,之后一致对外,形成垄断。可经过1/10之后,他们应该也明白了,在变数突发的关卡里,非生即死,所谓的合作根本不堪一击,还不如多带点儿自己人。

唐凛抬头看远处高耸的白色大门,五大势力的两百多人,再加上零散的闯关者,这次的闯关口恐怕也不容易进。

"叮——"

整个大堂一起"叮",气势磅礴。所有人都被吓了一跳,毕竟距离关卡开启只剩十分钟了,这时候来哪门子提示?

几百号人一起点击手臂,同时抬头。

小抄纸:"恭喜各位闯关者,本次2/10闯关口无条件开启,不限制进入人数,请在十分钟内,确认你是否要闯关——是/否?"

选项弹出的同时,投屏界面的右下角也开始了倒计时,00:09:59,00:09:58……

"这不会是陷阱吧?"难度忽然降低,郑落竹心里没底。

"未必是好事,"南歌提醒他,"你看看周围。"

随着倒计时开始,原本单纯看热闹的那些人的神情都开始变得微妙,原本的嘈杂声也低下来,人心的浮动带来了气氛的变化。

闯关口难度的降低,会不会也意味着关卡难度降低?退一步讲,就算关卡难度没变,这种不用竞争就能轻松进入关卡的机会也是千载难逢。可反过来再思考,闯关口的条件会无缘无故放宽吗?真的不是一块放在捕鼠夹上的奶酪?对诱惑的向往和对陷阱的忌惮拉扯着大堂里的每一个有心闯关,只是原本没打算在这次闯关的人。

相比之下,早早打定主意闯关的反而干脆了,本就做好了惨烈拼杀的准备,多一个战前插曲,还不至于让他们摇摆不定。

渐渐地,新的"叮"此起彼伏。每一声,都代表着一个决定。

小抄纸:"你已选择闯关,请耐心等待关卡开启。"

小抄纸:"你已放弃闯关,欢迎下次再来。"

闯关的依然选"是"。观望的却不是都选了"否"。

零点前的最后一分钟,大堂彻底静下来,选择"否"的自动让到两边,将通往白色大门的路留给要上阵的人。

00:00，白色大门缓缓开启，看不清门里的景色，只能看见淡紫色的光。下一秒，所有选择"是"的人脚下突然一空，身体急速下坠。在其余人眼里，就是他们突然被大堂地面吞没了。

眨眼大堂就空了一半，地面光洁如新，仿佛刚刚的黑洞是错觉。留下者面面相觑，一脸茫然。以前都是闯关者自己走进大门的，这次不仅人数限制变了，连进入方式都更新了？

突如其来的坠落和黑暗让唐凛的大脑出现短暂的空白。但很快，他就跌入了一个冰冷又温柔的地方，下坠停止，身体仿佛被某种力道轻轻地托着——是水。

唐凛努力睁着眼，一片幽暗的深蓝色。他跌落了深海。购买的"水世界必备"已启动，他可以呼吸，可以感觉到轻微的水压，但除此之外，一切都和潜水一样。唐凛不喜欢潜水，相比海洋，他更喜欢脚踏实地的陆地。但是范佩阳喜欢。

唐凛一边适应着冰冷的水下环境，一边划动手臂，让身体在水中缓缓转圈，可是周围什么都看不清，只是一团又一团的幽蓝，压抑、冰冷、忧郁。他像被困在了一个幽暗的盒子里。

"范佩阳——竹子——南歌——"唐凛在水中大喊，可声音仿佛根本传不出去，只有他自己能听见支离破碎的单音节，还像被水裹着，闷得厉害。

"欢迎来到深海恐惧……"

一道声音忽然响起。

唐凛浑身一震。那声音不是机械的提示音，也不是小猫头鹰的戏谑嘲讽，更像人的声音……而且不在远方，不在耳边，就在他的心里，仿佛身体里有另外一个人在和自己对话！

诡异的声音还在继续："我是2/10的守关者，你可以叫我得摩斯，也可以叫我……恐惧。黑暗深海有无数双眼睛窥视着你，你是猛兽的美餐，是亡灵的慰藉，你的血会指引它们找到你，你的肉会被吃光，你的骨头会葬身海底。留给你逃命的时间只有一小时……向着光亮游吧，游出这片死亡区域，我在神庙里等着你。"

诡异的声音渐渐在内心深处平息，消失。但唐凛知道它没走。它只是在人心底找了个缝隙蛰伏下来，随时准备着重新破土。

寂静的深海，黑暗，冰冷。得摩斯说的光亮无处可寻。

唐凛每一次眨眼，都能感觉到海水轻微的流动，可还是什么都看不见。他像被一块幽蓝的布裹着，封闭了五感……

"咕噜咕噜——"

忽然有奇怪的声响响起，就在附近。唐凛停下轻微打着水的腿，仔细听。

"咕噜噜……"

像人在说话。和他刚才喊队友的声音很像，都是在被层层海水阻隔着，失了真，并伴随水下声音传递独有的闷声感。

闯关者？唐凛从不觉得自己是胆小的人，可在这幽闭孤独的深海里，他竟然庆幸自己捕捉到了这声音。不过他仍保留着最后一丝警惕，没轻举妄动，只努力分辨着声音的方向。

在右方！

唐凛迅速向右看，终于在一片混沌的幽蓝里寻到一点儿暗暗的轮廓，离他可能也就两米，看不清身形。

就在这时，远处忽然亮起了一团光，恍若一盏超强探照灯落进了深海，霎时间成了最耀眼的存在。唐凛周围的幽暗海域瞬间亮了几度。

他终于看清了两米外的那个身影——人形的轮廓，浑身布满鳞片，手脚都异常宽大，头和人类大小差不多，却长着近乎占据半张脸的细密利齿和竖起的倒刺。它一下下张着嘴，"咕噜噜"地吐着水泡。

唐凛毛骨悚然，立刻往相反方向游。那人形怪物却一瞬间就追上来，张开的利齿眼看就要咬住唐凛的腿。唐凛猛地集中注意力，召唤文具树！一道狼影唰地蹿出来，狠狠撞到了人形怪物身上。人形怪物和狼影纠缠起来，唐凛则趁机加快速度往那团光的方向游。

"向着光亮游吧……"

得摩斯的声音又在心底钻出来，一遍遍地重复，像蛊惑，像驱动。但唐凛已经不确定，这真是得摩斯又出现了，还是他自己内心的声音。

旁边不远处忽然有紫光。唐凛一怔，保持着向前游的速度，同时转头去看——一个血肉模糊的闯关者在紫光中平躺着，徐徐往上浮。还没等唐凛收回视线，又有四五团紫光在不同的方向陆续浮起。后浮起的这些紫色光团离得太远，从唐凛这里看，就像一颗颗遥远的星星。

唐凛多希望那些真的只是星光。

"咚……"头不轻不重地撞到了什么硬物上，像是一堵墙，挡住了他的路。借着微弱的灯光，唐凛看见面前是一块巨石，他抬手摸索表面，巨石的面积很大，仿佛没有边沿。

唐凛停下来，用几秒的时间确定人形怪物没追上，周围也暂时没有危险的"咕噜噜"声，这才游动着后退一些距离，退得越远，视野越开阔，眼前的巨石也越来越清晰。不是石头，而是石头砌成的古典建筑群，有倾斜的屋宇，有断裂的石壁，有坍塌的柱子……所有的一切都在海水的侵蚀里变成了静默的废墟。

沉没海底的国度，唐凛只知道一个——失落的亚特兰蒂斯！

2

同一时间，深海的另一处，郑落竹已经要疯了。他看得见遥远的光源，可那光源根本照不到这里，周围一片幽暗，随时都有诡异的东西过来咬他一口，可他根本不知道那玩意儿是什么！

"砰……"又一个东西撞上了他的铁板。

郑落竹咬紧牙关，忍着手臂的疼，带着盾牌一样的铁板缓慢往光亮的方向游。不是他想慢，是带着铁板根本游不快。可没了铁板他都能想到自己的下场，绝对是身上没一块好肉。

不远处忽然升起一团紫色光晕，又是一个逝去的闯关者。

微弱光亮照过来的时候，郑落竹的脚踝忽然一疼。他猛地回头，可什么也看不见，仿佛一只亡灵的手紧抓他不放。似乎感觉到他回头，那"手"忽然用力，一下子把郑落竹拖了过去。郑落竹不受控制地后退，"手"的主人则借力向前。两人并肩挨到了一起，鼻对鼻，眼对眼，郑落竹终于看清了——一具惨白的骷髅！

"啊啊啊啊啊——"他在这一刻头皮炸裂，本能地发出惊恐尖叫，同时用力推、蹬、踹、打，几乎是手脚并用地将骷髅推开，慌不择路地奋力往前游去。可刚游两下，又撞上了什么"东西"，他瞪大眼睛，恍惚间又看见一个骷髅，比之前的小，颜色也比之前的深，但面容更诡异。头皮的麻已经蔓延到全身，郑落竹拿着铁板就朝面前的骷髅拍了过去。

"啪……"海水的阻力让铁板的威力减弱大半。

骷髅没反击，也没撤退，而是发出奇怪的声音："你……妈……咕噜……病……啊……"

与此同时，一道白色光芒刺向他背后，切掉了追过来的惨白骷髅的脑袋。惨白骷髅的脑袋和身体分家，飘飘摇摇落进深海。郑落竹也借着白光看清了眼前帮他击退惨白骷髅的闯关者——一个肱二头肌偾张的铁汉，一条粗壮胳膊上文了花臂，是骷髅新娘。

郑落竹："……"好品位。

随时可能毙命的深海，骷髅新娘铁汉子也没工夫追究为什么自己会被铁板呼脑门，光亮还离得很远，他必须尽快过去……

"啊——"连海水都挡不住的凄厉尖叫让人心跳加速，毛孔张开。

骷髅新娘铁汉子立刻警觉，提防。郑落竹却眼睛一亮，立刻转了方向，飞速游往声音来源处。

声源处，崔战刚摆脱人形怪物，就被长长的发丝糊了一脸。电光石火间，他把这辈子看过的女鬼电影都在脑袋里放了一遍，拳头已经挥出去了。但对方躲得很灵巧，同时祭出撒手锏——"曼德拉的尖叫"。

这一叫，崔战反倒停手了。

南歌的尖叫却没停。

崔战一边在水中捂耳朵，一边惊叹对方恐怖的肺活量。

终于，南歌收声。崔战心里刚松口气，一只手搭上了他的肩膀。崔战一个激灵，回身就要攻击，却忽然听见有人在他耳边喊话："南歌……别害怕……是我……"

崔战："……"不是深海能见度低的问题，这是眼瞎的问题！

"竹子……"旁边传来女性特有的婉转声音。

搭在崔战肩上的手一顿，然后手的主人傻乎乎地问："你……谁……啊……"

崔战一把将人薅到自己跟前，脸对脸："你……爷爷……我……"

郑落竹猛地收手，一脸嫌弃。

南歌游过来，三人离得近了，终于能彼此看清脸。

"组长……范总……"没理崔战，南歌直接问竹子。

郑落竹摇头。

南歌有些犹豫，大声道："我可以……再尖叫……但是……他们可能……已经快到光亮了……"如果为了和她会合特意折返，那就得不偿失了。

崔战听得费劲，也不想参与 VIP 内部事务，直接往光亮方向游，刚游一下就觉得身体很重，回头，VIP 两个家伙一人抱着他一条腿。

崔战："……滚……"

郑落竹："一带二……你可以的……"

崔战："凭……什么……"

郑落竹："凭你……能加速……"

崔战："我……你……"

郑落竹："我有铁板……能防……"

南歌："我有尖叫……能攻……"

崔战："抱紧了别松手……"

崔战全神贯注，双腿开始打水，因被抱着，打水的幅度并不大，但速度却一下子提了起来。郑落竹手臂伤口流出的血丝渐渐引来了追击者。他将"铁板一块"换成"铁板一圈"，挡住了大部分，少数由上下潜入，或被南歌的尖叫喝退，或被崔战的速度甩掉。一攻一防一加速，就这样朝着光亮处极有效率地前进。

离光亮越近，他们的视野越清晰，也看见了沉落在海底的断壁残垣。三人穿过一座座废墟，终于抵达光亮附近，也终于看清，光亮的中心有一扇敞开的门，四面八方游过来的闯关者，正陆续往那门里去。

崔战不介意送佛送到西，故而没让抱大腿的两人撒手。不料两人主动撒手了，就在他刚想往门里游的时候。

下一刻，南歌的尖叫重新响起。

崔战了然。他们还是想再确认一下另外的两人是否已经进门，如果没进，南歌的声音就可以成为 VIP 的集结号，至少让唐凛和范佩阳知道南歌已经在光亮这里了。

崔战这次也带了不少十社水世界的组员，但他没办法像南歌那样再把他们重新聚集。而且说实话，他们也并不听他这个地下城组长的。

要命的尖叫声里，崔战蓦地有些怀念地下城的兄弟。

收起这一闪念，崔战准备独自游入大门，身旁却忽然贴过来一个人。崔战转头，是唐凛，VIP 的组长，正一视同仁地冲他们三个摇头。

崔战蒙了。郑落竹和南歌脸上会合的喜悦也变成了茫然疑惑。

唐凛刚要开口解释，心底那诡异的声音忽然又来了："各位闯关者，我有一个好消息和一个坏消息，你们想先听哪一个？"

不止他，所有人都听到了。四人有一瞬的寒意，毛骨悚然的寒。

"先说好消息吧，深海恐惧还有十五分钟就结束了……接下来是坏消息，如果结束的时候你们还没游到光亮处，就只能葬身海底了……"得摩斯的声音游戏般轻快，却像一根根针，随着心脏的血液流到闯关者的每一条血管、每一根神经。

"还等……什么……"崔战看一眼近在咫尺的大门，催促 VIP 三人，"进啊……"

唐凛用力抓住他，不让他动："没时间……解释了……总之……不是这里……"

崔战听懂了字面意思，但不能理解。怎么就不是这里了？往光亮游，他们游过来了，一扇敞开的大门等着他们，那么多人都进去了，怎么就不是了？

他看郑落竹和南歌。后两者显然也没懂，但态度却毫无摇摆，就是跟着组长走。

选光亮大门，还是 VIP？

一分钟后，崔战从"一带二"变成"一带三"，重新加速，又游回了远离光亮的那片黑暗。三五个闯关者同他们隔空擦肩，游进了敞开的大门。门内，游过一片亮得几乎无法张开眼的水域，就是一个海底洞穴。密密麻麻的人形怪物正张开骇人的利齿，等待着猎物抵达，一拥而上。

这是人形怪物的巢穴。

可那些已经进门的闯关者，却再没有机会后悔了。

十五分钟的时间已经过去七分钟，得摩斯的声音就像魔鬼的报时，每隔一分钟就在闯关者们心里响起："你可怜的存活时间，又少一分钟……"

崔战带着三个"拖油瓶"重新扎入沉落在深海的建筑废墟，穿过一座座倾覆屋宇。周围的海水越来越暗，甚至比他们刚刚坠入深海恐惧时还暗，看不清周遭，辨不明方向。

在唐凛的要求下，崔战和他换了位置，从"牵引者"变成"跟随者"。

唐凛在前面摸索着断壁残垣，缓缓前进。崔战、南歌、郑落竹跟在他后面，亦步亦趋。但渐渐地，崔战就发现不对，他大声和唐凛喊话："我们……好像……在绕圈……"他感觉自己和唐凛游了一个很大的圈，然后又回到了起点。因为刚刚摸过的一些残缺石壁似曾相识。但他又不能太确定。

"是在……绕圈……"前方传来唐凛的回答。

崔战："……"他怀疑自己掉进了一个名为VIP的大坑。

不经意间，他感觉右前方闪了一下，定睛去看，一片漆黑幽暗里，是真的有一个极小的亮点在闪，就像在一大块黑绒布上落下一颗细小碎钻。

"就是那里……"前面的唐凛退了回来，重新将崔战往前推，再次坚定重复，"就去那里……"

黑暗中的一点光，比幽蓝中的一团光还要醒目。

崔战重新凝聚精神力，带着VIP三人径直朝那一点光而去。

"你可怜的存活时间又少一分钟……"

得摩斯第十次提醒时，崔战终于抵达"光亮"——一扇只有半人高的破旧石门，淡淡的光从门内泻出，即使到了面前仍浅得似有若无。崔战不可置信，又不可思议。得摩斯说向着光亮游吧，原来不是耀眼光芒，只是这点儿微光。

"你……先进去吧……"唐凛将崔战轻轻向前推，"这里……应该就是……出口……"

崔战愣住，刚想问你们难道不进，就看见南歌深吸口气……他的手比脑袋更快做出反应——堵住耳朵。

"啊——"南歌这次换了一种叫法，不再惨烈，而是婉转绵长，就像……深海女妖。

原谅崔组长想不出更好的比喻。

他们在召唤范佩阳。

崔战在适应尖叫后的第一时间就明白了VIP的用意。然而南歌刚尖叫了十几秒，周围的水流就发生了异动。不是尖叫引起的规律震动，而是从远处传来的混乱而纷杂的异动。

南歌紧急收声。那嘈杂却越来越近，听着像一大群什么东西过来了。难道是尖叫引来了怪物群？

四人心中皆是一凛，瞬间进入战斗状态。下一秒，借着微弱的光，他们看见了汹涌而来的尖齿怪鱼。郑落竹急忙将"铁板一圈"的面积增大。然而那鱼群却直接绕开他们，仓皇而去。这架势不像攻击他们，倒像鱼群在逃命，仿佛身后有什么恐怖的东西在追。

　　二三十米外，能见度基本为零的幽暗水域，范佩阳、草莓甜甜圈的关岚、莱昂误打误撞碰到一起，毫无感情地并肩战斗，短短几分钟就将这片区域"清扫"干净。

　　"刚才……尖叫……是你们的人……"彼此看不见，关岚只能用声音交流。

　　"我……过去……"范佩阳在听见南歌声音的第一时间就有了决定，鉴于三人目前还是合作关系，有必要知会一声。

　　知会到了，范总就不等回应，直接往声音的方向游。游着游着，他居然看见了一点光。这光他在遇见草莓甜甜圈之前见过，但在和怪鱼的搏斗中又失去了。

　　离那浅淡的光越来越近，光前的几个人也渐渐显出轮廓，范佩阳很意外，他以为只是南歌，没想到还有唐凛和郑落竹……呃，以及崔战。

　　奇怪的组合不止他和草莓甜甜圈，范总很欣慰。

　　"老板……"郑落竹看见范佩阳，立刻惊喜呼唤，但很快又诧异追加一句，"草莓甜甜圈……"

　　范佩阳回头，是关岚和莱昂跟过来了。

　　郑落竹也没时间问他们三个怎么凑到一起，紧张催促："快点儿过来……刚才……一堆怪鱼疯跑……后面肯定……有可怕的东西……"

　　范佩阳、关岚、莱昂："……"

　　唐凛在真正看清范佩阳的这一刻才彻底松了口气。

　　距离十五分钟还剩一分半，崔战第一个钻进小门，然后是VIP四人、草莓甜甜圈两人鱼贯而入。

　　一门之隔，两个世界。

　　七人陆续落到地上，骤然脱离冰冷海水呼吸到空气还有点儿恍惚。呈现在他们面前的，是一座空荡的环形小城，建筑风格和沉落在海底的废墟一样，但是整齐、洁净，没有破损，也没有坍塌。

　　"果然是亚特兰蒂斯。"唐凛环顾完毕，第一个起身。

　　虽然在海里泡了那么久，但每个人从头到脚都是干爽的，只皮肤上还残留些许海水淡淡的凉意。这是"水世界必备"的作用之一，在使用者身上镀一层看不见的隔水膜。

　　崔战到现在还不能确定自己是不是来到了对的地方，但见唐凛这样笃定，还是把憋了一路的疑惑问了："你为什么说那边不对？"

唐凛看向他："得摩斯说会在神庙里等我们，如果这里是亚特兰蒂斯，那么庙宇和保留地就应该在圆环的最内圈里。"

"圆环？"崔战挠头，"你是说亚特兰蒂斯的环形城？"

这可不是随随便便一点就能透的东西，郑落竹看崔战的眼神都变了："我去，你补课了？"

崔战扯扯嘴角："在地下城被北欧神话那么一通折磨，死过去又活过来的，到了水世界还不恶补，还裸闯，心得有多大？"

郑落竹默默转头，看身旁的闯关者们。关岚、南歌两双大眼睛里都写着"对啊，心得多大"。老板、莱昂两张冷峻容颜都透露着"我不关心你们在聊什么，谢谢"。

"就是环形城。"唐凛肯定了崔战的猜测，"亚特兰蒂斯的建筑群呈一圈套一圈的同心圆分布，最内圈也就是圆心位置，便是神庙。我们刚才经过的深海废墟应该只是其中一圈。我当时在黑暗中再三确认了废墟群的蜿蜒弧度，可以肯定那团光芒在弧度外侧，那就意味着它比深海废墟还要远离圆心，得摩斯不可能在那里。"

思维缜密，阐述清晰，崔战一听即懂，但随之而来的就是心情复杂和淡淡后怕。复杂是因为都补了亚特兰蒂斯资料，结果一"考试"，他瞬间遗忘，唐凛却能在深海恐惧这样的环境里保持头脑清晰，心理素质堪称恐怖。后怕是因为如果他没"被抱大腿"，没拖上VIP这一伙，他现在早不知道漂哪儿去了。

这边崔战百转千回，那边的关岚则若有所悟："原来还藏着这么多门道……"

郑落竹莫名其妙看他："什么意思？你们不是破译了什么同心圆过来的吗？"

关岚无辜地眨巴眼睛："不是啊，我们就是觉得那个光亮太醒目，过分明显=刻意=陷阱，所以故意往反方向游，正好遇见你老板，正好又听见美女尖叫。"

郑落竹："……"这都是什么锦鲤体质。

环形城镇依旧寂静，可唐凛心里却出现声音："恭喜你，第67名闯关者，通过深海恐惧……"

唐凛微微蹙眉。

那边的南歌奇怪地自言自语："68名？"

"你也听见了？"郑落竹看向她，"我是66。"

唐凛望向范佩阳，后者直接给答案："69。"

"我是第65名。"崔战不用别人问，直接报成绩。至于怎么就排到第65名了，他准备躺着等VIP给解答，这就是学霸在邻座的好处。

唐凛回忆他们进这里的顺序，先是崔战（65），然后是竹子（66）、他（67）、南歌（68）、范佩阳（69），如果数字真是按进门顺序排列，那关岚和莱昂就应该是……

"70，71。"唐凛依次看向草莓甜甜圈的两人。

关岚："完全正确。"

莱昂点头。

"那就很清楚了，"唐凛说，"在我们之前，已经有六十多人成功进来了。"

"啊？在哪里？"郑落竹用5.1的视力也没看见除了他们七个之外的第八个人影。

"两种可能。一、环形城不止一个，他们在其他地方。"唐凛说到这里，顿了顿，然后才把目光缓缓投向眼前的环形城，"二、他们已经藏在这里了。"

郑落竹一怔，再看眼前的空城，想到那一条条幽深的街巷里可能有闯关者在暗中窥视着他们，蓦地有些发毛。

得摩斯的声音又来了，像是算准了时机，来给他们圈定正确选项："距离深海恐惧结束、第二场考验开始还剩十秒，我建议你尽快找地方藏好，以免开局就丢掉小命……"

VIP四人沉默下来。

答案是二。

他们还是不懂为什么要躲起来，唯一可以确认的是，短短十秒，他们根本来不及找好藏身地。

崔战、关岚和莱昂则在对"空城"的警惕外，又不由自主生出一丝庆幸。

这里可能藏着不怀好意的闯关者，也可能藏着先到先躲的队友。

3

"叮——"

数十个提示音在环形城的不同方位响起，一瞬间打破"空城"的寂静，之前流动着的诡异气氛也荡然无存。

七人："……"

小抄纸没有静音功能，还真是……有点儿尴尬。

小抄纸："深海恐惧结束。请在三十秒内使用'<特>恐惧颈环'，逾时不用则视为闯关失败。"

看清了提示内容，众人一头雾水。但很快他们就发现"文具盒"里多了一个"<特>恐惧颈环"，就像闯关系统擅自给他们发了关卡道具。

用还是不用，这是个问题。用，这文具的名字听着就不像好事；不用，"小抄纸"不是得摩斯，不会和你玩文字游戏一语双关之类的，逾时视为闯关失败那就是失败，他们没有第二条命来承担这个后果。

有人犹豫，也有人不假思索。崔战第一个点掉了文具，一条黑色光带缠绕上他的脖颈，过了几秒，变成一个黑色的金属颈环，约两厘米宽，正好扣在他的脖子上，多一分则松，少一分则紧。

三十秒的思考时间所剩无几。剩下六人陆续点掉了文具，脖颈间都和崔战一样多了一个冰冷的黑色金属颈环。

不知哪里来的冷风，吹过环形城的上空，提示音引起的骚动慢慢平复，寂静重新降临。

每个人心底，都听见了只属于自己的得摩斯之音："欢迎来到'人心恐惧'。规则很简单，三小时之内，在保护住自己的'恐惧颈环'不被别人抢走的情况下，抢到目标闯关者的'恐惧颈环'，并将之交到神庙入口，即视为通过……通过人心恐惧的闯关者可以进入神庙见到我，未通过的闯关者，如果还活着的话，将进入'终极恐惧'……直面我的闯关者和进入'终极恐惧'的闯关者都有机会通关，但毫无疑问，经我通关的人会获得更高的经验值。并且，我可以负责任地说，见到我比见'终极恐惧'幸福得多……所以，全力以赴去赢得这场'人心恐惧'吧，我在神庙里等着你。"

冷风又来了，吹不动巨石堆砌的屋宇，却轻而易举吹进了每一个闯关者的心里。

人心恐惧。

恐惧不是你要去抢谁，而是谁在暗处潜伏着准备着，伺机抢你。

而在偷袭与被偷袭的恐惧之外，还有一层更直接的恐惧——

郑落竹艰难咽了下口水，摸摸自己的脖颈："这玩意儿，要怎么拿下来……"

颈环根本没有卡扣，就是一个通体平整光滑的金属环。他试了扯、拽、抠，脖子都有点儿火辣辣疼了，那玩意儿还是纹丝不动。

"简单啊，"崔战做了一个抹脖子的动作，"脑袋掉下来，它就跟着掉了。"

"这么禽兽的答案我自己也会想，还用问你吗？！"

郑落竹想知道的是爱与和平的抢颈环方法。崔战给不出来，并陷入了郑落竹究竟是在骂他还是在骂自己的深沉思考。

"竹子。"唐凛的声音打断了郑落竹的纠结。

郑落竹一抬头，发现唐凛、范佩阳、南歌不知何时已经聚到一起了。

唐凛："先躲起来再说。"

郑落竹会意，立刻跟上大部队，四人就近钻入一条巷子。

剩下的草莓甜甜圈和崔战彼此看一眼。

关岚很是关心地问崔战:"你带好刀了吗,头可不好砍。"

崔战牙痒痒地瞪了他半天,苦于肚子里没词儿,最终选择直接转身走人。

关岚望着崔组长潇洒的背影,莞尔:"他下不了手。"

莱昂沉声道:"别人呢?"

关岚脸上的笑意渐淡:"那就不好说了。"

随着关岚和莱昂的离开,整个环形城的明面上再见不到一个人。

尽管最后散开的这三组不约而同加快了各自脚步,新的"叮"声还是在他们彻底藏好之前出现了。

小抄纸:"请查看[神庙]位置。"

小抄纸:"请查看你的[目标]。"

互相杀戮的号角,吹响了。

VIP四人刚走到巷子中段,唐凛不敢继续暴露,当机立断进入旁边一座圆形石屋。封闭的空间带来些许安全感。

郑落竹都没顾上查看目标,先迫不及待问唐凛:"队长,怎么抢颈环你有其他想法没?不会真的要……"

唐凛沉吟片刻,问他:"如果我说没有别的办法了,你真的会把目标斩首?"

"怎么可能。"郑落竹想也不想,"别说砍头,就是砍人都不能真砍,我当年辍学之后混社会,学到的第一件事就是砍人要用刀背,这是道上的规矩!"

唐凛、南歌、范佩阳:"……"真是三百六十行,行行遵纪守法。

唐凛暂时还想不出更好的办法,只能提醒队友:"我们不会做,不代表别人不会,在我想出摘颈环的方法之前,咱们都要加倍小心。"

很远的地方传来打斗的声响,这么快就有人狭路相逢了。

可VIP四人却才看清自己投屏上的目标照片——

唐凛:何律。

范佩阳:莱昂。

郑落竹:一个身材修长的青年,皮肤很白,眼角微微上挑,带着邪气。

南歌:一个瘦高的花臂男人,和照片里周围的人一对比,目测得有一米九,刺青图案是……《名侦探柯南》人物群像。

目标各异,心境不同。

唐凛、范佩阳对着投屏想的是——"熟人,该怎么打?"

郑落竹、南歌想的是——"哥们儿,你谁啊?我该怎么找你?要不你给我发个定位?"

从目标照片出现的那一刻起，每个人的"小抄纸"里就开始了三小时倒计时，目前已过去十秒，倒计时 02:59:50。

投屏只有自己可见，郑落竹便把手臂递到另外三人面前，上面显示着和投屏中一样的照片："这是我的目标，你们有谁见过吗？"

缩小的照片没有投屏上那样超清到每个毛孔，但也足够看得分明。

唐凛摇头。

范佩阳："没见过。"

唯有南歌，端详得很认真。

郑落竹立刻来了精神："姐，你认识？"

南歌："不认识啊。"

郑落竹："……不认识你看这么投入！"

南歌眼睛依然在那照片上，语气忽然凝重："竹子。"

郑落竹也跟着正色起来："嗯？"

南歌："你做好心理准备，他不好惹。"

唐凛和范佩阳闻言，再度看向那张照片。

郑落竹更是立刻警戒心上线："你看出什么了？"

南歌："单眼皮，眼尾上挑，眼下一点泪痣。谈感情就是薄情浪荡子，做对手就是剑走偏锋用邪招。总之，一定难缠，狭路相逢，要么让你伤心，要么让你伤身。"

唐凛、范佩阳："……"

郑落竹越听越觉得内有乾坤，可组长和老板都不说话，他只好自己问："姐，你被这样的男人伤过？"

南歌一个眼刀飞过来："耳朵寂寞了我可以尖叫给你听。"

郑落竹："……"他现在知道组长和老板为什么安静如鸡了。

南歌的目标也是陌生人，虽然一条"名侦探柯南人物群像"的花臂实在顽皮得让人窒息，但也没有太多可讨论的。

剩下就是唐凛的何律和范佩阳的莱昂。二者的目标都是熟人，这是郑落竹和南歌没想到的，不过他俩更担心对手的难缠。

南歌："何律的一级文具树是'墨守成规'，莱昂是'初级狙击者'，两个都不好对付。"

郑落竹："关键是他们和我们一样，现在文具树都升到二级了，肯定在能力上还有我们不知道的拓展和更新。"

"怎么对付是后话，尽快把他们找出来才是当务之急。"唐凛看一眼手臂倒计时，"如果他们赶在被我们找到之前，就得手了自己的目标颈环，交到神庙入口，那我们这场考验也就提前结束了……"

"你有完没完——"

外面突然响起的声音，打断了唐凛的话，也打破了石屋周围的寂静。

四人凑到门口，隐蔽地往外看。街上没有人，可很快就有打斗声从对面的房子背后传过来，原来是隔壁街巷。听打斗声响，像是一对一，至于双方都是谁，有没有他们想找的人……

"过去看看。"唐凛当机立断。

隔壁街巷，两个格子衫男人纠缠在一起，蓝格子用刀，灰白格子赤手空拳，都是防御型文具树，于是只能近战，打得难解难分。

灰白格："我刚才不和你一般见识，你得寸进尺是吧？"

蓝格子："你要么乖乖把颈环给我，要么就等着身首异处。"

灰白格："哈，找死的我见多了，这么逗的你还是第一个。"

唐凛四人悄悄爬上屋顶，将下面的街巷战况尽收眼底时，正好听见灰白格说这句。显然，蓝格子的目标是灰白格，找到了就不松口，并且不介意下杀手，而灰白格则被纠缠得很焦灼，看样子他也要起杀心了。

就在这时，刚放完狠话的蓝格子忽然原地跳起，也不知用了什么文具，脚踩弹簧似的一下子弹起两米，直接跳到了灰白格背后，拿刀就捅。然而灰白格反应也很迅速，在蓝格子越过头顶的一瞬间就完成了转身，所以刀尖扎过来的时候，他稳准狠地握住了蓝格子的手腕。

两人力量相当，一时僵持不下。

底下没有 VIP 们的目标，四人刚想撤，忽然看见第三个人影从巷子那头走过来——熟人！他穿宽衬衫、马丁靴，嘴边一支烟，从头到脚散发着"离我远点儿"的嚣张气焰。不过这些都是假象。在深海恐惧里享受过对方"一带三"服务的唐凛、郑落竹、南歌都可以作证，十社的地下城组长崔战抽烟、喝酒、爆粗口，但他是个好男人。

大大咧咧走进战场的崔组长打乱了蓝格子和灰白格的节奏，对峙中的两人一同警惕。崔战立刻举起双手，释放善意："路过，纯路过，你俩谁都不是我的目标。"

这话灰白格信，因为他是蓝格子的目标。但蓝格子心里就有点儿敲鼓了。

崔战却说到做到，"哧溜"一个滑行就从他俩身边过去了，速度之快，脚下之顺滑，让人一瞬间生出这里是滑冰场的错觉。

这头蓝格子、灰白格错愕。那头已经滑出去几米的崔战又好奇地回过头来："我多问一句，你俩是穿的情侣装还是不幸撞衫了？"

蓝格子、灰白格："……"

一抹人影路过崔战来时的巷口，他眼睛倏地一亮，噌一下又从两个格子身边擦过去，急速往回跑。他的初级文具树是"健步如飞"，而这会儿的速度已经比地下城的时候快了近一倍，这还是跑起来的，如果用刚才那个"滑行"，估计更快。

屋顶四人的视线追过去，崔战已经拦在了那个路过巷口的人面前。

四人面面相觑，立刻转移阵地，在悄悄爬过几个屋顶后停在两组人中间，既能看清左边的小蓝和小灰白，也能看见右边的崔战和……花臂？南歌霍地瞪大眼睛，但很快发现，不对。被崔战堵住的黑背心男人没有她的目标那样高大魁梧，露出的花臂也不是柯南平次小兰灰原目暮阿笠黑暗组织等等等等，是佛纹。

两人都没发现斜角屋顶上的偷窥者。

"刚才大意了，差点儿让你跑掉。"崔战掐灭香烟，危险地朝佛纹步步紧逼，再没有刚才调戏格子二人组时的懒散，"摘吧，别等我动手。"

佛纹警惕皱眉："你一直跟着我？"

崔战乐了："刚认完照片，抬头就看见目标了，换你你不跟？"

VIP四人本来以为两人先前已经交过手，一听两人对话才明白，敢情崔组长撞大运，直接撞上了自己的目标，然后一路尾随，尾随到这附近尾随丢了，和两个格子对话几句，目标又自动上门了。这真是运气来了再傻也挡不住。

佛纹退了两步就站定了，气势渐渐沉稳："我不知道怎么摘。当然，我也不会让你摘。"

崔战一边活动筋骨，一边紧盯着一步之遥的目标："你会后悔让我动手的。"

佛纹也笑了，笃定道："你对我用不了暴力。"

崔战热身的动作一顿："你什么意思？"

"我不怕告诉你，"佛纹说，"我的二级文具树是'禅心'，能让所有人放弃攻击，心平气和，到那时候哪怕我打你，你都不会想要还手。"

崔战眯起眼，评估着他话里的真假。

屋顶上的VIP众人同样思绪飞转，如果佛纹没撒谎，那么未来他们遇上他也会很麻烦。"禅心"，一个能控制人攻击欲的文具，未来再升级，是否还能控制人的其他情绪？

"有趣。"崔战一番琢磨，倒把自己的兴致勾起来了，"我这人什么都好，就脾气不好，我还真想体验一把平心静气。"话音刚落，他一个虎扑，以极猛的力道直接把近在咫尺的佛纹扑倒了！

佛纹在失去平衡的一刹那启动"禅心"，凝神静气，操控着文具树丝丝缕缕缠绕上崔战。

》第八章 恐惧 《

"咣当——"两人一同倒地，崔战率先爬起，居高临下骑在佛纹身上，抬手就是一拳。这一拳捶在佛纹胸口，"咚"一声，不轻，但也不是往死里打那么重。

两人都愣了。

崔战一脸神奇地看自己的拳头："还真能减弱攻击？"

佛纹不可置信地控诉："你怎么能打我？！"

崔战无语："我这一拳给你挠痒痒似的，你得了便宜还卖乖？"

佛纹仍在震惊中："不可能，'禅心'从来没失败过！"

"咚——"崔战捶下第二拳，然后一脸无辜地通知佛纹，"它又失败了。"

佛纹已经说不出话了，被羞辱的不甘和文具树被破的惊愕双重打击着他的神经。

屋顶上，郑落竹百思不得其解地看组长、老板和南歌，用口型问："什么情况？崔战做了什么？"

南歌摇头，也用口型回："崔战什么都没做，只做了他自己。"

郑落竹还是没懂。

唐凛只用口型说了两个名字："周云徽，提尔。"

郑落竹陷入思索。能把这两个人连在一起的，只有1/10地铁关卡的最后一节车厢，当时周云徽对提尔用"星星之火"，小火苗在提尔衣服上烧半天都没烧出什么成果，因为文具的效果不仅和使用者有关，也和中招者的能力有关，如果中招者足够强大，文具效果就会打折……郑落竹猛然抬头，醍醐灌顶。不是"禅心"没起效，只是崔战的"非禅心"太强大，说好听点儿是"战斗意志刚硬"，说白了就是"暴力狂"，就是真有一天进了佛门，也绝对是武僧，天天倒拔垂杨柳大闹野猪林那种。

下方巷子里，震惊和恐惧几乎冲散了佛纹的精神力，他对文具树的操控也一瞬间薄弱到极限。崔战趁机抽出匕首，横到佛纹脖子上，刀刃紧贴他颈环上方的皮肉，一点儿空隙没留。刀刃的冰冷击溃了佛纹最后一丝心理防线，他双手慌乱地摸上颈环，连抠带拽："别别别，别砍头，我把颈环给你——"

崔战等了几秒，吼："你倒是摘啊！"

佛纹已经在自己脖子上挠出好几道血痕了，声音带上哭腔："我摘不掉啊！"

崔战："摘不掉我就砍你头！"

佛纹："别杀我，我摘！"

崔战："你倒是摘啊！"

佛纹："我摘不掉啊……"

崔战："……"

佛纹："……"

屋顶上 VIP 四人："……"

过了几秒，下方传来佛纹弱弱的询问："你怎么还不杀我？"

"我要能下得去手，还用和你废话这么久吗啊啊啊啊啊——"崔组长狂化了。

VIP 四人面面相觑，心疼。

"唔！"巷子那头传来疼痛的闷哼，是格子二人组。

唐凛他们早把那边忘了，循声望去，发现灰白格倒在地上一动不动，脖子上的黑色颈环发着微光，频率极快地颤动着。

蓝格子也吓了一跳，蹲下来先探灰白格鼻息："不能真死了吧，我没用多大……"话没说完，他就闭嘴松了口气，脸色也轻松了。目测灰白格应该性命无碍，只是被打昏了过去。

重点是他脖间正在发光震颤的颈环。

连骑在佛纹身上的崔战和被压住的佛纹都一个回头一个竭力抬起一点儿头，往格子二人组这边望。

蓝格子试探性地朝灰白格的颈环伸出手，指尖刚碰到黑色金属，颈环就"咔哒"一声自己开了！蓝格子也没想到真能行，但这不妨碍他拿了颈环撒丫子就跑，快乐的背影像一只拆家成功的哈士奇。

让对方失去意识就能拿下颈环？屋顶上的 VIP 四人和屋下的崔战在这一刻想的是同一件事。

可佛纹不是。鬼门关徘徊的人，想的永远是活命。

所以崔战这边刚想收回视线，佛纹已经集中全身力气猛然起身！这一下来得出其不意，崔战直接被掀翻。佛纹爬起来深深看了崔战一眼，而后头也不回地往巷子外跑，速度比拿了颈环的蓝格子还快。

从围观者角度，他不该看这一眼。战场上，瞬息之间就可以让局势逆转，崔战的文具树又是"速度"，佛纹多看这没用的一眼，就给了崔战充足的反应时间。屋顶上的 VIP 们几乎能脑补崔战以豹的速度跃起，旋风般追过去抓住佛纹再一顿爆捶。

可这些都没发生，崔战慢悠悠地站起来，淡定地目送佛纹跑没了踪影。

就剩崔组长一个，VIP 也不怕暴露了。看得快急死的郑落竹直接冲下面喊："你怎么不追啊？"

崔战缓缓抬头，待看清他们几个，脑袋微微一歪，语速温和平缓："哦？你们也在啊……"

唐凛、范佩阳、南歌："……"

郑落竹："哦什么啊，人都跑了！"

崔战淡淡微笑，慢慢摇头："没关系，命里有时终须有，命里无时莫强求，做人要佛系。"

郑落竹想跳下来摇他的肩膀："你是被附身了还是被夺舍了……醒一醒，阿战，你不是这个风格！"

一阵风吹过，带着深海的凉意。崔战一个激灵，骂了一声，下一秒就开始沿着佛纹逃跑的方向狂追，速度凌厉，追得又凶又狠，一阵风般消失在了巷子尽头。

"禅心……"范佩阳念着佛纹文具树的名字，神情带了点儿玩味。

郑落竹转头看老板。什么意思？崔战突然佛系是因为中了文具树？

"不能吧，"他半信半疑，"崔战刚才已经对佛纹动刀了，很明显'禅心'压不住他的暴力基因啊。"

范佩阳还沉浸在自己的思绪里，没有给他解释的意思。

"刚才是刚才，现在是现在。"出声的是唐凛，"刚才崔战一心抢颈环，战斗意志在最高峰，'禅心'的效果就很有限，但当他突然被掀翻，精神力一分散，'禅心'乘虚而入，效果就比前一次得到了更大发挥。"

经唐凛一分析，郑落竹把前后都联系起来了："难怪他跑之前还要特意看崔战一眼……"

佛纹不是真的在看崔战，而是再一次对他使用文具树！

郑落竹有些后怕起来。连崔战那样的狂暴分子，稍不留神都让"禅心"搞成了和平大使，他们要是对上佛纹……

余光不经意扫过范佩阳，只见范总还是刚刚沉吟"禅心"两个字时的神情，若有所思中带着玩味，玩味中透着期待。怎么办，他觉得老板已经跃跃欲试想让佛纹帮着测一下自己的暴力指数了。

短短几分钟，人去巷空，就剩一个晕菜的灰白格。

周围渐渐安静，南歌把话题拉回正轨："这么看，想拿颈环，把人打晕就行？"

唐凛想了想："未必非得打晕，精神恍惚或者虚弱说不定也可以。"

南歌和郑落竹同时愣住，又同时豁然开朗。颈环的极强存在感很容易让人产生一个盲区，那就是下意识将颈环归为"关卡道具"。可颈环的本质在它出现的那一刻就已经明明白白了——〈特〉恐惧颈环，是文具。

文具的起效需要操控者的精神力支撑，他们没有主动去操控颈环，不代表他们不会被颈环被动地汲取精神力量。这股力量就是颈环的坚固所在。所以当颈环持有者昏迷时，精神力和颈环间的联系被切断，颈环也就轻易被取下了。

如果推论方向正确，那就像唐凛说的，不是必须昏迷，当佩戴者的精神力恍惚、薄弱到一定程度，颈环同样有机会被拿下。

"咔嗒。"

四人身后屋下忽然传来小石子被踢动的声音,寂静的空巷里,一点儿声响都显得很突兀。

有人!

VIP四人立刻警觉,因不想打草惊蛇,便轻手轻脚转身,想悄悄去另一边屋檐查看。然而屋下人似已意识到暴露,在踢到石子后仅有短暂一瞬的停顿,接着竟"哒哒哒"地跑起来。

他这一跑,也不用顾忌了。郑落竹立刻大喝:"谁?"同时一跃扑到屋顶边缘,只见一个人已跑出几米远,看背影是个身材匀称的男人,穿一双极为扎眼的红色篮球鞋。

郑落竹想跳下去追,可刚一动,就觉得脚下被什么东西缠住了,一低头,是带着倒刺的藤蔓,从石头屋顶蹿出来,野蛮生长,已快铺满大半个屋顶。

被缠住双脚的不止他,还有唐凛、范佩阳、南歌。

趁VIP们被藤蔓分神,男人逃之夭夭。他一没影,藤蔓也消失了。

"是文具树。"南歌活动一下被藤蔓缠过的脚踝,只轻微刺痛,"他没真正攻击,应该就是想脱身。"

"单纯路过?"郑落竹试着脑补,"害怕我们对他不利,先跑为上?"

"存在这种可能,"唐凛看向那人消失的方向,"但更可能的是,我们四人中有一个就是他的目标。"所以才一路尾随,一路潜伏,如果不是踢到了石子,或许他还会继续跟踪,直到最适合拿下目标的时机出现。

人心恐惧,说白了就是一个螳螂捕蝉黄雀在后的游戏。

确认周围再没问题后,四人才轻手轻脚跳下屋顶。

唐凛低声叮嘱:"从现在开始加倍小心,既要看眼前,也要顾身后。"

南歌点头:"嗯。"

"懂。"郑落竹把自身警戒雷达调到最大,然后才想起来刚才缠自己脚踝的藤蔓依稀似曾相识,他看向唐凛和范佩阳,"哎?刚才那家伙的文具树怎么和胖乎乎的'荆棘丛生'那么像?"

"胖乎乎是谁?"南歌没有听懂。

"我们刚到地下城的时候遇见的三个人啦,"郑落竹简单解释,"破T恤,胖乎乎,老头衫,文具树分别是'刀剑无眼''荆棘丛生''束手就擒'。人都挺实诚,带我们住地下井,不过就是胆子小点儿,死活不敢继续闯关……"

南歌严重怀疑这种简单粗暴的昵称并没有经过当事人同意。不过话里话外的意思她听明白了，也弄懂了郑落竹的疑虑，便解释道："文具树是可以类似甚至重复的，如果你确定刚才那个人不是你说的……呃，胖乎乎，那就是他正好也拥有这样的文具树。"

"文具树可以重复？"唐凛先前只是怀疑，没想到在南歌这里得到了确认。

"嗯，"南歌点头，"文具树和文具树可以重复，文具树和一次性文具之间也可能重复，像竹子的'铁板一块'，就是很常见的一次性文具。"

郑落竹："……"他早就知道自己拿的是青铜装备，但听别人说出来怎么还是如此心酸。

唐凛没察觉郑落竹的苦涩，正全身心投入在"危机意识"里。如果文具树也像衣服一样存在"撞衫"，那万一他们遇见了第二个"懒人的福音"怎么办？抛开感情因素不讲，单纯客观评判，唐凛也觉得范佩阳的文具树最难缠。

不知不觉，他的目光就飘到范佩阳身上，等反应过来，对方已经好整以暇看着他了。

"有事？"范佩阳不知道唐凛在想什么，但莫名觉得和自己有关。

唐凛想了想，还是摇头："没事。"因为他忽然发现，范佩阳的难缠可能未必来自他的文具树，而是单纯来自他这个人。哪怕拿着"铁板一块"，唐凛也相信范佩阳能成为整个环形城最难缠的家伙。

"那个，我们接下来去哪儿？"郑落竹问。

范佩阳："神庙。"

唐凛："神……"嘴慢的吃亏。

唐凛眯起眼，瞥向范佩阳。范佩阳领会片刻，象征性地后退半步，又静默半天，才吐出一句："你说。"

郑落竹、南歌："……"

这一退一沉默的背后，分明是一个霸道总裁的艰难挣扎。

从说一不二的老板到以组长令为准的组员，这飞流直下三千尺的落差，谁能不心疼？

唐凛能。并且他坚信，如果郑落竹或者南歌也和那个固执得让人抓狂的范佩阳吵一顿，就知道"被剥夺组长参选权"已经是正常人类能给予范总的最大温柔。

"与其大海捞针，不如守株待兔。"他说，"我估计大部分人都是这样想的，所以神庙附近应该是闯关者最多的区域。"

4

定了方向，VIP们便朝神庙走去。

唐凛走在最前，范佩阳走在最后。

相比面对面,现在的范佩阳更喜欢看唐凛的背影,因为背影不会对他皱眉。范佩阳想,唐凛应该没察觉他每次皱眉看自己的时候都像在看一个大麻烦或者略显沉重的负担。这么明目张胆的嫌弃,范佩阳需要时间去适应。

倒计时 02:44:00,环形城中心,神庙入口附近集市。

草莓甜甜圈的和尚、五五分、全麦、探花终于在一座石棚底下寻到了关岚和莱昂。

棚底下坐了半天的关组长不是很满意:"你们怎么才过来?"

这里唯一有姓名有位置标记的建筑就只有神庙,除非四个组员怀疑他和莱昂没通过"深海恐惧",否则想也知道他们肯定在这里等着会合。

"呃,"和尚摸摸光头,有点儿为难地道,"发生了一点儿小意外,耽误了时间。"

"遇上打你们主意的人了?"关岚依次扫过四个人的脖子,颈环都在,遂满意地点点头,"看来是解决了。"

和尚没接茬。全麦和探花神情微妙。

五五分叹口气,撩一下中分小卷发:"并没有。"

关岚不喜欢吞吞吐吐,看一眼倒计时,说:"给你们一分钟,把事情讲清楚。"

五五分和光头和尚整齐划一后退一步,站在他俩中间的全麦和探花被动成了 C 位。只是两个 C 位的脸色都不太好,一个疲惫无奈,一个垂头丧气。

"我的目标是他。"全麦一抬手,直指身边的探花。

关岚挑眉。

探花终于抬起头,一张苦瓜脸:"组长,你信吗,七十多个人,我还能成为咱们自己人的目标,我运气也太背了!"

关岚毫无障碍地点头:"我信,你运气一直不怎么样。"

探花:"……"说好的队友爱呢?

关岚又去看全麦:"然后呢?既然他是你的目标,抢就好了。"

全麦一听这话,立刻委屈了:"我是要抢啊,可他不让,说自己不是战斗型,我打他算欺负人。"

"本来就是欺负人!"探花苦死了,"你一个'别碰我',我直接飞出环形城了,这么PK(PlayerKilling,对决)哪儿有公平可言?有能耐你就和我比'速记'!"

全麦毫不犹豫:"我拒绝。"

事不关己,欣然围观的和尚和五五分听到这里退至角落,默默交流了一下看法。

和尚:"你有没有觉得哪里怪怪的?"

五五分:"人情淡薄。"

和尚："对，就是这个。这事儿要落到其他组织里，哪怕是客气客气，肯定也是一方不肯动手，另一方非要把自己颈环送给队友，多感人。"

五五分："在甜甜圈你就别想了。"

和尚："是啊，这是一个多么冷酷的大家庭。"

五五分："嗯，心寒啊。"

和尚："话说回来，换你是全麦，你会怎么做？"

五五分："翻开照片第一时间保密，然后趁探花不备，直接抢了完事。"

和尚："这才对嘛。"

五五分："对吧，全麦还是傻。"

和尚："太傻了。"

一旁的莱昂安静靠着石柱，假装没听见这个大型双标现场。

但关岚被吵得头疼。

全麦和探花在争，和尚和五五分在嘀咕，关组长要暴走了："莱昂，给他们一人一箭，谢谢。"

倚靠石柱的男人闻言站直，不带感情地环顾四位队友，认真提醒关岚："我的'中级狙击者'最多三连发，你只能四选三。"

关岚、全麦、和尚、五五分："……"

探花："莱昂哥，组长只是随口一说……"有一个时刻认真的队友，真是让人慌张。

"文斗武斗都不行，那就猜拳吧，又快又省事。"关岚耐着性子，迅速提出新建议。组员可以看热闹，他不行，及时处理组内各种问题是组长的义务。

"猜了。"和尚叹口气，"从猜拳到划拳，从剪刀石头布到十五二十，从三局两胜到五局三胜到七局四胜再到五十局二十六胜……"

"谁也不服气，谁也不认输，"五五分满面愁容地接口，"比完这一局还有下一局，局又有局，无穷匮也。"

关岚现在不想处理问题了，想处理组员。深吸口气，他不再废话："A. 用我的方式PK，谁赢谁输都要认；B. 我现在就把你俩颈环没收，反正分不出胜负，倒不如一起去终极恐惧，省得孤单。"

全麦、探花、和尚、五五分："……"组长开心和暴躁的时候都会给选项，现在可能是后者。

50%概率留下和100%去终极恐惧，当然选A。但无论是全麦还是探花都不敢轻易松口，因为关岚还没说"用我的方式PK"到底是指什么方式，这种随你脑补的留白怎么看都是高风险……

静默的空气里，求知欲盖过了求生欲的探花弱弱举手，他想选 A，但更好奇 B："组长，你说没收我俩颈环……你找到摘颈环的方法了？"说完他又急忙补充，"掉脑袋不算啊。"

关岚一句话不想再多说，专心酝酿"他的方式"。

探花没敢打扰，转而去看莱昂，直觉他也应该知道点儿什么。

队友都看过来了，莱昂也就简单解释了一下："不是必须掉脑袋，只要颈环佩戴者的精神力受到足够大的冲击，就有机会摘下。"

探花："你们已经摘过别人的了？"

莱昂："没有。"

探花："那你说……"

莱昂："刚刚在这里等你们的时候，有三个拿着目标颈环的人经过，准备去神庙交差。每一个我们都拦下来问过，有两个是直接杀人夺环，还有一个是用了精神攻击的文具树，趁对手意识涣散、精神薄弱的时候得的手。"

石棚这里是去往神庙入口的必经之路，至于莱昂是怎么把那三人拦下来，又怎么让他们乖乖交代夺取颈环经过的，甜甜圈队友们就不细思了。

探花有点儿琢磨明白了，自言自语道："没错了，应该是这样，颈环也是文具……"

"文具"两个字，终于让全麦、和尚、五五分醍醐灌顶。

全麦："那还搞什么麻烦的精神攻击，直接把人打晕不是一样？"

莱昂："理论上讲，应该是。"

"等等，"和尚忽然一震，"也就是说，才十几分钟，已经有三人完成考验了？！"要都是这个速度，那他们可没时间磨蹭了。

"没有。"莱昂简明扼要地打断了和尚的杞人忧天。

和尚："啊？你不是说三个人去了神庙入口……"

莱昂："在入口又被反抢了。"

和尚、五五分、全麦、探花："……"

你在抢夺目标的时候，你也已经成为别人的目标。这就是人心恐惧。

"十万个为什么问完了吗？"关岚朝组员们伸出握着拳的双手，"问完了过来选糖。"

全麦、探花："糖？"

他俩看着自家组长伸过来的两个小拳头，莫名有种不祥的预感。草莓甜甜圈组长关岚，在 1/10 通关后解锁了二级文具树——"糖果有毒"。

"选对了赢，选错了输，输赢都要认。"关岚露出甜甜微笑，"我的方式，你们没意见吧？"

全麦艰难咽了下口水："能……具体说一下……怎么算选对吗？"

关岚很乐意，愉快地晃动两只小手："我左右手心里各有一颗糖，一颗有毒，一颗没毒，你们选其中一颗吃下去，吃完还活蹦乱跳的就赢了。"

全麦和探花想哭："能不选吗……"

关岚歪头，一副天真无邪的孩子气："你们说呢？"

两分钟后，关组长摊开掌心。

全麦选的左边，天蓝色糖纸包着一颗水果糖。

探花选的右边，彩虹色糖纸包着一颗酒心巧克力。

在组长的殷切目光中，二人视死如归地剥开糖纸，将糖果丢进嘴巴。

围观的和尚和五五分，额头渗出逃过一劫的冷汗。幸亏他俩的目标是陌生人，感谢苍天大地，感谢环形城得摩斯！

糖果的甜丝丝，在舌尖绽开。

"咚。"探花倒了。

和尚眼疾手快，把人接住，胸口差点儿被对方撞出回声。

同一时间，探花的颈环开始发光震颤，乍看像有了黑色重影似的。

关岚催促还愣着的全麦："摘啊。"胜负已分，他向来公平公正。

"组长，你到底下了什么毒……"全麦摘下探花的颈环，仍心有余悸，一想到如果自己选了右边，吃完倒地，就自己这身板，估计连个愿意过来接住自己的人都没有，啧，后怕又心酸。

"短效安眠药而已，"关岚耸耸肩，"死不了人。"

"组长，你这个短效是多短？"和尚费劲巴拉地抱着探花，"他可比看着重多了。"

"三分钟。"关岚说，然后一点儿时间都不浪费，问，"和尚，五五分，你俩的目标都是谁，给我看看。"

五五分直接伸胳膊。和尚把探花交给莱昂，才向组长伸出手臂。两个人的目标都是生面孔。

"探花说在酒店大堂等闯关口开启时见过这两个人，"五五分提供信息，"我这个是铁血营的，和尚的是孔明灯的。"

探花说有印象，那就不会错了。不过其实是谁都无所谓，关岚一点儿不担心自家的甜甜圈们。

"你和莱昂的目标呢？"和尚问。

关岚："和你们一样，也是不认识的。"

全麦举手示意："别算上我，我们不一样。"

关岚、和尚、五五分、莱昂："……"

所以说探花运气差呢，四个人目标都是陌生人，就全麦目标是熟人，落他这个队友身上了，然后 50% 概率选糖果，继续失败。

非酋本酋了。

5

五人结束交谈，等待探花苏醒，周围一下子变得安静起来，静得连微风都听得清。

关岚忽然皱眉，转头看向左侧不远处的一面石墙。那墙上刻着看不懂的文字符号，附近空空如也。但关岚笃定开口："出来。"

其余四个甜甜圈立刻随着他的目光，锁定那面墙。

空气很安静，静得让人不禁怀疑一切都是关岚的神经过敏，墙后根本没人。

耐心耗尽的关组长回头朝莱昂眨巴一下大眼睛。莱昂收到，把探花往肩上一扛，而后抬手，瞄准，射击。"砰——"空气箭在石墙上钉出一个极小却极深的洞，粉尘纷飞。

"别、别激动，我没恶意……"石墙后面颤巍巍伸出一条花臂，文的是威风凛凛的下山虎，但因为手臂纤细得跟小姑娘似的，这下山虎也跟着苗条起来，怎么看都像山上没食儿了，被迫下山营业。

花臂伸出来就算完事儿了，正主没敢冒头，只让那条可怜巴巴的胳膊攥着不存在的小白旗，示好地挥啊挥："我只是不小心路过……你们忙你们的，不用管我……"

"哦，"关岚试着去善解人意，"你不小心路过，然后觉得这墙不错，就在墙后面埋伏了五分钟，的确很合理。"

挥着的苗条花臂僵在半空。过了几秒，墙后慢慢探出一个脑袋，也就二十出头的样子，一张清秀的脸上写满了认命的无可奈何："你早就发现我了？"

原本还挺期待一战的全麦、和尚、五五分见到本尊，斗志彻底幻灭了。不是长相问题，关岚长得跟乖乖中学生似的，但只要身经百战的闯关者都能感觉到他的危险。所以是气场问题，眼前这位周身布满了"我很弱，快来欺负我呀"的气场。

甜甜圈们发出锥心三连问——

全麦："我说，你这尻样儿到底怎么进的后十关？"

和尚："你哪个组织的？"

五五分："你文花臂的时候，文身师傅没劝你再想想？"

清秀下山虎乖乖三连答——

"稀里糊涂就混过来了。"

"步步高升。"

"别了，说我的气质不适合老虎，适合孔雀。"

步步高升？全麦、和尚面面相觑，哪个组织来着？

不适合老虎适合孔雀？五五分无语。作为一个负责任的文身师傅，不是应该苦口婆心劝眼前这位纤细白嫩的小哥，你的气质根本不适合文花臂吗！

"你的目标是谁？"关岚不绕弯子，直接问。

一对六，明显的劣势还要硬着头皮在墙后面埋伏，只有一种可能，他们六人中有一个是对方的目标，想抢也得抢，不想抢也得上。

下山虎没说话，闪烁的目光时不时往关岚身上瞟。

关岚抬手指自己："我？"

下山虎没出声，算默认。最初翻开目标照片，看见一个比自己还软萌的正太，他心花怒放，以为自己撞大运了，结果被队友柯南告知，这人是草莓甜甜圈地下城组长——草莓甜甜圈，位列步步高升内部"危险评估表"榜首的组织。谁能理解他那一刻的绝望！

但是人生在世，怎么能轻易向命运低头。所以下山虎拒绝了队友佛纹"放弃吧，专心准备应对终极恐惧"的提议，寻到了草莓甜甜圈的行踪，并成功尾随隐蔽，然后藏在墙后的他亲眼看着关岚用一颗糖果放倒了自己的组员。那一刻，他终于懂了佛纹对自己的战友情。

"目标是我啊，"关岚似有些感慨，"那你运气……"

话刚说一半，挂在莱昂肩头的探花幽幽转醒，茫然地抬起头，发出一声无意识的"嗯"。

草莓甜甜圈的五人包括关岚听见动静，都自然而然看向刚苏醒的探花。

下山虎正盘算怎么跑呢，哪儿能放过这个机会，意念中的投屏早就打开了"文具盒"，趁着他们走神的一刹那果断用掉"〈防〉脚底抹油"！

于是探花的视野在苏醒中渐渐清晰后，先看见的不是自家队友，而是下山虎脚底抹油的落跑背影。他从莱昂肩膀上滑下来，好心提醒队友："有个奇怪的家伙跑了。"

话音刚落，关岚已经腾空，脚下踩着一架大型"纸飞机"，像朵祥云似的，托着他就往下山虎跑路的方向追去。

"〈防〉脚底抹油"VS"〈防〉纸飞机"，事实证明，脚还是没交通工具快。

三五秒工夫，关岚就"咻"地追上了狂奔中的下山虎，踩着纸飞机落到对方面前。下山虎一个急刹车，想改变方向，可其他甜甜圈已经包抄过来了，前后左右都没活路。

下山虎想哭："六个堵我一个，算什么本事……"

关岚心累："你能不能听我把话说完？"

下山虎愣住，什么话？

其他甜甜圈也茫然，组长说过啥？

关岚想把这些记忆力闪存的家伙全喂一颗黄泉路牌糖果。

"目标是我啊……"他把先前被打断的话又重复一遍，并补完，"那你运气，不赖。"不是反话，也不是嘲讽，就是淡淡的陈述。

下山虎蒙了，无意识地看其他甜甜圈们。

全麦、和尚、五五分、探花也一头雾水。

只有莱昂，一听就明白关岚要做什么了。

像是印证他的猜想，关岚回头言简意赅道："帮我拿颈环。"

莱昂点一下头，至于组长的选择，他不予置评。

转瞬，关岚手里就多出一包跳跳糖。他随意撕开，将里面的细碎糖粒倒进嘴里，离得近的下山虎甚至能听见跳跳糖融化的噼里啪啦声。过几秒，关岚开始笑，微醺的那种笑，甜甜的，傻傻的，同时身体开始轻微摇晃。

四个甜甜圈："……"狠起来连自己都毒，难怪人家是组长。

不过关岚的意图他们大概明白了。

莱昂上前，依言朝关岚的颈环伸出手，刚碰到，黑色金属就自然打开。他将颈环摘下，丢给下山虎。

下山虎手忙脚乱地接住，眼里的神情也不知道是怀疑世界还是怀疑人生："什、什么意思？"

莱昂皱眉，这智商到底怎么进的后十关："给你了。"

下山虎："……"幸福来得太突然。

关岚的失神状态只持续了不到半分钟。自己毒自己这种非常规操作其实是一个很有趣的相互抵消过程。文具树形成的毒素影响自己的精神状态，但自己又在用精神力操控文具树，所以随着毒素加剧，自身对文具树的操控也会越来越弱，当这种操控弱到一定程度，文具树的效果也就解除了。

因迷幻而扭曲的世界在关岚的眼里重又回归正常，发现下山虎还在，他挑眉："你怎么还没走？再不走我反悔了。"

到底为什么便宜自己？下山虎满腹狐疑，想问又不敢问，犹豫来犹豫去，犹豫到关岚撕开一个棒棒糖，下山虎转身就跑。他对糖果有阴影了。

直到清秀白皙的青年跑出众人视线，和尚才想起来问探花："步步高升，你有印象没？"

整个甜甜圈地下城组的信息检索系统都在探花这里。

"步步高升……"探花思索片刻，有了，"一个规模中等的组织，组员的统一特征就是人人一条花臂，战斗的时候要求组员必须露胳膊，这样容易分清敌我，不会误伤。"

和尚："……"这个组织的人员得是面目多模糊，才需要靠文身识别。

"那没花臂还想加入怎么办？"五五分好奇。

"听说也可以，但是加入之后必须尽快把文身补上。"探花说，"不过都是小道消息，我不对信息来源负责啊。"

五五分："地下城还有文身的地儿？"

探花："没有，应该是等到有机会回现实，再补。"

五五分："……"他现在同意下山虎的文身师傅的建议了，文一只孔雀至少美美的啊！

"有时间替别人文身操心，不如想想怎么完成考验。"关岚把刚塞到嘴里的棒棒糖拿出来，先指全麦，"你，拿着探花的颈环直接去神庙交差。"再一指和尚、五五分和莱昂，"你们三个去找自己的目标。"最后瞥一眼探花，"你，跟着我。"

探花隐隐有预感，可还是问了句："去哪儿？"

关岚："哪儿也不去，等三小时结束，我陪你进终极恐惧。"

预感成真，可亲耳听到，探花还是感动得不要不要的："组长，我生是你的人儿，死是你的魂儿！"

关组长实力拒绝："我不要。"

探花："……"

和尚拍拍他的肩膀，贴心地转移话题："对了，你的目标是谁来着，再给我看看这个幸运儿。"

关岚决定陪探花去终极恐惧，所以将无用的颈环日行一善送给下山虎，同样的逻辑，探花的颈环给了全麦，这场考验注定失败，自然也就没必要再去找自己的目标了。

照片翻开，一个胖子，不知道正对着谁乐，笑得跟朵花似的。

同一时间，环形城某条街道，丛越藏在转角后偷窥着自己的目标，一个手臂上文着骷髅新娘的男人。

此时的越胖子浑然不知，自己已被追击者放弃，在这场人心恐惧里，凭实力先躺赢了50%。

（第一部正文完）

作者
颜凉雨

封面绘图
LetterS

封面设计
杨小娟

内文版式
周沫

图片总监
杨小娟

责任编辑
徐慧

出版社
中国致公出版社

总出品
湖北知音动漫有限公司

制作出品
知音动漫图书·漫客小说绘

官方微博
https://weibo.com/xiaoshuohui

平台支持

图书在版编目（CIP）数据

子夜十. 1 / 颜凉雨著. — 北京：中国致公出版社，2021

ISBN 978-7-5145-1768-2

Ⅰ. ①子… Ⅱ. ①颜… Ⅲ. ①长篇小说—中国—当代 Ⅳ. ①I247.5

中国版本图书馆CIP数据核字(2021)第025262号

本书由颜凉雨授权湖北知音动漫有限公司正式委托中国致公出版社，在中国大陆地区独家出版中文简体版本。未经书面同意，不得以任何形式转载和使用。

子夜十 .1 / 颜凉雨 著
ZIYE SHI

出　　版	中国致公出版社	
	（北京市朝阳区八里庄西里100号住邦2000大厦1号楼西区21层）	
出　　品	湖北知音动漫有限公司	
	（武汉市东湖路179号）	
发　　行	中国致公出版社（010-66121708）	
作品企划	知音动漫图书·漫客小说绘	
责任编辑	徐　慧	
责任校对	魏志军	
装帧设计	杨小娟　周　沫	
责任印制	翟锡麟	
印　　刷	崇阳文昌印务股份有限公司	
版　　次	2021年12月第1版	
印　　次	2021年12月第1次印刷	
开　　本	787mm×1092mm　1/16	
印　　张	20.5	
字　　数	380千字	
书　　号	ISBN 978-7-5145-1768-2	
定　　价	49.80元	

版权所有，盗版必究（举报电话：027-68890818）
（如发现印装质量问题，请寄本公司调换，电话：027-68890818）